U0857297

资本圈

资本之鹰\著

CNS PUBLISHING & MEDIA
湖南文艺出版社
HUNAN LITERATURE AND ART PUBLISHING HOUSE
博集天卷
CS-BOOKY

图书在版编目（CIP）数据

资本圈 / 资本之鹰著. —长沙：湖南文艺出版社，2013.11
ISBN 978-7-5404-6409-7

Ⅰ. ①资… Ⅱ. ①资… Ⅲ. ①长篇小说—中国—当代 Ⅳ. ①I247.5

中国版本图书馆CIP数据核字（2013）第225091号

上架建议：财经小说

资本圈

作　　者： 资本之鹰
出 版 人： 刘清华
责任编辑： 薛　健　刘诗哲
监　　制： 于向勇
策划编辑： 秦　青
营销编辑： 刘菲菲
版式设计： 李　洁
封面设计： 双子装帧设计
出版发行： 湖南文艺出版社
（长沙市雨花区东二环一段508号　邮编：410014）
网　　址： www.hnwy.net
印　　刷： 北京京都六环印刷厂
经　　销： 新华书店
开　　本： 720mm × 1000mm　1/16
字　　数： 360千字
印　　张： 21.5
版　　次： 2013年11月第1版
印　　次： 2013年11月第1次印刷
书　　号： ISBN 978-7-5404-6409-7
定　　价： 39.80元

（若有质量问题，请致电质量监督电话：010-84409925）

序言

人生与事业是两个对应的镜像世界，隔镜相望，人与事皆是试错的过程。

身处浮华社会，每个人都不得不努力去寻找有安全感的港湾。当然，这样的港湾不在现实中的名山大川，更不会仅仅在爱人那里，只能够秋雨飘飞在书中与梦里。我宁愿舍弃生命，通过写作和阅读去进入那样的世界：我心宁静致远，他人不再是地狱。

人，终有一死，当我倒下那一瞬间，渴望山花烂漫。

几年前，刚开始撰写《借贷》系列书的时候，没有想到如此之多的仁人志士都加入了这个“前途是光明的，道路是曲折的”的民间金融行业，在这样一条勇者与智者俱在的不归路，光荣与梦想、跑路与毁灭同在。实业需要振兴，民间金融需要大发展，这是中国经济最本质的要求，因为多层次的资本与资金市场的建立和健全是中小企业和民营经济健康发展的必需品。

我的书中，有很多段落是刻画形形色色的感情或者爱情的故事的，因为人就是被装上了情感软件的动物，情商比智商重要，感情比钞票性感。有读者问：“没有文学就没有爱情吗？”答案是肯定的，因为爱情就是文人骚客意淫的产物，诗词歌赋、歌舞升平等都是人类酒足饭饱之后的胡说八道，只是言之凿凿，听者愚昧，终于，每个人都相信了。大家相信的东西就成了现实和历史，后来，自以为是的爱情就成了人类的羁绊，甚至是主人。

写作的妙处之一是能够让你始终有事可做，不空虚不孤独，能够克服对不可抗拒的死亡的恐惧。其实，对于不再为生活犯愁的作家而言，写书与做爱差不多，都是能够传宗接代、延续自身生命的好事情，一样有阳痿不举，一样有高潮起伏，因此，才有无数的作者前仆后继，如同老师诲人不倦般地“蜡炬成灰泪始干”。

我单打独斗很多年，现在以书会友，之后就是寻找志同道合的伙伴。伙伴，就是要相互选择，抓住命运交错的那一瞬间。朋友是福气还是祸事？难以言状。书中的许量经历过背叛和叛逆，而现实中的我也一样如此。

任何一个背叛都是你给了对方足够的理由，爱情如此，友谊如此，事业如此，而这黑白灰的道上之事就更是如此。你做老大不知道猴子争霸的残酷性那就是不成熟，失败之后怨天怨地是可笑的，要怪就去责怪你自己。

现在，我觉得很快乐，因为能够做自己最喜欢的事情就是幸福，而幸福则是无数人人生的奢望。我本文人，回归了文字，也就心神安宁，此是宁静之捷径。

书中的许量为何亚健康，有潜在精神疾病？那是因为他无论如何江湖化，内心依旧是文人，商人与文人矛盾的性格自古以来从来没有像现在这样集中在同样一个人的身上。其实，成功就是与众不同，甚至就是一种“病”。人生就是马拉松，不需要用激情充当勇气，不能够依靠激素作为动力支撑下去，依靠的是对春夏秋冬和喜怒哀乐的忍耐力。

老板大多随心所欲，商人唯利是图，而企业家则需要用企业愿景自我催眠。大多数时候，企业发展就等于说故事或者说大话，道具就是企业使命、项目或者产品之类，如果大家都信了，那梦想就跟现实差不多了，就可以去获取相应的政府资源、企业客户和粉丝。因此，企业家、官员和演员之间的距离是越来越小，人性扭曲、异化。在全民族都追逐金钱的背景之下，要尊重自己内心的呼唤，跟随本能的步伐，去迎接喧嚣灵魂的平息，这是一件很不容易的事情。书中的大多数人物都是纠结在善与恶之间的凡人，肉欲与自尊心相比较，一是天，二是地，天为大，地为小。

人生是一个来也匆匆去也匆匆的旅程，最美的就是这样风雨兼程。

我渴望与读者一起出发，从今天开始，去做一个坚定不移的男人。我的世界因为我的感觉而存在，我正在山巅，雷雨过后彩虹初现，那会是山风吹来，雨丝飘曳，闭眼花香，放眼满目青翠的世界。

人生有几个基本的原理，我们必须牢记：

第一是人的成长过程，就是把你与生俱来的自我意识逐步缴纳出去的过程。小时候交给父母、老师、同学，长大后交给爱人和老板、领导，到老了，谁都不要了，你又会孤单单地活回你自己。第二是这个世界上的人的命运总是被看不见、摸不着的人左右着，比如上帝和佛，他们力大无穷，根本就无法摆脱。你看得见的人左右你的情绪，看不见的人才左右你的命运。第三是考察人性，不能够离开兽性，人就是一半是神一半是野兽的动物，不能够假装高贵，更不能够虚妄谈论道德万能。

未来的民间金融一定会有英雄和好汉，如同梁山一百零八将，我们书中的这几个原型人物能够在十年之后还存在于这样的民间金融江湖而不被市场和政策淘汰，那就是真正的成功。我的书好不好看，写得到底如何，智者见智，仁者见仁，我们只是赋予草根和大众一个金融梦想，激发无数的仁人志士站在爱国和事业的立场而不仅仅是从金钱的角度去研究和实践民间金融，这就是这套书存在的唯一意义。

如果，媒体公正而宽容，政府管理得当、政策适度，行业自律和金融创新能够正常进行，那么，民间金融就一定大有希望，它成为中国经济的又一强大引擎的目标就一定能够达到。

对商人而言，合理合法地赚钱是一种习惯和信仰，也是一种美德，而不仅仅是一种职业和生存的方式。

我的书是借贷江湖和民间金融的浮世绘，这是由金钱、权力和感情作为基本要素而构建的商业世界，与大众生活不完全一样。这里面，制定规则的人是能够驾驭和利用权力的人，而商侠

如同武侠，是打破旧规则、制定新规则的人，他们快意恩仇那是平常事，巧取豪夺才是英雄本色。

对于故事中实名的公司和人物，我并不是写软文为他们宣传，起初是不能够完全写别人的“实”、自己的“虚”，无法杜撰虚拟的名号是不想无意中撞上别人的字号而惹上麻烦，这才不得不使用自己的故事和名号，后来就顺理成章了。其实，“资本之鹰”不是一家或者几家公司，而是一群民间金融从业者的精神图腾和群体符号，是旗帜而非棋子。

为了让这一系列书更加具备实战价值，这才顺应读者的强烈要求，勇敢而坦然地解剖自己的商业生涯和实战，无论成与败，尽可能地实写，因为对读者而言，作者做生意的过程剖析远远比成功者炫耀成功的传记更实用。这样的写作不是用身体写作，只有勇敢是不够的，还需要以“分寸”和“度”去使用小说这样的载体来传递自我观点和品牌价值的智慧。

写作就是角色扮演的游戏，这几年，我一不小心就迷恋上了这样的文字游戏。从许量、吕佛铭、樊先生、李锌到张娅、张嘉仪、洪羽菲、白蓝、笑笑等人，把真实与虚幻结合，不分男女老少，无论人的好与坏，我全部都在重新经历，他们的喜怒哀乐无时不在敲打我的心灵。

红尘俗世原木就是黄粱一梦，男女老少生旦净末丑皆是肉身与幻象，真假是非对错又怎么能够成为他们每个人唯一的行为准则？对待人生的正确态度是不可痴迷也不可颓废。

起初，我觉得写书，尤其是写小说很好玩，因为它不完全是枯燥地去记录人生一成不变的轨迹，而是能够让故事无中生有，有中生无，可以后悔，还可以重来，真有点翻手为云覆手为雨的快感。一旦入迷，我发现写作与生活一样，皆有秘密的规则和固有的规律，也是同样难以自拔的事情。何为真？何为假？只好说：菩提本无树，明镜亦非台。本来无一物，何处惹尘埃？

书中的人物之所以鲜活，是因为他们大多数都是两个甚至更多原型融合之后的崭新人物，这样他们才能够丰满如玉，这也是来自生活和高于生活的文学要求。许量的女人不少，那也是因为许量本人就是几个优秀男人的集合体。商业也更多地是实践，并非戏剧化的“商战”，其中的事情也多半是真真切切，每天的生活与商场实践总会给我无穷无尽的故事与灵感。每当打字之际，他们就会活跃在我心中，由虚无印象变为立体文字。再次谢谢书中的他们和现实中的我们轨道交集之后创造的故事。

我本人与书中的许量和吕佛铭等人是不能够完全画等号的，书中的许量自然是有我和我朋友们的影子，因为作者写书经常都是在写自己，但我与他们事业相同、人生相似，而感情则是不完全相同的。

让虚拟的人物与现实中的人们相互交流和交集而产生的故事不仅仅是基于逻辑推理和梦想，也不仅仅是小说的一种创新模式，还有对未来的预见，苦在心里，乐在其中。有趣的是书中的一些故事，原本是计划和推理，可它们后来在现实中却真的发生了，这是先写后存在，还是穿越了现实写出了未来，还真的难以判断。

因为浩瀚文字孕育着神秘莫测的思想的力量，总会有一些书里出现作者本身并未觉察的意思和意图，这就是潜意识中的箴言，它们从来都只会被偏执者写出来，被智者解读。除此之外的大多数书籍即使好看好用，也会很快腐烂成为沼泽。但智者的思想经常会湮灭你的时间，模糊你的空间，销蚀你的精神，让你沮丧。

作为作者，在这样黑白不分明的世界，我只能形影孤单地前行。读者与书迷会交替呐喊，可我却永远听不见他们在呼喊什么。有冲动有文字就是活着，这就是我写作《借贷》和《资本》系列书的真实心态。

据说，做老板最大的奢侈不是挥金如土那样高调的奢华，而是有胆量义无反顾地关掉手机若干天，心无旁骛。2013年春节前后，我关掉了手机二十来天，在回忆和幻觉中去激情地撰写此书。虽然事先安排好了工作，尽管在QQ上还有很少的一些不得已的互动，但没有信息的洪流和必须处理事务性工作的压力和惯性，的确让心情过了一段阳光灿烂的日子。

2013年1月，我利用春节前后的空闲时间，来到三亚度假和完成《资本圈》的创作。三亚这个城市是与寒冷的冬天完全无关的，面对南中国海的波澜壮阔，我试图用最博大的胸怀去体悟书中人物别样的人生。事实上，在三亚谈不上是度假，而是辛苦并愉悦地码字，如同建筑工人一般继续构建许量们的世界观和豁达的故事。让许量们的生活继续，让许量们的故事继续，这是无数读者和朋友都必须看见的现实。

就在写下这些文字的此时此刻，从我所在的阳台望去，那一片海好像是在一个无边无垠的大自然的舞台上宏大演出，倏然又变换了景色。三亚湾的西岛和东岛淹没在暮色苍茫之中，晚霞如同烈火燃烧在海天之间。

而我的书稿也在我的大脑中快速生成，印刷一般，逐字逐句，字字珠玑。

2013年春节于三亚湾　面向大海

目录
CONTENTS

资本圈

引子

“在美国，一百名雄心勃勃的投资人走进华尔街，不久，就会有九十九名被抬出来，奄奄一息还是轻松的，重者倾家荡产；同样，在中国，一百名放贷人胸怀大志进入借贷江湖，不久也会有九十九位被抬出来，他们个个瘦骨嶙峋。在金钱面前，即使是上帝也会被冷落，何况，投资者和放贷人都是凡人。”

许量打盹一般微闭了一下双眼，即使是在上课，他依旧十分自我，仿佛这四周的一切都与他无关。

“那么，剩下的那位是谁？”有同学忍不住问道。课堂的气氛轻松愉快，绝对不会有男鞋经过包装之后以及行为艺术之后的大师们的神秘莫测，很像是朋友之间的真诚对话。这是许量教学的特色，他我行我素，绝不会听从培训专业人士的教诲，他累并且快乐着。

“资本市场中，剩下者为王，最终的离场者唯有近似于上帝的人，他们在股市上被叫作主力，在社会中就叫领导、老大，干脆就叫作‘有的人’，他们基本上都无名无姓，却真实存在，掌握着大多数人的命运。”

此刻，许量不再是许总，而是许老师，一个好为人师之人，他讲课不喜欢使用PPT课件，而是信马由缰地述说。言语之中，自创的经典名言源源不断，思想很明显地具备了穿透力。

“这是峨眉山下的仁者乐山、智者乐水之地，我们要对话的课题是什么？民间金融。民间金融是什么？是草根金融。但你们的许老师认为我们不是小草的草，而是虫草的草。”

许量的话引起了大家的共鸣，他以西南财经大学老师的身份潜行在草根金融业的时间已经超过十年，这本身就说明了此草非彼草，放贷人和投资者开始成为社会精英的一部分。

“我从事的是上帝的工作，这可不是我许量说的，而是高盛总裁布莱克费恩如此坦言。”许量依旧沉浸在自我的世界，那里鸟语花香，佛光普照，乘风而来的阵阵天籁都是人间大智慧，“我们不得不承认，这世界是少数人对多数人的统治，金融就是最锋利的工具。如果，利益熏心不是原罪，假设人的贪婪和恐惧在驱使人类进化，那么投资就是改变人生的根本途径。我许量区区小商人，最多不过是民间金融的爱好者与探索者之一，何德何能？

“当然，我许量也不会是诸位心目中的大师，我们相互为师，潜心学习，发现并且共同创造资本规则。在金钱的世界，需要宗教一般的执着，当大脑遇到金钱，当金钱的力量无所不能地重新格式化整个世界时，那么掌握了投资技术的人就靠近了上帝，他才是百里挑一的资本之鹰。”

许量使用这样的语言给资本之鹰老板学校的培训班开了局，他不想鼓吹金钱万能，但这些同学都是商人，正当而智慧地赚钱就是他们的本职工作，这样说说他对投资和金钱的看法，抛砖引玉或者抛玉引砖也是理所当然。

这是峨眉山脚下的上舍酒店，这里毗邻亚洲最大的禅院之一——大佛禅院。它外表古色古香，是佛教的主题酒店，很有特色。

冬季的四川依旧是寒冷的，可在雅致的会议室里，数十人相聚一堂，热情洋溢。他们是来自全国各地的放贷人和投资者，都是资本之鹰圈子中的成员，有理想和智慧，正如许量所说：“我们来自五湖四海，为了一个共同的目的走到一起。这不是为了简单做生意，也不仅仅是为了金钱，而是为了学会驾驭金钱和利用金钱的力量来投资、建设和改变眼前的世界。因此，对中国民间金融的研究与将其发扬光大是我们的使命。”

会议室的门口，有一位佳人伫立，她二十岁出头，清新脱俗，如阳春三月柳树新叶绽放，举止犹如那一句歌词中的意境：“你在那万人中央，感受着万丈阳光。”任何人一见便知她是高贵的女子，贸然去称赞她漂亮，反倒是相当俗气之语。

许老师的几位教学助手都在门口却不敢也不愿去打搅她，很显然，女人的高贵是一堵拒绝干扰的高墙，更重要的是她的神情很明显地表达出了她与许量的关系非同寻常。察言观色之后，大家都在等待和观察，故事的发展总是在不经意间推进的。

当许量说到做老板的都要善于和敢于讲述自己的故事时，她对许量制造而不仅仅是被动地讲述故事的能力记忆犹新：“商人要学会的三个故事，第一个故事就是对自己讲的，这个故事叫理想；第二个故事是对投资人说的，这叫商业计划书；第三个故事是对自己和亲人说的，那叫交代。这三个故事一模一样那你就是傻瓜，三个全部不一样，那你就是骗子。”

同学们会心一笑，联系自身的经历，在心中各自感慨。

“人生需要故事，做投资与私募更需要故事，所谓私募就是从无到有、从小到大地建立信用的工程和过程。下面，我给大家讲一个利用私募原理做了单于的故事。”许量看大家神态很专注，就轻描淡写地说道，“大道至简，天下之事，大同小异，悟性才是智慧之源。”

接下来，许老师让学习做私募的同学们翻开参考资料中第15页的那个历史故事，然后，他不去理会某些同学的不解——这里不是历史课而是金融课。许量不紧不慢地发出抑扬顿挫的声音，颇有磁性：“在世界历史中，匈奴是最早横跨欧亚大陆，对中国、波斯、罗马三大帝国都造成过威胁的强大游牧民族。匈奴很早就活跃在中国北部广阔的草原，无数次对中原王朝造成致命的生存威胁。秦始皇一统天下之后，曾派大将蒙恬北击匈奴，将他们赶出了河套地区，十余年间匈奴蛰伏，没有对中原构成任何威胁，直到冒顿单于的出现，这才风云变幻。”

面对天南地北的学生，许量的普通话甚是标准：“冒顿本是头曼单于的太子，头曼单于娶了一位年轻漂亮的妻子阏氏，生下了一个儿子，他对这个儿子十分宠爱，甚至想害死冒顿，另立太子，于是，他就把冒顿送到月氏国当了质子。冒顿原以为这是父亲给自己立功的机会，就高高兴兴地去了。哪知道，冒顿刚一到月氏充当人质，头曼就发动了针对月氏的战争。月氏国王大怒，便想杀掉冒顿。冒顿提前得知消息，偷了月氏人的好马，一路狂奔，侥幸逃回匈奴。头曼一看冒顿居然能虎口逃生，算是勇壮之士，就让他统领了一万骑兵。此时，头曼已经打消了废冒顿立幼子的想法，准备重用自己的这个儿子，可冒顿回匈奴以后，经过调查分析，发现头曼送自己去月氏原来是个阴谋，便有了复仇之心。”

“处处留心皆是金融。”许量停顿一下，他要大家仔细分析一下冒顿的计谋，“冒顿制作了一种响箭，他对自己的骑兵说：‘从今往后，凡是我响箭所射的地方，你们都要去射，否则，立斩无赦！’说完，他便去打猎。结果可想而知，胆敢不跟随冒顿响箭所射目标射箭的士兵真的被全部杀死，于是没有士兵敢不听他的话了。

“猎物从兔子到狼，大家逐步凝聚起万箭齐发的力量，但这还不能令冒顿满意。不久，冒顿用响箭射向自己的马，有的士兵想到这是冒顿心爱之马，没敢跟着射，冒顿便把这些人杀了。过了几天，冒顿忽然把响箭射向了自己的爱妻，这下身边好多人都不敢跟着射，冒顿毫不留情，又把这些人统统杀掉。如此一来，士兵们再也不敢不听冒顿的号令了。就这样，冒顿训练了一支完全听命于自己的军队，不过冒顿不放心，还想检验一下。在一次打猎时，他用响箭射向了头曼单于的一匹爱马，士兵们毫不犹豫，全都射向了那匹马。冒顿见状，心里非常高兴，因为这批士兵已经可以帮助他完成他想完成的任务了。”

许量见大家都会心一笑，他也微笑了，心道：最初，我的资本之鹰的私募成长不也是对客户说过和做过从兔子到狼的故事吗？不过，我许量的“兔子”起初可以是几十万元的小投资，而狼就是几百万元的玩法了，当然，千里马是千万元的级别，只是自己心爱的女人却是万万不可作为投资对象的，不然，怎么说我爱江山更爱美人呢!

一心二用是智者的基本功，他边上课，边想心事：我一直在致力于建立资本市场中的影响力，努力成为民间金融领域的第一品牌，这倒不是要“广积粮缓称王”，而是要在有朝一日能够一呼百应，能够一瞬间就制造出资金的洪流，改变实业、产业和行业的某些规则，让民间资本的力量从涓涓溪流逐步汇集成浩浩荡荡的大江大河，为中国民营企业的转型和升级服务。这可不只是为了赚钱，更是为了心中勃勃向上的使命感。

许量注视着面前的几十位老板学生，把他们当成是朋友，或许也是潜在的合作伙伴，他用微笑和言语与大家互动：“终于有一天，机会来临，冒顿跟随父亲头曼外出打猎，刚到郊外，冒顿便用响箭射向了头曼单于本人，身边的士兵也毫不犹豫一齐把箭射向单于，头曼单于立刻毙命。紧接着，冒顿率领手下人把那个差点夺权的弟弟及其母亲全部杀死，把不听从自己的大臣也都全部杀掉，冒顿自立为大单于。”

大家都是做投资的高手，许老师要求大家默默地看这几千字的故事，结合自己的投融资经验进行思考。

一些同学已经渐渐领悟到了里面的玄机：就这样一个普通的历史故事，里面已经蕴藏着无穷的智慧，也包括了做金融和私募的秘诀，那就是两个字——威信。以威立信是权力的源泉，做私募和金融的核心就是建立信用，而信用的建立需要积累。以后，慢慢地在资本圈内都流行开了使用“兔子”和“狼”的暗语作为投资级别量化的新术语，这让许量很开心。

其中的一位同学来自广东，名叫刘守业，三十来岁，客家人的家族经商传统让他在商场中早熟，他年纪不大却是民间投融资的老江湖。边听课边悟许量的峨眉山商道，他没有理睬铁哥们儿在微信上要求他把许老师的课程记录下来传递给他的约定，只是低头在笔记本上奋笔疾书：人的一生也是把从父母那里继承的原始信用通过上学和工作，使其在生活与事业上不断累加的过程。真是处处留心皆是金融，冒顿从猎杀猎物开始到猎杀自己的战马，从击杀战马到击杀自己的爱妾，最后到父亲的战马，义无反顾，绝无迟疑，这才获取了士兵们的绝对服从。这里的态度和行动力就是做大事业的关键，他的力量从无到有，一直强大到轻而易举地取了单于的性命，王位也就瓜熟蒂落了。

他举一反三又在笔记本上批注了几句话：商鞅变法不是也有搬动木桩而取信于人的典故吗？难道不是关于权力的私募吗？从古到今，这个世界的主宰不就是金融的原理和规则吗？

“秦孝公任命商鞅变法，商鞅为获取民心，在咸阳南门口立了一根木头，凡将此木移至北门口者，赏金十两。一开始没人敢移，商鞅再说，能移者赏金五十两。有好事者从之，果然获得重奖，由此开始了秦国的强盛之旅。”刘守业没有得意于自己的思路在某一个时刻走在了许老师前面，他的耳边许老师又在点评，“这些故事描绘的就是一条螺旋上升的信用曲线，也就是在说明无论是在政治上还是在资本市场中，最重要的力量就是树立规则，榜样的力量无穷。做商人，养成讲求信用和一诺千金的习惯就能够让你们迈进金融的最低门槛，言出必行是信用和金融事业的发端。以后，逐步提高的信用门槛会自动帮助你们选择好新的合作伙伴和死党，你们要牢记‘结党营私’这四个字就是金融和私募的本质。”

刘守业盯住许量看，他一会儿是许老师，一会儿是许总，有朝一日，许量或许能在同学们中挑选出潜在的合作伙伴，那时他是否会给他们说这样一个如何做“权力的私募”的故事？

他很想向许老师提一个尖锐的问题，那就是当下中国的“商鞅变法”如果真的有，又应该从何而起呢？是面向农村的新一轮改革，还是政治新的进步？

笑笑旁听了许量的部分讲课，她很感慨于许量的智慧，能够将这样艰涩的投资理论变成轻松有趣的历史故事，可见智者都是举重若轻的。

因为以前多次听许量讲资本的故事，她仿佛看见了许量对他的投资者就是

使用了从射向“兔子”到射向“狼”和“战马”的利箭，不过，他的“兔子”动辄是数十万，“狼”可是数百万，投资者慢慢就会养成唯许量马首是瞻的习惯，这就是许量聚合资金、资本与资源力量的源泉。

这女子有心事，悄然退去，无牵无挂。

既然已经听到了许量中气十足的声音和依旧睿智的言谈，闻弦音犹如见面，看起来许量积劳成疾的消息只是江湖传闻，这才是最大的宽慰。这次听了传闻匆匆忙忙地从新疆长途跋涉而来，无非就是想远眺一下许叔叔。

她在旁边的服务台上留下给许量的包裹，里面是她在新疆的写生画，心情与内地迥异，景色绝美，含义深刻，因为那是她漂泊的经历与生活，人生孤寂，很值得与许量分享。

笑笑慢慢转身离去，在酒店大堂的白色弥勒佛像面前驻足了一会儿，佛像庄严，虽然非人但不可轻慢。她立刻闭眼冥想片刻，想起自己远离许叔叔的时间虽然并不是很长久，但经历的沧海桑田使得她的心性已经彻底改变，除了那种对许量油然而生、毫无杂念的亲切感依旧存在之外，其他的人与事都仿佛已经很久远。

笑笑拜佛的姿态依旧是含而不露的微笑，人生的大欢喜毕竟只是片刻，而更多的则是忍耐，旁观者都能够看见她的微笑与众不同，面如满月，像是观音之貌，令人敬而远之。

等到女子已经远去，新来不久的助手小王才想起自己忘记了去请教她的名字。面对与大学里的金融学科截然不同的课程，他如饥似渴地倾听和消化要点，教科书上那些艰涩难懂的概念终于融会贯通了。

小王颇有收获，情不自禁地心想：在民间金融勃兴的这几年，先行者许老师威名远扬，这会议室端坐的大大小小的小贷公司、担保公司和投资公司的老板以学生的名义集合在许老师的周围，蔚为壮观，他们的资金和影响力动辄数十亿元，外面再来一些美女粉丝旁观，作为绿叶也是稀松平常。只是这位佳人，眼望许老师的态度很像是亲人，到底是与不是？他是新来的助手，同样是二十多岁的年纪，自然很不熟悉许老师以往的世界，亲人与情人一字之差天壤之别，他也算是人微言轻，是无论如何都不能够去请教许量的。

开车从峨眉山方向归来，在不远处的停车场停好车，白蓝心情舒畅。她去报国寺烧香归来，一下车就望见那个女子从上舍酒店古朴的大门里面出来。白蓝立即不露声色地转过身，佯装去车上取东西，留在车上观察这女子的动静。

那个女子边走边想最近几个月都没有想明白的老问题：“许量对于我，到底是叔叔还是大哥？”这个问题让她纠结，以至于她不想回到成都。

笑笑压抑住想带男朋友给许叔叔审查的渴望，或许，这就是一种情感的依赖？没有直系长辈的她需要呵护。她的步态不紧不慢，身影如同随风摆动的柳枝，目中无人却惹人怜爱，甚是幽雅。此情此景，白蓝心中那根敏锐的神经线有所触动：这女子就是许量一再提及的笑笑。听说她离开成都之后，去了云南丽江，后来又在大西北各地云游写生，其人其画在国内的一些画展中已经声名鹊起。她不在成都却还是在许量的精神世界中来去自如，如入无人之境，这让白蓝如芒刺在背。

等到笑笑上了新款黑色大切诺基豪车，绝尘而去，白蓝这才反应过来：她应该仔细看明白到底是谁送笑笑前来的，那个戴了墨镜的司机到底是谁？刚才那个司机从后视镜中瞥见笑笑款款而来，不紧不慢地下车给笑笑开了车门，极有绅士风度。这男子的年纪不大，外形硬朗，穿着考究，笑笑与他说话的状态亲昵，他当然不会真是职业司机，应该也是商务人士，甚至可能是富二代老板。

估计许量的课程差不多了，白蓝结束了思考，匆忙地进了酒店。

在会议室的门口找到小王，她问起了本期民间金融高端研修班的基本情况，小王低声汇报道：“白总，据初步统计，有来自全国14个省22个城市和地区的32名新朋友参加本次的培训研讨。学员平均年龄40岁，平均从事借贷时间3年以上，平均创业经验14年。其中房地产公司2家，小贷公司5家，担保公司4家，投资公司14家，3家其他制造业公司，累计自有资金19.1亿元，累计可影响资金规模达39.6亿元。”

白蓝点点头，他们低声交流，这样才不会影响会议室里许量的演讲：“同学们，我们新老朋友将在峨眉山共度宝贵的五天时间，交流探讨，逐步集结成强大的力量，我们欢迎资本之鹰旗下的一个崭新的圈子的诞生。同时由于培训人数控制，对于已经报名却未能参加本次培训班的学员，我们表示遗憾和歉意，并将安排他们参加下一期的培训。”

白蓝微笑一下，心想：无比清高的许老师也喜欢做广告了，看起来资本之鹰老板学校会更加声名远扬。她开始考虑许量交代自己考虑的是与国内著名高校还是与美国商学院合作的议题，不得要领；转念又去思考资本之鹰圈子里已经形成和正在形成的平台公司的协调事宜。她给正在办理成都中屹信达投资管

理公司注册的史总打电话，电话中，她知道该公司筹备工作顺利，成立的时间越来越近了，心中不免思忖着是否需要给许量申请自己也投资进去，成为公司的股东之一。

心念杂乱无章，但事情再多再烦人，笑笑的身影依旧挥之不去。

白蓝静下心来，向小王仔仔细细地问明白了笑笑来的情形。她拿到了笑笑留给许量的礼物，却没有意料之中的信件。思忖片刻，她尽可能严肃地对小王说："这东西，我会给许总的，而你并不知道有人给许总送了东西，是吗？"

小王是聪明人，知道白总与许总的关系，他缓慢地点点头。他知道这世界就是这样，需要视而不见、听而不闻的事情真是太多了，他心中忍不住还是很内疚。

虽然，对笑笑的突然出现白蓝不明就里，也知道许量对笑笑的感情绝对不是男女之情，但她还是决定不告诉许量，以免他们的情感之树节外生枝。她让小王继续做好培训的服务工作，提醒道："这些学员是我们资本之鹰的宝贵资源和财富，记得他们的茶水要经常续上，比如离开、吃饭之后一定要重新上茶，不要计较成本。"她见小王不明白，就告诉他，"这些老板都很注意自身安全，离开他们视线之后的茶水就不要了，要当面给他们重新泡上新茶；二是他们需要品质，要选择上好的茶叶。

"晚上，要安排同学们喝我们的资本之鹰酒，但不能够太多，这里毕竟是学习和清修之地，"白蓝安排道，"尤其是许老师，不要让他太豪情，身体要紧。"后面这半句话，是为她自己说的，但她知道，许量喝酒无法劝阻，说了也是白说。

她知道许量要的是与同学们成为朋友和兄弟姊妹的机会，因为老板学校的宗旨是"人人为师、相互学习"，许量做事业的轨迹是从"以书会友"到"志同道合"甚至"结党营私"，只要不涉足政治与敏感的话题和领域，资本的力量就会在资本之鹰的旗帜之下集聚，日积月累便是势不可当，许量重组某些行业和成为民间金融行业领袖之一的目的也就水到渠成了。这需要滴水穿石的精神，不是人人都能够做得到。

笑笑回成都是秘密的，她不再认为她仅仅是成都人，她现在是在全中国奔跑的女人。

她的司机就是她的男朋友，或者说是她的追求者之一。他们在去新疆的路途上，因为笑笑搭车而认识，之后发生了不少的故事。她看好的不是他富二代加上权二代的财富与权力，也不是他留学之后从华尔街历练归来的显赫经历，而是他自以为是年轻一代的许量的豪气。

他们一心一意想去拜乐山大佛，一路上风驰电掣地赶路，仿佛对人世间的一切都毫无兴趣。笑笑一言不发，显得无比端庄，而他微笑着给笑笑说笑话，或许是因为爱而贱，他不得不很客气很小心翼翼地对待他的女朋友，但他的另外一个声音却在心中唠叨："许量就这样有魅力吗？他可不像只是你的许叔叔！"

方才，他远望了许量的模样，就心满意足地提前回到了车中，也并不会因为笑笑的屡次警告而收起与许量的较量之心，那是男人们之间的竞技游戏，好玩又不伤大雅。现在，不是选择要不要竞争，而是如何交手，既然许量要扎根在民间金融领域，那么就应该告诉他："金融并不是江湖，而是沙场。"

快进入乐山大佛景区之际，笑笑发现天府之国的冬季依旧是绿树成荫，没有大西北荒漠的苍凉质感，她的脑海中完整无缺地浮现出了那"山是一座佛，佛是一座山"的意境。

她心道：孔子言，智者乐水，仁者乐山。智者动，仁者静。智者乐，仁者寿。而许量大多数的培训班都办在了乐山乐水之地，那么，这是在自诩他是能够把智者与仁者融为一体的超人吗？

笑笑方才在许量的课堂外面透过木质的屏风看见许量的容貌，他的一举一动都有山的稳重。她微笑着想：许叔叔志当存高远，这个男人有其高、深、博、大之质。他在借贷与资本的江湖中执着挺拔，外讲是非，内含正直，做人做事风格简洁硬朗。笑笑一直想把许量的画像画出来，就好像改革开放之初的那幅《父亲》的写实画，她要画的是以许量为榜样的《中国商人》。虽然，许量不再是平头，而是儒雅之貌了，但他左边额头上那道很明显的刀痕却是如此深刻地雕刻在了笑笑的心里——这画像还有她父亲唐石的音容笑貌。

想起自杀的父亲，她的内心不再是悲哀，而是追忆似水年华的空旷。

可许量这座山是孤独的，虽然红颜知己相伴并不寂寞，可最值得钦佩的却是他真实地拥有一个博大而精深，丰润而宽厚的内心世界。许量是山，可他的女人们中却没有谁能够配得上他的柔情似水。笑笑对张嘉仪和张娅等人不了解，但对白蓝却是不太感冒：许量的女人可都不是小女人，或许白蓝是一个例外。

此时此刻，因为现在已经是声名鹊起的画家，笑笑对线条和空间的变幻更

加敏感，她的精神和目光聚焦在了快速通道的左右车道之间的分界线上，这线条如同一条有灵性的蛇在地面蜿蜒盘旋，在车身的前后快速分道扬镳。于是，她一心二用地问了他一句话：“你真的爱我吗？”

这男人正在苦思冥想，安排在许量课堂中的那个刘守业，为何不继续用微信给自己转发课程录音了，听了笑笑的问题，他不由得压了一下油门，没有压住，车子依旧前冲，他赶紧把握住方向盘，嘴上却装深思熟虑地回答道：

“我不知道我是否爱你，但我知道，你不理睬我，我会寝食难安；而你离开我，我会痛不欲生。”

第一章

资金必须与行业结合、与产业结合、与实业结合

这是2012年11月底的一个周末，四川成都南门的一处居室。

傍晚，外面的灯红酒绿被男女主人用门和窗关闭在另外的一个世界；室内，白色墙上的蓝色挂钟，秒针跑得飞快。

许量用自己的身体斜躺在别人的床上，主观地盯着不断变化的客观指针，它不紧不慢、不偏不倚地表达着永恒的含义。他目不转睛地盯着秒针，好像是在试图看穿时间后面的故事，但无能为力，他的眼皮沉重，渐渐地睡去，一幅又一幅崭新的画面在他的脑海中交替升起。

这是一幅壮美之图画：

在亘古不变的山崖之上，狂风的意图就是夹杂无穷无尽的雪花鞭打着褐色山石来展现它严酷的心迹，而雪山的含义就是洁白耀眼的千年雪花和千年孤独凝结而成的冰与雪，如同雪莲花那样，在赤裸裸的褐色石块上，相依相恋成为奇迹，它们描绘的就是“寒冷”这个中文的词语。

许量一身冰冷，这攀登雪山的游戏可不是人人都可以玩的。

什么时候下山的？怎么下山的？许量不记得了，但他的面前就是一条小溪，清澈透底的溪水里鱼翔浅底。河对岸，就是民国时期的建筑群，那是一个寂寞的村庄。

就在这庄严而宏大的庭院里，他穿越一个庭院就是一个季节：春夏秋冬，一路上四季鲜花都在盛开，玫瑰花最多，红玫瑰、黄玫瑰，赤橙黄绿青蓝紫，朵朵盛开，都好像美人一般，俊美异常。许量不知道这里是什么地方，为什么这里能够做到集四季于一处？同时，他的身边也仿佛出现了那些他一生中所经历的形形色色的人，男女老少，一个不少。为何他们不分生与死都能够同居一地呢？他困惑了，甜蜜地微笑着、困惑着。

许量的梦想是飞翔。

果然，心想事成，双足收缩如同飞机的起落架，他立刻身轻如燕，飘荡在空中。他看见了自己遗留在凡间的肉身，也闻到了风的味道，这是他做人以来的第一次，风的味道就是花香和美人的味道。或许，这就是传说中的生与死？

他追寻味道而去，在一个宽大的庭院里，小桥流水人家，曲折之地，那是两个绝色女人在对视。这犹如月亮与太阳在对话，她们高举的是葡萄美酒夜光杯吗？为何要站着而不是款款坐下？是等待我吗？

许量是看见羽菲与嫣然在一起，她们的风采迥异：女人的风情万种与优雅很相似却完全不同，只有他这样成熟的男士才能够洞察。羽菲是风情万种的上海女子，刘嫣然是华尔街开放的优雅女人花。她们不是第一次见面，也不是第一次打交道，但许量不知。其实，明争暗斗一直在她们之间存在，但每次都是嫣然能够略胜一筹——她们的输赢不仅仅是个人的素质和集团的资金，羽菲还输在文化和制度的潜移默化上。

羽菲花费了快一年的时间不屈不挠地追踪，这才知道嫣然是搞垮天海集团所有坏人的主使，那个金矿的阴谋诡计之局是出自她和她的部下之手，还有做空天海集团下属公司的资金也是她提供的。羽菲微笑着与嫣然碰杯，红唇触及冰凉凉的酒杯之时，她回忆起了许量身边那只一直隐隐约约的看不见的手就是眼前的这只纤纤玉手。就是这只好看的手在支配着大家的命运吗？羽菲抬头直视嫣然。

嫣然知道羽菲，她对这个年轻的上海女人充满了同情，因为洪羽菲知道内情时太晚了。在这个世界中，事业和人生本来就是智者的玩物和借口，只有那些自以为是的聪明人才会被所谓的成功学和励志咒语所困惑，成功大多数时候就是社会最隐秘的由金钱与权力构建的圈子的金字塔上端的人对下端人的提拔和恩典，白手起家和成功典范那是偶然。除非你的智慧强大到了圈子里的人不接纳你就会出现威胁，在那一刻，他们才会帮助你奋斗。

这个圈子有明有暗，有依靠血缘与亲情形成天然的，也有后天有意组建的新圈子。可惜，你羽菲只是商界的小圈子中人，嫣然使用同样的微笑去坦然面对羽菲无声的诘问。

许量在一旁看得痴迷。这些年，他的欲望事实上已被全部满足了，他应该有的、不应该有的基本上都顺理成章地拿到了手中，金钱是如此，美人也是如此，偶然的失意那只是花絮，轻轻就拂面而去。可此时此刻，他只要一天做男人，就一天不会忘记：一个是他曾经拥有过的女子羽菲，另外一个是他暗自喜爱的女人嫣然。他为自己的这个判断而惴惴不安，要知道刘嫣然是什么样的女人啊？华尔街来的女郎，手下精兵强将中的任何一位的进攻都要我许量全力以赴地拼命才能够保全资本之鹰，如今，自己的心思一旦被她窥破，那可就是真切的冒犯了。

许量马上收回目光，她们那惊艳无比的对峙却再也不可能消失在他的脑海。

他不由自主地低声叹气道：“以前总是一直在设想我人生最后的那一片记忆到底是什么，现在终于有了答案，那就是此情此景——美人倚翠，红袖善舞。”

他说的美人倚翠，自然就是说的嫣然，她正在那棵亭亭玉立的翠柳之下，凑巧，今天穿的是一袭淡绿色长裙；红袖则是羽菲的衣服中点缀的那抹红色，娇艳欲滴的色彩，单纯的美丽。

这是一对美人，成为此情此景的旁观者也是不虚此生。

这里好像是在请客，许量很奇异地发现，这宴请不仅仅是喜事，而且是红白事在一起办理。这是儿子许多的婚礼吧？他看见了。许多已经成为大男人，身边是他的新娘，许多片刻之间就是儿女成群了。

许量再次穿越庭院，一眼看见那庭院大门上书写着“许量葬身之地”，他很好奇，没有任何悲喜地飘进了院子。那中央之地是一口漆黑的大棺材，在一群肃穆的人群中显得那么气派！他走上前去，排众而出，仔细地敲击一下，这可是上好的金丝楠木做成的。

许量不由自主地走向棺材，几个不明身份的精壮黑衣男子上前来与他争抢。终于，他获得了进入棺材睡觉的权利。他躺了进去，里面却是另外一个世界，是九寨沟景区那样的美景，这让他在里面流连忘返。

四周的宾客不知道是什么时候走的，许量伸出头来，观看外边的世界，也好像是云深不知处，他的精神飘忽不定。仰脸一望，天空是蓝天白云，他想起了张娅、嘉仪和白蓝，最后才是谢丽。低下头来，一幅他个人的历史长卷出现在他的眼前，触手可及。她们的身影就是他感情世界的全部，其他就是黑白灰道上的那些人物——樊先生、李刚、吕佛铭、黄义仁、钱大富和李锌等人潇潇洒洒、说说笑笑和打打杀杀地从他的脑海中穿越出来，进入长卷之后，栩栩如生地在他面前走过去。这些人完全是民国时期的打扮，他们不断地和许量说话，南腔北调就一句话：“恭喜许量成为中国民间金融之父。”

许量心中惶恐不安，想说：“请勿妄语，民间金融博大精深，许量不才，敢为马前卒，甘为车前草。”

但他却哑口无言，他还在此情此景的局外，根本说不出任何反对的声音。当他的儿子许多和女儿许诺带领一大群儿孙嘻嘻哈哈地走过来，拜祭许量的时候，他才恍然大悟：他已经是作古之人，被后代们高高地定格在了一张古代的画像之中。儿孙们都在嚷嚷：“我们全部都是放贷人。”

他听见了自己的哈哈大笑，可那声音却不是自己发出来的，这世界仿佛还有其他的许量。不害怕，他没有傻到伸手去抓取幻觉的程度。

使用自己的感官去体会，许量立刻明白了为什么刚才羽菲和嫣然说的话，他一句也没有听见，而且他的出现她们也是毫不在意，原来他这是在梦里。一想到了做梦，那《梦里水乡》的歌曲就出现了。他知道他做的是清清醒醒的白日梦。果然，他回顾她们，她们的容貌正在环境中淡化，慢慢地消失。许量的眼睛湿润了，他知道人生能够如梦那是幸运之事，但好梦易失，好女易去，这就是命运。

许量的眼睛努力睁开，用力支撑，大大的，他不敢闭眼，他知道他的闭眼就是羽菲和嫣然的消失。可是，他没有力量了，逐渐地眼皮重如山，他只能够在模模糊糊中睡去。同时，他的另外一个自我苏醒过来：他感觉到了他还在自己的资本之鹰会所办公室，四周静悄悄的。刘嫣然根本就不在这里，羽菲待过这里，张娅、嘉仪、白蓝等人好像也是不见了踪影，只有那根乌木在突兀地屹立，永恒不倒。

一时之间，许量有点拿不准，她们哪些人是出现过的真人真事，哪些是复合而成的虚拟人物，他头疼脑热。

“喂喂，许哥你醒来，醒来！”

有女人在摇动许量的身体。许量还在梦中，但他已经明白自己是在做梦，还是多层次的梦境：其实，他既不在雪山下的村庄，也不在会所。他努力挣扎，这才苏醒过来。一睁眼，就是白蓝光洁的脸，许量如同一艘独木舟在她温煦的大床上停泊。

一见许量终于苏醒，她心中的石头落地了。这梦他做得可真是深沉，怎么叫也难以叫醒，白蓝对许量的怜爱一闪即逝，她转身去给许量倒水。每次做完培训班，许量都要放松几天，他与老兄弟们喝酒喝茶聊天，白蓝司空见惯，也就不再搅合在一起。

昨晚，许量到她家的时候，已经很晚，而且是醉酒的汉子。茫然无主的中年男人，让白蓝升腾起母爱的情结。看着许量贪婪地喝下几大杯白开水，譬如甘露，她忍不住笑道：“慢慢喝，好吗？你简直就是一块干涸的土地！”

许量正好喝完水，一听这话，一张好脸色立即变成了坏小子的模样，戏谑道：“你才是土地！肥美无垠的土地。你要知道土地一词自古都是形容女人的，男人只是耕田的牛。”

他的含义十分明显，那就是要他的女人上床陪伴，他闻到了她的体香。可她却假装不知，只是笑而不语，转身去厨房做饭，若隐若现的年轻女子体香也就倏然消失了。身材很好，又是一身主妇的刻意装束，她很感性地边走边说：“我先给你做饭，然后，再给你汇报工作。”

那背影让许量觉得妙不可言，他暂时忘却了内心的郁闷和压力，而白蓝却心无旁骛，心如止水。

有心事，心有不甘，梦中的情景历历在目。他的个性很强，习惯重复去做梦。于是，许量很想重新再做一次刚才的梦，他计划回梦中去修改一些细节，但饥肠辘辘，已经快到吃饭的时间了，看看时间不足以再次做梦，只好放弃。人生虽如梦，但民以食为天，吃饭自始至终都是人类社会发展的第一推动力，他自我解嘲：梦醒时分无感伤，原来已到吃饭时。

最近，终于有了羽菲的一些消息，许量推断的羽菲与嫣然之间的战斗或许是真实在发生的故事，可除了零星碎片的信息，他没有确切而完整的信息，而且这也只是从老同学龙良军的片断言语中推断而出，并不太可靠。许量为羽菲有了一对双胞胎的儿女而开心，也祝福羽菲幸福，他反复告诫自己绝对不能够去打搅羽菲，这是做男人的原则。曾经是你的女人，不见得永远是你的女人，而一旦不是你的女人，那生离就算是死别。

这次，2008年从美国开始的金融危机在中国生根发酵，还远远没有结束，中国经济体系破损，民间金融尤其是民间借贷资本损失惨重，但许量没有多大的损失，那是因为他一直跑在危机的前面一步，而并非他有多大的抗打击的资本与应变能力。这样的情形，可以表达为七分运气，三分智慧。无人佩服他，但明眼人都知道，这无论是一个凡人的本事，还是神仙的道行，其实本质都是一样的，那就是先见之明。

不少智者行动依靠的不是分析和判断，而是本能。快一步则快一生一世，这就是许量的风格和力量，因为资本之鹰最讲究的是心动就是行动，行动就要速度，极快就是极强，这商场之道理与武学原理一模一样。因此，许量暗中称自己和伙伴们为商业大侠，简称商侠。

最近，资本之鹰会所遇到的不少问题和挑战，都必须许量本人出面来处理。白蓝盘算：既然已经得到许量给予的一些公司股权，自己也算是资本之鹰系统中的老板之一了，不过我还年轻，不是张娅也不是洪羽菲，还是小心翼翼地待在许量的光环之下为妙。

《甄嬛传》中的阴谋诡计早已经风靡和武装全中国的年轻女子，她们不爱红装也不爱武装，就是拿腔拿调地学会了“端”与“庄”（装）；白蓝也看了几遍，做了不少的笔记，她有心得和体会，甄嬛的计谋连皇上都能够搞定，许量也应该不在话下。这是一个阴谋诡计与人生理想相生相伴的时代，白蓝的阴谋与爱情只是一个问题的两个方面。她对他，可没有丝毫的内疚。

女人离去，许量心中反而松了口气。他的好色有时候是如假包换，有时候只是装模作样，不过是叶公好龙罢了。最近，或许是因为没日没夜地疯狂纠缠，或许是因为经济学中的边际效用递减，许量对美女的态度发生了急剧的变化：经历太多，他不太在意了。

昨晚，他在对她的战争中，进攻和防御都力不从心，这种心有余而力不足的不快让他的心隐隐作痛：男人的衰老不就是从房事开始的吗？还有那梦境是如此逼真。人生如梦，商界更是醉生梦死的红楼梦，一个人的死与不死不是思考题，每个人的一生都是从生到死的过程。我们要面对的问题是如何生，更是选择死亡。这梦，难道在预示着自己的未来？

他心烦意乱，用苹果手机去看中国资本圈网站的后台数据，对新增加的会员人数表示了满意，对实名认证的几位董事长的资料进行了最简单的分析，他们都是民间金融小贷公司和担保公司的老板，这不是一个个冰冷数据的增加，而是一扇又一扇真诚而开放的大门。这些看起来完全陌生的名字，很快就会被公司的客户部转变为立体的数据，对客户数据的深度开发一直是资本之鹰公司的重点。

许量心道：这是大数据的时代，未来是不是数据为王还不一定，但必须未雨绸缪，他已经在思考和尝试用数据的思想来设计和改造民间金融业务的流程。里面的一些会员之间做成生意和交易的故事他时有耳闻，这就是圈子的力量，独一无二的中国民间金融圈子正在积蓄无穷无尽的力量。

看新浪微博的时候，他总是悲喜交加的心态。这里的消息好坏参半，心情好的时候，作为中国人的自豪感与愉悦感都被放大；心情坏的时候，觉得中国

真不是人待的地方。

有粉丝在私信中请教他怎么样才能够成功，许量回答道：“我不是成功者，只是走在成功之路上的旅行者。”

然后，他就是邀请大家多去他的圈子网站发言：“面对上万的民间金融和商界高端人士，每天发布一些微博，就能够在网站中积累自己的知名度，持之以恒就会有信用。其实，成功就是这样的一些小习惯构建的，成功的秘诀就是日积月累、滴水穿石。”

许量心里知道，中国年轻人需要的不是实干的告诫，他们渴望的是捷径和秘诀，他们不会也不屑去体悟“简单”和“重复”做人做事的意境，也不会相信成功之路就是持之以恒。

许量懒得去研究微博中的矛与盾，扭头就看见白蓝放在床边的笔记本电脑，纯白色的苹果电脑，对里面的世界，他很好奇。

听见白蓝在厨房忙碌的声音，许量侧身拿起她的电脑，犹豫一下开机了。显示密码，输入白蓝的生日，密码错误；他略微一思考，把自己的生日输进去，电脑打开了。

就好像是进入了一个女人心灵的秘密花园，许量是第一次进入她的世界。起初，他是想使用她的办公系统去处理会所的事务，后来却是在走马观花。在这里，他偶然发现的一些文件和日记让他得到了不少疑问的答案，但这内幕和隐情很显然刺疼了他。

当白蓝忙忙碌碌地开始布置饭桌的时候，许量已经在闭眼休息了。白蓝扫了一眼她电脑放置的位置，有些变化，但立即低头端菜送饭。她知道他动了她的电脑，嘴角流露出一丝不易觉察的微笑。

许量起床吃饭，与白蓝说笑，但他的脑海中翻腾着一只由情欲与理智纠结而成的困兽，他不得不重新审视自己面前的这个女人了。

吃饭的时候，许量提到了玉石的生意。

对此，白蓝是很明确地反对的，她的理由很单纯也很固执：做民间金融的许老师怎么能够“不务正业”呢？但此时她没有表现出来。

她知道一直有朋友在介绍资源给资本之鹰。平时她很顺从她的男人，有不同的意见、有矛盾之时，她绝对不会说出一个“不”字，此时，江南女子的婉约和温柔又被她发挥得淋漓尽致。

许量的态度是民间金融必须做到“三结合”才有出路，那就是资金必须与行业结合、与产业结合、与实业结合。何况，在数百家银行小微贷款创新业务和同行恶性竞争的强大压力之下，在证监会停止了新股发行之后，许量的借贷与投资都进入了前所未有的茫然期。

庞大的资金如果不进入一些有升值潜力的稀缺资源潜藏，那么越来越厉害的通货膨胀会让纸币上的财富化为水中的幻影，因此，许量暗中一直在收藏艺术品、玉石和金丝楠木器，他要把现金尽快沉淀，让财富躲进“物以稀为贵”的资源里面，等到民间金融大发展的时机再次成熟，他的资金才会泄洪而出。

除了必须做好的资金生意和投资管理，许量换了思路在做资本之鹰的财富管理，他如同商界里面的大侠，异军突起却隐蔽得很好，走南闯北去寻找优质的投资品种，短短的几个月，他对收藏生意已经颇有心得。

一边享受白蓝做的江南美食，一边听她说起公司的工作和利用会员资源为投资计划布局之际，许量对她没有反对自己的收藏而欣慰。他还没有来得及表扬她，电话响了。

他笑眯眯地接听电话，却猛然呆住了。这是北京来的电话，他的老同学病危入院了。电话里面，同学的同事急促地说：“许先生，我们从李老师的电话里面找到您的电话，在电话号码的后面，李老师标明您是他的兄弟！您要立即赶来，这只怕是最后的告别。”

许量赶紧应承下来，一个“兄弟”的标签，谁都能够懂得。

李健康知道自己的身体其实并不健康的时候已经晚了，他被同事紧急送往医院的时刻，正在编辑一本很睿智的时政新书。这是难得的好书，不是充满愤青的辱骂而是有思想有观点，还有解决方案。在兴奋中，他接到了总编辑不能够再出版这本书的通知，他愣住了，倒下了，如同一座山，就砸在他的格子间里。

他一进医院，就马上转入了重症监护室。这是脑出血，热血满腔无处可泄洪也是不治之症。他想见到的人中，有前妻、有许量，却没有他最爱的那个叫徐曼丽的女人。他见前妻是想说声“抱歉”，他见许量是道一声“再见”，他不见自己最爱的那个女人徐曼丽那是因为不想让她伤心，最重要的还是要给她留下一个完整无缺可以经常回忆的美好形象。

许量惊闻此消息，他半天都没有回过神来，在白蓝的催促和安排之下，第二天，他用最快的速度赶往北京。

还是晚到了，许量很难受，这样一个熟悉的人用这样快速的方式离开了这个纷纷扰扰的世界。他没有去更多地安慰老同学前妻撕心裂肺的哭号，老同学的前妻反反复复地就是对李健康呼号着一句话：“你这是何苦啊！”

老李的女儿李胡妮依旧是冷冰冰的模样，家庭分裂的痛苦让她对人世之间的变幻莫测早有预案，对爱失去信心的她决定孤身一生。她沉默寡言，默默地承受生活的压力，对父亲的死亡她还是一副冷眼旁观的态度。

“何苦啊！”许量知道这话的含义很深刻，却不去揭露。他想起了李健康最爱的那个女人徐曼丽，不知道她是否知道他的离世？他知道不能够通知徐曼丽，人的生死不是情人吵架分手那样可以重来。如果没有对徐曼丽借款的担保，或许后面的一切事情都不会发生。最近，许量看了《死神来了》的系列电影，更加明白了蝴蝶效应的可怕：送健康上路的人是徐曼丽吗？

他呆坐在医院过道的长椅上，注视着往来的人，有点茫然无措。他们是病人与医生，亲人与朋友，还有陌生人。他们的表情各异，心思却差不多，大多数都是在为健康和生存发愁。目前，许量没有这样急切的问题，但他知道自己生的时候在医院，死的时候，却一定不会在医院，他要在旅途之中死去而不是在病榻之上死去。

后来，他去了太平间，这里并不是想象中的阴森森而是普普通通的房间，干干净净，很肃穆。许量心平气和地瞻仰了李健康的遗容，老同学的模样没有恐惧只是倦怠而平静。他回忆起了他们朝夕相处的日子，有悲有喜。许量很后悔自己没有尽可能照顾老同学，如果当初不是害怕高利贷追债的麻烦而坚持让他留在成都，又会如何呢？或许，老同学就不会死。

李健康处心积虑帮助过的徐曼丽的企业到底还是垮掉了，是因为借贷而垮掉的还是因为企业自身经营管理的问题，众说纷纭，但一点都不重要了。

许量没有告诉他的老同学，徐曼丽本人倒是安然无恙。风波已过，她已经重新开始做小生意。那次，徐曼丽专程来会所要李健康的电话和北京的住址，她与她的老公好像已经分居，言语中流露出对李健康的悔意。许量心硬，没有给她机会，这到底是对还是不对呢？他开始纠结了。如果，他们两人见面了，是否，他们就会一起回成都呢？即使不回成都，他们都在北京，说不定李健康就不会再做编辑了，徐曼丽这样的女人不会让李健康只做文人的啊！

“他妈的，人生什么都有，就是没有假如和后悔药！”

许量骂人了，有点头晕目眩和恶心的感觉涌上来。这里是医院，是大多数人生与死之地，他感觉到了自己的身体在反感这里的环境，更反感麻木不仁的自己，他决定站起来，必须尽快逃离这里。

用钱说话，许量尽可能地安排老同学的后事。眼见老同学的家人都在陆续赶来，他们的话题一旦从悲伤说到了财产的继承问题，许量就开始成为多余的人。

出了门，四周是一片萧条的北方冬天，抬头看看无垠的天空，阳光冷冰冰地灿烂着，许量用力大口呼吸着不太新鲜的空气。据说这些空气里面充满看不见的颗粒，微博中戏说北京人都是空气过滤器，中国人都是牛奶和地沟油等食品的生化试验品。可人生自古谁无死？这有什么要紧呢？活着，即使卑贱地活着，不也是一切新希望的开始吗？自由自在，这些原本触手可及的东西却在当下显得是那样珍贵，这让人不得不反思。

许量的文人情结被金钱压抑太久，如今一旦被激发，他就如同一头雄狮在北京的大街冒着严寒穿行在冷漠的社会。

生命的意义何在？我许量的命运到底会怎么样演绎和发展？这不仅是我个人的问题，也是几乎所有中年老板必须面对的问题。世间最大的悲剧是什么？不就是我们什么都有了，却没有身体了吗？

资本之鹰这张网络，许量已经编制了很多年，辛苦异常，最近才进入了收获期：不少的集资和合资都在暗自进行，他把身边的人与事做成了一个又一个的大大小小的圈子，也做了一个又一个的平台公司，大多数都不叫资本之鹰。最终，只有极少的人才能够参悟推测到他的真实目的，不仅仅是白蓝，甚至张嘉仪、张娅与李锌、吕佛铭等人，就算是许量本人，也只是这一张天罗地网中的某个级别的节点而已。李健康的突然逝去，让许量的心被猛烈撞击，开始有了难看的裂痕。

“在生命本身面前，只有死亡与挣扎，事业与生活、理想与主义、光荣与梦想甚至人类的一切都是笑话。”

许量把这句结论传递给了白蓝，这才是他此时此刻最想对世界和自己说的话，这很偏激。他没有打车，就在北京的大街上漫步，带着时快时慢的情绪。

这里全是陌生人的世界，许量能够自由自在地走动，他不再是名人，也不是老总，此时此刻，他就特别想做一个盲流，盲目但自由地生活。那些苦痛全部都当成是苦行僧的修行吧，他的眼泪止不住掉了下来，这不全是为了李健康，也是为了自己。他冥思苦想：爱了那么多，可那个能够启动许量一生的蝴蝶效应，最终送自己走上死亡之路的女人到底是谁？他把经历过的女人都在脑海中回忆出来，但都是她们优秀的一面，没有缺点的完美显得很不真实。

“人生是一个值得研究和参悟的过程，命运如风，实在是难以把握，生与死皆苦。”

这是许量在中国资本圈网站发布的微博，很快就有了一连串的关心和询问，他只好删除了这条微博，难得解释，他不想跳入名人的陷阱。祸从口出，他决定缄默。

第二章

做商人，小心驶得万年船的秘诀是严防朋友和情人

许量的心理恢复能力是强大的，他反复在心里暗示自己接受人生无常、生死有命的观点，大多数人的生活与事业的内容就是向命运之神妥协。

做事情少了激情，多了冷静和犹豫不决，这也有点出乎他本人的预料，但他不得不为了他的商业与生活的圈子继续推动公司与事业的前行。

2012年12月12日，星期三，据说是一个很吉利的日子，全世界各地都掀起了结婚潮，有很多新人选择在这一天结婚，因为这一天也是本世纪最后一个年月日重复的日子。

距离玛雅人说的世界末日还有九天，成都宽窄巷子，晨钟大吕咖啡屋，这里的风格很简约。如今，晨钟大吕这个品牌已经是许量与吕佛铭等人共同享有的专属商标和品牌，他们之间还经历过对这个商标权的明争暗斗，但那是兄弟之间斗而不破的技巧，不伤大雅。晨钟大吕的咖啡屋可以休闲也可以办公，还能够商务交友，是比资本之鹰会所低一级的会所业态。

星期三，中午之后，这里的游客很少，宽窄巷子的诱惑性也荡然无存，变成了老成都的街坊邻居摆龙门阵的好地方。许量没有去资本之鹰会所，那里钱多人气却不旺盛。他很喜欢这里质朴的氛围，在一种慵懒的气氛中享受小资的情调已经是很久不曾有过的奢侈行为。

人类文明中有很多搞笑的东西，他们会自以为是，还要认认真真自己吓自己，因此，许量对世界末日的说法一笑了之。

在透明的玻璃天窗之下端坐已久，耳中充满萨克斯轻音乐，四周几桌散客都是浅谈细语的朋友。远处倒是有一桌年轻人在热情洋溢地讨论一个互联网的投资项目，在许量的听力边缘，他也就懒得去窃听。他的座位是青砖墙边的十二号桌，抬头，穿越花花绿绿的倒挂在空中的小雨伞，可以看见灰蒙蒙的玻璃之外灰蒙蒙的天空。

今天，此时此刻，他的心情也是灰蒙蒙的，不关注悲喜之事，不心系无缘之人，有的只是无边的落寞。

刚才，他给嘉仪打电话，她还是以前那样慵懒，她的电话还是国内的号码，电话的待机音乐依旧是一曲《香水有毒》，几年以来，她从来不更换新的曲调，许量不知道她是怀旧还是懒惰。

香水有没有毒，他不去研究，嘉仪有没有毒也不敢去想，但这首老歌曲还是能给许量一丝很清新的感受：张嘉仪越来越不像是许太太，她清新而飘逸，有财力支持的她依旧是女科学家的面貌，依然是不食人间烟火的美。可这美丽可望而不可即，似乎越来越与他没有直接联系。

许量不能够责怪太太没有马上接听电话，或许，她不是对自己不热情，而是她的性格使然。何况，在美国的这时候，可是黑夜无边美梦无限的良宵，但在中国却是做生意和劳作的好时刻。

他们的生活，看起来、听起来和想起来一切都很正常，但作为夫妻天各一方还是其次，重要的他们之间黑夜和白昼经常颠倒，共同的话题除了女儿，偶尔还有许量与前妻谢丽的儿子许多之外，已经是越来越少了。但中国家庭从来都是比爱情更坚韧的城堡，许量与嘉仪彼此心存不满却不会轻易去动分离之心，对于他们这样地位的人而言，离婚那是对过去整个世界的叛乱，谁也不会轻易点燃这样的战火。

成都的冬天没有太阳，许量的冬天是没有张嘉仪。

作为许太太，远在国外，她好像是除了中国，在哪里都愉快地存在，一会儿是美国，一会儿在澳洲和欧洲。对了，黑非洲，她那样的美人是不会去的，另外就是中国。她出国之后，就再也没有回来。几年以来，许量知道了处于“裸商”状态的中年男人实在是没有不寂寞的理由，即使身边从来都不缺乏美女相伴，但她们只是红颜知己，过眼云烟。

正在感伤之际，他的“过眼云烟”就来了。

白蓝走进大厅的时候，很引人注目。四周的客人发现，这女子不仅仅是身材高挑，一身艳妆，而且她还一脸的孤傲，只是见到方才还很孤独的男人的那一刻，立即融化了脸上的冰霜，变得柔情似水。

他们来这里不是享受小资情调和创业交流的，而是有重大的事情要处理。

低声浅语，许量先与白蓝交流。

最近几天，成都商场的大地震来自成都甚至四川官场的大地震：省委副书记被中纪委双规，这是大事情，也绝对是震中。这人对成都经济有贡献与否自有后人去评说，但无底线的官商勾结却是肆无忌惮。

成都商人中，形形色色的传闻四起，人心惶惶。他们平时言利，唯恐他人不知晓自己与官员的关系，而树倒猢狲散，惶恐之际一定是保命，避之唯恐不及。作为借贷江湖的佼佼者，许量丰富的逃跑经验与教训都在告诉他，虽然对他而言，可以事不关己高高挂起，但大戏总是在后面，成都、四川甚至更高级别的商场与官场新一轮洗牌刚刚开始。在这轮清洗中，一定会暴露出不少的冷门，或许，四川的大亨大多数都会变成大恨，他们能不能逃出官商勾结的陷阱和原罪还是未知之谜。

白蓝说话之际，许量的心事不少。对官商勾结他一直高度警惕，虽不是绝对的洁身自好却也设置了不少的防火墙，这也是他一直在控制自己投资规模的根本原因——做生意，怎么活下来才是本事。

现在，问题在于资本会所的一些投资会员，他们的问题大与小不是能够主观评定的，而是要随着反腐败的深入调查才能够最终认定。许量欢迎反腐倡廉，这样，他们的资金就不得不具备了“好钱”与“坏钱”的可能。对官银资金的清理已经是势在必行，商人与民众都需要更加透明的市场环境，这就是历史潮流，非人力可以抗拒。

她给他倒茶水，气氛温馨。尽管很多时候，私会之际，他们都是如胶似漆，但他与白蓝的关系自始至终都不是太太的级别，甚至也不仅仅是比爱人更少一点感情和责任的情人关系，而是很全面的伙伴关系。但白蓝也并非羽菲的替代品，她的能力与资质都在成长中，远远比羽菲更让许量觉得安全。许量一直试图重建她与羽菲那样的美妙关系，但白蓝毕竟不是羽菲，身材都是年轻灵动，可心灵却迥异：都是情人加上生意伙伴，相处却是味道不同。这样的感觉很缥缈，难以抓住，这让许量起初幻想找个羽菲替代品的设想落空了。他感觉到了感情其实是天注定，非人定胜天之物。

好在白蓝不在意许量感情的深浅和态度的忽冷忽热，许量的内疚之心也就少了很多，他们不仅仅是有情感的男女，更重要的是还是资本之鹰事业的合作者。一船之上，风和日丽之际，可以放歌，而一旦遇到风雨，那就绝不是儿女情长、英雄气短，而是必须同舟共济。

许量很关注四周来来去去的人，他不断地打量，没有发现异常。

重要的事情，不能够在隐秘的地方洽谈，也不会在自己的地盘中，许量多疑甚至疑神疑鬼，总是感觉无处不在的黑眼睛正在盯着所有的人，在人多的地方反而更适合，这是为了安全和对他心理安慰的考虑。许量选择的是大庭广众之下来谈秘密的事情，必要的时候，辅助了用纸条去写，但会立即烧掉。许量带头关闭了手机，白蓝知道他的规矩，也当面关闭了她的手机，这是许量的性格和习惯：做商人，小心驶得万年船的秘诀是严防朋友和情人。

很仔细地过问了白蓝安排律师草拟的资本之鹰公司与四川金融资产交易所签订战略合作合同的内容和条款，许量高度重视拓展企业的关系资源，他对他的助手说道："因为民间金融已经不再是单打独斗和小打小闹的时代，资本之鹰的资源也已经不再是以公司为唯一载体，民间金融研究院的老师与同学也是核心关系，因此，我们需要与熊老师多沟通。"

许量说的熊老师就是金融资产交易所的董事长，他在金融创新上颇有建树，也是参与了北京金融资产交易所创建的前卫之士，他们私下是兄弟和朋友。

"金融资本交易所是四川省省政府批准成立，在中国证监会备案的正规金融机构，换句话说，他们是正规军，能够推出新的金融品种，而我们资本之鹰的投资者网络能够在市场中消化他们推出的产品和服务。"许量分析道，"我们还是用现代民间金融研究院的名义与熊老师他们的机构签订合同吧，资本之鹰的名头还是少用，草原上的老鹰越是少出面就越有力量。"

说起了各地民间金融形势严峻的老问题，许量的声音这才大了一些。他没有去分析各地都在建立和筹备的民间借贷中心的利与弊，他不反对别人的金融创新与探索，只是担心这样的登记中心没有考虑到民间放贷人和借款人的行为和动机，他们没有动力和压力必须去中心登记业务，民间借贷的特点决定了资金借贷的隐秘性。

宜信等机构退出温州民间借贷登记中心的前因后果，许量通过遍布全国的老板学校的学生的网络和人脉略知一二，他给白蓝讲述了其中的缘故，白蓝恍然大悟。如果民间借贷登记中心的建立只是给民间借贷机构披上一层像模像样的"合法"外衣，试图雁过拔毛收取一些杂费，那就更是笑话了。

不情愿多去老生常谈地谈危机，白蓝也是行内的资深人士了，他们对放贷人的资金断裂和崩盘无能为力。成都也不是灾外之地，私下跑路和崩盘的公司和放贷人也不是小数目。庆幸的是许量小心翼翼，没有被涉及，更幸运的是成都和四川民间金融的"有关部门"的管理水平不弱，依旧在适度的监管中支持

民间金融健康有序地生存和发展。

“我们要低姿态，不要请所谓的大师来成都演讲。民间金融没有明星，也不是群众运动，做金融，洁身自好是根本，明哲保身不是态度问题而是战略问题了。”许量本人是从来不去大型的演讲会上演讲的，他会低调地参加和学习，但不会去做演员和大师。

白蓝知道，他对成都的某些高歌猛进的民间金融公司也抱有很强烈的戒心，原则上是井水不犯河水，再加上成都的民间金融江湖越来越大，许量也不再像以前那样一呼百应，但他们都能够甘于寂寞，在沉默中潜心修炼，风雨无阻地潜行。

再次强调了淡化自己的放贷人角色和相关借贷业务的“低姿态、强进取”要求，他戏言道：“危机，就是危险与机遇并存，我们要善于逆水行舟，逆风飞扬。”

白蓝身心相同相通，会意地点点头，笑道：“许量是民间金融领头雁，不飞则已，一飞冲天。”

“大雁不是我，我不是大雁，”许量假装严肃地摇头道，“我是老鹰。”

说完，他指点了一下脸上的鹰钩鼻，双眼用力放射出鹰一般的目光，满脸微笑，眼睛炯炯有神，他的女人的好心情被点燃，即刻笑颜如花。他们说起资本之鹰会所经营的核心人脉关系，许量先给白蓝说教几句：

“中国的关系是盘根错节的，要生存和发展就必须加入形形色色的关系网络，具备一双慧眼很重要。是的，在官场要找准人脉的线条，站队要精准，既要现实也要有前瞻性，切记不要跟错人；在商场必须看准人，看错人比失身还难堪，很有可能让你倾家荡产血本无归。”

说完，他闭眼略微休息一下，心中盘算了那几个绝密的人脉关系是否给白蓝说明白，这才开始仔细研究和分析，有问题的人脉关系和有问题的资金很快就被清理出来了，有可能出事情的潜在风险也清理出来了。

需要重新定位的人脉不多，但与之相连接的资金却是一个不小的数字，许量沉默了。难怪他在前段时间情绪一直在波动和低沉，许量有预感，这个如同野兽在野外生存之时必备的对危险的敏锐感经常能够挽救他的事业。他知道，一旦这些资金快速溜走，那么会所的压力必然不小，而且，牵一发而动全身，只怕这次的危机十分凶险。

他们在交头接耳，宛如情侣窃窃私语，无人知晓他们心中的世界已经是波澜壮阔，一道又一道的防火墙再次慢慢地在他们心中建立起来。许量的眉头慢慢开始舒展，他心想：这一次，折腾是少不了的，但结局应该又是有惊无险。他厌倦了，在心中不断地告诫自己下不为例。

作为中国商人，总是要去应对一些非商业的侵扰因素，而且没有法律和规章去揣摩，这让他头疼不已。以后的数月，许量都在为此而劳心费力，故事精彩纷呈，具备了戏剧化的色彩，但在这里不想不能也不必细说。

他感觉到很不安全，四周充满未知的危险。许量对嘉仪在国外布局也开始认可了，女儿的健康成长非常重要，但更重要的是女儿的父母都必须安全。嘉仪对许量除了距离远点，其他的一切尚好，而她毕竟是他的太太，也应该是许量最终的归属之人。

白蓝把要紧事情与他说完，眼见许量一副淡然的微笑，心有千千结。她不知道眼前的这个男人内心的世界，即使有了亲密无间的关系，她也能够感知他的内心有另外隐蔽的一座城。

他喝口茶，再说："放贷人、借款人、媒体舆论与政府就构成了资金借贷的生态链。他们时而团结，时而斗争，虚情假意和咬牙切齿都不重要，重要的是每个角色都不可或缺，生旦净末丑，社会大舞台，人生小戏剧，民间金融只有相辅相成才能够生生不息。别看现在民间金融泥沙俱下、风声鹤唳、草木皆兵，冬天过去，依然会前景光明。"

许量让白蓝重点稳住员工们特别是管理层的心态。"要带着嬉笑怒骂皆成文章的心态来看待借贷江湖，这就要有慧根和慧眼了。做民间金融，这是我们的事业，不管风云怎么样变幻，都改变不了我们前行的脚步。人生最要紧的是小步快跑，不停息前进就是成功。

"很难想象一群吃不饱穿不暖的人，还在一起玩弄什么金融创新的游戏，金融毕竟是少数人才能够进入的神圣殿堂，不是任何人都能够贸然闯入的领域，这些人不头破血流是不会尊重金融规律的。"

许量对网络金融中的那些草根创业者除了极少数的佼佼者之外，不屑一顾。白蓝很不赞同，因为她按照许总的工作安排，一直让投资部的员工在网络中密切地关注那些投融资的金融类网站的生生死死，今天，刚提到了几个有点规模的网站，许量却毫不感兴趣。

她不知道他的心思何在。其实，许量也认为他本人同样是穷人，相对于最近网络中曝光的贪官污吏而言，许量的财富实在是不值一提。刚才他说的话很尖锐，但针对的不是别人而是许量自己的窘困：在与以刘嫣然为代表的国际资

本接轨的过程中，他不断地感觉到自己从知识到身体的力不从心，但许量是英雄，不能够向外人道出内心的苦闷。白蓝是不是外人？当然是，许量知道她对自己的感情少了崇拜的成分，这就是他永远只能够在她面前展示优点的根本原因，时间一久，自然会很疲惫。

资本之鹰会所还是那个会所，依旧声威显赫，但经营的重点却从资金拆借业务演变为做投资项目的私募。现在是银行信托等正规金融机构的春天，却是民间金融的严冬，他们主要的业务开始逐步变成事务：许量和白蓝要为会员过冬准备相应的解决方案和关系资源了。

许量创造性地提出了民间借贷中“危机业务”的概念，白蓝按部就班去执行，惊喜地发现，帮助会员之间和会员与他们的客户之间周转一些资金，把三角债和多角债务化解远远比直截了当做资金业务赚钱。这就是债务重组的魅力，许量已经在这里收获不小，因为他在预计到民间金融会出现大面积的呆账与坏账之前，就已经潜伏在这业务可能出现的地方。

言谈中，许量又把会所叫作“民间借贷急救中心”，当然，这是圈子内部私下的戏言，不可不当真，也不可完全当真。

白蓝笑着表示了赞同：“呵呵，这概念很不错，个性鲜明，但绝对不能够去宣传和推广。”这几年许量低调了不少，言谈举止不再是以往的高举高打。

“为什么不宣传？只是宣传的策略必须要设计和把握。”许量若有所思地说。白蓝在笔记本上记录他的话。“对了，如果我们引进政府的引导基金，就像科技引导基金那样，由有关部门出面组织国有企业与民营公司合资建立民间金融的综合性投资基金，它的用途就是专门来化解民间投资尤其是民间借贷的风险，使用的是政策与市场相结合的企业运营机制。一旦出现民间金融尤其是借贷的风险，这家企业就是政府联系市场的通路，从政府的角度来看是进可攻退可守，在处理非法集资和借贷大案要案之时不再是节节败退而是游刃有余，政府自然是十分欢迎的。”

许量的声音稍微大了点，她立刻摇摇手，手指如同雪白的葱根，引人入胜。

“而从市场来看，一笔借贷业务出现了死结，那就是借贷双方用资金和信用通过法律合同构建的资金循环系统出现了问题，这些问题很难在原有的结构中，依靠内部人商量解决，而有外部新的资金、资源和信任、信用关系的注入才能够重新激发系统的活力。当然，我说的是金额较大的借贷和投资，不是小额贷款。虽然天下每笔贷款的原理都是相同相通的，但金额太小的借贷却不值得注入新的资源资金去处理，因为成本核算下来不划算。”

“这就是民间借贷的次贷基金吧？”白蓝听懂了，她的金融知识是扎实的，她兴奋地说，“那倒是，从这个意义讲，如果这样的民间金融业务设计成功，实施顺利，那不是正好发民间金融萧条的大财吗？许总真是高见。”

“还有更厉害的在后面呢！”他很高兴，自己女人的表情变化就是他情绪的晴雨表，白蓝兴奋，他也兴奋。

“如果我们做PE（私募）投资，就可以把我们收购的债权变成老板们的投资对象；如果我们把做基金、信托等手段结合起来，把债权资产化和证券化，那不就是可以把老百姓的钱也变成我们的新资源吗？”

“这样好吗？”她有点迟疑。

“有什么不好？这是对国家、集体和个人三方面都有利的事情，又是民间借贷和民间金融的应急处理机制，就好像鱼缸里面的清道夫，那是各方面求之不得的举措。”许量胸有成竹，“这是金融创新，有根有据。”

“这个办法，还可以用在地方债务的化解上，依样画葫芦，照搬照抄许总的创意即可。”白蓝似乎领悟了，她对许量的感情看似简单，其实也是心事重重。她知道，许量对她极其有用，这就足够让她委身于他了，男女之间的感情并非一定要一尘不染。

许量心情畅快，但转念一想也很惭愧，这毕竟是刘嫣然指点自己的结果，别人的危机才是自己获取暴利的最好机会。

他们就这样漫谈，话语是不紧不慢，话题是举重若轻。

“要尽快对资本之鹰会所进行根本性的改造，这才是我的底牌，而经营模式的升级换代，必然要淘汰一些不愿意更新自我的员工。与其我们做老板的去开除他们，不如制造条件让他们自己离开，这样算是各取所需和相得益彰，何乐而不为呢？”

许量在会所之外才能够说出这样的话题：“我不开除员工，但也必须清洁公司的队伍，这就只好使用一些计谋了。欲擒故纵是每一个老板的必修课，大家都是懂的，只是没有说明白而已。”

两人仔细分析了不稳定的员工情况，许量的手在空中做了一个砍杀的动作，眼中杀气一闪而逝，脸上微笑着说：“非我族类，其心必异，礼送他们就是。”

“世界末日的传闻让一些地方的蜡烛被抢购一空，”工作说完了，白蓝喝口热茶，轻描淡写地说起笑话，她不想许量太累，“任何一点谣言都能够让脆

弱的中国人心惊胆战，在网络时代，谣言的威力堪比原子弹。”

“末日？谣言？”许量慢悠悠地说道，“人类末日不可怕，可怕的是欲望无限。谣言也不可怕，因为可怕的不是谣言的内容，而是谣言本身。这谣言的产生、发展和泛滥的机制是必须认真研究的，有点像蝴蝶效应，千里之堤毁于蚁穴。从陈胜吴广起义开始的农民起义大多数是依靠谣言的力量起家的。在金融时代，谣言的力量更是可以直接量化为金钱。如今是微博时代，是自媒体时代，每一句话的价值都可以评估，正如每一个创业者都有一个故事。”

她仔细在体悟，心无旁骛。他的弦外之音是：“谣言就是力量，是否是正能量，那就要看人心了。”

“世界末日是不会来的，但对不少的官员来说却是末日。双规可不是一件好玩的事情，现在当官的天不怕地不怕就怕纪委喊谈话。何况，最近，各地被约谈的官员似乎也越来越多。”许量的思维很跳跃，他说起了另外的看法：当今社会，官官相护是有的，但官官相互戕害那也是比比皆是，其中的残酷程度，只有当事人才有深刻的体会。重庆官场与社会实践的大戏已经演绎了好多年，还将继续演绎下去。

“成都中屹信达投资管理公司的股东会马上就要召开了，”许量知道白蓝对她没有进入这家公司的股东序列有意见，但他做人坦坦荡荡，是事情就要说明白，“这家公司是我们资本之鹰的同盟企业，也是实验性质的一家平台公司，是否能够如愿以偿地做成功还需要实践，你等下一批股东的增资扩股吧。”

他想，这家公司不大却地位重要，就是我许量商业系统的一只“兔子”和样板。因为商缘的缘故，这次的新公司只给身边的一些兄弟说了计划，许量暗自决定：能够听从计划和安排进入其中的股东就是真正的兄弟，那些听了商业计划而没有进入的朋友，不论是什么原因那就只能够是朋友了。兄弟走相同的道路，风雨兼程；朋友就是隔河相望，相互观摩。

对许量的决定，白蓝只好点点头，她很遗憾。中屹信达公司董事会的相关事宜，她已经安排好，因为这家公司的股东都是“懂事”之人，大家都很配合她的工作。公司的发起股东是许量、吕佛铭、江虹、唐老师，以及曾总、史总、王总、左总、相总、毛总等人，一共是十二人。他们来自成都、北京、江苏、昆明、重庆等地，都是许量通过老板学校的培训班用时间和事件选择出来的兄弟和朋友。当然，这是双向的选择，他戏言这不是同学经济，而是兄弟经济。

看看手表，时间不早了，许量还要会见另外的朋友。两人把手机打开，都有未接听的电话，他们互不干扰，回电话或者回短信，很快就各自处理完毕。

“苹果手机都成为我们身体的一个器官了，总有一天，海量的数据会把我们祸害至死，或者，我们也会成为数据人，也就是说，没有数据我们就无法生存和交流。”许量戏言道，“这是大数据刚刚开始启蒙的时代，我们要多把注意力从资金转移到投融资数据的收集与掌握上来，尤其是我们中国资本圈网站会员数据的升级和利用。”

白蓝点点头，她对此十分赞同。

他们的分歧在139e网站的定位上，因为线上的网络会员和线下的资本会所的资源是否汇通是许量和白蓝面对的巨大挑战。目前，资本之鹰会所的会员与网站会员还不能够完全无阻碍地沟通，私密资本的贵族氛围与互联网的平民精神是不是水火不容呢？会员们之间的投融资信息是否需要无私地打通呢？许量决定在等待中思考，在思考中等待，这里面有商业利益的考量，也有商业模式的设计。

白蓝的意见和意图就是两者要融合，而许量一直在抗拒，他选择的是资本会所继续走贵族的路线，因为很难想象资本会所里面突然来了一群IT青年，他们还能够与那些自以为是的投资者一见如故，把酒言欢。

这里是公众场合，他们的关系是合作伙伴而不是情人。他们有分歧的时候，说话难免生硬一些，许量不想破坏两人的默契，就转移了话题。

“在这个新时代，反腐败和再次市场化将是两个主题，所有的企业家都必须牢牢地记住：那些只是依靠关系的企业，必然会被历史和现实使用各种各样的手段消灭，而那些依靠市场的企业将重新获得新生。这就是我观察最近几个月的时局得出的结论，这不是依赖个人的品德和好恶，而是国家必然和必须的措施。”

其实，许量只是在感慨无数商界大亨无视时局的转换和社会的进步，从走上社会财富的T型台到堕入囹圄，也不过是短暂的十来年。

“是的，许老师的这话可是一字千金。我们的改革是在与革命赛跑，我们的生意是与我们的命运在决斗，身心皆是晃悠不得！”白蓝的话很精致，许量微笑着摇头，心满意足。他强调道：“我们的改革是在与革命赛跑可不是我说的，而是吴敬琏老先生说的，甚是胆大。我人微言轻，不能够有思想，只好说生意这样的俗气之事。在中国，老资格就是权威，说什么倒是其次，但他们的思想总是大于他们的胆量。”

两人又聊了一会儿天，心底一些话是珍藏的不便早说，话题越来越散漫，她见许量没有邀请她继续留下来的意图，自身也有要紧的事去做，就先告辞了，心安理得。临走，白蓝习惯性地叮嘱他一句：“晚饭少喝酒。”神态亲昵，许量颔首称是。他对白蓝的心情很复杂，他们的距离越近，对嘉仪的内疚也就越深。

注视许量的眼睛，那里幽静但很深刻。白蓝很乖巧，她不会说“你早点回家”之类的话，因为他们的情人关系很独特，只有欢愉没有苦恼，有居所而无家的羁绊，何况许量是天马行空的人，喜欢无牵无挂，他与什么人来往，今宵酒醒何处，那是不能够提前确定的事。

第三章

借贷与投资相结合，人人都要有所得

白蓝走后，又来了两位客人，许量远远见到就站起来去迎接他们，可见这一男一女的重要性。男人叫邓成，女人叫杜红，都是三十岁上下，一看就精明强干。他们都是股市上的强者，在这几年，能够在中国股市这座巨大的绞肉机残杀之下生存的人，寥寥无几，他们就是其中之一。现在，他们是恩爱夫妻，可以前是许量的秘密操盘手。

做许量的操盘手已经很久了，在这几年的股市中，他们已经尽可能地减少了许量的损失，但在上一年，许量固执地把大部分资金暂时撤离股市之际，最终的损失还是高达百分之二十以上，对此，许量没有什么太大的感觉，因为做借贷生意的一笔坏账损失的资金就是百分之百的本息损失。半年前，如果没有邓成他们的一再坚持和不断地耗费口舌，许量也不会再次把多余的一些钱给他们打理，更不可能在行情发动之前买入以光大银行为主的银行股。

股市以往的损失很快就被弥补了，这样的事情让许量瞠目结舌。他知道股市犹如麻将，桌上的玩家你死我活，你多我少，唯一的赢家就是国家和券商。他依旧顽固地拒绝把更多的资金投入股市，毕竟对中国股市是市场还是赌场心有余悸。

前几天，他接到了樊先生的电话，这才行动起来，他要重新进入股市。

许量和他们是老朋友重逢，话题自然很多，特别是最近，邓成与杜红不仅成了家，还立了他们自己的业，那就是建立了一家叫作“云峰漫步基金”的股票型私募基金。许量饶有兴趣地问道：“邓总，你的基金募资不错，但为何要使用漫步这个词语来做你公司的名号呢？”

邓成赶紧弯曲一下身体，表示谦虚：“许大哥千万不要叫我邓总，您是前辈，叫我小邓即可。”

“前辈？你这是在嫌弃我许量老了吗？”许量故意邓成开玩笑，“即使是老头子了，那我也要老当益壮啊！还是叫我许哥，安慰安慰，让我好受点吧！”

邓成连连称是，杜红却只是偷笑，她心道：绝对不能够说没有许量就没有新中国，但没有许量就没有今天我们的幸福生活那可是千真万确。

“云端就是高点，人生和股票很相似，都是为了达到高点，而漫步却是一种境界，人生能够漫步那是幸福。投资者如同海边漫步，随机漫步，就能够在得与失之间笑看潮起潮落。”

“这是投资者的最高境界，你我都只是心驰神往，梦里花落知多少？”许量假装赞同地点点头。其实，他的本意是说邓成有点好高骛远，公司很小却志在天下，许量骂人只在不经意间，并不会留下丝毫痕迹。

他们开始进入正题，那就是尽快安排许量的资金进入股市，这次是全力以赴，放手一搏，因为樊先生的来电就是一句话：“许量，暂停你的其他业务，不要害怕，股市已经涨了，必须全力买入几只股票，但要速战速决，什么时候退出我会告诉你。”

许量听了股票的代码，他知道这就是钱，一点儿都不敢怠慢，因为樊先生使用的是陌生的座机号码，打的也是白蓝的电话而不是许量的手机，这些都是保密的手法，可见这信息对赚钱的重要性。

邓成和杜红对市场的分析证明了樊先生的判断。当然，许量还没有把资金全部集合起来，刚才他已经安排了白蓝如此这般，白蓝虽然不理解，但许量就是她心目中的神，钱又主要是许量的钱，当然要不折不扣地去执行。

已经有些资金在股市，再次安排资金进入的途径就轻车熟路了，他们很快就进入下次合同中合作要点的谈判，当然这也因为他们是老熟人老朋友。

谈判并不复杂。在中国，最重要的不是你现在有多少钱，而是有人提前知道了其他投资者的钱流动的方向，并且“碰巧”告诉了你，这样的老板之谜只可意会不可言传，至少都上不了名人的自传。

许量笑眯眯地看着邓成和杜红，知道他们一定会认为自己进入股市是因为他们对股市趋势的分析精准和以前的成功所致，但他心道：我许量之所以成为许量，必然会有些不可告人的秘密，冰山只会让你看见海面上的那点小模小样。区区几本小说中的许量不过是戏说和演绎而已，可是一些性急的读者已经在下判断决定自己的未来了。

晚饭的时间到了，今晚，他要会见的是老朋友，但也是新客人。

一路穿行，小步快走，许量个子不高，步子却快捷而有力量。

许量到了附近的“听香”餐厅，这就是他们约定的地方。客人是两位，一位是农业公司的老板孙总，另外一位是基金经理倪总。前者就是兴达农业的董事长孙小眉，她因为与前任董事长结婚而极其幸运地成为公司新的董事长，而基金公司的倪大智则凭借长期为孙总提供投资银行的顾问服务成为孙小眉的挚友。他们要谈论的不单是业务合作，还有一些大是大非的问题。

许量到来之前，他的两位客人正在谈论。

“你怎么看待当初许量对邓辉企业的支持？他为何要冒险去借贷资金给这家农业企业？这里面除了许量要面子、要挣钱之外，还有许量爱国的一面，据我所知，他反对国外转基因种业强行进入中国的愿望一直没有改变。”她总结道，“因此，许量是会支持我们的。”孙小眉与许量认识很久了，他们之间的故事如同夏天的雷阵雨，来得快去得快，曾经的一夜情并没有给他们留下任何一点痕迹。

“是的，稍微有智慧的人都已经知道中国与美国最大的差距是金融，而金融是现代经济最强大的资源配置手段，是经济运行中看得见的那只手。可农业才是人类生存的基础，没有吃穿用度，哪里来什么文化与文明？金融中货币战争是要有粮食战争作为基础的，总有一天，粮食会重新回到人类生存和发展的基础之上。如果，我们还是在美国人的后面亦步亦趋，现在还去搞什么金融业至上，那就虚化了实业，又会上他们的大当，但愿因为许量而兴起的中国民间金融浪潮早点退烧，民间放贷人之间的合并早点进行。”

倪大智的意思是很反感现在的事业都没有人去做了，是不是具备这样潜质的老板都在削尖脑袋往民间借贷江湖里面钻，民间金融也成了流行语，银行和马云等各路神仙都在羊肠小道上拥挤不堪，都来和投资基金经理抢饭吃，从全民借贷到全民投资，连PE投资都能够工厂化，这真是岂有此理，简直是莫名其妙。

孙小眉不太懂得这些既高深又高尚的理论，她只是因为企业的困难而眉头紧锁。从影视专业的大学生到休学嫁为商人妇，从老公不幸亡故到如今成为董事长，她才真正理解“人生如戏”和“戏如人生”这种意境，她有点茫然地注视着倪大智，却不敢露出更多的无知。

倪大智的心不坏，他自尊甚至自傲，帮助孙小眉不仅仅是她的企业有多么优秀，也是出于他怜香惜玉的本能。见孙总无助的表情，他温柔地说：“许量是你的许大哥，他不会见死不救的。”

他说话有点言不由衷，却是睿智之言，因为，倪大智知道许量不仅仅是一个有目标有大局的男人，更是一个是非恩怨看得极重要的大丈夫，问题只是他不知道许量对自己以前在做投资的时候曾经多次冒犯他的事情是否还耿耿于怀。这毕竟是上千万的投资，对许量不算什么大事情，但对种业企业却是生死攸关的事情。

她问："我们真的必须要许量的帮助吗？"

"是的，我们要冲刺上市了，需要做业绩，需要使用资金来做报表，也就是走账，如果不是知根知底的资金，我们万万不能够要。许量是你们说的袍哥人家，只有他才会一诺千金。"

他现在不仅仅是公司的顾问，也是其中的股东了，心情很急切地说道："具体说来就是，我们要使用真的公司和真的合同，也会去缴纳真实的税款，一切都是真的，但其实这一切也都是假的，这是真的假合同。但我们不用害怕，这是中国的国情决定的，大家都是这样认认真真说假话，大大方方做假事情，中国的创业板甚至主板上的企业有不少就是使用这样的财务技术来做好业绩，上市之后，要么把假的做成真实的业务业绩，要么就找一个借口和冠冕堂皇的理由，来一个业绩大变脸。最后，实在是混不下去，那就把上市公司的壳卖了，这就了结了一切，最多是被谴责而已。说白了就是欺骗股民，证监会是否知道这样的伎俩？那是自然知道的，至少早晚都会知道，不能够说是徇私枉法，但睁一只眼闭一只眼那是有的。"

她沉默了，邓辉走后，如今她是企业的老板，经验是有一些了，公司也在不错地发展，但毕竟起点低了，没有倪大智的帮助还真不行。他们继续讨论，孙小眉却在心中认真考虑她进一步把倪大智变成"自己人"的可能性了，他对她十分在意，这一点已经毋庸置疑。

宾主见面，客客气气。寒暄几句，许量与孙小眉之间甚至连多看对方一眼的意图都没有，他们好像完全忘却了以往曾经有过一夜欢愉的事件。由此可见现代人情感的冷漠和丰富多彩，一夜情不再是男女继续交往的绊脚石，甚至也不会是睡不着的念想、无聊之时的谈资。

菜品很精致，边上边吃饭。许量没有安排酒，一是自从有了他与泸州老窖合作的资本之鹰酒，他就没有喝其他酒的习惯了；二是他需要很冷静地谈生意和做生意，他把孙总和倪大智当成了对手。

关于转基因是造福人类还是毁灭人类的论战在全世界都是存在的，众说纷纭，莫衷一是。许量对此的研究不多，但他是信任反对的一派的。人与自然的关系是人类生存与发展的最高关系，但人类无休无止的贪欲已经让地球母亲遍体鳞伤这是不争的事实。如今，兴达农业还在努力捍卫中国农业的种业，许量心中是钦佩的，即使面前的这两位在弄虚作假，或许也是情有可原的。许量在分析和判断他们的描述，也在心中紧张地比较那家依靠高盛的财务技术和中国资本市场的漏洞上市的成都上市公司的资料，他的记忆力不错。

那家做胆红素提纯就做到了中国首富的辉煌的科技公司在股市中昙花一现，这虽然是中国创业板上一个很著名的笑话，但如果他们痛定思痛，真的把超额募集的资金使用得当，那么也算是具备了把歪门邪道修成正果的条件了吧？许量的心算很激烈，只要签订好免责条款，这样的投资或许是没有太大风险的。很显然，他不会满足于只是财务上的合作，区区的一点利息收入已经不会让许量满意。他们开始讨价还价，许量态度很好，在利益上却是寸步不让。

大的投资原则确定了，细节就是合同规范的问题了。大家嘻嘻哈哈地把饭吃完，让服务员收拾好饭桌，就在原地喝茶。一会儿，许量打电话请来的法律顾问李福建律师也赶到了，他是四川法奥律师事务所的主任律师，也是自己老板学校的民间金融法律课程的李老师。既然是生意，律师的职责就是把委托人安排的事项从意向变为合同。

临别之际，许量对孙总认认真真地说：“拜托您好好把兴达农业做好做强大，否则世界末日之后，我们的挪亚方舟上没有水稻玉米和小麦的种子，新生的人类就会饿肚子。”他们握手了，他的手掌温热，而她的手心冰凉，许量很奇怪，在温暖的空调房间待了这样久，孙小眉居然还能够保持冰冷的手心，这真是奇人奇事。

大家嬉笑着告别，孙总得到了许量的投资，数额不大不小，可以用于财务走账，也可以用于产业经营；倪大智和李律师也获得了展示自己才华的机会；许量使用“可转换债券”的原理，把借贷与投资相结合，他用这样的方式进入了兴达农业。这就是人人都有所得，算是皆大欢喜。

孙小眉与倪大智商量了一下，一致决定先去九眼桥附近兰桂坊酒吧一条街的“蝗家一号”买醉，他们需要把紧张的情绪放松。到了酒吧，里面的音乐震耳欲聋，里面的年轻人，人挤人。孙小眉和倪大智好不容易找到了一个座位，使用的是抢劫座位的招数。孙总在倪总的耳边吹气如兰，却声嘶力竭地喊道：“什么时候，我们做企业能像开酒吧这样红火，那就爽死了！”

倪大智抓住这稍纵即逝的时机，一把抓住孙总的手，对准她的眼睛，张张嘴却故意一言不发。孙小眉什么都没有听到，她不在意他在胡说八道什么，但她心中的寂寞与饥渴立刻被点燃了。她放过倪大智，旋转进入舞池，马上就成了今晚的舞蹈与性感明星，这可是她的专业。在四周欲男欲女的狂热扭曲中，他们忘却了烦恼和谁是老板谁是员工，不醉不归。

许量很少娱乐，他开车送李律师，两人就在车上开了一个短会，算是效率极高。对李律师关于农业行业的担忧，许量很认真地说："这世界赚钱的道路就是两条，一般人是有了东西再去设想和定价，而我许量则是先想象自己要赚多少钱然后去寻找能够赚这样多钱的项目。金融就是依靠想象力赚钱，我们的梦想有多远，我们的金钱就会有多少。"

他的意思是想说明这次的商机不仅仅是孙小眉和倪大智在寻找自己的投资，也是他事先就从圈子内的秘密渠道知道了兴达种业公司的困境，这才让中间人在"无意"中透露给倪大智"许量正在找投资项目"的信息。果然，倪大智他们愿者上钩了，而且还是鱼儿主动要求鱼竿给自己鱼钩吞下。

他对李律师的要求是："兄弟，你记得把对赌条款做得扎实一些，倪大智是投资高手，但我们没有必要顾忌他们的感受，我们是用钱说话，他们是给我们讲述道理，我们要做好完全的准备。"

"大哥，我们从最坏的去设想，从最好的去努力，这就是拟定任何法律合同的最高原则。"李律师与许量合作多年，自然知晓他的心思。

第二天，李律师的合同用电子邮件发了过来，许量浏览了一下却并不细看。正好白蓝在他的办公室，他就让白蓝把合同发给了另外一家律师事务所的叶律师。

白蓝有点不理解，他就很耐心地给她解释。每次，只要是重大的商务合作，等合同拟好了，许量暗中都会使用以往屡试不爽的老方法：他的公司一直是有两三家律师事务所在战略合作的。每次，他拿到律师起草的合同都很少亲自去研究，而是先给另外一家律师事务所的律师研究。

使用律师"斗"律师也是非常有效的，打官司不就是律师与律师之间智力与关系资源的较量吗？阅读合同的律师一定会给许量指出合同草稿的漏洞。许量就会依样画瓢，将修改之后的合同返还给起草合同的律师。如此反复几次，他才费心去看合同，这算是千锤百炼，合同的精细程度可想而知。

今天，白蓝的穿着不是感性而是性感，在会所是温暖如春的人工气候，她的皮肤白皙，露与不露都是恰到好处：还是许量很喜欢的鹅黄色外套，风格处于职业装与休闲装之间，是不是名牌许量不在意，只是她婉转配合着许量的说教更让她显得俏丽无双，很是让他心动。许量有点走神，他猛然想起了几年前第一次见到孙小眉不也是那样的鹅黄色外套吗?

旁边，白蓝的手机冒出来一条短信：“单卡4万（无论有卡没卡都可以申请）。无前期，23点，年龄要求25～40岁，女性最好。无逾期，六个月无申请记录。银行面签，下卡率90%以上。谈吐清晰，有应变能力。所需资料：近一周内征信报告，户口本第一页复印件，身份证原件。”

然后，留下的就是业务联系人的名字和电话号码，白蓝啧啧一声：“现在的民间金融乱糟糟的，这广告一看就是试图与客户一起套取银行的资金，真是引诱好人犯罪哦。”

软绵绵的话音把许量的心思拉回来，他却没有听清楚她到底说的是啥，只好微笑以对。

眼见自己的老总，也是自己的女人青春靓丽，许量自然而然要更多地炫耀自己中年男人的老谋深算，这与动物界的老狮王为了威慑其他的竞争者，必须不断地炫耀它的咆哮很相似。

“这个工作方法也不是我许量的发明，是向基辛格学习的。”许量接过白蓝递给来的热茶，评析道，“基辛格与周恩来都是日理万机的总理级别的政治家，但基辛格工作之时有一个方法，那就是任何一份文件送上来，只要不是十万火急，他都要把文件压一下，却并不处理。第二天他直接把文件还给起草人，只是说一句‘你看看是否还有需要修改的地方呢?’文件很自然就会被修改得焕然一新。又一次递上来，基辛格还会保存文件而不动声色。过几天，他找来文件起草人，再次说道‘再修改完美一些还是有可能的’。这样几次之后，他才认真审阅，工作效率自然极高。”

白蓝很聪明，接话道：“工作方法让基辛格长寿。周总理事必躬亲，只好鞠躬尽瘁死而后已了。当然，我们的许总自然是基辛格啦，长命百岁。”

说完，她的清脆笑声在办公室里荡漾开去。许量立刻在嘴边竖起指头，发出嘘声：“小丫头，这可是办公室！”

话虽然这样说，但他的表情却是笑眯眯的，不再居高临下，哪里有一点批评她的意思呢?

许量给她详细讲解了昨晚与兴达种业公司的合作方案，他特别强调的是产融结合模式：“单纯的投资，无论是债权投资，还是股权投资，如果不与实业、产业和行业结合，那是难以为继的。”

“什么是产融结合？”白蓝似懂非懂，在许量面前，她最喜欢扮演好学生，而且是最漂亮的女生。

许量也不管她是懂还是不懂，边说边理清楚自己的思路：“产融结合，从概念上来说，就是产业资本和金融资本的结合，指两者以股权关系为纽带，通过参股、控股和人事参与等方式而进行的结合。从两种资本的载体来看，产业资本一般是指工商企业等非金融机构占有和控制的货币资本及实体资本，金融资本一般是指银行、保险、证券、信托、基金等金融机构占有和控制的货币及虚拟资本。”

白蓝又习惯性地想拿出随手带来的精装笔记本记录，许量连忙摆手：“不是上课，我们是聊天而已。”

等她收起笔记本，他才轻松地说：“广义的产融结合是指产业资本与金融资本或工商企业与金融企业之间通过股权融合及业务合作等各种形式进行的结合与互动，为了共同的发展目标和整体效益，通过参股、持股、控股和人事参与等方式而进行的内在结合或融合。产融结合的特点是渗透性、互补性、组合优化性、高效性、双向选择性。”

她听得有点吃力，现在的金融知识真是日新月异，但许老师的意思还是很明白的：“我国的产融结合始于20世纪80年代中期的银行体系改革，产融结合是指产业部门和金融部门之间资本相互结合的关系，这种关系在不同的历史时期或不同的市场条件下有着不同的结合方式。发达国家市场经济发展的实践表明，产业资本和金融资本必然会有一个融合的过程，这是社会资源达到最有效配置的客观要求。这种融合，宏观上有利于优化国家金融政策的调控效果，微观层面有利于产业资本的快速流动，提高资本配置的效率。产融结合是企业做大做强的一个重要手段，产融结合也是企业经营多元化的需要，同时，产融结合可以帮助企业降低交易费用，节约运营成本。大致可以分为金融资本主导型和产业资本主导型两种模式。”

她很乖巧地点点头，站起来走动，想去给许量倒茶。他没有心思欣赏她曼妙的身材，在金融面前，没有美女。他示意她坐下，认认真真地听讲，不要打断他的思路：“金融资本主导型一般是由银行资本起家，由金融资本向产业资本渗透，用银行资本控制工业资本，二者融合成长。而产业资本主导模式是由产业资本起家，把部分资本由产业转到金融机构，形成强大的金融核心。”

许量字斟句酌地介绍道：“沃尔玛的零售+消费信贷模式就是产融结合的典范。国际零售巨头沃尔玛很值得我们研究，白蓝你要安排投资部收集和整理这些资料，它也一直在努力推动零售与消费信贷的结合。根据沃尔玛的测算，如果能够开设自己的零售银行，通过与零售业务共用推广渠道、客户信息和支付系统，沃尔玛零售银行可以大大节约推广信用卡的营销成本，降低客户信息管理成本和支付系统的运营成本，从而将信用卡的费率成本从2%降低到1%。这是一个很惊人的数据，沃尔玛的方案是将这1%的成本节约回馈给消费者。例如，2005年沃尔玛发行了具有积分折扣功能的类信用卡‘发现卡’，发现卡不收年费，可以在沃尔玛和其他加盟零售店铺使用，并可享受最多1%的购物折扣。1%的积分回馈将进一步巩固和扩大沃尔玛的客户群，并推动消费信贷业务的同步扩张。

“我们虽然不是零售行业，兴达种业也不是，但金融是有规律可遵循的，我们可以把一部分资金转化为控制实业的资本，再从实业中再次进入金融。我们来看看，在沃尔玛零售+消费信贷模式下，1%的成本优势在金融界引起了恐慌。目前沃尔玛还只能通过与其他银行的合作来拓展金融业务，沃尔玛庞大的消费群使银行对它既恨又爱，在坚决抵制其独立开设银行的同时，又趋之若鹜地想与它合作，这种谈判优势使沃尔玛在与银行的合作中通常能获得利益的大头，也变相分享了金融业务的收益。沃尔玛产融战略的核心是：零售业务降低了消费信贷业务的营销和管理成本，公司通过将这种成本的节约让给消费者，进一步拓展零售业务的客户平台。

“当然，沃尔玛是由产业到金融，而我们是由金融到产业，是利用金融资产有意识地去控制实业资本，而不是纯粹地入股，纯粹地去投机做IPO上市圈钱。民间金融不要仅仅去获得高利贷的回报，还要研究由融到产的途径和模式。”

白蓝更加明白许量最近几年的投资布局了，他总是以资金借贷入手，对具备产业投资价值的企业绝对会坚定不移地进行债转股，在种业公司的布局并非只是兴达种业这一家农业公司。他们的交流，越来越深入。

几乎每天都在许量身边学习专业知识和技巧，白蓝的商业能力进步不算太慢。许量的心情逐渐复杂起来，孙小眉在邓辉死后成了老板，而有朝一日我许量长眠之后呢？自己的这些女人又会是什么模样？李健康死亡的阴影在他心中一直挥之不去。

他耳目众多，不是不知道有不少同行在用股份和高薪挖白蓝离开自己，那个房地产女老板黄欣的玫瑰会会所不是已经建立起来了吗？白蓝多少都有点涉足，可许量只是装聋作哑，他信奉水至清则无鱼的大道理。他对李严的小报告也不太当真，他李总本人不也是不太干净吗？人不为己天诛地灭，只要他们的私心在可控范围内即可。

他与白蓝继续对话，心思却不会停息。许量很明了：男女之间的那点感情，很欢愉，却不足以保证白蓝永远在他的身边，他心知肚明。因此，他笑眯眯地在想，除了不断的诺言和少许的股份，我许量就好像是寓言中那只教育小老虎的老猫，留不留最后的一手呢？

防范与合作这对矛盾，就这样开始成为他与白蓝之间的一个新的问题了。

第四章

政治是资本的核心，这是真正的老板之谜

上海的A花园别墅是专门为国外豪门修建的高档别墅，除了门口的保安和服务的阿姨，往来的皆非中国人，建筑也非中华风格，真有点像是国中之国。除了刘嫣然这样的华裔混血女子，欧美之人是绝大多数，亚洲人也是日本人和中国香港人居多。

三号别墅，富丽堂皇却冷冷清清，刘嫣然不在意环境的清冷，而更在乎心境的变幻。她在国内的布局很顺利，在上海与许量有合资，本想继续扩大合作，许量却戛然而止。她心情不快，现在目不转睛地盯着她面前的这瓶国窖1573资本之鹰酒，这是用特别工艺制造的珍藏品。这3公斤装的酒瓶，外表器宇轩昂，里面是琼浆玉液。

对她而言，最宝贵的是这酒是许量从成都亲自送来的，还是排名第二的编号。第一号自然是许量，她心里先是开心，后来是不好受：他许量的这款酒是第一号那是自然，但他凭什么把我刘嫣然放在了第二的位置？你许量的第二不是张嘉仪吗？我算是你的什么人？你是男人我是女人、你是中国人我是美国人，她心念至此，酸甜苦辣咸五味俱全，这味道复杂而难受，她很想打碎面前的酒，可是却没有任何肢体动作。

窗外是树叶褪去只剩下赤裸裸树干的银杏树和常绿树交织的风景，不再优美也缺少人气，大概是别墅太大以及冬季萧条无法抗拒的缘故。

刘嫣然倒点红酒，小口缓慢地喝下去，使用的是美女红唇对晶莹水晶杯的“品”字姿态，这是在为她自己舒缓情绪。她在空调房间温暖如春，一身高档的羊绒衫，显得身材极为性感。

今年，中国的冬季据说是数十年来最寒冷的，许量与她的距离也是刻意地若即若离，但既然他已经先为自己赠送了新年礼物，来而不往非礼也，也不得不回他一个礼物。

嫣然在等待一个人的到来，她就是嫣然一会儿要请教的助理艾妮小姐。艾妮是来自法国的华裔女人，其实也是北京一所大学金融专业毕业的，出国时间并不长，她对中国的国学和国情也是极其精通，算得上是嫣然的汉语与国学甚至是中国国情老师。但她的去中国化是如此彻底，她甚至不再使用她的中文名字，仿佛她并非来自中国一般。

艾妮到来的时候，嫣然刚好打完一个电话。艾妮三十多岁，不漂亮却显得很年轻，她们今天的话题是中国金融业未来的分析。这对女子谈天说地讲评中国，说经济讲政治那都是举重若轻。

艾妮先开始讲她的感想：

“在当今中国，官办企业与民办企业并不是市场的平等主体而是主仆关系。一些官办企业与民争利，强势收购效益非常好的民营企业，迫使民营企业在钢铁、航空等领域退出，这样的案例比比皆是，而更多的是官办企业利用制定市场各种规则的便利迫使民营企业倒闭。

“朱镕基主导的国有企业改革是国退民进，核心就是国有企业在非战略性领域退出，特别是在竞争性产业领域。目前的现实却是很多本来已经退出的领域国有企业重新强势进入；很多本来对民营企业已经开放的领域已经重新封闭，如航空和钢铁、煤炭，民营企业基本上全军覆没；很多国有企业不该进入的领域，却在疯狂进入，地产尤其突出，众多央企都成为各地的地王。这些央企不务正业，依仗权力与民争利。官办企业使很多民营企业失去出路与生路，最近几年，中国民营企业的倒闭潮就是明证。很多产业不能碰，怎么谈得上产业结构升级？中小企业融资难与创业环境恶化，压抑了中国经济的活力。”

嫣然开始翻阅艾妮给她准备的一些内部资料，对应着看和听，这才让她的思维勉强能够赶上艾妮对中国国情的剖析。

“民间金融的温州危机，不是资金的问题，而是资金缺乏有序的流动和有效的使用，开放金融和放开对民间金融的压制才是唯一的出路。”艾妮压抑住情绪，她毕竟是在做经济分析而不是政治评判，“在社会生活方面，依附政治权力产生的利益集团严重压缩了大众的生存空间，导致阶层的固化，整个社会失去发展的活力。”

嫣然不再微笑，这是大是大非的问题，政治看似与资金、资本无关，其实却是资本的核心，这是真正的老板之谜。她用心听讲，心道：难怪许量有如此智慧和努力，却依旧在财富和权力的中层，不但上不了国家决策的核心层面，就连对民间金融政策的影响力也很有限。

嫣然并不在意中国是否会好起来，那是中国政治家的使命，她要的就是对中国经济政策的客观分析，这是市场分析的核心，为的就是更好地利用这些分析为公司的利润服务，这就是她作为团队领袖的使命感，更是责任。

对中国的未来，艾妮不置可否，只是旁若无人地继续她的话题："没有了活力，就没有了根本，中国目前存在汹涌的移民潮，很大程度上根源于此。移民者带走的不仅仅是财富，还有民心。"

嫣然点点头，却不完全赞同这样的观点，因为资本与财富本来就是跨国界的行为，真正的资本家心中根本就没有祖国。

"富人的动向是观察社会思想和动态的风向标，因为他们是社会中最敏感的一群人，中国的富人和名人加速移民现象的出现，值得全社会反省和深思。富有阶层是中国的夹生饭，他们既有成为向上阶层一员的基础，但由于社会制度的缺失，又时刻有被权力巨兽所伤甚至被吞噬的巨大危险。看看中国富豪榜上的那些人物，大多数都已经是外国人，比如一度贵为中国首富的×××拥有美国绿卡，曾经收到过邓小平亲笔信的巨星李连杰也是在移民新加坡后才得安心，其他的例子更是举不胜举，裸官这样的词语估计也只有在中国才会成为众矢之的。"

嫣然边听边在回忆：为何许量这样的边缘人还在坚持爱国呢？他为何不接受我安排的希望他加入美国国籍的邀请呢？答案只有一个，或许就是许量想做中国民间金融的教父吧。许量倒是很谦虚地给刘嫣然说明过，他只是一个金融探索者和许量家族的创造者，为了未来百年之后许家的兴旺发达和中国民间金融的勃勃生机，他必须是中国人，即使成为殉道者也在所不惜。

但是，底层民众中的不少人会陷入各种形式的疯狂之中，不论是各地的骚乱，还是传销和非法集资的灾难，都难以制止，其中的思想根源就在于此。从某种意义上讲，中国不少的民间金融行为都带着浓厚的非理智色彩，属于社会心理学研究的对象，这与许量等人从事的民间金融探索完全不同。"

艾妮的脸上出现了忧国忧民的中国文人特有的脸色，嫣然也被感染了。

她们的交流越来越有思想。嫣然的中国情结是显而易见的，她分析道：

"在水很深的民间借贷江湖里面，强者为王，许量、姜维一和钱大富等人都是在这里脱颖而出的佼佼者。只不过，年轻人做事情是想快速致富，许量却是想做事业。致富之后他们会做什么呢？携家带口，带着财富，在诅咒而不是感恩中移民!

艾妮对刘嫣然对成都借贷市场的熟悉程度一点都不惊讶，因为嫣然是一个极其有耐心的猎手，不熟悉的领域是不会介入的，这是华尔街同行的精神，也是投资者做投资的前提。

嫣然听出了艾妮真正的担忧，那就是中国的未来很不明朗，社会结构才是社会稳定的根基和根本，其他的一切都依附于此。

艾妮的严肃让她更像是一个学者在布道："在中国社会结构的改变中，一切的商业行为都必须为之而改变，不适应中国改革社会阶层分析的研究报告都不适合成为我们集团的中国战略背景。"艾妮说到此就戛然而止，因为她这才想起刘嫣然需要的不是中国如何强大和改革，而是他们集团是否能够在中国的未来中分享一杯羹。

话题结束之时，刘嫣然由衷地和艾妮碰杯："艾妮，你不愧是老资格的中国专家，我们的团队需要你！"她们碰杯后一饮而尽，微笑的含义却各不相同。

她在想许量真的应该好好地听一下艾妮的课。

刘嫣然见艾妮的心情还在沉闷中，就微笑道："艾妮，我们没有必要纠结中国最迫切需要的是什么，我们说起中国目前的问题，无非是要弄明白中国最深层次的市场环境。做产品的企业可以直截了当地去研究市场，而我们做投资，那是必须研究中国文化和政治的细微变化的，这些都来自敏感和洞察力。"

目光所及，她又通过目前的酒瓶子看见了许量的存在。

她就把话题转移到了许量赠送的国窖1573资本之鹰珍藏酒上面，她简要把情况说明了，很客气地请教艾妮："这许先生是我们很尊重的合作伙伴，你们中国人不是说来而不往非礼也吗？我想回送许先生一样合情合理的礼物。哦，我差点忘记了，艾妮小姐是法国人了，抱歉！"

"请客是技术，送礼才是艺术，"艾妮没有理会嫣然的口误，她是哪里人并不重要，重要的是我思故我在，她思忖一下，建议说，"中国人喜欢玉石。"

"为什么？"

嫣然喜欢的是钻石，石墨与钻石的分子结构完全一样，只是排列的方式有差异，她很明白这世界上最昂贵却又最无用处的就是钻石，可还是依然故我。

艾妮给嫣然说教道："中国人给玉石赋予了哲学、人生和感情。中国古语有‘君子无故，玉不去身’的说法，孔子也说过‘君子如玉’。古代知识分子是‘士为知己者死’‘宁为玉碎不为瓦全’，这是他们最珍惜的操守，官员与士大夫、富人佩戴玉石的目的是时时警醒自己的道德修养与品格应像玉石一样。儒家认为君子应当是外带谦恭，内具坚韧，性格属于外圆内方，待人宽责己严，才智光华内敛不彰不显。玉的品质与君子的品格是最为近似的，所以中国人对于玉石的应用、佩戴是基于道德与精神的原因，这也是君子如玉的真正含义。”

刘嫣然很矜持地点点头，她想：许量是玉或许不假，但到底是不是块宝玉，价值到底有多高，那要等到以后更了解他才知道。

“玉与石是不同的东西？那我送许先生的礼物应该是玉还是石？”嫣然迷惑了，她边听边问，心里却想着：“不过，我还是希望许量是一块玉。”

“君子如玉，还是送玉吧。送和田玉，做成玉的印章，在上面雕刻上资本之鹰或者许量的名字。中国男人都喜欢玉章，能够满足他们对权力的控制欲。”艾妮心道，全世界的男人估计也只有中国人才那样固执地喜欢冷冰冰的权柄，她思忖着，继续说，“如果找我们熟悉的雕刻大师雕刻的话，我们几个小时就能够拿到一份精美的礼物，这样就可以在许先生离开之前拿到礼物。”她没有说出的话是在上海的这位大师水平一流却不是最顶级的大师，玉石也难是孤品。

嫣然心思缜密，她有点拿不定主意。“礼物快捷是好事，但也容易引起误会。如果刻字，提前刻上许量的名字，那是处心积虑，显得太在意他。”她的话语之间开始不自然地流露出对许量的些许情谊。见老板心系另外一个男人，艾妮怦然心动，她说话越加小心翼翼，这可是老板的秘密，伴君如伴虎，她是知道厉害的。

“那刻什么呢？你们的汉字博大精深，我不懂得你们高深莫测的字，这些汉字如同思维的迷宫。”刘嫣然说完这话才想起艾妮也不是中国人了，就抱歉地说，“抱歉，艾妮，我总是把你当成中国女人。”

艾妮摇摇头，表示不介意，她建议道：“我们可以雕刻资本之鹰或者君子如玉这四个字作为题眼，许先生一定喜爱。”

“这世上难道还有君子吗？”嫣然的微笑有点勉强，她对许量的心思十分复杂，很难一言以蔽之，而且，许量这个男人的好与坏实在是很难清晰简单地判断。

“有的，很罕见。”艾妮很镇定地说，其实心中也不是很有底气。当代的中国，是最好的时代也是最坏的时代，每个中国人都是在家的君子出门的野兽，在利益和金钱面前是否还有谦谦君子还真的拿不准。

嫣然摇头耸肩，表示不相信。

“不是说了君子如玉吗？温润如玉。什么是如玉？那就是稀罕的意思。许量就是很稀罕的玉，”嫣然现学现用关于玉和中国人的知识，“许量这样的男人倒是很少。”

“他不仅仅是玉，还是男人。”艾妮微笑着说。她与嫣然的关系不错，但有一句话她不想现在就说出来：她已经见过许量和吕佛铭，这两个男人都很有意思。严格意义上分析，吕佛铭是玉，许量是石。但这玉和石孰轻孰重，谁才是最珍贵的，那就要因人而异了。嫣然却想：吕老师如玉又怎么样？玉树临风也算不了什么，他又不是许量，可这石头就真的不如玉吗？

“艾妮，你要抓紧时间与吕佛铭多联系，必要的时候，安排他与我单独会见一次。他与我们秘密合作的时间已经不短了，这一点，你知我知就是了。”

艾妮点点头：“我知道这秘密的重要性。”

嫣然点点头：“在适当的时候，我会主动去提醒许量。吕佛铭虽不会去伤害他，但他们是既合作又斗争的一对兄弟，适度竞争是好事情，但两败俱伤那就是坏事情。而那个樊先生则是高深莫测，和我们也是若即若离，说不定在将来会亦友亦敌，我们不得不加倍小心。”

“许量和佛铭依赖的是他们的能力和智慧，而樊先生除此之外，还有权力支撑。”艾妮对此心知肚明，她说出了自己的看法，“樊先生越来越靠近权力的中心，我们对他也是需要有战略眼光的。”

嫣然点点头，对艾妮的观点表示了赞同。

老板为何要针对许量布置一张大网，又为何总是给许量留下一条逃生之路，艾妮不想知道，但她知道嫣然在中国大陆找到的民间金融的优秀人士并非许量一个人。她是嫣然的秘密使者，这并非嫣然不信任原来的助手龙良军，而是必须多一条渠道。在极短的时间之内，艾妮就完成了和吕佛铭、钱大富和姜维一等人的私下接触和沟通，这一点完全是依赖艾妮曾经是中国文人的底蕴。

她们说完玉石和秘密，就开始聊中国民间金融的话题，这是每一次她们交流的必修课。

“现在有一些地区的投资类公司都不能够在工商局注册了？比如投资公司和投资管理公司、投资顾问公司，你知道这里面的问题有多严重了吗？”艾妮开始为许量的处境担心，“所谓中国的民间金融本身就是一个幻象，认为有的，大张旗鼓却无法进入正常的发展轨迹，反对的人更是一举各地高利贷愈演愈烈的现象来抨击，中国民间金融的形成与发展任重道远。”

“可笑的是许量一直把我当成是敌人，不是假想敌。他莫名其妙地容易被伤害，自始至终认为我们有针对中国人的阴谋，可我刘嫣然除了处心积虑赚钱之外，才不会去管什么主义和国家，除非它们也是我们的赚钱工具之一。”嫣然微笑回应，她对许量的固执非常有意见，“那个现代民间金融研究院，既然叫‘现代’，那就应该有开放和包容的思想，引进一些华尔街的研究思想和方法有什么不好？可这许量却一直在抗拒，连我们的赞助费都觉得烫手。”

艾妮点点头，她知道许量的一些事迹和故事。

“我们来看看这次所谓金融改革是在什么情况之下出台的呢？温州是因为现实中发生了大量老板跑路的事，媒体也是大惊小怪，地方政府不由自主地推波助澜，在强大压力之下，某些决策者跑马观花，在匆匆忙忙中出台了应急措施。把这些措施当成是政策出台那是大错特错，当成是民间金融改革更是无稽之谈。在这样的环境之中，许量不郁闷不无能为力那才是奇谈怪论呢！”艾妮对中国的情况十分熟悉，这就是嫣然在很短暂的时间就把她引为知己的根本原因。

她饶有兴趣地用微笑鼓励艾妮继续说下去。

“首先，民间金融改革的方向不能够把灰色一律收编为白色，搞什么民间借贷的阳光化登记中心更是在做无源之水无本之木的事情。大家本来悄悄借钱还钱，如今必须大张旗鼓地登记备案，其中的动力何在呢？还要缴纳多余的登记费用？民间金融改革更不能够全部银行化，这是很荒谬的。都要管理起来，变成正规金融，这就等于全盘否定了民间金融尤其是民间借贷的经济作用。”

嫣然体会道：“众说纷纭，都是对的，角度不一样而已。这就如同盲人摸象，众人皆对，也众人皆错。”

“最近，听说许先生除了在做酒的生意之外，也在计划做玉石的生意。”艾妮盯着嫣然办公桌上的那瓶许量赠予的资本之鹰酒，它自然而立，酒瓶是高贵，里面的酒水自然也是价值不菲。她想了一下，还是提示道，“或许，他也是在寻找金融与实业汇通之路。”

“许量是能够带给我们惊喜的男人，他做什么事情不做什么事情那是能够代表中国民间金融从业者的水准的。”嫣然颔首道出心里话，“独一无二的男人很珍贵，那我们选择给他的礼物就更要别出心裁了，也一定要独一无二。”

艾妮点点头，介绍说：“这玉石的江湖水很深，必须去伪存真去粗取精。

我倒是知道在北京有一位叫黄河的篆刻大师有一些藏品很值得收藏，他比上海的师傅要技高一筹。”

因为是朋友，艾妮和黄老师在电话中开始了沟通。

嫣然没有兴趣听下属的电话，去了洗手间。出来的时候，正好艾妮放下电话，对她汇报说：“黄老师一会儿就会发一些图片给我们研究。”

那些精美绝伦的玉石照片发过来，嫣然很是欢喜。她对钻石情有独钟，拥有一些精品，如今见到了玉石的流光溢彩，有点心旷神怡。她心想：既然是君子如玉，那么许量也就是玉石，可惜缺乏国际金融大师对他的雕刻。

艾妮看得出嫣然有心思在心中飘逸，也就微笑着等待老板的指示。

良久，嫣然还是没有言语，她只好提醒道：“我们需要马上去北京吗？”

嫣然微微一笑，收拾了心情，提醒艾妮：“不用着急，我们不是下周要去北京办事吗？你帮助我约一下，我们到黄大师那里去看看不就可以了？”

“那现在的许先生怎么办？”艾妮为难了。

“这次，就让他空手而归吧！”嫣然恶作剧地笑出了声，“我们是美女，不能够让许量太容易就感受到我们的阳光灿烂。”

艾妮对嫣然竖起大拇指，这是她在由衷赞扬她的老板不仅仅是用词准确，而且已经开始随心所欲地使用汉语了，但她依旧有不少的古语和成语不得要领。

“‘王侯将相，宁有种乎’这话是什么意思？”嫣然请教艾妮了。

“这话是中国古代的一位农民起义领袖陈胜说的话，那意思就是王侯将相不是天生的，也是普通人经过努力能够达到的目标。”艾妮尽可能通俗易懂地讲出她的理解，她面对的这个混血美女的汉语还需要进一步提升，水平再高一些就可以教她中国历史了。

刘嫣然点点头，把酒杯放下，手臂有点酸痛。挥挥手之后，她舒适了一点，这才说：“这话是许量说过的。”她没有必要告诉艾妮，许量是在什么情况下说的这话，因为许量暗中一直胸有大志，自始至终都在刻意模仿和学习去做中国的罗斯柴尔德，他渴望建立他的新兴家族。他与张嘉仪的矛盾，有一个原因是嘉仪因为种种原因不情愿继续给他生育小孩，试想一想，一个人丁不兴旺的家族，怎么可能欣欣向荣？

这些秘密自然是来自许量身边的白蓝，嫣然对此十分感兴趣，私下甚至也问过白蓝，但这丫头告诉嫣然的是她同样没有为许量添砖加瓦的意图，她要的不是许量本人的爱情而是他的财富通路，如果不明不白地给许量产生无数的后

代而她又做不了他孙辈的祖母，那是破产一般的生意，白蓝绝对不会去做。对此，嫣然很放心，这也是她与白蓝有约在先。

她看不起白蓝的势利眼，却不得不认为白蓝对许量已经是尽可能的真诚。

艾妮见嫣然在深思，也就做了一个告别的姿态，见到她颔首，就立刻低头走了出去。

嫣然来到窗前，她开始回忆前不久与白蓝秘密见面时的情景。

白蓝被龙良军亲自专车接到成都南门新会展中心附近的假日饭店的时候，嫣然破例在她的豪华大套房中接见了她，尽管她只是嫣然棋盘上的一枚棋子，一颗灿烂的、留在许量身边的美女棋子。她们交换了信息和情报，嫣然也让白蓝检查了她自己在国外的美元账号里货真价实地增加的美元存款，大家都心满意足了。

交易完毕之际，她们开始聊天，天南地北之后，自然说到了感情问题。面对嫣然的追问，白蓝借酒壮胆，毫不客气地解剖自己道：

"谁说阴谋诡计就一定是冷冰冰甚至是血腥的呢？阴谋诡计同样可以在阳光灿烂的日子中温情脉脉地进行，这是阳谋！我白蓝从来就不会否认我对许量的爱情中有不纯洁的部分，他就是我的一条道路，一座桥梁，他许量那样聪明，难道就不知道吗？"

白蓝有点迷醉，那天是因为许量在宴请他的资本之鹰团队，她是总经理，自然是要被敬酒的。嫣然总是来去无踪，白蓝有求于她，不敢怠慢，好不容易等许量喝醉回了他的家，白蓝才匆忙被龙良军接来拜见，自然心情不悦，白蓝说点借题发挥的话也好出点闷气。

嫣然不喜欢看女子喝醉，她的心情复杂，白蓝对许量太好，嫣然不会开心，对许量不好，她又会生气。于是，刘嫣然讽刺白蓝道："算你厉害，你这样工于心计的女人天生就适合做金融，真是值得我们学习的成功榜样。"

白蓝很难得与嫣然独处一室，她一点不介意地回答道："男人一旦甘心躺下成为女人的道路，那么女人必然情愿为他付出一切。道路和桥梁对于行人的意义是什么？不就是助人为乐吗？一旦经过，自然就会对它们说声再见，作为行人你的使命就是继续前进，永远不要回头，作为道路和桥梁他自然会引来新的旅客！花无百日红，行人天天各不同，这就是许量们喜欢的日子，难道你见过路人变成居民的吗？"

"说得真好，这就是你最初对许量的计划，只可惜你白蓝并没有做到。你走过许量的这条道，还过了他的这座桥，但你太在意许量世界的风景，流连忘返了吧？等你现在清醒了，却忘记了新的道路和桥梁在哪里了，是吧？”嫣然对白蓝不放心地问道。

“嫣然小姐，我白蓝不过是您安排的一把刀，您要我藏锋，不要轻易伤害许量，那不是您要保护许量而是您要在最恰当的时机出手，难道不是吗？”

心平气和地说话，她刚才的醉意好像倏然就消失了一般：“白蓝爱与不爱许量，如何去爱许量，不也是您在做主吗？”

白蓝是在讽刺嫣然让她对许量的爱“适可而止”，这是什么意思？那就是第一步不能够成为许量的太太，第二步不能够与许量有小孩，那不就是情人，不就是所谓的二奶？为何要这样处理，刘嫣然不需要给白蓝具体的理由。白蓝认为这是刘嫣然既要通过自己做许量的女人而卧底在他的身边，又要维护许量与张嘉仪的家庭。许量不离婚，那他的财富和企业体系都不会被打乱，这也便于刘嫣然与许量的合作和控制。对这一点，她们一直都是心照不宣。

“难道是这样吗？”嫣然从回忆中清醒过来，她不得不认为白蓝是一个极其机敏的女子，但自己到底是要白蓝爱许量还是不去爱许量呢？这许量不是帅哥不是巨富，凭什么要这些女人围着他转呢？嫣然心中很生气，可不知道气从何处而来。

第五章

人心就是市场，抓住了人心可以得天下

2012年12月21日，星期五，周末，今天就是传说中的世界末日。

早上的泸州市区依旧喧嚣，车水马龙。许量与魏总在泸州老窖股份有限公司商量好国窖1573资本之鹰的新款包装，心情大好，本想去竹海风景区畅游一番，但白蓝的一个电话让许量不得不马上返回成都。

成渝高速路上，一路是阴郁的天空，魏总开车，许量昏昏欲睡。白蓝心急火燎的事情，他心中早就有数，不就是又一个官员被双规了吗？他给予会所的资金早已清退，许量的防火墙做得很好，他无惧牵涉，但也不得不十分重视，星星之火可以燎原，对任何风险，他从来不会熟视无睹。

电话中，白蓝的情绪不太稳定，能够立刻稳住自己的人，这就是做老大的本事。

车到内江地段，在老成渝高速公路上，魏总的前方赫然出现了一个光明无比的世界，整个空间与时间充满了无穷无尽的温热的阳光，就好像这些阳光是凭空出现的奇迹，刚才还阴沉沉的人间仿佛根本就不存在似的。魏总激动起来，有点佛性的他看看许总也清醒了，同样睁大双眼，正在很惊奇地观察车外变幻的世界。

美景不长，车速又快，等到一切恢复旧貌，魏总边开车边给许总汇报酒业公司的业务。说到酒的广告推广策略之时，许量打断了魏总。

“我们不做广告，做传播，因为广告是要把别人不需要的东西卖给别人，传播却是文化，能够帮助他们发现内心的渴望和需求。”许量深思熟虑道，“酒是什么？是文化，更是人性和个性。资本之鹰酒是什么？不是普通的酒，而是我们的符号，只是酒不错那是不行的，这世界上好酒美酒不少，我们怎么脱颖而出？一定要使用不卖酒的方式去卖酒。”

“使用不卖酒的方式去卖酒？”魏总陷入沉思，他对许量已经有了不浅的认识，知道许总喜欢标新立异去做生意。这话中的意图深奥，只好是“不懂装懂，下来搞懂”了，任何做老总的人在面对董事长的时候，最佳的态度就是这样。

两人又说了几句无关痛痒的话，许量心情大好，眼见车快到了内江的出口，就紧急改变了注意，对魏总说道：“兄弟，我们先去内江吃饭。”

魏总减慢速度，在高速路的出口画出了一条很好看的弧线。在出口，许量对他电话里的人说道：“兄弟，我来了。”

内江是四川的一个很神奇的城市，如果用一句话来总结的话，那就是不懂得内江人，就不了解袍哥文化。这里的江湖之深刻，那可不是一般人能够想象的，许量在这里有很多的朋友。

按照许量的指引，魏总沿着甜城大道开车，再进入玉溪路。一路上，行人很少，路况很好，但车却开得慢腾腾的，许量开玩笑道：“路虎变成病猫了，喵喵喵！”

魏总却无奈道：“大哥，你不要看这里的道路不错，却是限时速40公里，数不清的外地车在这里都会不由自主地超速，我上次来这里，时速60公里就超速了50%，接到罚单我都傻眼了。”

许量哈哈大笑：“对交管局而言，这不是陷阱而是现金，像这样的故事在中国各地到处都是，我还见识过路况比这还好，限速却是30公里的道路，外地车路过，不是上路而是上供。如果把这样路况的‘优良资产’打包做成一家公司，那可是现金流极好，这公司如果去上市，那都是资源浪费。”

魏总很奇怪的是许量并没有去他兄弟的公司看看，而是在电话里面的朋友的引导之下，把车开到了开发区的一块空地。

在这块空地上，竖立着一块“史家泥鳅”的牌子，这里一切都是临时的：临时的饭店、临时的桌椅板凳以及临时的老板和工人，但味道很好吃，只有本地人才知道。

许量的内江兄弟来了十几个，魏总一看，都是带了江湖色彩的朋友。

大家嘻嘻哈哈，都没有说到正事，魏总低声问道：“大哥，如果没有什么正事，那我们就早点吃饭，赶回成都吧？”

“没有什么正事？我们兄弟们在一起本身就是正事。”许量哈哈大笑，其他朋友也是如此，好像一同度过这传说中的末日是一件极其有趣的大事情一般。

吃鱼喝酒，魏总开车只能够是旁观者，许量与对方带队的蒋哥说话最多，喝酒也最多。

许量说到了罚款的问题：“利用罚款的模式是可以做盈利模式的。美国有一家健身房就是这样做的，会员存钱办卡，只要每月坚持按照约定的时间去锻炼身体，那么，在俱乐部中的各项活动是完全免费的，但一旦违约不去，那就把罚款作为营业收入。据说，这样做了，俱乐部的收益还颇丰，远远比以前收入更多。”

大家开始了研究商业模式的话题，人人都能够说出一些像模像样的问题，似乎许老师的课堂无处不在。

魏总奇怪的是，这些看似黑与灰之间的道上朋友对许量很尊重，甚至还叫“许哥”或者“许老师”，而不是“量哥”，居然还对商业知识如饥似渴。仔细一想，心中就明白了，现在是互联网的时代，一切黑暗都在加速退却，大家都渴望阳光下的商业行为，这就是教市场和经济学的老师魅力越来越大的根本原因。

“这模式是可以借鉴到借贷生意和野驴俱乐部的。”许量给魏总说起过兄弟肖希权和他的太太王可心开设的野驴俱乐部的经营管理问题，他毕竟还是那里的小股东。

说完了此事，许量和蒋哥说到了正事。蒋哥的问题是如何收款的问题：“许哥，如今是放款容易收款难啊，你知道，现在不是依靠拳头打天下的年代了，对那些欠债不还的借款人，我们是打不得骂不得，甚至说不得，更动不得啊！老子硬是快被气死了。”

兄弟们都收起了笑容，这是严肃的问题。

许量不紧不慢，端起酒杯先跟大家喝了一杯酒，再低头吃了一条香喷喷的黄辣丁，抿嘴笑道：“我先说一个笑话吧。在美国，有一个老头的房子外面总是有一群小孩子来踢球，他们对准墙壁猛烈地踢球，这让老人家不能够安睡午觉。如果这老头子是我们，大家说怎么办？”

那个叫黑娃的兄弟个子不小，他年轻力壮，嘿嘿笑着挥舞了一下拳头，这意思是力敌。许量摇摇头，黑娃也不介意，而其他的兄弟不敢贸然行事，都沉默思考。蒋哥见状就说：“我们不能够力敌，那自然就是智取威虎山！”

“如何智取？”许量也呵呵笑起来，“我们来听听这个美国老头子的办法。他给这些小孩子奖励。”

大家奇怪了，都停住了吃东西，也不再喝酒，专心致志地听下去。

许量继续说：“第一天，小孩子来了，老人家就给他们一人一元钱，并且鼓励他们继续踢球，时间还要比昨天更长一点。于是，小孩子们兴高采烈地玩球挣钱。几天之后，老人就把钱减少为八毛，因为他的收入不多，大家很有意见，却还是勉为其难地继续为老人家卖力地表演踢球。如此这般，当老人把报酬修改为五毛钱的时候，一些小孩退出了，他们不想吃亏。到了最后，老人只能够给出一人两毛钱的时候，最后的几个小孩子也很生气，再也不想上当了，他们愤然离去，并且发誓不会再来踢球。”

大家听了，都忍不住哈哈大笑。

蒋哥恍然大悟道：“我们放贷人就是那个老人家，借款人就是调皮的孩子，可我们不能够给借款人报酬啊！”

许量这才说出谜底：“我们可以对每笔借款都实行浮动的利率，按时还款就降低利率，延期还款就罚款。这样，借款人就有主动还款的积极性了。大不了我们不收取特别困难的借款人的利息，这样做我们会名利双收。”

蒋哥站起来，大家都站了起来，魏总也站起来，许量端坐着接受大家的敬酒，大家都叫一声：“许老师。”

许量笑容很灿烂，神态很坦然。

再次回到成渝高速公路，魏总忍不住问了一句：“大哥，这蒋总他们是干什么的？”

许量有点迷糊，不经意地回答：“做担保公司的。”

魏总还想问点什么，许量心知肚明，就打起精神主动说道：“兄弟，你是不是想问我为何与他们这样的人称兄道弟啊？”

魏总呵呵笑了一声，算是肯定。

“他们以前是我的敌人，”许量不想说太多以前的事情，就含含糊糊地回答，“不过都是不打不相识，俱往矣，都是大家原始积累阶段喊打喊杀时的误会。不过，我们再次联系上却是依靠我们的中国资本圈网站，他们都是我们的会员之一。”

说完，他就假寐了，一会儿就鼾声渐起。许量心里没有说出的话是：任何人都有权改变自己的道路，放下屠刀立地成佛那可是佛学中至高无上的道理，我许量能够帮助这些道上的兄弟走上正规的民间金融之路，那也是善莫大焉啊！

魏总把路虎车开得四平八稳，马不停蹄地一路奔向成都。

许量见了白蓝，亲自进行危机公关，一连两天都很少休息。白蓝陪伴他出席了不同的酒局和饭局，有时候，她在身边照顾他，有时候，只能够在远处和暗处等待许量。

这里面骄傲和煎熬都在一起，白蓝不得不承认许量不是一般意义上的男人，她加倍地爱惜他。可是，每次许量都是坚持要返回他自己的家，那个冷冰冰的家，这让白蓝难受不已，却无可奈何。她不知道许量内心的苦楚，不想让公司变成地狱，那么老板就不得不先跳进火坑。经过这样洗礼的男人自然是不想让小情人看见他的疲惫和无奈，许量逃之夭夭那是无比明智之举。

这之后，许量的变化不小，除了白蓝知道内幕，他在一些很关键的利益关系者面前开始放出自己很渴望出国去华尔街看看甚至去美国进修的风声。许量不在意一些不坚定的投资者撤资，白蓝也在透露资本之鹰会所即将选择新的地址，老会所会搬家的消息。一些员工开始撤离，一些资金也去了别的地方，只有李严还在会所坚守岗位，他理解许量这个老大，他以退为进已经不是一次两次。

成都市区的春熙路附近，那是美女如云、流金淌银的热闹之地。

“大街上人来人往，世界末日没有如期到来。之后，无数有末日情结的人仿佛一夜之间都消失了，他们全部都患上了健忘症，好像他们从来都没有鼓噪过末日恐惧的言行举止。但李玫知道：人类充满谎言，也总是健忘，他们会集体假装什么恶都与自己无关，其实不然，他们中的无辜者总是寥寥无几。”这是从中国资本圈网站转发到新浪的一条微博。

2012年12月23日，这是一个难得的阳光灿烂之日，李玫从一家店面经过的时候，已经忘记了早上出门之前在新浪微博上发的牢骚。她低头去上网查看了一下微博，转发的和评论的都不少。

其中的一条评论是“末日未来临，小店大清仓”，落款是小杜商店。

仔细一看地址，居然就是李玫现在站的地方。

她抬头看见了一个商品打折的通告：本店的所有商品全部清仓打折出售。这是小杜商店。真是无巧不成书，有缘才买你东西。

她微微一笑，作为少妇，她有钱，也有好奇的心理，就进店去了。

店里是老板娘小杜，二十多岁，虽然长了一个娃娃脸，但也属于精明能干的女人。只是如今零售业的生意越来越不好做，她想起不少的顾客来到店里只不过是来看看样式和探探价格的，一旦有了准确的信息就必定去淘宝上的网店购买，便宜又快捷。她有点气馁，网络改变了生意，微博改变了世界。为了回款归还小贷公司的一笔借款，小杜不得不在店前挂了“含泪”大减价的小广告。那猩红的字体就是鲜艳欲滴的，其实含泪是不必要也不会的，做生意本来就是有亏有赚的事情，但小杜痛彻心扉那是千真万确的。

李玫进来的时候，小杜刚刚使用新浪微博发泄了对中国这个转型社会的不满，还没有来得及去回应那个早就注册了的中国资本圈网站传来的交友信息。小杜虽然是小老板，没有资格与网站里的大亨去攀比，但这个网站好就好在除了提供会员的分类和分级管理之外，还给下级会员设计了求助上级会员的通路。她不想现在就去找上一级会员的支持，这是资源，不得已再使用，那样效益会更大。

她的眼光毒辣，知道面前的女顾客优雅的气质之外，还极端自尊，只要话说好听，买与不买就是面子问题而不是商品的问题了，这样，她就会是一个极好的顾客。什么是极好的顾客？那就是能够买下她根本不需要的商品的顾客。这是小杜听过那个传奇人物许量办的老板学校课程的朋友介绍的生意技巧：人心就是市场嘛，这个世界抓住了人心甚至还能够得到天下呢!

她来不及细想，就热情洋溢地叫了：“美女，你买点什么？”

李玫微微一笑，她知道这小老板年纪轻轻却是有大学问的女人，也就不去揭破她的问话方式。小杜没有问李玫“美女，你买还是不买东西”，而是直接问“你买点什么”，这就是逻辑学中的“复杂问语”，是销售技巧的一种。

李玫不说话，小杜很热情，她们就一同在小店里逡巡，好像就是一对早就熟悉的姐妹在商量着买点东西，亲昵而友好。

李玫看上了一条围巾，这不是名牌，却是货真价实的高质量。她看看这是适合吕佛铭风格的围巾，就买了下来。另外，还买了一些可要可不要的东西，价格也没有多说。

临走之时，她对小杜微笑道：“我们是在中国资本圈的网站中交流过的朋友。”

小杜这才想起刚才的这位就是她在这个网站刚刚交上的新朋友，她还对李玫小姐的微博做过评论，其实是做了自己的广告。

她们留下电话，然后道别。第二天，小杜按照李玫的建议，在资本圈网站里面发布了几条自己的资金需求信息。李玫也留下了支持小杜的留言。

许量的儿子许多在美国的发展一直很顺利，一是有刘嫣然的关照，二是许量的优秀基因很显然起了作用。可最近许多的情绪很不稳定：他失恋了。

听了嫣然的忠告，许量在网上找到许多聊天。

“儿子，如果你只是爱上了一个人，那你就尽可能与她朝夕相处，一直到如胶似漆变成了寡淡无味就恩断义绝；但如果你深爱一个人，那就必须相反，只有若即若离地远离她才能够真正地永远拥有她。否则，人性的弱点会让你们的爱在时光的冲刷之下百孔千疮，最后一定是荡然无存。”

许量继续说教：“你的爱人并非你身心的保姆，她有自己的世界。你们必然要交融，但爱人的世界与你的世界要独立存在，绝对不能够完全重合，因为那会让你们失去彼此的个性，而没有了个性也就失去了爱的理由。”

许多听得心不在焉，他已经有了自己的世界观，精神世界也不再是无主之地，任人宰割。

虽然是失恋，心有郁结，但许多还是不情愿听自己的父亲在说：“只有能够战胜自己的人才配拥有明天。哭哭凄凄的人只是悲剧中存在的人物，他们不能够穿越到生活的喜剧中来。许多，尽管你是我的儿子，我也只是同情你一时却绝对不会同情你一生，我哀你不幸怒你不争，因为无缘无故的同情就是腐蚀自我意志的镪水，我很害怕同情心湮灭我的理智，我要成为独行侠。”他在对儿子使用激将法，效果很显然不明显。

“生活就是大海，无边无际，变幻莫测，亲人才是坚实的海岸，而我们都是那一叶扁舟，风雨飘摇。

“生命的尽头就是那永恒的海底，黑暗而冰冷。

“失恋，只是生活的一部分。在茫茫人海，小岛就是家庭，大船就是公司，你的小岛一定在某个地方等待你！儿子，打起精神，会有很多美女在等待你！”

诸如此类的话，很不容易把握住分寸和度，一不小心带了情绪，说话就自动变成了说教，做父亲很不容易，许量自己也觉得对成年的儿子这样说教很是无趣。

习惯了父亲的教育，许多只能够忍耐听完，许量在结束谈话的那一瞬间才猛然悟到，这样与许多交流是毫无意义的，网络太虚无。他计划有空去美国看看儿子，许氏家族的掌门人以后是许多而不会永远是许量。

他们关闭了对话。许量是心满意足，而许多却是筋疲力尽。这是北京时间上午十点，许多的美国时间与许量全然不同。许多与许量视频完毕，他对父亲的敬畏让他不得不吸收许量的教诲，但这是表象，就好像雷阵雨是不会深入土壤的。许量的时间有限，他的教育方式就是来去一阵风，看起来很有成效，其实在儿子心里刻画的痕迹非常浅。

许多的精神极度空虚和难受，先去上了洗手间尽可能地排泄掉肚子里的郁闷之物，回到房间，立刻拿出一样宝贝，吸食起来。对的，这就是毒品，这也是他离开了父母却依然能够坚强生存下来的秘密武器。

“这么做有什么不好？”许多安慰自己，他在刘嫣然安排的公司开始做期货操盘手的实习生。“期货是谁能够做的？不是人做的，而是鬼怪做的。”这是他的启蒙老师杰克告诉他的，许多也想把自己变成神出鬼没的期货高手，一切都很顺利，他才华和业绩的成长不可压抑，只可惜他的毒瘾越来越深。

正好白蓝带了网络部门的负责人来汇报网络部门的工作，许量暂时忘记了儿子，他们已经有了不同的世界。

白蓝用急匆匆的语气说道：“自从我们资本之鹰出名以来，不断地有人在抢注我们的域名和商标，这个英文翻译的域名是刚被注册的。”

“我知道的，已经与这个人聊过天了，呵呵。没有什么的，以后注意就是，只是有点不开心，没有恶心和反胃，也不想吐。”许量叹气道，“我可不在意别人去申请什么‘资本知音’这样的谐音商标和域名，他们依样画葫芦，不会有最终的商业价值。”

“中国人猥琐，不少人都是强盗和小偷的思想，都想投机取巧，都在渴望不劳而获发大财，在这样的思想之下，好人都会成为坏人。”女人的话语尖锐悦耳。白蓝心绪不稳，她见许量不言语，就继续说：“算了，这是我们不细心，怪我们自己没有自我保护意识。现在倒好，买吧，恶心，还要提防他乱说，跟我们做过生意；不买吧，怕他乱整。这就是中国人，恶俗低劣。”

许量摇摇头：“我不介意这样的抢注，我们继续埋头做我们的事情，公道自在人心。空谈误国，我们继续开会吧。”

听完她对一些会员一再要求不需要经过实名制认证就可以在中国资本圈网站上发布项目信息的评价，许量呵呵笑着说：“他们都是幻想吃到免费午餐的人，这样的人做金融那是痴心妄想和笑话，要求别人实名制，自己却藏在幕后，这是绝对不可能的。

“可这些人却千真万确地在从事民间金融，他们在工作上是一丝不苟，比银行好像还更专业。在集资上是热血沸腾，搞钱的本事不小；在宣传上更是一本正经，什么高深就说什么理论，什么高尚就去做什么事情，煞有介事。

“中国资本圈网站的威仪和出路就是金融电商平台，如同马云的淘宝商城，他们卖的是有形的产品，我们卖的是无形的服务，商品不就是有形的产品和无形的服务构成的吗？我们提供的还是金融服务，基于投融资者的服务潜力巨大，还没有任何政策的障碍，我们不做，舍我其谁？”

许量振振有词，他不在意团队的人怎么看待此事，因为他是老板，是船长，是唯一能够带领大家走出黑暗的领袖。

许量简单说了一些原则，想起他在资本圈网站还有不少的私信需要集中处理，他就安排道：“你们去准备一下，我一会儿到网络部看看。”

白蓝带着人退去，许量上网了。

“我是来自监狱的小郑，我也是放贷人，经历的故事与许老师您很相似，进监狱的原因是暴力收债，那就是因为没有听完整您的话，除了‘欠钱还钱天经地义’，还有一句‘事出有因有事好商量’，血气方刚却悔之莫及。”

这条私信引起了许量的高度关注，他想回答却不知道应该说些什么。犯人在监狱里面是否能够上网，他不知道，但他相信没有书迷会拿这样的事情来开玩笑。他思考良久，没有回答，这不是害怕而是不想惹麻烦，尤其是不给小郑惹麻烦，这私信回答了，会让小郑开心但说不定又会惹事违反监狱规定。

许量处理完私信，站起来去网络部。

资本之鹰已经有几十个QQ（一款即时通信软件）群，许量很重视，他来到网络部门检查工作，刚才在QQ群里许量发现不少人并没有完全执行实名制加上所在地区的规定。

许量连连摇头，他站在员工们的工作间，对管理员们说道：“在群里要求别人真实，自己却蒙面，不太好吧？每次我与不知道是谁的朋友说话就觉得难受，还是在说金融？戏说吧？使用真实名字说真话和做事情，这样简单的事情在中国却是举步维艰。”

于是，许量给值班的小范指示道：“小范，大家都希望能够在诚信的圈子里面生活，不用真名的就应该把他移出，你提示群友几次。这个资本圈子的朋友成千上万，必须要有统一的规则，那些不情愿实名制的朋友也不勉强他们，只有把那些蒙面的大侠请出去了！”

他心中很无奈，就是这样的群规真正执行的人也不是很多，在中国搬动一张桌子都会流血不流汗的，中国人的性格和习惯就是相互猜忌和不信任。许量最不喜欢的就是与匿名的网友交流，而且还是不断地询问你的经营秘密，这可是己所不欲勿施于人的事情，但一些人总会假装不明白。

白蓝知道许量归根到底是文人经商，少不了遇事情就感慨万千，只好劝告道："有些人不用实名制也未必不是真诚，或许有顾虑，或者是想再次看看圈子的力量。我们开门做生意，不是闭门上课，宽容一些吧。"

许量心中有点不愉快，但见他的白总经理说话很认真，也并不看他的脸色，也就不再说什么。他们共同去看小范的工作聊天记录，其中不少会员对实名认证中必须填写的人脉关系颇有顾虑。

他们害怕泄露别人的秘密，可许量却坚持认为没有其他人脉的旁证，也很难说明会员的价值，而这个价值是显示给会员们自己看的。

"没关系的！会员所填写的人脉我们是会严格保密的，也不会以公司名义去冒昧地打电话和营销。何况，实名的话，也可以自己使用，不一定要他人看，除非你信任对方加为了好友。"

客服部的小范解释道："人脉是我们网站和平台的最大优点之一，将欲取之必先予之，朋友的朋友就是朋友，圈子的力量和裂变就是出自这里。"

"呵呵，估计我们说明得不够，"许量很宽慰，他对客服部的回答很满意，他们耐心而坚持原则，"这也说明我们社会缺少相互信任的基础。小范继续说明，也请大家去看看我们平台的规则，没有严格的规则，我们平台的力量就会很一般了，因此，对严格的实名制我们必须持之以恒。"

"我们是圈子平台网站，人脉能够提升会员的自我价值，而会员要想获取人脉，与对方交流，自己就须有对方感兴趣的资源。圈子不是学校，没有单纯的索取。"小范继续说明，"中国资本圈是以诚信为主的商务社交平台，在圈子里，人脉就是资源！而所有的会员都是经过公司严格审核的，所以大家的一些担忧是完全可以消除的。"

许量开始看网站的具体数据，包括会员的数量与质量，在线时间的长短和浏览页面的分析报告等。看完之后，他闭眼分析片刻，下了判断："我很欣慰，现在每天都有不少朋友注册加入，会员在网站的时间越来越多，这些都是好现象。尤其是大的老板和名人也在注册，这是一个很好的趋势。另外，要鼓励大家多沟通，沟通产生价值，要提高我们网站的黏性。"

大家知道做投资就是看趋势，许总的表扬对网络部已经是非常高的评价了。

“传统经济是强者恒强，网络经济就是新的打败老的，小的打败大的，弱的打败强的，我们要有坚强的意志，一旦开始前进，那就一直走下去。”

许量匆忙讲完话，他就外出了，这是需要给白蓝一点发挥的余地。

她继续给员工们以鼓励。

许量回到自己的办公室，继续上网。他猛然看见了小杜和李玫的留言，若有所思。这个项目完全不具备投资价值，但他去查询了小杜的人脉资源，立即发现了她的价值：她的舅舅居然是北京某个部委的司长，而这个部委对许量的未来发展极其重要。何况，李玫曾经是自己的秘书，她又是张娅的女儿，虽然现在已没有紧密的联系，但她毕竟还是吕老师的太太。这是许量与李玫和解的一个契机：既然这个小杜需要资金，又是李玫在支持，他心中想到了一个计划，那就是支持小杜的创业，投资不大，却可以打通与司长的关系，这不算是行贿，还能够让投资部找到事情做，锻炼一下新来的员工，也算是树立一个小老板在网站找到了投资从而获得成功的榜样。

第二天，许量召开了投资部的会议。会议的议题是两个项目：一个是小杜的项目，另外一个是名叫“艺家廊”的艺术创意设计项目，这个项目有清晰的市场方案和资源，但缺少资本结构和金融的思路。许量让白蓝带领投资部做出了方案，对合作在全国推广这个软装连锁模式，双方是一拍即合。

艺家廊就是艺术、家、画廊三个时空的交错，许量和白蓝等人对这个项目的管理团队很熟悉，他们是市场的高手，与许量这样的资本高手合作那是双赢，也算得上是天时地利人和。许量估计的是这个项目的资金容量，而白蓝需要考虑的是项目的交易结构和价格。项目方的路演已经做过了，如今，大家眼见老板们的意图很明显，也就一致通过了投资的决定。而小杜的项目则显得有点复杂了，大家实在看不出这是一个项目，而且居然还有投资价值。

白蓝事先并不知情许总要对小杜的小店进行投资，她很匆忙地阅读项目的介绍资料和听取了许总的想法，她不便表态，很显然这是许总安排匆匆忙忙写的资料。公司的项目投资一直是许量在最终决定，她只是内心非常奇怪，许量为何要投资这样一个没有多少价值的小店，而且数额也不大？

“做项目与做事业是有巨大区别的，我们要抓紧时间商议，早下结论，尽可能早启动。”许量不容置疑地说，当然，他说的是这两个项目同时启动。

白蓝是总经理，她以为她的职责就是推动许量变设想为项目，依靠项目的成功积累财富和成就事业，但却不知道这只是她使命中的一部分。

许量却知道做生意有从小到大和从大到小两条路，他在拿捏着分寸，做正确的事情远远比把事情做正确重要，他一言不发地在计算而不是算计。

投资部的会议很快结束，白蓝立刻找到许总商议。她倒不是怀疑许量与这个小杜有什么瓜葛，这女子从相片上来分析，不过是小女人，不具备挑战性，但李玫的故事还是让她觉得很刺眼。

第六章

大家要的不是便宜，而是占便宜的感觉

最近，因为与专门经营金丝楠木家具的老朋友王雁飞的金楠阁公司合作，许量把办公家私也更换成了金丝楠木的，尤其是加大了喝茶的空间，他的办公室可以同时容纳十几人喝茶聊天，有三个喝茶的区域。这是低调的奢华，不是气派，是收藏，更是文化。

为了适应政策和舆论对高端会所经营的压力，资本之鹰会所也经过几次不大不小的调整，变成了公司加会所的二元结构，而且两者的时空元素已经在不断地融合，有点模仿美国咖啡银行的运营模式的意思。许量对白蓝戏称，他的公司是在他将近两百平方米的办公室里面喝茶、谈事、谈方向和合作意向，而在公司经理层的格子间里面去做商业设计和合同，来客也泾渭分明。

他对豪华不感冒，尤其喜欢的是白蓝专门为他挑选的泡功夫茶的那套茶具和金丝楠树根做的大大的茶台，敦厚而金丝灿烂。约了吕佛铭过来喝茶，时间还没有到，许量就在办公室翻阅多日不看已经堆积成山的《华西都市报》和《商报》。

好久没有看报纸了，漫无目的地翻阅，文字不少信息量却不大，他有点不习惯。没有看几张，他就放弃了手中的报纸。如今，网络媒体发达，什么样的信息都能够在微博与微信中快速得到，人人似乎都成了信息源，他开始思考国内外纸质媒体的快速衰落问题。如今，无数的传统产业和产品在快速衰败，做投资不得不看趋势，项目做错了，还能够修正，趋势看错了，那就是死刑。

他习惯了电脑与人脑的结合，开始在网络中去搜寻资料：面对数字化媒体的冲击，传统媒体的严冬俨然来临，比如上一年全球传统媒体美国老牌周刊类杂志《新闻周刊》宣布，将于12月31日出版最后一期印刷版杂志，随后将终止纸张出版，并于下一年年初全面转向数字版；还有上一年9月下旬，发行93年的

《纽伦堡晚报》宣布停刊，从而点燃了德国传统媒体倒闭潮的引线；国内的杂志和报纸也是难以为继。

他点燃了一支香烟，这是新牌子，吸了一口，有点苦涩，他就把香烟放在烟灰缸边沿上任其自由自在地燃烧。许量闭眼思考：最近，姜维一收购了一家成都本地的财经杂志，他不服气，因为他也一直在考虑做一家纸质媒体的商业杂志，为的是与139e.com网站交相辉映，相互支持。他不得不关心这样的资讯，网络对社会和传统的冲击远远大于一般人的想象，作为投资者，许量必须找到未来的现金流隐蔽在何处，找到了就等于是赚钱了，这就是赚钱的要诀。他思维很跳跃，休息一会儿，又去关心网络金融的资料了。

没有多久，吕佛铭来了。他们见面很亲热，相互称谓的是“吕哥”和“许哥”，没有握手，那是因为太熟悉，没有必要。

他们要喝的茶是上好的普洱茶，老茶。除了通报最新的教学计划，他们商议的话题却是秘密的。

先是从成都的商场谈起，说到了很多年前，在高科技领域叱咤风云的宋总现在已经秘密回国了，并且已经被秘密抓捕入狱的故事，他们感慨万千。

吕佛铭接过许量递过来的功夫茶温热的小茶杯，先是闻了茶香，再一饮而尽，回味不错。他脸色凝重，声音低沉地总结道：“1997年那年，四川省大力发展民营企业，全省37户重点企业中的大多数已经烟消云散了，不少企业家都锒铛入狱，这到底是为什么呢？单纯的市场竞争不能够完全说明问题，权力的交割就是企业兴衰的周期也只是其中的一个原因，最大的原因还是要怪企业家自己！事业与生活都不能够适可而止，爱江山更爱美人，早晚都会力竭而亡。”

许量很敏感，“江山”与“美人”这两个词语是他的口头禅。他对吕老师很尊重，但疑心病依旧。他一边继续认认真真地泡功夫茶，一边在心里琢磨佛铭的话是否有影射自己的成分，是否有什么弦外之音。

历史总是周而复始，最近，四川的企业家又开始纷纷落马，传闻很多。他们的话题由远及近，许量判断道：“除恶必尽和斩草除根都是一样的道理，只是不同的说法，我们不要多想，因为我们的事业还不是能够出栏的肥猪。”

“是的，做事业，强比大要好得多，”在反腐浪潮中，佛铭的朋友也有势如危卵之人，他们的惊慌失措也多少感染了他，“安全才是最大的资产。我们是商人，自然能够判断个人的安全与收益的资产负债表。”

知道吕老师说的负债表是人生，许量暗自判断：“如此说来，我许量的负

债表早就不平衡了，尤其是情债，但我命硬，命运又能够奈我如何？”话虽这样说，许量年纪越来越大，内心也开始对命运敬畏和感恩，他对嘉仪和白蓝都加倍地温柔，一心二用的技术越来越纯熟。

毕竟长江后浪推前浪，商场也是弱肉强食的生态系统，没有大亨们的败亡，又哪里会有他们的机会呢？许量做了多少年的生意人，却一直不肯做大亨，就是因为知道物极必反的真理。

许量建议道：“吕哥，我们还是老老实实地面对我们的问题吧！如今，现金为王在通货膨胀即将加速爆发的时代估计会从真理变成笑谈，我们必须抓住机会，成都的企业界正在洗牌，必须研究其中的资产收购和企业托管、公司兼并等机会，他人的危机就是自己的机会，这就是对‘危机’一词的最好解释，而不是瞎说什么危机就是危险与机会同在。”

佛铭在公检法有不少朋友，信息不少，还好没有人盯住“信息腐败”——这才是最大的腐败，自古以来是得人心者得天下，现在是先得到信息者就得到商机：一些优良资产的处置就好似肉骨头，盯上的秃鹫不少，他们只是其中的两位，但许量则表示狼与秃鹫之间其实不会有战争，它们分属不同的食物链，必要的时候是可以合作的。自诩为资本之鹰，秃鹫是鹰的一种，他们都没有明说谁是狼，但心知肚明。

说完正事，两人聊了一会儿时局，又说到银行行长落马了好几个，民间借贷江湖的人士又跑路了几个老板，形形色色的借贷骗局也出现了，他们的心情变幻莫测。

门口传来独特的高跟鞋敲击地面的声音，清脆悦耳，很快许量办公室虚掩的门被轻轻地推开，年轻貌美的白蓝一脸微笑地进来了。

他们立刻停止了刚才的话题，那都是成都官场上最新的闲闻逸事和隐私，比如说，谁跟谁有矛盾，谁又是谁提拔的，谁与谁有过节和仇恨，他们都一一说出来，分析和比较，这是为了查证和利用，官场上的线路与路线不完全一致，但机密绝对不可外泄，否则伤人害己。

吕佛铭见白蓝走进来，连忙打了招呼。三人坐下喝茶，白蓝不知道许总与吕老师在谈论什么，但她内心的话必须说出来。刚才，她还是没有完全想通这个问题：李玫介绍的项目都是好项目吗？

白蓝低头看看自己放在茶几桌子上的右手指，这是一个女人无意中做出来的兰花指，很好看的一幅画面：那是金丝楠木器的金光灿烂与年轻女子雪白淡雅肤色之间的对应与媲美。许量非常熟悉这是她要说心里话的行为语言，是泄密的征兆，害怕她又是急于表达和表态，他就立即很委婉地阻止道：“聪明人与智者的最大区别就是前者急于表达和判断，而后者却长于思考。他们眼疾心到却手慢嘴慢，用旁观者的心智来做自己的事情，慢工出细活，以慢制快，太极的原理，这当然就是智慧。”

白蓝立刻闭嘴，但心中的话却依旧如同滔滔的江水延绵不绝，一直把她的心田冲刷得七零八落，她有了被许量禁言的心痛。吕佛铭假装不知道许量的弦外之音，他低头喝茶，也很宽容他们在自己面前玩弄一些言谈举止的小技巧。

许量的电话响起来，他看了一下电话号码，立刻接听了。

吕佛铭一听许量电话中说的内容，就知道那是许量在与他山西太原的学生，也是他的好兄弟夏总在说话，以往，他们谈话的内容除了寒暄就是资本，这次是说到了去五台山拜佛的事情。快结束通话的时候，许量对这位山西盈纳百川企业咨询管理有限公司的夏志华总经理说：“现在做生意，已经不再是商战，谈生意已经过时了，甲乙双方更需要的是商量生意。”

许量对白蓝说：“你帮我确定一下时间，最近几天，我要去一趟五台山。”

他没有告诉白蓝同行，也没有说明此行是为何，与谁同行。她知道那是他的世界之事，她神态自若地点点头：“照办。”

他们继续说话。一会儿，她就知道了吕老师与许量是在研究老板学校下一期的教案，这些都是关于项目投资的经典看法。

“研究院的民间金融高端的培训班，来者都是行业内的佼佼者，我们要善待他们，更要给予他们最好的知识、技巧和人脉，不能够只是说教。”许量的态度一直很鲜明，“我们不是要像某些一心敛财的培训大师一样，杜撰一些高深莫测的理论和说法来卖钱。我们要讲述的是生意之术、生意之经、生意之道。商业博大精深，学无止境。商场需要传奇不要传说。老板学校就是人人老板，相互为师。”

“聚，是一团火；散，是满天星，这就是我们老板学校的宗旨。不要计较时光的短暂和空间的隔阂，我们要把全国民间金融的佼佼者联合起来。”许量先发表观点，“乔布斯说过，大家要的不是便宜，而是占便宜的感觉。这种感觉妙不可言，尤其是占了我许量的便宜，你们要记得人性的弱点和人性的优点都是如此。这就是投资的实质，任何一个投资者都是贪婪与恐惧的集合体，他们贪婪的时候就会投资，恐惧的时刻就会撤资。无论多么精明强悍的资本家都是这样，只有人性才能够支配他们的行为，而并非项目。”

吕佛铭看白蓝开始接过许量泡功夫茶的工作，那动作自然而然，完全没有许量刚才那样生硬，他有点走神，心道：如果这环境中再来一个古筝曲子，那就不是品茶而是赏茶了，美女总是与美好同在。

许量补充道：“做生意的几个层次：第一是做项目，这就是在一片不毛之地去栽种一棵苹果树，而你现在还饿着肚子；第二是做业务，这好似你在一大片森林中去找野果子，找到果子只是迟早的事情；第三是做生意，这就是把一连串的业务把握住，如同你已经找到了一大片果林，你已经有了挑肥拣瘦的幸福；第四是你在做文化，那是你影响与控制了无数人在为你寻找和劳动，你与他们共同成长，你是王者；第五才是信仰，那是宗教的经营模式；第六是主义，这是政党的经营范围，他们是经世济民，劳动的对象是国家和人民，这样的争权夺利属于政治的范畴。”

吕佛铭很赞同，他接过白蓝给予的茶杯，手留余香：“是啊，老许，我每次与别人谈生意，第一个判断就是看他是做项目还是做业务的，做项目的大多数都会被市场和官僚体制弄死，我不想被牵连，这样的老板大多数我都会敬而远之；我最喜欢的就是做业务，做一单是一单，有钱赚才是最好。”

“我们的目标就是要把我们千方百计去找别人做生意，变成别人不得不找我们做生意，这是商人从商的历史性转变，这是从商人变成贵人的那一刹那，依靠的就是资源的整合能力，其中的核心就是创造性地使用和利用关系。”

吕佛铭开始侃侃而谈，长篇大论。他的课程和讲学计划显得格外成熟，能够把大道理讲述得浅显易懂，许量很放心。他想在这几天内，把所有老板学校老师的课程和讲学计划都耳闻目睹一遍，因为他做的不是一般的商业培训，好看热闹就行，而是要攻心，力争与更多的老板同学都成为志同道合的伙伴。课程就是见面礼，必须拿得出手，而且独一无二。

行长出身的殷老师擅长讲解宏观经济，四川法奥律师事务所的李主任擅长讲述法律实战，作为四川金融资产交易所董事长的熊老师擅长的课程是金融创新和资本市场的渠道建设。许量在盘算，这样的团队很强悍，但似乎缺少一点东西，他对下午新来的唐老师充满了期待。

“商人就是要急功近利，因为不这样就熬不住，就会在黎明前的黑暗中倒下。”许量对白蓝做了一个请她记录的手势，说话却不停顿，“做投资有很多奇怪的现象，比如，明明是一个朝阳的项目却无人问津，而一个已经在日落西山的企业却让人蜂拥而至。牵引他们的力量是什么？贪婪与恐惧，对利益的贪婪，对风险的恐惧。”

知道许量厌恶别人对他使用录音笔，白蓝习惯性地拿着一个精致的笔记本，她即刻把这些话用笔记录下来。

“我们不仅仅要做民间金融的启蒙教育和企业资本经营的培训，还要做真正的大投资者。”许量总结道，“白蓝，吕老师和其他几位老师的教学计划你要好好地协助。”

白蓝与吕佛铭也是朋友，但她的回答很认真，这是许总在安排工作。

送走了吕老师，她回到自己的办公室仔细阅读了小杜的项目介绍和李玫的留言，她明白许量是有张娅的情结，也就不好再反对，因为她的反对通常都是无效的。这时候，许量的短信过来了：“你去后台看看小杜的人脉关系价值如何？”

白蓝立刻去电脑中查询，她看到司长的人脉，立刻醒悟过来：这样的交易还是很划算的，但既然是生意，那就要明亏暗赚。她在皮椅上调整好姿势，感觉舒服了，这才给许量回了短信：“我明白，会办好。”

一个人一扇门，既然是门，那就应该有门票。白蓝心中盘算着在网络中查询这个“舅舅”的资料，也在小杜的新浪微博中发现了小杜的全家照中有这个“舅舅”。她心中有数了，立刻安排人去接洽小杜。

她特别吩咐项目负责人：“这个项目不要走常规的审查，如果要投资或者借款，我就亲自做杜总的信用担保人，但事先一定要安排杜总与我会面。”

以后的几天，白蓝与小杜成了朋友，很快就代表许量去北京建立了与舅舅的直接关系。当几十万元的第一笔投资到位，得到“舅舅”以后的关照和资源，那是顺理成章之事。

许量被情感左右而偶然发生的投资任性和暗中的运作手段都很好理解，可许老师的这句话怎么解释呢?

“如果我们是投资者，那就要努力通过现象看本质；如果我们是融资者，那就要合理使用利润的大棒和胡萝卜，去牵引投资。”

白蓝在自己的工作日志上如此写：“投资属于心理学的范畴，金钱就是人心贪婪的结果。”

下午，许量、白蓝和李严等人继续听老板学校新请来的唐老师的课程。尽

管唐老师在国内很有名气，来自著名的财经大学，地位崇高，属于青年才俊，但许量还是觉得必须认真听课，因为他代表的是千千万万的民间放贷人。

唐老师三十多岁，相貌堂堂，是国内最年轻的博士生导师之一，主研的是金融法，尤其是民间金融领域的法律与法规，参与过国家不少法律的起草和审定，许量在会议室积极认真地听唐老师的课，神态宛如小学生。

“金融的语言是什么？它不是汉语与英语的区别，而是一连串术语和事件的组合，我们会被异化，会被欺骗，被发明了这些术语、制造了和参与了这些事件的人所支配和操纵。据说，当代经济学就是一个巨大的骗局，那些经济学大师就是政府和舆论手中的工具。发明钱这玩意儿的才是人中之龙，王中之王，钱才是最大的规则。”许量点点头，认可唐老师课程的开头。

“使用商业的眼光，读懂金钱的语言，我们才能够透视这个纷纷扰扰的世界，”唐老师微笑着说，“有了金融之后，战争就是生意了，比电子游戏还容易学。”

许量点点头，他开始意识到博士生导师的力量，思想与观点已经是稀缺资源，但他是财大的师兄，不得不说点自己的看法：“四川人最喜欢的一句话就是‘钱，钱，钱，命相连’，说的就是战争是买命去卖命，做的是命的买卖，而金融就是买卖命的工具：它发明和支配钱。汉密尔顿的金融之术是美国建立的基础，如果把美国看成是一个企业，不研究它产生和发展的动力那是不科学的。”

他不敢造次，不能够说自己的观点，现在的教授可不再是书呆子，而是官场和商场的佼佼者，现在有不少知名教授已经是政策的制定者之一，是政府官员的老师甚至导师。一个人靠近权力的程度与他的知识程度，尤其是使用知识的能力成正比。

“钱是财富的符号，换句话就是你的财富，他人的债务，是有钱人对他人财富的追索权利。金融就是游戏，官与民的博弈。”

唐老师点点头，他对许量是有研究的，许量最大的问题就是没有建立风险的循环系统，体内与体外的风险还没有做到系统的分析和管理，换句话说：许量还是个人英雄主义，而不是行业领袖。

唐老师准备影响许量了，他开始讲故事之前，需要与许量确定一些谈话的规则。真正的高手过招，并非都是使用诈术，而是即使让你知道我的目的与思考方式，也要拉你入彀中。

“为什么人类要讲故事？就是为了让人按照自己的设想做事情或者不反对别人做事情。”唐老师的话由远及近，他属于慢慢使用自己影响力的人，高手的思想润物细无声，但依旧会在许量的眼中露出不太明显的痕迹，“美国梦就是美国人的国家股市，好莱坞就是宣传部，美国人的故事讲得如此动听，以至于它能够代表上帝，能够向全世界借贷而生存、发展。”

许量不言不语，听得认真。他知道他的部下们听得似懂非懂，却懒得去解释，做金融和资本经营，要的就是天赋。

“美国是借来的，从最初的建国到现在，它就是一头能够吞噬一切财富的巨兽，金光闪闪，光芒四射，利用世界上最强大的由政治、军事与文化霸权支撑的货币铸币权，玩起了人类历史上最大的庞氏骗局，只不过这场骗局世界各国政府或多或少都参与了，它们共同欺骗的就是热爱它们的人民。”

白蓝听得很入迷，这样的观点就是思想的启蒙。

“资本市场与沙场的关系，这是对普通老百姓而言。而我们要做的是规则的制定者，这是许老师你说的那句话演绎的相对真理，‘一些人制定了规则，就是为了让另外一些人死于规则’。”

唐老师使用了许量的话来说服许量，而且使用了“相对”和“真理”这种矛盾的词语，就是以其人之道还治其人之身。“一些人掌握了秘密，就是为了换取另外一些人的秘密，这是许老师您说的话。我们是老师，不能够做交易，但我们可以交换一些秘密。比如说，积累财富的故事和途径虽然千变万化，本质上却就是两种，巧取或者豪夺。许老师，你选择哪一条路？”

“我都选择。”

许量说话毫不犹豫，他的态度不卑不亢，恰到好处。

唐老师微微一笑，不去评价，这就是对付固执己见的对象的最好办法，他只是继续说自己的话：“我们要使用第三只眼睛来看中国，看历史和金融。比如，PE投资的前提就是听故事，我们要听的不是自己是否相信，而是首先要考虑股民会不会相信。这是投资的逻辑，借钱给不需要钱的人最赚钱，这就是逻辑。”

许量是学金融的，但那是以前的金融知识了，金融技术和知识日新月异，不再是看书就能够学到的了，必须要走在金钱的前面，也就是要走在思想的前面。唐老师虽然年轻，但法律才是最大的规则，而许量的规则不能够是许量的法律。

许量的心情有点被打击，他的心情是从远方飘来的一朵阴云，那阴云上挂着“自尊”两个字，但那是内心感受，上不了桌面。如果不是唐老师讲话滴水不漏，许量会找了间隙，寻了话柄，发动反攻。

“那请问唐老师，我们应该怎么讲故事呢？”许量不再微笑。他知道他的学生都是挑剔之人，也是成功人士，他们对高校出身的老师是有芥蒂的，因此，他还是使用“拒绝”的表情。

“政治和法律，最后是军队，就血淋淋地站在每一张钞票的后面。”唐老师把许量也作为学生处理了，而且还高看了他这个本科生，博导的学生不就是博士吗？

高手的思想博弈，最终还是心胸和眼界的较量：唐老师有备而来，许量猝不及防，在旁人看来，他们是在比赛心智，其实，是在角力。

“要做金融，你先学会讲故事吧。”唐老师言归正传，“你的口号是什么？比如，‘王侯将相，宁有种乎’？他们都是使用天道去破坏人道，人道就是现实的法律和道德，天道就是虚无缥缈的宗教，最后，殊途同归，社会的主人都是强制执行自己制定的规则的。”

“许量，你的呢？你的故事有了，你的口号呢？许诺天下，量力而行，这只是您许老师的形象广告，不是你团队的口号。”唐老师开始“幻影移动”的招数，突然，转移到了历史，“民间借贷源远流长，最初的借贷就是从庙堂开始的，起步于唐朝甚至更早。比如，诸葛亮的草船借箭，诸葛亮与鲁肃就是他们的本金，借贷来的不是十万支箭而是战争的信心。”

许量点点头，如果使用《三国演义》中的故事来讲述资金借贷又是如何呢？草船借箭的故事就是借，他觉得唐老师的课程很有意思，他开始调动自己的情绪，认真去理解唐老师的演讲，他不会虚怀若谷，但必须耳顺。

“对于风险你会怎么处理？是遮盖还是阻断？走的道路不一样，决定了你的经营模式。”唐老师接过许量的目光，继续说下去，“人间正道是沧桑吗？不，人间正道是法。那是‘法’，那是道与法，就是法律和方法两种，道就是道德、道理和道路三条道路，不是黑白灰三原色。这些才是借贷江湖的规则，不是吗？”

唐老师的话题开始锋利，许量点了一下头，表示了适度的钦佩，却不说话，言语多余。唐老师也可能知道这是克制，许量们要的可不是说教而是具体的方法。

“使用法律可以做大生意，这就是一条途径和工具。”唐老师知道许量会对这句话感兴趣，果然，许量瞩目了。他觉得唐老师的话弥足珍贵，正好可以弥补团队的缺点，那就是高校的渠道。

许量在商场、官场甚至情场都在寻找能够成为资本之鹰这张巨大无比的网的节点的朋友、伙伴甚至敌人，他的理念是真正的大生意是无边无际的，不是几家公司就能够局限的，也不是他许量一个人就能全部拥有的，开放而共有，这才是资本之鹰民间金融平台的真正价值。

“从让人民群众满意，到让人们群众感受到公平和正义，这就是我们党和政府社会治理思想的巨大变化，这会影响到我们全社会和全行业，当然包括了民间金融。”唐老师的话题高深莫测，旁观者不知，但许量能够理解：这就是所有规则的原理，规则包括了思想、政治和法律，行业的规则必须服从这个原理。

“既然许总你胸有大志，那所作所为就必然会涉及法律与政治，不管你的主观意愿如何，逃是逃不掉的。当然，我说的是你会被法律与政治关注，”唐老师的微笑非常自信，“无数的大老板就是没有看到这点而败亡。”

涉及法律与政治的话题就是敏感话题，要谈透彻就会犯忌，可不犯忌又是轻描淡写毫无意义。许量知道这话题属于保密级别的谈话，他对白蓝使一下眼色，大家都在白总的带领之下，退出了会议室。

许量与唐老师继续秘密交流，其中的形与状，外人不得而知。

唐老师虽然是白蓝介绍的，但她知道自己也没有资格进入会议室，她就算是许量的女人，但只要不是许量本人，也还是要遵守规则的，那就是涉及政策政治的话题必须一对一地交流。

整整两个小时，时间好像静止了。白蓝先是在会议室外面等候，后来是去办公室处理事情。等到许量与唐老师笑容满面地出现在她的办公室外面时，她刚好打完几个电话。

许量碰面的第一句话就是一个吩咐：“马上去给我买一本《沉浮与枯荣》，江平老师写的，唐老师十分推崇。江平是著名法学家，被称为法学界的良心，他从不迷信权威，将只向真理低头视作人生信条，他曾在《物权法》等涉及私权的法律制定中担任重要角色。2010年，八十高龄的江平出版了口述体自传《沉浮与枯荣》，被认为填补了中国当代法学家传记的空白。”

白蓝点点头，许量又说：“读这本书，能够看懂什么是法律，更重要的是这是一个真正的中国知识分子，而我不是。大多数知识分子都是考试的机器，没有思想和独立人格，只是生活与事业的投机分子。”

唐老师笑而不语，许量的反省让他很欣慰，他知道许量不是纯粹的高利贷者，甚至不完全是商人，许量的思想和世界的确与众不同。他没有告诉任何人自己是从樊先生那里知道的许量，他很好奇，来这里上课无非是想看看商人中的探索者到底是什么模样。果然，他没有失望，商人许量也是文人许量，有思想有担当，名不虚传。

他对白蓝的印象很好，却不想多说话，只是觉得白蓝还需要更大的提升。唐老师对白蓝没有继续读EMBA班而遗憾，尽管那些商业化的培训班很势利，也很浅薄，但那是表象，中国真正的知识和思想还是储存在高校的大师脑子中，他们是社会的良心，却也是通往权力中心的最佳途径之一。刚才，在会议室的秘密交流中，他开门见山地对许量提出了合作，并且规划了合作的途径，非常可行。许量很意外，也很兴奋，大多数商人都知道权钱交易的威力，却不知道智慧与资本结合的优势如何，这可是学术庙堂与民间金融江湖两个世界的交汇，立意很高，威力无穷。

许量并没有邀请唐老师入座白蓝的办公室，更没有请唐老师吃饭，他等待唐老师与白蓝告别之后，他们一同向外面走去，这让她已经安排的宴席作废了。

她眼见许量礼送唐老师边说边外出，并肩同行，状态亲热，很像是一对好兄弟。白蓝再次领教了许量快速建立人脉关系的能力，她知道，只要许总他愿意，在任何时间和任何地点，似乎都能够在极其短暂的时间内与任何人建立很亲密的关系，男女老少都是通杀。

猛然，她发现唐老师的步伐很大，坚定不移，不再是在校园里那样沉静，这不像是学者的心态而是江湖步伐，难道是学术江湖？带着崇敬的心态目送完教授，再回头去看许量，他站在那里，则是若有所思，而她却发现许量的模样不再坚硬和江湖，更像彬彬有礼的学者了。

他们都是智者，或许是殊途同归，但目前的社会角色却似乎南辕北辙，难道这世界乱了吗？

第七章

你经营的是钞票，来去的都是钱，但别忘了，融资来的钱并不是你的钱

“男人凡事要有度，女子则言行有分寸。这两者最重要的就是中庸之道，也就是中国的立人与立国之本，这事看似简单却绝对不能够马虎。”

在白蓝的家里，许量让白蓝坐在自己的对面，完全无视她的漂亮模样，他有话要对她述说。

最近几年，民间金融领域泥沙俱下，无数人前仆后继。许量冷眼旁观，他不得不接受不少根本不适合进入金融行业的初学者经常来拜访他和在网上向他请教问题的现实。他很悲悯地熟视无睹，因为民间金融，特别是民间借贷，不仅仅是江湖还是弱肉强食的丛林，一将功成万骨枯。

临近春节放假，许量和白蓝已处理完毕年度的重要业务收款、新业务拓展计划和员工的考核及嘉奖等收尾工作，但这样的务虚工作，经常会被借款的紧急要求打断，还有不少是老客户和同行的资金拆借。最近，反腐倡廉，领导几乎都消失了，不会再亲临他们的办公室，更不再直接打招呼借款了。

但许量还是不得不回避，年关要借款的朋友和老兄弟、老客户太多，资本之鹰会所是不能够去了，他家的附近也经常有朋友带了人来找。他们不是追索金钱的债务，而是感情的债务，不少是大大小小的领导，他们也是多多少少帮助过许量成长的人，他们不出面，但出面借款的人依旧会暗示。

可慈不带兵，悲不借款，许量必须心硬如铁，很明显这些垃圾企业只有垃圾一般的信用，借钱给他们就等于送钱给他们，有去无回还是其次，更可怕的是一旦沾惹上，下次的借贷又来了，没完没了。

白蓝不得不担起应酬、应付他们的责任，这不是谈业务也不是谈心而是推诿，谁叫她是会所的总经理，也是会所的女主人呢？她很理解许量，他逃之夭夭就是让她有了推辞的借口，她毕竟只是会所的总经理，可以不懂事，而许量是董事长，他不懂事，那怎么行呢？

他们就在白蓝家交流心得。

许量道：“只有在生活中学习生活，在生意中学习生意，在政治中学习政治，在战争中学习战争，那才是做人的真正本事，其他的所谓成功经验都是胡说八道，那些名人声泪俱下的传记所展示的成功学更是半真半假，一定会让人误入歧途。”

许量对民间金融行业最近出现的一些传闻和丑闻很有感慨：“因此，我们的成功经验一旦推广开去，说不定也是谬论，毕竟民间金融还只是一团正在形成的原始星云，最后，谁是太阳、谁是行星还不一定呢。我们要警惕，不要骄傲，雄关漫道真如铁，我们要而今迈步从头越。”

白蓝微笑了，她为许量把一连串的诗词随心所欲地组合为自己的话而喜欢，她看着她的男人，觉得他在家中和办公室简直就是两个男人，一个热情如火，另外一个冷静似铁，但都很真实，也很有趣。

她给他汇报了又有一名放贷人的资金崩盘的事件，末了感慨一句：“非法集资、虚假注册、暴力收款、高利贷等，这些都是放贷人的死穴，一点就死，绝对不会出错，至于偷税漏税、虚假广告等还是小儿科。”

许量不以为意：“这些都是老生常谈了，民间借贷江湖必须与投资结合起来，以前的草根行为也必须收敛。我们的生活总是会被外力和别人弄得面目全非，金钱有毒，他人就是地狱，做放贷人时间久了，很容易钱在银行，人在逃亡。金融行业，优胜劣汰，适者生存一点也不稀奇。”她想到资本之鹰早就站在了民间借贷江湖的岸边，也就不再多虑。

他想起来一件有趣的事情，就先给白蓝添加了一些茶水，白蓝很坦然地接受了许量的温情。

“如今，白蓝的名头可大了。”许量呵呵笑着说，“前几天，有人在QQ上问我是不是白蓝，他说，如果你是，那你一定是美若天仙！”

白蓝开心地笑了，年轻女子最在意的还是陌生人的赞美。

“还在问我为何很少听见许量的消息了？”

“长江后浪推前浪，许量是前辈是前浪，却不会死在沙滩上。这是我的回答。”

“那他去哪里了呢？跑路了吗？”

“不，上岸了。”

“许量上了什么岸？”

“彼岸。”

“何为此岸，何为彼岸？”

“不是我无言以对，而是我实在不想说出我的秘密。”许量说得惟妙惟肖，白蓝也进入了问答题的诱惑，她立即就追问道：“是啊，谁是许量的岸边啊？”

他狡黠地摇摇头，用手指点了一下自己和对面的她，白蓝嘟嘴道：“知道啦。”他的意思是他们之间的感情就是彼此的岸边。

在会所，他们绝对是工作关系，上下级或者师生的关系也都行，但就是不会显出情人的关系。不过，今天在家中，许量拿出在会所的表现，白蓝不太习惯，但他的话还是带了不少的温情，白蓝知道这一定是与昨晚他们的如胶似漆有关联。

正在心猿意马之际，许量却开始说起了正事。

“民间金融，尤其是民间借贷，是江湖也是沙场，是生意更是人生。在这里人性与兽性很鲜明地博弈。”这是许量在开导白蓝，也在开导自己。

最近，几件追债的事情让她经历了不少的心灵折磨，跳楼秀和黑道、白道力量的介入，让白蓝的神经高度紧张，如果不是许量人脉深厚和暗自运作，她是没有办法解决问题的。

“我知道金钱的罪恶，有钱能使鬼推磨甚至是磨推鬼，可实在是想不出，为何人性在得与失中能够这样异化为魔鬼。”她对许量的一个老兄弟一直在支持对方讨债而愤愤不平，“这个王总，当初不是您的支持和帮助，他怎么会有今天的造化呢？”她说的是许量在王总最困难的时候，曾经借本钱给他做借贷，甚至把自己的合同范本毫无保留地给他借鉴甚至照搬照抄的事情。

白蓝站起来，递给许量一盒新鲜的雪茄——这是她给他的礼物。

很久没有抽了，许量把雪茄放在鼻尖重重地嗅嗅，味道清香，的确比一些所谓的朋友的行为好闻。商人可以唯利是图，但不可以无人品、无底线和不感恩。

“吃得苦中苦，方为人上人，这话对了一半，吃苦不等于成功，但吃了苦中苦，能够解决难中难那是一定的。”许量先安慰她，然后摇头道，“人性的恶毒不是对敌人秋风扫落叶般的残忍，而是对亲人和朋友仅仅因为猜忌和误会而进行的无情无义的打击和清洗。忘恩负义还是作恶轻微，损人不利己才是黑心。当然，农夫与蛇的故事错误不在蛇而在于农夫。赫然回首，尽管因为集资和风险，让我们疏离，但亲人与朋友自始至终都是我们最大的财富。”

他不懊悔曾经对朋友的帮助，现在他们是对手，以后说不定又是朋友，许量看得很淡。“我们还是要记住一句老话，这世界没有永远的朋友，只有永恒的利益。作为合格放贷人，如果不经过几次化敌为友和化朋友为敌人的事情，你是不可能真正入道的。小丫头，你还需要记住‘慈不带兵、悲不借贷’的许量名言！”说完，他微笑着去欣赏他的女人，嘉仪和羽菲，她们属于玫瑰花一般的女人，她不及，但别有江南茉莉花之风味。

这一席话让白蓝受益匪浅。她进入状态之后，工作的成效是显而易见的，可是她对金融本质的领悟还需要许量的醍醐灌顶。

“做放贷人很容易培养大老板的心态，但你也要强迫自己回到小老板的状态，前者是幻觉，后者才是现实。因为你经营的是钞票，来去的都是钱，钱多了人会变傻，很容易忘记这些钱并不是你自己的。融资来的钱并不是你的钱，这样简单的道理大多数放贷人都很容易忘记，这就是传说中的利令智昏。”

许量说教时刻，总是一针见血。

“民间金融的春天早晚都是要到来的，办法总是比困难多。”白蓝嘟囔一句，她看见的大多数都是成功的放贷人或者是假装成功的放贷人。

对于白蓝的这个乐观预测，许量冷笑道：“春天是会来的，但要看有没有命活到鸟语花香。我们不要看不少的资金借贷公司还在热热闹闹，也不要去看同学经济还在继续讲春天的故事，要记住天下没有不散的筵席，是故事就总会有一个结局。本质上，不少放贷人的公司正在做的就是庞氏骗局，不折不扣的骗局。白蓝，历史上有名的金融骗局你要组织大家继续研究，要先从庞氏骗局说起，重新学习。这样的经典案例，百学不厌啊！”

许量不止一次给白蓝等人讲述金融历史上的骗局，他们也讨论过几次，从郁金香泡沫到南海事件，也包括了庞氏骗局，每一个案件都是触目惊心。

对此，白蓝没有表态，她低头不语。许量见白蓝对此无动于衷的模样，也不着急，只当是自言自语：“1919年，美国有一个叫查尔斯·庞兹的人宣称有一个投资计划，能够在三个月内得到三到四成的超级回报。起初，无人相信，但最初参与的人都顺利收到了三四成的投资回报，于是，响应者云集。回报的钱从何而来？就是用新加入者投资进来的现金支付。这样的骗局看起来很傻，但他这骗局却足足玩了一年，前后参加的投资者和投机者的人数居然达到三万。最后，他的下场当然是身败名裂和锒铛入狱，这就是有名的庞氏骗局。”

白蓝听说过这样的故事，许量也不是一次提起，那天唐老师在试讲课程的时候，还讲到了美国这个国家都是在玩弄庞氏骗局，但她很少深入去研究。如今，许量说得很严肃，她就改变了态度，认真地听，越听就越有兴趣。

“庞氏骗局的成功，关键在于参与者的数量不间断地增加。一个新的参与者可以支付两个半的旧投资者每月的回报，只要能不停地找到更多的新人参加，在理论上，这骗局可以永远玩下去，这就好像是经济领域的永动机，没有摩擦力，只是在理论上存在。但实际上，不管做局者的骗术有多高明，不仅仅是美国的人口有极限，纵使这骗局扩散到了全世界，参与的人最终也有上限，当再也不能找到新人或新钱加入时，这骗局便到了尽头，必然破裂。”

许量继续分析：“目前，我们民间金融领域中的企业已经不少，但凡有了融资行为而不单是依靠股东的自有资金放款的公司，很容易走向庞氏骗局的不归路。当然，庞氏骗局进入中国之后，中国人无穷无尽的智慧会创造出新的骗局变种，比如使用了层压式推销的变局。这个变局在于售卖的不是投资计划，而是实质的产品，这固然增加了成本，但也增加了故事的可信性。这个游戏的奇妙地方在于，如果是在出事之前，警方就提前把肇事者拘捕，参与者愤怒的箭头反而会指向强行禁止骗局的警方，因为直到骗局破灭为止，公司其实没人受骗或受害。更有趣的是，参与者也并非傻子，反而是聪明人。他们纵使深知这是老千局，也会尽早加入，他们仍能获得巨大的利益，因此不妨做一只早起的鸟，赶在风暴来临之前，就有很多可吃的虫。”

他没有说老板学校中的某些同学集资的成本已经高到了年息百分之二十左右，这样的资金犹如没有保险绳的高空走钢丝，要极高的放贷水平和持续不断的项目，再加上非常好的运气才能够保证集资人的本息回报，自己赚钱不赚钱那是其次的了。许量为他们捏把汗和焦心，也暗中劝告他们在平稳中退掉集资款，这些秘密许量没有给白蓝多说，因为许老师与同学们有保密约定。

白蓝拿出笔记本记录，许量摇头道：“这些东西，作为知识不重要，作为思想启蒙很要紧，而思想可以意会却不可言传，你就记在心中吧！其实，金融世界许多产品都是差不多的老千局，早参与者都能赢大钱，玩到了最后，最多人参与之时，往往会有人突然大叫警察来了，为的是能够乘乱把赌桌上的赌注一把拿走，再逃之夭夭无影无踪。这样的故事几乎每天都会在全国各地上演，只是当局者迷旁观者清。”

她开始觉得中国股市上的不少资本故事就是在重复这样的情景剧，民间借贷江湖更是比比皆是，于是，她心中暗自叹息道：这世界规律与规则是最值得去总结的，结论是如果你不能够制定规则，那就必须要找到规则，否则就是人为刀俎我为鱼肉。

“麦道夫的骗局也给了我们巨大的启示。在2008年金融海啸的冲击之下，美国的麦道夫骗局被揭发出来了，有点水落石出的味道。麦道夫是美国金融界的名流，是纳斯达克股市的创办人之一，并当过纳斯达克的主席，有名有利有权有势。他创立了一个私募基金，这二三十年来，基金的平均回报是一成以上，账面上管理着170亿美元的资产。然而，这显赫的记录居然是利用假账伪造出来的，这只基金实质上亏损累累。庞氏骗局的经营模式是左手来右手去，在虚拟的流动中生出虚无缥缈的盈利，其中并不涉及真正的投资。”

许量微微蹙眉，进一步分析道：“因为参与者的数目一定是有极限的，所有的庞氏骗局都不可能维持太久，两三年已是极限，二三十年绝不可能。麦道夫骗局不可能只是单纯的庞氏骗局，我估计他也真在经营他的基金，有时候盈利，有时候亏损，亏损难以掩盖之际，只好制造假账维持稳定的局面。这也是我国不少民间借贷大鳄从起家迅速到事业辉煌，最后黯然跑路的全部过程，历史总是会重复昨天的故事。”

许量站起来，去书架上拿出几本专门揭露金融骗局的书籍递给白蓝，这是他前段时间送给她的礼物，不过白蓝还没有来得及学习和研究。

“公司一旦做了假账，就等于走上了不归路，因为账目上的资产多了，但其实并没有这些资产。既然资产不可能无中生有变出来，便只有继续把假账做下去，做一件弄虚作假的事情脏了手，做两件事情也是脏手，只好把假账继续下去，泡沫越吹越大，以吸引新的客户。如果没有新客户，就难以应付旧客户的赎回和利息窟窿了。到了这地步，做假账就变成了吸毒一般，越吸越深，越做越大，终至不能自拔，骗局破裂，这才方休。事实上，大部分上市公司的假账都是从小做起，越做越大，绝少是一开始便打算做假账骗人的。天下的骗局也是如此，持续经年的已经不多见，但的确还是有不少民间金融大鳄的局面货真价实地维持了数年之久，这里面奥秘无穷啊。”

白蓝点点头，她联想起了成都不少的资金公司其实就是不折不扣的“局”，滚雪球的发展模式看起来红红火火，热热闹闹，可一旦滚不动，那结局可想而知。他们做的局面是不是骗局，那就要一句中国文化决定的成王败寇的原则来盖棺论定了。

“金融，很多时候都是在吹泡沫和挤压泡沫，这样的周期就是我们必须去把握的规律。我并非怀疑我们民间金融的公司都在制造假账，而是指出公司的盈利有限和参与者的欲望无限之间是具备了相生相克的关系。不少从事资金借贷业务的公司，当盈利减少时，只要有足够的参与者入局，照样可保障其现金流，让它们可继续维持表面繁荣的局面。庞氏骗局的优点是启动很快，发展很快，具备势如破竹的力量，而缺点在于回报太高，难以长期持续经营，几年之内必然会显出原形。麦道夫的骗局则因严格控制了支出，回报不是很高，故可维持更长的时间。但它们实质上都是达不到与投资者约定的固定回报率，到了最后，当现金流无法继续下去时，一定会被揭穿。”

许量说完，强调道：“这些资料，在网络上比比皆是，但我们要正确利用，重要的是要独立和客观地看待这两种骗局的好处和坏处。”

“好处？骗局还会有什么好处吗？”白蓝很奇怪地问道。

许量叹口气，算是对她的否定：“小丫头，你还是太年轻，不知道祸福相依的辩证法。凡事都是有利有弊，你还记得我给你一再强调的那句话吗？”

白蓝不敢怠慢，虽然她已经贵为许量的女人，但许量在工作中是几乎不会掺杂任何感情因素的。她心念转动，马上微笑说道：“您不是说过，资本经营是成功的骗局，而骗局就是失败的资本经营吗？”

他这才满意地点点头，继续说教：“是非对错，对商人来说绝对不是一件很重要的事情，我们要的是结果，赢还是亏？

“我许量从打工积累资金到艰苦创业，尽可能坦坦荡荡，但与千千万万个放贷人和最普通的中国商人一样，都或多或少是有原罪的。商人只要是涉及集资，那就要会讲故事。在中国，半真半假说话和做事就是创业的最佳手段。庞氏骗局会给创业者无数的启迪，比如，这庞氏是如何从无到有的？比如，我们曾经有的养殖鹌鹑和海狸鼠的骗局是怎么样开始的，又是怎么样结束的呢？我们有一位全国知名的企业家，就是做这样的局起家的！你明白吗？区别只是他们及时住手和转型了，或者说他们逃跑了，侥幸逃出了生天而已。有一些人制定了规则，就是为了让另外一些人死于规则，不懂得规则，你就一定会骨折！这就是对财富的巧取豪夺。而且，如果庞氏骗局遇到了升值巨大的资源和财富爆发的某种机缘也是完全有可能覆盖住起初的风险的。”

白蓝立刻明白了：“吴英案的情况就是如此。她借款的本息是可以被房地产物业的快速升值清偿的，而且清偿之后，还有剩余的价值可以利用，这就是骗局也有最终修成正果的可能性，也算是创业的一条途径呢！”

她为许量启发出来的智慧而喜悦，也猛然明白了为何几乎所有的成名人物都会痛说自己的艰苦奋斗创业史，却鲜有提及自己到底是如何白手起家的，因为没有完全光明正大的财富。

见她恍然大悟，许量呵呵笑了。

白蓝由衷地说：“可惜我还太年轻，不懂得你们大男人的成熟世界，也不知道如何才能够神速判断对与错，及时分辨是与非。”

“你是去做自己喜欢做的事情，这就是年轻，去做能够做的事情才是成熟。我们总是用眼睛看别人，但也要学会用心看自己。有时候，对错不是最重要的，重要的是结果。

“我的意思是我们公司的营业执照上的经营范围说明了我们经营的不是是非对错，也不是爱恨情仇，而是投融资管理。其实全中国、全世界商人的经营范围都是两个字：赚钱！”

他明知道这办公室里只有他们两个人，却还是故意做出神秘莫测的样子，先是四下打探一下，见没有外人才低声道：“小丫头，你以为你的男人只是有点钱的大叔吗？我还有这个！”

许量拉过白蓝柔软的手，用她细长的手指去指点自己的脑袋：“智慧才是男人的根本。”他的神态笑眯眯的，显得很年轻。

白蓝嘤咛一声，把手收回，这是欲擒故纵的老把戏，无数的女子对付男人的妙招，屡试不爽。她只用眼光温柔了许量一把，就点燃了彼此心中的火。

此时此刻，在这房间里，要想再继续谈工作可就很困难了，两人其乐融融起来，有点忘乎所以了。而能够忘乎所以是爱情的标签之一，许量心中有数，却并不制止自己的情感泛滥成灾，因为爱如潮水。将白蓝向外推，不想要？那可不行。

许量知道今晚又是他们的不眠之夜，但他努力把握住最后的防线，那就是不能够离婚，他经不起折腾了。虽然，他与许太太天各一方，已经成为好看却不中用的政治婚姻，但他与嘉仪还有女儿许诺，女儿可是他们婚姻最大也是最后的保险单。这些年，许量的感情世界反反复复，时而古井不波，时而狂风暴雨，很矛盾，但他与嘉仪的感情却极其坚韧，不得不说这是保险单的保障作用。

许量站起来，远离白蓝。他一边给客户打电话，像模像样地谈起了一单投

资业务，一边继续他的心事，能够一心二用是许量从小练就的本事之一。白蓝显示出悠闲的样子，心中并没有停止琢磨面前的他。

其实，野心与野性都一直在支撑许量的身心，并且永远不会泯灭，可爱情毕竟是一个催人老去的坏东西，不再是中年男人的玩具。爱情尤胜于吸毒，一旦招惹了，那可是毫无退路，欲火焚身，死而后已。许量在矛盾中，继续小心翼翼地靠近白蓝的身心，努力把握住爱的分寸，进二退一。

第八章

刚则易断柔为上，顽强远比强大重要，有进有退，这才是民间金融的生存之道

成都是一个最佳的移民城市，这里的本地人已经消融在新成都的汪洋大海之中：本地的老板要么是佼佼者，要么就是杂货店小老板，两极分化很严重。相反，外地的老板却是过江龙修炼成精，占据了半壁河山。

春节快到了。早晨，小区的人与树都在休憩的时刻，突然，钱大富听见外面锣鼓喧天，看起来又是居委会的老大爷老太太们返老还童一般在渲染春节的信息。这可苦了小区地面上停放的车辆，它们被锣鼓敲击的声波激荡，也很兴奋地在嘶叫，此起彼伏地摇动了钱总继续睡眠的基础，他不得不起床了。

穿着睡衣，钱大富就开始履行老总的职务。

他的第一个选择是打开手机，看信息和手机上的新闻，这是做人的高级需要；同时，他也去卫生间处理动物性的排泄需求。在两者之间很熟练地转换，钱大富没有觉得不自然，现代人的精神和代谢都是两极分化，向做人和做野兽的两极尽可能地奔去。做人，要极大地满足自己的欲望；做兽，遵从自己的本能。

现在，钱大富的欲望就是尽可能地集资，他的本能就是不惜一切代价把自己贷出去的钱收回来。

想到“收钱”这两个字，钱大富正在马桶上处理废物，立即收缩和蛋痛。最近的几笔呆账都出现在小贷公司，这才是要命的事情，小贷公司看起来很美，做起来难度不小。

如果严格按照管理和规范去做，小贷公司是能够赚钱的，但前提是你的资金必须都是自有资金。可东方富源的资金来源相当复杂，从最初起家的“非法集资”开始，到后来的股份制和私募的资金，高息资金是核心力量。这就是不得不逼良为娼啊，钱大富不去违规做点“高利贷”那就不会生存到现在，可高利贷生意是刀口舔血，那也是在为那些贪得无厌的资金方赚大钱。

小贷公司，顾名思义就是面对中小企业或者说是微小企业而做的小笔贷款，可谁也不会老老实实地为谁服务，生意人都是在为人民币服务！利润最大化的还是与房地产有关联的融资服务，使用“化整为零”甚至员工的内部借款也要把小贷公司能够分散借出的资金集中起来使用。这样就是违规，有关部门睁一只眼闭一只眼，在各地都是如此。不出问题，那就没有什么，如果出了问题，那就会有金融维稳的措施，这也是钱大富对借款人赖账不还无能为力的原因之一。

钱大富开始漱口，心思却不断绝：小贷公司，也是中国人挂羊头卖狗肉的典型案例之一。本来是借口为了“三农问题”而产生，可现在有多少农民能够在小贷公司里面贷到款呢？最初鼓噪是面对农村、农业和农民的小贷公司不去农村却赖在城市里面做金融生意，而且，从民间到官方似乎都已经忘记了为农民服务的初衷，这几年，已经名正言顺地在数百个城市立住了脚，成为民间借贷的正规军。

钱大富开始慢条斯理地吃早点，老婆在忙前忙后地给他张罗早饭，再有钱她也不情愿在家中多请一个保姆，这看起来是节约，其实，钱大富知道这是她的小算盘：找保姆是一个大问题，也是系统问题，太老了、太丑了都不行，做不了事情又恶心；可小保姆，尤其是年轻的小保姆是不行的，漂亮那就更是绝对不行。钱大富的春心还没有熄灭，中年男人是这世界上最危险的动物。女儿钱茉莉自己在外面买了房子住，两夫妻在家中的生活既矛盾又斗争，就好像动画片《熊出没》中的光头强和熊大、熊二那样见不得也离不得。

吃完早点，他一边喝早茶，一边在思考：村镇银行在将来也一样会变成城市里面的社区银行吗？听说许量他们已经在暗中研究社区银行模式，不知道进展如何了？

但即使社区银行诞生了，那还不是要被中国商人“异化”为异类？只是不知道又会变成什么样的业态呢？我们做事情的出发点与最初的目标完全不一样，这就是中国特色。

加快了喝茶的步骤，一杯又一杯，就好像是在喝酒一般，他在心中发狠道：大不了去监管部门写检查书，不然，连起诉书都没有办法递交法院。违规毕竟不是违法啊，虽然违规必究，那就接受惩罚吧！正在盘算之间，王总的电话急迫地进来了：借款人跑了。

钱大富身体一软，但立刻就顽强挺住，王总在电话里听到钱总镇定自若地说：“天要下雨娘要嫁人，由他去吧！”他不是不知道债务人跑路的可怕，这

是一连串的连锁反应，他要做的第一件事情不是生气冒火，也不是赶紧追讨债务，而是立刻封锁借款人跑路的消息，这是第一张多米诺骨牌，绝对不能够让它就此倒下。如今，欠钱的人为大爷，尽管是正规的小贷公司，但哪一笔贷款没有这样那样的猫腻呢？比如一笔贷款“分拆”为多笔的小额贷款，比如利息与手续费、评估费、担保费等分开收取，这样的问题比比皆是，几乎成了小贷公司的行规。

但这行规不阳光，不受保护。平时，监管可以不到位，金融办的那点人力物力也做不到所有小贷公司都监管的程度，但一旦使用违规甚至违法的追债手段，那可就是另外一回事了。

钱大富回忆这个借款人也姓钱，叫钱大奇，是温州过来的老乡。

思考片刻，他掏出电话给钱大奇通话，居然一下就接通了。钱大富很意外，不是说他跑路了吗？接听电话的不是钱大奇本人，却是他的老婆，她很平静地听取了钱大富的讲述，最后才对钱总说：“大奇就是被你们这些高利贷者逼死了，你们还我的老公！”说完，女人的哭声如同平地的惊雷，从手机那端呼啸而来，钱大富只好甘拜下风，却又不敢挂断她的电话，这个女人钱大富是见过的，两个字：泼妇。

钱大富匆忙吃完饭，赶忙去上班。

不到一个小时之后，钱大富在会议室开始面对公司的管理层和业务骨干了。

“最近的新闻看了吗？对‘房姐’和‘房叔’等人的调查甚至立案正在各地进行，这是反腐的需要，也是经济发展的需要，我们不能够只是局限仇富，而是要看这些人的财富是怎么获取的。何况，我们已经是一个被土地经济高度绑架的国家，经济的转型和产业结构调整才是最终的目的。

“我们要密切关注这些新闻蕴含的真实含义，读新闻将是我们的必修课，‘小车不倒只管推’的盲目发展的模式已经被淘汰了，做一个明智的企业家比做一个只知道发财的老板要强大得多。我们的民间金融核心就是房地产资金借贷，不关心土地政策和房产的调控那无疑是自寻死路。”

管理层的会议很少这样务虚和只是讲理论，大家听了，既觉得稀罕又在揣摩钱总的弦外之音，各自也在心里打起了小算盘：这是否预示着钱总会调整公司的业务方向和管理模式呢？这可与在座的各位息息相关。

果然，钱大富宣布了模仿许量的转型而马上成立集团投资公司的决定：“这个投资公司可不是我们做资金的另外一个平台，而是踏踏实实必须去找项目和做项目的投资公司，它的使命就是带领我们进入资本和投资的领域，无论多么艰难，我们都要去参与。

“从银行借款与高利贷的区别有多大？我这里有一份资料可以说明。比如，银行借你1000万元，其中，承兑汇票年利12%，6个月贴现成本60万元；但企业要存回来500万，利率3.5%，收入大约是8.75万元（现值8.25万元）；实借500万元的担保成本7.5万元；企业实际到手的资金500−60+8.25−7.5=440.75万，成本59.25万，年化成本25%。由此可见，现在的银行也是疯狂了。”

钱大富把手中的资料读给在座的同事听：“这是有利有弊的事情，银行的贪婪给我们民间金融带来了高息的空间，但它们对企业敲骨吸髓之后，我们很可能成为接下银行贷款黑洞的最后一名傻瓜。”

钱大富的苦衷并不是钱多得用不完，而是资金生意看起来很美好，自己也不敢对公司的股东和融资方，包括管理层道出苦衷——借贷风险太大，只能够两条腿走路，希望在资金与资本两个领域左右逢源的设想。能够说的却是公司资金生意产生了大量的资金盈余，需要为这样的资金寻找出路，那些PE基金不可信，我们现在才做PE私募股权投资基金股权和VC风险投资那不是傻瓜，而是后发优势。

“对放贷人来说，什么是他们的优质客户？不是借款之后就按期还款的那些人，而是借款之后，让他们有惊无险的人。这样他们会认为有一些风险也可以承受，因为我们最终是还款给了他们，只是‘度’这个字要用好，分毫不差。这就是世界上的很多人都不明白中药里面为什么有时候会使用毒药治病，物极必反是很深奥的哲学，也是最浅显的生存与生活之道。”

钱大富的宏篇大论在部下们怀疑和敬佩的眼光中逐步得到理解，他开始控制住了管理层的思想，这就是在为集团公司的稳定打下基础：几乎所有的以资金业务为核心的民间金融公司，不论它们是什么业态，公司叫什么名字，那不重要，最重要的是不能够祸起萧墙，再坚强的堡垒都会从内部攻破。无数的血的教训告诉钱大富，公司可以没有钱却不能够没有人，公司有人却必须是自己人。

接着，钱大富又宣布了管理层最关心的问题：“我们集团公司的发展，凝聚着诸位的心血，经过研究，我们公司将在部分公司实行员工持股计划，现在，大家要有思想准备，你们也要做公司的老板了。”

话音刚刚落下，王总就带头鼓掌，会议室里马上就情绪起来了。钱大富很满意王总的表现，这是做老板未雨绸缪而做了王总工作的缘故，这自然是王者分而治之的统驭技术，也是老祖宗国学的精华之一。钱茉莉在想自己的心事，却无心观看和研究父亲的统驭之术，她的表情漠然，这让钱大富心中隐隐不快却无法发作。他心道：这丫头如果不争气，自己怎么办？现在再想去生育一个儿子吗？太晚了！

心念一散开，钱大富对王总带头发言支持公司体制改革的金玉良言也仅仅限于微笑和点点头。他必须很矜持，否则会露出这次又是一次员工集资行为的本质，公司需要源源不断的发展故事来支撑，这样才能够形成强大的信心并由此带来现金流，这可是一般小放贷人完全不知道的本事：在金融行业，你的故事有多大、有多精彩，你的事业就会有多大！有时候，做投资不需要钱，而是需要寻找金钱的能力和渠道。

会议快结束的时候，钱大富再次强调，他威严的目光不断地反复扫射他的员工，他们立刻知趣地埋头在工作笔记本上认真记录。

“立即停止豪宅和别墅的抵押贷款，还有公务员的信用担保贷款！理由嘛，我就不用多解释了。在目前的政治环境之下，各地贪官污吏都在抛弃房子甚至抛家弃子，我们不能够贪图便宜，要严防自己的资金成为他们逃之夭夭的动力。这就不是利息的问题，而是大是大非的问题了。何况，一旦与贪官有了瓜葛被纪委调查，顺藤摸瓜，那可不是好玩的事情。

“要把权力关进铁笼子，这句话不会只是说着玩的，懂得金融的领导主管反腐那可是第一遭。中国的权力是红太阳，照到哪里哪里亮堂。我们远离权力会害怕，但我们太靠近权力又会毁灭自己。唉声叹气是于事无补的，我们需要的是把握住‘度’这把尺子。”

他还想说点深刻的话，但依旧害怕祸从口出，也就硬生生地把正在清理公司有官员背景的资金的工作忍住没有说出口。因为要做挂羊头卖狗肉的业务，大多数小贷公司和担保公司的后面，几乎都有形形色色的势力在支撑和插手，这是事实，大家只不过是假装不知道罢了。

“从今年开始，我们要尽可能去追求阳光下的财富。权钱交易和权色交易主导之下，依靠廉价的资源与便利的垄断发财的民营企业发展模式的风险会远远大于收益，危险越来越大。”

钱大富的反思是深刻的：“我们要向许量学习，就是审时度势的大师。”他决心已下，不会让自己的集团公司牺牲在反腐的利剑之下。

心情是激动的，但语气是平和的，钱大富要的是平安：“我们要努力去挣安全的钱和快乐的钱。刚则易断柔为上，顽强远比强大重要，有进有退，这才是民间金融的生存之道。”

会议完毕，钱大富把风控部门和资产保全部的负责人以及钱大奇这笔贷款的直接责任人伏羲召集在一起，茉莉回避了。他要发火，刚才，他开会之际是想把情绪控制住，但会议开完了，就没有理由不发火了。

伏羲是一个好听的名字，可惜给了面前的一个小伙子。钱大富看着站在大家面前的这个高高大大却很瘦的年轻人，如果不是小贷公司小股东的公子，他一定会破口大骂的。他骂的人包括了自己。这钱大奇是老客户，以前曾经有不良的贷款记录，但为了利息加上各种杂费的收取，他在风险评估的时候专门打了招呼，也就带伤过了公司审贷会。这下可好，伏羲的错变成了自己的错误，扣除他的业务提成倒是小事情，问题是钱大奇到底为何跑路呢?

大家开始分析，句句都像是真理，可句句话都让钱大富不开心。不用说，钱大奇不是因为自己的贷款而跑路的，因为这笔钱还没有到期。

众人正在轻嘴薄舌，钱大富的电话闪烁着来电显示的光芒。第一次他没有看到，第二次他被伏羲的手势提醒，低头一看，居然是钱大奇的电话，他不由得对手下说道：“都说中国跑得最快的人不是刘翔而是曹操，看起来，这个钱大奇来得比曹操还要快。”

他没有给手下解释，他在刚才会议结束后回到自己办公室又给钱大奇的老婆悄悄地打了一个电话，他要她转告她跑路的丈夫：“我的东方富源投资公司可以借款给他归还小贷公司的借款，如果钱大奇还有其他的高利贷，也可以商量。”

钱大奇的声音嘶哑，很显然是需要钱大富的同情，钱大富也没有办法，只好也学了样子，哑着嗓子说道：“大奇啊，你这是何苦呢?有什么问题不是可以好好商量吗?钱的问题最终不一定只有钱才能够解决吧?我给你老婆说了，如果你有需要，我们是可以继续支持和合作的。”

几位手下听得很仔细，都觉得不可思议，钱总为何要对一个不讲信用跑路的借款人客客气气而没有施加压力呢?

“大奇，尽管现在做实业很困难，可你的企业是很有希望的，千万不要放弃奋斗和努力。我们的小贷公司是有考核指标的，我们的每一笔贷款都要如期归位，这个没有商量。但我个人的东方富源公司是可以帮助你的，对啊，就是转贷，如同银行的业务一般，只不过是我们内部的财务安排而已。”

钱大富的语气更温暖了，他必须稳住钱大奇，做借贷就是做心态，胜与败的时机稍纵即逝。“兄弟啊，我们是老乡呢，你不会让大哥为难吧！好好好，我们最近就私下见一面，不在成都市区，地点你选择，好的，好的。”

他们的结束语有点像接头暗号。电话结束，钱大富就宣布：“这笔业务我亲自来处理，你们管住你们的嘴巴！记住这是公司的商业机密，绝对不能够透露半句，否则，自动辞职吧，省得我炒你们的鱿鱼。”

钱大富的小贷公司已经是成都市的业界翘楚，待遇一流，他说点狠话是很有杀伤力的，手下都低头表示出了顺从的姿态。他喜欢他们噤若寒蝉的样子，在资金公司，不怒自威是做老板的必修课，这是钱大富向许量学习的绝招之一。做资金生意是好事不出门坏事传千里的事业，管不住自己手下的嘴，那就是祸从口出。

茉莉在她的办公室里思考，小贷公司本来很美好，但大多数都半明半暗地走上了“高利贷”之路。其实，如果不是它们融资的成本太高，踏踏实实地经营管理好小贷公司那是完全能够做到让股东对投资回报满意的。只是，公司的资本金里面既有银行资金转化而来的钱，又有集资的资金，成本核算下来，都不得不急功近利。

最近，茉莉苦读金融知识，对涉及民间金融发展趋势的资讯更是关注，她的手中是一份关于小贷公司的资料。茉莉陷入了思考：与银行等金融机构动辄十倍杠杆相比，小贷公司的杠杆低得可怜，因为尽管小贷公司能够做资金融通业务，但并未被监管层定义为金融机构，而只是普通的商业企业。性质决定业务开展范围，根据银监会、央行的相关规定，小贷公司既不能吸收公众存款，也不能进入银行间拆借市场，其主要资金来源为股东缴纳的资本金、捐赠资金以及来自不超过两个银行业金融机构的融入资金，且从银行业金融机构获得融入资金的金额不得超过其资本净额的50%。即使有的地方有所突破，那也是很有限。

她继续翻阅资料，看到了一则老新闻：这是重庆2011年的一则金融创新新闻。2011年7月19日，重庆金融资产交易所（下称“重庆金交所”）首批总价值1亿元的小贷公司资产收益权凭证和价值1000万元的信贷资产上线，甫一推出即告售罄。这种金融新产品叫作小额贷款资产收益权凭证，它是由小额贷款公司作为发行人，以其小额贷款资产包产生的现金流为支持，基于应收债权出让其收益权的资产转让方式。

茉莉研究得很仔细：这与资产证券化类似，但也不是完全相同。资产证券化融资时，发行人先将资产包真实出售给一家特殊目的机构（Special Purpose

Vehicle，简称SPV），然后由SPV来发行有价证券融资。而小额贷款资产收益权凭证融资时，并不设立SPV，资产包的所有权并不发生实质性的转移，因此，它的收益和风险是锁定的。她有点看不懂，但心中知道这种金融产品其实就是要挑战监管政策，扩大小贷公司资本金之外的资金来源。

重庆官方的评价是该产品对于解决草根经济的资金问题，对于解决老百姓的创业问题，对于解决中小企业乃至微型企业的发展问题，都有积极意义。

钱茉莉不想去多思考，做企业要的不是深奥的理论而是实践。这样的业务现在进行得到底如何呢?

突然，她想起了在许量的中国资本圈网站上认识的会员左伟，这人是重庆的同行，许老师老板学校的第二期学员，也是资本圈网站的风采之星，算是许量背书过的人物，何况，茉莉还在前面的《资本》系列书中看到了他是重庆蜂鸟股权投资基金公司的董事长。心念到此，她立即登录许量的网站去寻找左总，运气不错，左总正好在线。

他们有共同的朋友和老师，那就是大名鼎鼎的许量，因此，交流毫无阻碍。交流的话题也是一拍即合，问明白了左总的公司除了基金投资公司之外，他们正在组建蜂鸟资本旗下的重庆市两江新区蜂鸟小额贷款股份有限公司，公司地址是重庆市渝北区黄山大道中段70号两江星界3幢10楼。在这里，许量的名字成了信用的代表，他们两人都有感觉，彼此的公司会从交流到交换，最后达到交易的层次。

听其言观其网站，茉莉一边利用中国资本圈网站里面的私信聊天，一边打开新的网页去查实对方网站的情况。

最后，茉莉很愉快地接受了左伟董事长去重庆考察的邀请，或许这是带领父亲控制的小贷公司走出困境的一条新的通路。

茉莉加了重庆新朋友的微信，在迟疑中说了几句对讲，介绍了各自公司与个人的情况。女人的直觉告诉她，虽然左总已经是中年人，但人还是比较腼腆，应对并非如同打字那样自如顺畅，这样的男人呢，应该是可以放心交朋友的商业伙伴，或许，这就是许量组建的中国民间金融的圈子和139e.com网站的最大价值。

她想起了许量的投资部经理韩晓告诉她的一个秘密，资本之鹰在管理借贷生意之时，是要作为经办人的员工自己也出小部分资金的，这样的项目合作制度，有诱惑又有约束，对员工和银行行长都是很有效果的。

员工和行长借口没有钱？许量等人就会私下借款给他们，这样的项目股份合作制的核心就是捆绑机制，利益一致才能够形成团队甚至团伙（此处无贬义），借贷与投资必须共同对外，这也是许量的借贷和投资业务团队一直都很有凝聚力的根本原因。茉莉在思考要不要在自己的公司也推广，最大的障碍就是父亲，他与许量亦友亦敌，在竞争中合作，在合作中竞争，步许量的后尘是需要勇气的。

钱大富经过茉莉的办公室，进去看她还在许量的网站上浏览，他不好多说，只是觉得这许量不务民间金融的正业，还连累自己的女儿迷恋什么网络的力量。金钱是永不眠，可金钱也必须眼见为实，耳听为虚啊。他对茉莉要去重庆考察的汇报不置可否，只是吩咐她赶紧把手中的事情做好。

回到办公室就开始检查新来的秘书李冀东的工作，他把他做的会议记录仔仔细细地看了，心存不满。

“冀东，你是我的秘书，怎么样才能够成为合格的秘书？那你首先要假装是我，要站在我的立场上思考问题，而不是站在你的角度来看待老板，这就是我以前打工时最大的成功秘诀。你设想一下，如果你连老板的心思都不能够洞悉，你凭借什么做好老板交办的事情？更何况，最好的秘书还要帮助老板写文章和处理公务，除了个人的隐私之外，有时候你就是老板！”

冀东是北大毕业的高才生，学的也是金融，可他毕竟才二十多岁，又是关系户介绍来的，因此，还没有进入工作状态，那也是很正常的。他见老板不高兴，却并不表示歉意。

“一个好的会议记录，不要去记录这些牢骚话啊，”钱大富指着笔记本说，“比如许小年说的如今政府管理经济还是老套路：打的难，罪在的哥黑心赚钱，从不提官商勾结垄断市场限制供给的事实；看病难，指责大夫医德败坏，从不提政府部门控制下的供应短缺；房价高，因为地产商没有道德血液，从不提土地一级市场的政府垄断；通货膨胀，都是奸商投机倒把所致，从不提政府的货币超发。这样的看法只是一家之言，在我们公司内部说说就是，大家听了开阔眼界而已，上不了我们的经营日记。”

冀东低头，却不认错，钱大富不由得心中火起，忍不住教育他道：“一个好秘书等于一个班子呢！”

他心中对茉莉利用领导介绍冀东过来工作，把自己的女秘书换掉的事很不满意，却没有办法过分地借题发挥，说了几句就挥手让冀东离开，心中郁闷不已：一个好的秘书是等于一个好的工作班子，可一个好的女秘书不就是半个家吗？身心愉悦才能够干活不累啊。他想到这里，就打电话让客服部的王小茜过来，这是一个美女，虽然新来，但很有培养的潜质，他不得不抓紧时间关心她，否则春节之后员工大跳槽，又是谈朋友的旺季，漂亮女人来去都如风，再不抓住机会，说不定就再也见不到她了。

男人不找女人，那还是有追求的男人吗?

钱大富的心思开始活跃起来，可能在钱大奇这笔借贷生意中失去一笔不算太少的金钱的痛苦被他可以激发的春心荡漾替代，今晚一定要不知“今宵酒醒何处，杨柳岸晓风残月”。

以色散心，这是不少老板屡试不爽的绝招。

第九章

把握和利用最新行业和政策信息，是民间金融从业者的核心能力

华阳镇号称“川中第一镇”，位于四川省双流县，在成都市区的南面。

这里历史悠久，是古蜀国三都（新都、成都、广都）之一的广都属地。古蜀时，它是广都之樊乡，也是《华阳国志》里提到过的古老地方。这里的古城村曾经是古蜀国王徙居成都前的“本治之地”，它与神秘莫测的古蜀国“金沙文化”有密切关系，属于天府之国的风水宝地。

自从成都向南发展以来，这里热闹非凡，宽阔的道路，高档的楼堂馆所拔地而起，慢慢形成了成都的金融中心和餐饮娱乐中心。

在成都南门，靠近华阳镇的“华阳国主”中餐会馆，古色古香，装修风格完全是古蜀国的风韵，在成都的高档餐饮中独树一帜。这里的女主人是曾经的“金庭宫宴”的主人，不过她重出江湖的消息封锁得非常严密，几乎无人知晓她的真实身份和来龙去脉。此时，这里灯火辉煌，人声起伏，热闹非凡；此刻，这里高朋满座，往来皆是豪富与权贵之人。

今晚，附近经过的细心人都会发现停车场中全是清一色的路虎、奔驰和奥迪等高档车，而且大多数都是越野车，显示出车主们强悍的风格。这说明，今天来的客人都很不一般，他们大多数是成都借贷江湖和民间金融江湖中的大佬级别的人物，是担保公司、小贷公司、典当行和投资公司甚至银行、投资基金等机构的老总和老板们在欢聚一堂。

熟悉借贷行业内情的一个小投资公司的老总和几个手下碰巧在旁边的一个小馆子吃饭，他们刚刚费尽千辛万苦才在华阳把一笔借贷业务的欠款收回来。他注视着玻璃窗外的车水马龙，对朋友们说：“今晚，来到‘华阳国主’这会馆里吃年饭的人，都是做资金生意的大佬啊！我看见李锌大哥进去了。我估计他们能够聚集的资金至少有一百亿元！可能够召集这些人在这样的日子集会的人到底是谁呢？”

一个手下嘿嘿笑答：“周哥，这人不是许量，难道还有别人？”

被称作“周哥”的人叫周青青，如今，他在李锌的支持之下，也是一家投资公司的小老板了，成为借贷江湖中的一位“带头大哥”之后，他才明白借贷生意中的艰难困苦远远不是做员工能够体会的，以前看老板们吃香的喝辣的羡慕嫉妒恨，如今，自己做老板了则酸甜苦辣一言难尽。周青青懒得去看手下羡慕的表情，他的目光不断扫射外面大街上的芸芸众生，他们在寒风中偶然出现又快速消失，这人生能够把握住自己命运的人到底有没有？如果有，那到底又是那些人？周青青回想起刚才收款的惊心动魄的经历，斗智斗勇甚至斗狠的快感，心中若有所思。

“江湖中曾经传言，即使是政府主持的金融论坛，也需要许量出面帮助召集行内人士，特别是全国各地的龙头企业。他组建的中国资本圈真是越来越强悍，据说能够影响到的城市已经是两三百个，民间资金的影响力已经是一千亿元的级别。许量在意的不是自己有多少钱，而是能够影响多少钱，他要做的是资本的影响力而不是控制力，这些看起来或许不算谣传。”

周青青一针见血地说出了自己的看法。他也在许量的资本之鹰旗下的中国资本圈网站注册了，但还是低级别的实名认证会员，并没有能够进入VIP会员才能够进入的资本之鹰会所。他明白在网络中和现实中都是这样：物以类聚人以群分，资本圈，那是等级森严之地，不是贵族就进不了资本的豪门。

几名手下都在摇头，其中一名道：“钱不在许量手中，那还算是许量的钱吗？没有钱的许量还是许量吗？他还能够笑谈许诺天下，量力而行吗？”

周青青苦着脸叹口气对手下的愚昧表示了失望，但马上他又用微笑和举起酒杯去赞赏了手下的愚昧，正因为他们愚昧，看不明白许量，这才让他这个做老板的人格外放心。眼见他们要的简阳羊肉汤热气腾腾地端上桌，肉香弥漫，周青青的情绪也上来了，他大声叫道：“兄弟们，我们虽然喝不上许量的资本之鹰酒，但我们一样能够喝泸州老窖酒，来来来，我们今天不醉不休！”

“华阳国主”会馆富丽堂皇，让一般人望而却步，这是新开张的大型宴会场所，是专门针对大型公司和团体宴会需求的豪门之地。

今天是2012年12月31日，除旧迎新的最佳日子。

“五花马，千金裘，呼儿将出换美酒，与尔同销万古愁。”一个中年男人自斟自饮，在人多的时候，他最寂寞，他在心中说话，表情也是在强悍与儒雅

之间微笑，偶尔才会流露出以往坚硬如玉似石的形象。

最近几年的成都，民间借贷与民间投资构成的民间金融江湖算得上是英雄辈出，许量也感觉到了越来越大的压力，不得不参与一些世俗方式的竞争游戏。如今，形形色色的团拜会也成了大伙儿展现企业形象的舞台。资金老大与资本大鳄们比赛的不再是谁的车好、谁的女人漂亮智慧，也不比较谁的钱多谁的钱少，而是转换了风格，他们开始比赛谁的宴会档次高，谁请的客更多更有实力。

在白蓝和李严等人的一再进言之下，许量勉为其难地举办了这次宴会。需要和能够宴请的朋友与领导让许量浪费了半个月的时间来平衡和斟酌，他有点失落地幻想：为何张娅和羽菲不能够出席这样的豪宴呢？可她们能够同时出现吗？心中纠结不已。作为许太太的张嘉仪却早就拒绝了许量对她提出的必须出席资本之鹰宴会的要求，他已经习惯她的高贵，可她却还是不适应他的江湖。

既然已经开席，主题演讲已经说完，宾客们已经开始找到新朋老友欢聚一堂的感觉，许量就在“华阳国主”最大的宴会厅里豪放地自饮自酌，不再需要太去理会四周的环境和氛围的变幻。

他的自我在微醺中开始膨胀：“我许量就是要说自己的话，喝自己的酒，做自己的事情！人生的金钱、权力和女人都容易获得，但最难得的是天马行空我行我素。”

这是资本之鹰会所举办的团拜宴会，因为都是老客户和老朋友、老兄弟，许量对这“三老”的态度从来都是本色演出，众人习以为常也就不介意了。

只是几位特邀嘉宾有点不习惯，他们是来自美国的投资者武军和丁妮，他们的身份是在上海与许量合资的公司的股东。尽管都是华人，又是入乡随俗，但早已经西化的思维与行为规范还是让这一男一女很难适应成都商人对美酒的热爱。

丁妮看看手中紧握的晶莹剔透的玻璃杯，作为性感与感性并存的三十多岁的女人，她心道：这本来应该装上拉菲这样的葡萄美酒的红酒杯就这样被粗俗地灌上了白酒，尽管是许量自己品牌的白酒。

武军来自香港，四十来岁，加盟丁妮等人所在的华尔街团队之前已经是成功的商人，他对白酒却不怎么拒绝，喝了许量的国窖1573资本之鹰酒也就算是给了许量面子。今晚，他已经喝了不少。这酒是资本之鹰与泸州老窖品牌的合作，绝对是酒类上品。他见丁妮自始至终都在纠结，就拿起杯子与她轻轻相碰，喝了一口酒，甘洌回味，这才在她的耳边道：“丁妮，别忘了老大的吩咐。”

他嘴中的老大就是他们的老板刘嫣然。叫刘嫣然为“老大”，这也是入乡随俗的结果，因为潜隐在袍哥文化中的许量被他的兄弟们叫为老大，这让他这个男人熠熠生辉。丁妮和武军也试着叫了正在研究袍哥文化的刘总几次，发现她很受用，也是容光焕发的模样，他们就在总部和全公司都推广了这种叫法，丁妮的心理学分析也得到了武军的高度肯定和赞扬。刘嫣然虽说不上是龙颜大悦，但对他们两人的态度柔和了不少，这是题外话。

丁妮感受到了这养生酒温和的热力，武军在耳边说话，那声音就具备了痒痒的催情作用，她不再计较许量对他们的熟视无睹，转身过来，对武军对视一眼，看出了他内心的热情，也就有了感觉，低声说道：“晚上见。”

男女最初在哪里见不重要，最后在哪里见才是关键。

晚上见，那不就是在床上见的意思吗？丁妮媚眼一飘，心绪飞扬，武军这个男人除了有老婆之外，良好的绅士修养和投融资专业技术让他自信外露，他好像一切都是完美无缺的。她可是单身，虽然没有见识过武军的“贱内”，但她自信绝对不畏惧，她绝对不会打不败香港的那个黄脸婆！心念至此，她看了一眼资本之鹰酒的瓶子外形，宝蓝色的主色调色彩圆润，尤其是那镀了纯金的花边，高雅贵气，并没有初见时刻的抵触情绪。她低头品一口酒，立刻感觉到许量的资本之鹰酒还真是不错，越喝越有味道，毕竟是数千元一瓶的高端白酒，这酒也不是给钱就能够喝到的好酒，这可是中国资本圈的专属用酒，也算是圈内人士的身份与地位的象征。

武军在阅读丁妮，只见她用手敲击一下桌面，盯着武军缓慢点点头，两下就足够了，因为这是他们约会的暗号。四周，数十桌的客人，都是热情之语，而在同一桌吃饭喝酒的手下，知道不知道他们之间早就存在的私情，对他们的行为都没有任何约束力，只要刘嫣然本人不知道就行。何况，他们都被对面一桌的许量等人吸引，现在是那个吕佛铭吕老师接上了许量的行酒令：“葡萄美酒夜光杯，欲饮琵琶马上催。醉卧沙场君莫笑，古来征战几人回。”

武军定一下神，他知道对面那些成都的民间金融大佬都在玩一个游戏，那就是他们到了半酣之时，就会吟诗作画附庸风雅，喝不喝酒倒是其次了。据说，这就是这里的酒桌文化，所谓的袍哥文化最讲究的就是快意恩仇，而无酒不成席，无事不成欢。

武总早就从文化与经济学的原理中认识到了所谓袍哥人家的圈子最重要的是降低了圈子成员之间的信任成本和交流、交易成本，这好似降低了物质之间的摩擦系数。因此，他们是一个能够一致对外的经济综合体，使用团体的低成本对待其他公司的高成本，那就能够战无不胜、攻无不克；而他们最终是黑色还是灰色，那就要看他们所处的环境与压力了。

冷眼旁观到许量的四周充满了恭恭敬敬的敬酒之人，他马上思考到了现代经济组织形式的高深莫测的问题：采用公司制度还是使用团体的力量，建立商会、协会甚至是个体经营，那只是表象，最重要的是如同许量那样，依靠笑傲江湖的个性和智慧魅力就能够纵横商场，那样的交易成本最低。一切的利润来源都是收益减去成本，商业主体必须牢记低成本为王！做商业大侠，做商侠，这才是许量没有说出来的老板之秘密。想到了这点，武军很兴奋，他自己奖励了自己一杯酒。

他对附近的本公司的高管员工恰到好处地吩咐道："我们先克制，少喝酒，等到许总他们再喝会儿酒，我们都过去敬酒。"

大家都认为这意思很明白，那就是争取让许量他们喝醉。其实，武军的意思是想向所有的客人表达出刘嫣然最想表达的东西：我们也必须装模作样地加入许量的人情和商业交易系统，宣传强者恒强的马太效应，这才是参加许量所办宴会的真实目的。再次扫描一下，事先安排的投资经理黄诚达，在目不转睛地观察许量等人的动向。武军对黄经理点点头表达了满意之态度，毕竟小黄才去附近的酒桌敬酒归来，尽管颇有醉意但换得了不少名人、商人的名片。这次，出席宴会的人士都会进入武军公司的资料库，这是许量的核心资源之一。

话语刚落下，白蓝却带了会所的李严和四川许量酒业公司的魏总等几个高管过来，先是一一介绍给武总和丁总他们，然后，开始给武总他们敬酒。这是敬酒，不喝不行，喝太多又会失去战斗力，武总边喝酒边推辞，白蓝替客人说情，李严却不依不饶。

魏总也是找了门当户对的武军公司的高管喝酒。

他是东北汉子，个性率真，酒量算得上是海量，对方即使是半杯酒，魏总也是来者不拒，皆是满上杯一饮而尽。武军无话可说，这毕竟是许量与己方合资公司和全资公司的员工在联欢，算是一家人其乐融融，谁也不好制止。

热情洋溢，武军只好提议大家一起坐下喝酒说话，他也想近距离地了解一下资本之鹰会所的内部情况，今天可是好机会。

丁妮的电话响起，她离桌而去，武军看她的神态就知道那是刘嫣然的电话，因为老鼠见到猫是什么样子，丁妮现在就是什么样子。

庭院外，丁妮接听老大刘嫣然的电话，她压住酒意，听得非常认真。

“资本之鹰会所目前最需要的是什么？外资背景。虽然，许量说不上必须挟洋自重，但中国金融业整体都是需要向华尔街学习的。何况，有了外资背景也能够尽快让许量摆脱民间借贷江湖的出身，让他的背景变得复杂起来，我们就是他的后台。

“这就是我们介入许量世界的最好机会。你要抓紧时间找他谈判，这次必须成功，不许失败。当然，你必须注意许量的自尊心，你要知道许量是宁为玉碎不为瓦全的男人，我们只有钱是不足以对付许量的。”

丁妮除了点头就是哼哈应承之声，态度谦恭。她只是执行者，不再像以前那样试图去挑战嫣然的权威，因为这几年，刘嫣然在爷爷的支持之下，早就压住了家族中其他的势力，“巾帼不让须眉”就是爷爷对她的最高评价。丁妮和其他兄弟姐妹只能够隐忍不发，等待时机。

许量不是对武军和丁妮有意见，他没有安排他们坐主桌，因为在一场公司的宴会中，位置虽然没有尊卑，可必须讲究商务礼节的系统思维：主桌就是主宾的位置，而主宾往往是公司的主宰，除了领导和行长，那就只有刘嫣然才配得上这里的贵气。这主桌之上，除了许量本人，其他就是官场中和商场中赫赫有名的人物，官场上官至副省级官员，尽管是退休官员，但名声与影响力依旧强盛；商场则有几家名声正盛的上市公司的董事局主席来捧场，银行界也是来了分行级别的行长支持。另外，从北京来的宾客则不太适合在大厅喝酒，许量已经秘密会见和提前私下宴请，算是相互拜过年，同时也交流了秘密信息，对规划2013年的事业极其有好处。

出席宴会的同行不少。最近半年，许量的变化是很显著的：他不再像以前那样咄咄逼人，开始变得圆滑和柔韧。从他的外貌来看，他已经是中长头发，发丝中也掺杂了些许的白发。席间，大家对许量在开席之前的主题演讲中提到的中国民间金融的前途和挑战都纷纷表示了赞同，他们的话题都集中在网络金融的前途在哪里、民间金融的新途径和一些借贷江湖的最新秘闻之上，说者津津乐道，听者深以为然。

米世梅是坐在主桌上的女主宾，她对许量的事业帮助非常大。资本之鹰会所已经开始从最初的投融资项目和资本人脉的交流平台扩展功能，变成了集合投资理财产品、资本论坛与沙龙的展示中心，结合中国资本圈网站构建的会员资源，已经开始形成中国民间金融全方位市场的雏形。因此，眼见许量意气风

发，米世梅的心情非常复杂。

她不断地应酬着领导和朋友们的敬酒，今晚，她喝酒很少，只是应付的水平。旁边的吕佛铭和她说话比较多，他们都是许量的铁杆朋友，无条件支持许量的事业，相当于粉丝的痴迷程度，他们有共同的看法和语言。

他们交头接耳说什么许量不知道，但他刚刚从四周的酒桌上敬酒归来，头有点晕，眼却不花，耳朵正好听见了米世梅在说："最近关于闯黄灯要被处罚的风波足够说明我国金融改革的艰难程度。我在微博中看到有一名律师在说法，《中华人民共和国道路交通安全法》第二十六条规定的是我国的交通信号灯由红灯、绿灯、黄灯组成。红灯表示禁止通行，绿灯表示准许通行，黄灯表示警示，而公安部规章规定闯黄灯给予罚款及记6分处罚，这说明了什么呢？实质上是说明了部门的权力或者说部门的意志和利益大于了堂堂正正的国家法律，这很显然抵触了法律，但却是有效的，而且冠冕堂皇地将在明年一月一日正式执行！这样把红灯与黄灯功能模糊不清的矛与盾的事情在我国的金融领域中，比比皆是。这是部门利益强化和寻租空间更大的趋势，造就的不仅仅是追尾事故和车流堵塞的增加，而且还被广大的群众质疑。您刚才说的民间金融领域也是这样，政策出于多头，有法不依却依靠规章制度来管理，执法不是不严，而是任意和随意，这也难怪老许做事情是越来越谨慎。"

他们议论到了许量做事情的风格却越来越轻描淡写。

许量听到此，对米世梅很感激，她虽只是自己在西南财大的师妹，但对自己业务的支持力度很大，这才让资本之鹰会所止住了下滑的趋势，保持了在成都民间金融江湖中的龙头之一的地位。

他坐下，对右边的领导说着客套话敬酒之时，耳朵依旧在听吕佛铭对米行长说："世界上最好的盈利模式就是罚款，罚得你倾家荡产，你还记得《资本：老板们共同的秘密》系列书是怎么说的吗？一些人制定了规则，就是为了让另外一些人死于规则，但另外一些人完全可以通过革命和改革，消灭以前制定规则的人，重新制定自己的规则。

"商人们越来越谨慎是情有可原的。新的中央领导上台，国家各个部门都出现了很多值得研读的新动向。比如，最近出台的最高人民法院和最高人民检察院关于行贿将入罪的司法解释必将震慑贪官污吏。其中，行贿1万元将入罪，行贿20万元以上为情节严重，并且嫌疑人主动交代行贿行为而破获相关受贿案不算立功，这将对贪官污吏和以钱谋私的行贿者起震慑作用。以往，行贿者很少受法律制裁和经济制裁，是权钱交易愈演愈烈的重要根源。作为文人我是大力支持，作为商人，许量他们却一定是心情复杂了，他们以前能够用钱说话解决的问题，现在要用法说话了，不战战兢兢做人，不如履薄冰地做事，那就更没有这些放贷人生存的空间了。可离开行贿受贿，我们这一代的生意人还会做生意吗？至少不会这样春风得意马蹄疾。”

米世梅点点头，她知道许量的困境与辉煌是一同膨胀的，她支持许量一直是半公半私，为公是与资本之鹰这个庞大的圈子合作能够让自己的分行甚至总行都受益无穷，这一点在总行领导那里也是取得了认可和支持的；为私则是为了一点点若有若无的情愫。看起来，中年女人动不得感情，否则轻者招人非议，重者陷阱重重。

她有心事却在酒桌上并不含糊，米世梅顺着话题往前说：“中国民间金融的前途的确是光明的，但道路也一定是曲折的。想必您和许量已经知道，最近，央行办公厅批复同意了中国人民银行深圳市中心支行发布实施《前海跨境人民币贷款管理暂行办法》，其中规定，前海跨境人民币贷款期限由借贷双方按照贷款实际用途在合理范围内自主确定；同时，前海跨境人民币贷款利率由借贷双方自主确定。这对民间金融的冲击力度之大，一定会超越一般人的想象，你们要有思想和技术上的准备。”

吕佛铭表面上是文人，其实也是商人，他明里暗里都参与了许量的民间金融事业，不仅仅是操作了描写许量事业与生活的系列书，也是资本之鹰老板学校和四川现代民间金融研究院的重要成员，他们在前海成立的合资公司进展顺利，但这是秘密行为，说不得。

他听了米世梅说的话，知道这里面的含义，他喝点饮料，回答道：“如果这个规定推广在全部的银行系统，那么，毫无疑问，贷款期限和贷款利率自主浮动之后，至少中国现在的借贷江湖的规则和业务设计全部都要重新洗牌。比如，那种依靠银行对企业限期贷款带来的短贷长投的转贷款业务就会基本上消失，高利率也会促进银行降低贷款的门槛。这正如工商部门强制需要最低的注册资本，这才给民间资金带来工商中介的垫资业务，一旦取消注册资本和形形色色的资格审查的限制，工商中介业务必然萎缩一样，我看民间借贷的前途堪忧，当然，还会出现新的机会点。”

他没有告诉米世梅的是他和许量早就有所准备和研究，北京的樊先生就是政策出台的知情人之一，目前做民间金融，对最新行业和政策信息的把握和利用也是放贷人最核心的能力，一点也疏忽不得。为此，许量还在现代民间金融研究院建立了政策研究中心，试图去参与和影响相关政策的制定，但这是圈子里极少数人才知晓的秘密。

米世梅没有听吕佛铭的分析，因为她在心中分析吕佛铭刚才的话：“什么叫权钱交易呢？”难道许量会把自己与他的秘密告诉吕佛铭吗？不管怎么样，也还是应该未雨绸缪，把一切可能的问题都消灭在萌芽状态为妙。

这吕佛铭作为许量的哥们儿说这话的目的或许还有要警示自己的意图，目前谁都知道自己与许量走得很近，已经有人在谣传米世梅就是另外一个张娅，还有甚者在猜测许量与米世梅之间的利益已经是牢不可破的权钱交易。对此，米世梅不得不警惕，她清清白白做人已经好多年，没有必要为许量而做出莫名其妙的牺牲。吕佛铭察言观色，见自己的提醒已经让米世梅深思，也就见好即收，说起了客套话：

“米行长，民间金融需要你们正规金融的大力支持。许量这个人我是非常了解的，他志向远大，不会只是一个唯利是图的小老板。来，来，来，我吕佛铭替许量敬您一杯酒！”米世梅与他轻碰一下酒杯，浅尝即止，吕佛铭一饮而尽，他并不计较女人的矜持。

他低头看看手腕上的时间，就给太太李玫发出了早已编辑好的短信。她曾经是许量的秘书，一直对许量的一些作为耿耿于怀，今晚不来这里也是避免尴尬，更重要的是她也在请客，请的都是国内最著名的几位会计师。李玫的小投资管理公司专注的是上市公司，尤其是创业板上市公司中的害群之马，他们研究这些公司公开的财务数据，就能够找到它们弄虚作假的证据，再依靠微博和大众媒体揭露它们，当然，公司也将因为做空相应的股票而盈利。

短信刚刚过去，李玫的电话就打过来了，他低声和她私语。

许量却打住了吕佛铭的话，因为2013年0点钟声就要到来了。他在服务员的提示之下，站起来，一手拿起了话筒，一手高举酒杯，然后，与大家一起静候午夜元旦钟声倒计时的开始。

在大家齐心协力的倒计时的呐喊声中，元旦的钟声终于响起，许量立刻中气十足地即兴对宴会大厅中的所有来宾大声说出了洋洋洒洒的一篇新年祝酒词，这完全不同于开席之前由白蓝撰写的讲演稿。

最后，他总结道：“资本之鹰感谢所有的领导、朋友和兄弟，我们的千言万语如今就化为一句话六个字，这就是资本之鹰2013年的主题词：感恩、奋斗、成功！”

全场响起了一片热烈的掌声，然后，就是朋友们之间相互的祝酒与祝词。许量激动不已，他喜欢热闹，更喜欢他多年以来精心打造的人情与利益体系，他们如今就活生生地站在自己的面前，他们就是自己财富的来源。许量仰天喝完酒，那一瞬间就把无数的商业合作的可能性过滤了一遍，还没有来得及细化，突然，他的胸膛好像被灌水一般，变得十分沉闷，他没有让外人看出来，只是慢慢坐下，脸上挂着固定的微笑，好像是在思考什么问题。

白蓝在一旁的饭桌上，看得一清二楚：许量喝多酒了。

吕佛铭想完心事，就去其他饭桌敬酒去了，他对许量的心情很复杂。米世梅在与领导说话，此时无人关注许量。

白蓝拿不准是否现在就过去照顾许量，只有她才知道，下午，许量与张嘉仪在电话中发生了激烈的争执，作为许太太没有出席这么重大的宴会，这是什么理由都不能够原谅的。

白蓝作为许量的秘密女人，她没有任何幸灾乐祸的心理。她陪伴许量出席了无数的宴会场所，但她的身份只是资本之鹰会所的总经理而已，如果更多地关心许量，或许会成为他的负担。

这是一个很艰难的判断，太早出去搭手许量会不爽，太晚许量已经沦陷。

好在一会儿之后，许量又在白蓝的眼中生龙活虎了，他开始接受朋友们的敬酒。白蓝一边应酬，一边用心计算许量喝的酒：从同行钱大富、黄义仁、李锌夫妇、姜维一夫妇等人开始，到易虎的时候，一共是二十三杯酒。那酒杯是特别设计的坦口小酒杯，容量在三钱左右，许量都是满杯。尤其是那个易虎兄弟，他的到来虽然引起一些人的好奇与不满，但许量还是坚持光明正大地与他喝了一杯白酒，这酒杯是大杯子，足足有二两白酒。这样算下来许量这一轮差不多喝了八两白酒，白蓝开始为他揪心了。

许量的邀请和对他的真诚态度让易虎感觉到满足和开心，今晚，他一扫江湖之气，只身前来，穿的是女儿易小涵为他专门准备的西装，用的也不再是黑色而是灰色调。这是很有含义的：无论从白色到灰色，还是从黑色到灰色，那不都是殊途同归，不都是为西天取经，最终修成正果吗？易虎尽管很不适应这里的环境和气氛，但他还是微笑面对，以酒说话。心诚则灵，易虎很快得到了同桌李锌等人的尊重。

白蓝在心中计数，加上刚刚喝下的酒，她知道许量已经是喝到了极限，她不再顾及，来到许量的身边微笑而立。她开始替许量接受敬酒，众人多少知道她与许量的关系，没有许太太，白小姐是能够为许量喝酒的。许量的身体在勉强支撑，他个性很强大，但也只好假装不能够制止白蓝总经理对董事长的“怜香惜玉”，打着哈哈，就去卫生间，他想呕吐了。

正好魏总与丁妮碰了一大杯白酒，光荣归来，白蓝立即安排他跟随许量而去，许量放在桌上的苹果手机忘记拿走。

白蓝连续多喝了几杯，敬酒更醉人，她头晕了，也就不顾礼仪，在许量的座位上坐下来。米世梅很关照白蓝，她专门走过去跟白蓝说话，并让服务员给白蓝拿来热开水喝下。这时候，许量的电话传来短信的提示音。

苹果手机的短信即使机主设了密码也是能够看见内容的，这短信息正好被米世梅和白蓝同时看见：“亲爱的，你在做什么？”

发这短信的女主人叫什么飞雪连天，显然是网名，可这女人到底是许量的什么人呢？她们都是冰雪聪明的女人，这女人叫许量“亲爱的”，不是他的女人又是谁？只是许量很冤枉，他根本不认识这个叫他“亲爱的”的人，是男是女，他都不知道，因为他的手机号知道的人太多，谁要发短信息，发什么内容的短信息那就是别人的事情了。

白蓝心中酸楚，而米世梅心底也是极端失望。她们都是女人，尽管知道许量的女人不少，但大多数都是熟悉之人，而这神秘的女子到底是何方神圣呢？

等许量处理完过度的酒精和食物，与魏总一起回到宴会的时候，吕佛铭和领导们已先行告退，其他来宾们也开始纷纷赶来告别，而米世梅却早已不辞而别。许量等到众人散去，却惊讶地发现白蓝也不见了，他以为她去陪伴丁妮和武军一行，也就不介意。魏总借了酒意向许量汇报道：“大哥，我们的酒业公司2013年要争取做到上亿元的销售额，现在中国资本圈里面已经开始流行‘喝我们自己的酒，做我们自己的事’这句广告词了。”

许量不以为意，他对魏总说：“兄弟，2013年到了，预祝我们的事业大吉大利，但我们不是做事，而是在做事业，公司的业绩增长太快不见得是好事情，还是稳中求快更为妥当。”他没有说明自己做酒业公司还有资本经营和做酒业基金的计划，这些计划目前还不是开始行动的最佳时机。

刚刚说完话，许量的电话又响起了，他就很随意地站在桌边，十分认真地接听电话。

魏总听得很真切，电话里面的女子在斥责：“许量，你到底是要事业，还是要我们母女俩？”

这是许太太在说话吧？小魏正在猜测。许量听了嘉仪的最后通牒，联想到自己这些天忙忙碌碌的确是冷淡了她们母女，而且与白蓝私情泛滥，内疚感汹涌上来，排山倒海一般，心中堤坝就再也坚持不住，脸色发白，头晕目眩，呼吸立马急促。他一把抓住身边的椅子，软软地坐了下去：许量真的生病了，连他本人都不知道，这一病，差点让他的世界阴阳两重天。

第十章

用钱说话，钱越多，说话就越有人听，这是资本市场的基本规则

元旦期间，许量哪里都没能去，他在华西医院VIP病房里休养。

为何只是休养而不是治病，那是因为他的病情很怪异：明明是浑身无力气的肺病或者明明是胸闷心痛的冠心病症状，可是华西医院的教授们还是束手无策，他们没有遇到这样的病人，因为许量得的是没有病的“病”。

没有准确的检查报告就没有办法确诊病情，换句话说，他们对许量的身体是否有病还在研究之中，不少的检查科目都只能够说明一部分问题。只有一点可以确定，那就是病情复杂。

许量依旧身体难受，其中有几次昏厥，但无药可治，只能够在医院静心养病。

白蓝前来求助的时候，萧成灵正在黑匣子心理诊所发呆，她在回忆。

许量生病的消息萧成灵已经听说，却不知就里。在“华阳国主”会馆的元旦宴会那天，她离开得很早，也没有心思喝酒，因为她需要回家与远在美国的龙良军视频，这是他们保持爱情的主要方式，习惯了，也就成了每天的必修课。她离开宴会的时候，姜维一避开太太万荆溪找到了准备开车离开的萧成灵说话，他在酒意蒙眬中说出了他对她新年的祝福：“来日方长，后会有期。”

然后，他离开了神态紧张的她。

姜维一认认真真地花心了好些年，他对每一个经历过的女人都是认真的，但一旦到了需要错过的时段，那就毅然决然地离开，绝对不会藕断丝连，拖泥带水。对萧成灵的感情或许是一个例外，今天抓住了这个机会，在酒意的支持之下，他就抓紧时间说出了心里话。

萧成灵眼见姜维一再次走进宴会厅，迎接他的是跟随而来的荆溪。萧成灵目睹了宴会开始之时，许量对姜维一的推崇和姜维一的风风光光，就不得不联想到以往的他们还是情人时的情谊和故事，现在他又莫名其妙地走过来说什么“后会有期”，他的意图不明；何况还有什么“来日方长”，这是他们以往欢愉时刻的隐喻，这让她的心情突然坏了起来。

白蓝精神萎靡不振，这几天她一直守护在许量的身边。她把许量的情况仔仔细细地述说给萧成灵，有时候冷静，有时候难免悲悲戚戚，流露出了她对许量的真情实意。这让萧成灵很有感想，看起来感情不见得只有婚姻这座围城，还有红颜知己这片广阔天地。

她集中精力听和想，研究半天，萧医生叹气道：“心病还需心药医治。”

“成灵姐，你判断许哥的病情是心病？”白蓝觉得难以置信。

“心病难道就轻松吗？”萧医生说话没有任何表情，“心病远比身体的病难以治愈。许大哥的心病是多年以来的积劳成疾所致，情殇与钱殇就足够让他心力交瘁了，我们去看看他吧。”

她们匆忙赶到华西医院，一路上白蓝没有顾忌黄灯，但每次都是有惊无险。萧成灵提醒道：“如今闯黄灯已经变成了闯红灯一样的处罚，开车如同做贼，你要小心为妙。”

白蓝冷哼一声，回答说：“萧姐姐明知道许量在我心目中的位置，又何必笑我自作多情。”

一时之间，萧成灵无话可说，她想起了姜维一这个“唯一”的男人。龙良军与她之间自始至终都没有能够热恋起来，这到底算不算是一种遗憾呢？

一下车，灰蒙蒙的天空中洒落一些飞雪，飘飘荡荡地飞舞，空气中好像就只剩下少量的氧气和湿冷的感觉。白蓝爱漂亮，穿得不多，她从地面停车场走向住院部之时，精致的打扮更让她感觉到了什么叫“寒冷刺骨”。

在单间病房，许量刚刚接待了来访的朋友，他们除了关心还是关心的话，朋友们一走他就昏睡过去。白蓝走进病房，她让护理人员先离开，再请萧成灵仔细观察许量。

许量的表情宛如小孩子，睡姿坦然。萧成灵联系起认识许量之后，他的心路历程的变化，特别是前段时间许量离开自己诊所时下意识闯红灯过人行道事件，知道他的心结是越积越多。

年会那天晚上，一是酒太多，二是一定受了什么刺激，这才情急攻心，影响了植物神经，触动了他内心深处的心理黑洞和潜意识，这才导致了身体各种症状的出现。这种病有症状却没有相对应的病理，那就只能够属于精神病的一

种。她默默地注视许量，这是一个强悍却不一定健康的男子汉，他在借贷江湖中英雄事迹不少，在金融江湖也是硕果累累，名声与势力都如日中天，因此，她没有胆量说出“许量有精神病”这句话，不仅仅是许量和白蓝完全不能够接受，她自己也是纠结不已。

许量的表情开始恶化，他的呼吸开始急促，萧成灵制止了白蓝急于叫醒许量的动作，她要观察许量的梦中行为。许量的身体在翻来覆去，不断地折腾和呻吟，好像是处于一种剧毒的侵袭之中，萧成灵心中有数。她看看白蓝焦虑的脸色，上前拉住她的手，问道：“白蓝妹妹，我要问你几个隐私的问题，好吗？”

白蓝一听“隐私”两个字，本能地就想拒绝，但萧成灵却强调说：“我现在是萧医生，你必须回答。”

问完所有问题，萧医生判断道：“天才就不是正常人，不是正常人那就是变态；但变态呢，不见得都是天才，也可能是疯子。”

白蓝警觉地问道：“疯子？这是什么意思？”

萧成灵却请白蓝转告许量一句话：“所谓的天分，就是你能够发现自己只是普通人的这种能力。”

等萧成灵在白蓝的困惑中离去，白蓝有点不好意思地回忆萧医生刚才的问题，她有点后悔了：凭什么要告诉萧成灵自己与许量做爱的情景呢？还盘问得那样仔细！不就是许量的性爱越来越少吗？中年男人越来越对性不感兴趣，不也是很正常的吗？现在的医生不是漠不关心就是大惊小怪。

她把空调暖气开得足足的，慢慢地依偎在许量的旁边迷糊起来。在梦里，她梦见自己去海中潜水，起初经过的是阳光和沙滩，后来是浅海之蓝，最后就是狂风暴雨。几乎是同时，许量和白蓝一同惊醒过来。他们相视一笑，许量侧身去拿起一支香烟，准备吸烟。

许量看看白蓝的脸色，知道她不喜欢烟草味道，就和颜悦色道：“那我就送你一个礼物吧，这礼物有价值却没有价格，也是我很艰难的决定。”

白蓝在猜测，心如鹿撞，他继续说：“我就为了你而戒烟吧，你知道我的烟瘾有多大。当然，我不是全部戒掉，只是不再会让你看见我抽烟的模样。”

这礼物很出乎意料，她也觉得弥足珍贵，就软了身体，更靠近了他。

她柔情似水地喃喃自语：“今天是世纪浪漫日，许哥你知道吗？2013年1月4日，就是‘爱你一生一世’的意思。”

许量心存感激，他自始至终都是无法勘破情关之人。一双手忍不住还是握住了白蓝雪白的柔荑，温暖而柔和，嘉仪的严厉模样越来越模糊了。

良久，白蓝眼睁睁盯着许量，柔软地说：“我要。”

这两个字就立即让病房里面春色满园关不住。

他假装不懂，傻傻地问：“要什么？”

“吃了你！”她豪气干云地说，那态度毫不含糊。

他眼望他的女人柔情似水，眼中有白色的云和蓝色的湖泊，清澈透底。可这也是温柔一刀，许量依旧是硬汉，但心里的欲望还是忍不住后退一步，不再是以前的游刃有余。

对于中年男人，有时候，调情和情调远远比赤裸裸做爱更重要，这是生理学也是心理学。白蓝年轻，不懂得许量这样的男人内心微妙的需求其实是六月的天气，经常风云变幻，加上她是初为人妇，自然对床第之欢乐此不疲。许量毕竟见多识广，算得上是情场不倒翁，本来可以兵来将挡水来土掩，可身体就是身体，并非“人有多大胆，地有多大产”的口号可以敷衍的。这世界上有两样东西是中年男人最终装不了假的：一是与年轻女子欢愉之时的真枪实弹，有就是有，万一没有那就是丢脸；二是有钱还是没钱。许量有钱，自然不害怕第二条，第一条却是有时候如同金刚再世，有时候，却是泥菩萨过河自身难保。他力不从心的时候，就统统推说工作太累，喝酒太多，却绝对不想承认他已经到了应该修身养性的时候，断然不能够夜夜笙歌了。许量内心郁闷，他知道这也是自古以来那些做皇帝的男人的悲哀。面对白蓝生机勃勃渴望爱的身体，许量有点怀念嘉仪了，许太太的缺点又变成了优点：她可很少主动招惹许量，他们之间的周公之礼每周一次甚至每月一次都是很正常的。他们之间的感情少了激情却彬彬有礼，他们的爱情有点像是一座很干净的庭院，这中式庭院里面是百花齐放百家争鸣，热闹却不热烈，没有欲火焚身的感觉。

许量做放贷人和投资者之前，原本是大学老师，更是以诗人自诩，他脑海中的意识流绝对不会因为说话而中断。中国的中年男人，尤其是商人，人格分裂的情况比比皆是，症状有的严重有的轻，他们做人做事大多数都似是而非，本性与行为时常背离。许量算是中度迷糊，他不会检讨自己总是多情出轨，只会责怪嘉仪不贴心可人，他们夫妻绝对般配，可惜却是两座隔河相望的山。他心中解不开的心结就是很少甚至没有夫妻生活的夫妻到底还是不是夫妻？还应该维持夫妻吗？我可不是天生的圣人，与白蓝犯了错误那是正常，可这丫头为何不情愿给我许量生孩子？没有名分就说出来吧。他心中又联想到白蓝真的有了孩子，自己与嘉仪的婚姻只怕是走到时间的尽头了。

许量正在权衡利弊，他的电话响起来了，许量低头看看，没有理睬。白蓝却很敏锐地发现了这一定是一个女子的电话，许量的表情告诉她：当着她的面，他不方便接听。

许量走神了，她忍不住问道："许哥，你不会不要我了吧？"她说的不是眼前的电话，而是她不想给许量生育孩子惹恼了他的事情，但许量却假痴不癫，算是三十六计中的一计。白蓝却低头欲泪，她心道我与许哥你爱与不爱，生不生孩子可并非完全由我白蓝来自主决定的。许量外强中干，只好抓住她的手，温玉的感受让他不再困惑。

"不敏感，你没有洞察力；太敏感，你又会伤人害己。"等待大家的感情平息一些，许量故意很严肃地说，"白蓝，作为商人，你的感觉器官不要轻易打开；作为情人，为长久计，你也要把握住度，要多得少，过犹不及的傻事不做为妙。"

白蓝叹口气，很细微，算是温顺如羊。许量注视着面前的女子，她越来越饱满的身体充满年轻的欲望，时光让她媚眼如春，温暖着他这颗开始苍老的心。

他从没有把白蓝带回自己的家，只是去她的家。这样，他是她的过客，而她也不是他的女主人。许量说完就是沉默，这是他最近最喜欢做的事情：噤声修行。这是修佛的一种方式，那就是不说话，懒得说话，最多在心里自言自语。

白蓝也不去刺激他，她把自己的苹果电脑打开，调好音量，播放出佛教音乐《观音菩萨如秋月》，这是许量最喜爱的乐曲之一，然后，就只是软软地依偎着他，他就好像是她的一块顽石，内心却怀璧其玉。

过了几天，许量见自己并没有真正躺下，他就完全不去看自己的生理指标有多少处于超标状态，对自己的心病也是不以为意，他渴望出院了，但他知道他必须压抑住内心的蠢蠢欲动，因为只有住院才能够彻底让他压抑住内心的野心和欲望，他面对的局面需要冷静和使用旁观者的立场来看待。

钱大富在公司巡查，他不喜欢员工贪婪，更不喜欢员工偷懒。对员工满意了，他就走进自己女儿的办公室，女儿钱茉莉正在看书，那模样很是端庄。

"你在看什么？看书，你需要博采众家之长，而看未来你必须要看十年之后，这就是方法和眼光的问题。”钱大富微笑着说道。

钱茉莉的心情还不错，父亲在，那就是靠山在，她难得偷闲，今日又拿起许量写的《成语兵法》来研究。钱大富假装没有看见是许量写的书，他对许量没有太多的在意，尽管他现在的事业风生水起，但那是务虚的势力，钱总要做的是金融中的实业，那是一步一步脚踏实地地走出来的。如今，他的民间金融产业链条已经完全形成：他的成都东方富源集团从最初的担保公司起家，在担保公司大整顿之前就快速完成了资金和信用的积累；在小额贷款公司这个新事物出现之时，他就抓住了新的机遇，建立了成都市名列前茅的小贷公司；以后，他对典当行的收购以及利用投资公司和投资咨询公司等作为外围公司那是顺理成章的事情。

“许量的故事不错吧，你来评价一下？”钱大富就从女儿喜欢的书开头。

“评价？还是评估？”她用词越来越准确。

钱茉莉做了放贷人之后，就好像是被动地开了天眼，看问题越来越犀利：“自古做大事之人，必然都是会讲故事之辈，陈胜吴广造反是这样，许量等人做生意也是这样。刘备利用皇叔的故事打下了蜀国的天下，许量用他的故事想要干什么？不仅仅是赚钱这样简单的事情吧？在中国民间金融还处于萌芽状态时，在民间金融没有品牌的时代，他的故事虽然不是富可敌国，但塑造的品牌价值万千那是一定的。资本时代依靠的是势力而不是实力，也就是影响力而不是对资源简单的控制力，我们要研究时代和社会结构的变化，把握住企业命运，绝对不可以随波逐流。”

她说点让父亲开心的话一点都不困难。

“是啊，不过许量的故事和许量的学生一样，好的故事只是好的开头，能够利用好的事才是真正的大智慧。”

钱总的这话有点拗口，仔细一分析倒是千真万确：自古以来，好事变坏事的事情总是比坏事变成好事的多，好事变得更好的锦上添花之事更会是凤毛麟角。

“许量的书，虚虚实实，那些人物无论进入书中故事，还是离开书中故事，皆是缘分。”茉莉看过无数的网络评语，大多数都是善评和好评，她有幸读过书，自然是许量的铁杆粉丝。突然，她想起了李锌，他是她爱过或者说是喜欢过的男子，可惜的是落花有意流水无情。

“这就是大气磅礴的想法、说法和做法。许量等人算得上是把握住了他们的命运，而我们做的太实际太急功近利，显得反而没有他们高雅。”钱大富很少如此解剖自己，可温州人如果不是追逐利润又怎么可能走遍全世界去做生意？中国的犹太人可不是吹捧出来的，而是脚踏实地干出来的!

“女儿，不论你看什么人写的书都要辩证地看。写许量的书和许量写的书，最后的结局怎么样，我们都拭目以待。”

他用左手去摩挲右手，这是钱大富专心致志地说话的下意识动作，他和女儿谈心，语重心长：“记住，做好人，可以给你带来表扬，却带不来现金流；做商人，你要让几乎所有的人都感觉到你的安全，而不是你的善良。是的，善良很重要，但那只是为了增加人们对你的安全感。如果，我们把一切能够帮助你赚钱的东西都叫作资本，那么安全感也是资本，也是无形资产的一部分。明白吗？真正的商场高手，在做投资的时候，要心中有钱，手上无钱。金钱不是万能的，说的就是这个意思。这就是爸爸悟出来的商道，不是书上能够写得出来的。”

钱大富从温州一介小民发展为成都的民间金融大鳄，其中的艰难困苦那是说不完也不能够说完的，他主要的老板之谜就是非法集资、权钱交易、权色交易三条路，这三条路一旦走过就必须马上忘记，假装什么事情都没有发生过。他知道许量的道路也好不到哪里去，但对许量的态度如今也是以朋友相待，还有合作。在商场纯粹的朋友和绝对的死敌都是兵家大忌，那是在走死路，亦敌亦友才是不二法门。他不止一次告诉茉莉：“在竞争的环境中，只有势均力敌才是建立友谊的前提，而期待使用道德和舆论建立对弱者的保护那不是市场经济。”

因为下午要准备一个公司高层的研讨会，钱大富让女儿坐在自己的对面，他有工作要安排。钱茉莉不敢怠慢，她不是害怕父亲，而是害怕金钱，为何？因为金钱是无腿能够走天下的怪物，一不留神就会离你而去。她在成都民间借贷江湖已经磨砺出自己的刀锋，但在父亲和他青睐的由退休行长组成的管理团队面前，她还只能够是弯曲着利爪的小猫咪，不敢流露出自己也想开一家理财公司的想法。那些依靠民间金融的浪潮快速集资而暴富的朋友不断地给她传递经验：依靠父辈的财富不可靠，依靠父辈的商业信用去集资是可行之路。

钱大富说完工作，见女儿循规蹈矩地端坐在自己面前，只好有意无意地点拨她一句：“茉莉，爸爸知道女大不由娘，更不会由着爹的道理。你如果要做什么事业，还是要多跟我商量，你不要忘记了，你还是我们公司的股东。”

钱茉莉抬头看看钱大富，她拿不准她的计划是否已经被他知道。她对自己在东方富源集团中的股份不在意，那不仅仅是因为份额少，更重要的大多数都是名义上的。不过这也是她内心的借口罢了，谁叫她的初恋男朋友又悄然找上门了呢？她知道父亲的弦外之音，只好顾左右而言他：“最近，许量又成立了两家平台公司，其中一家叫中屹信达投资管理公司。”

钱大富眉毛一扬，眼神专注，表现出了很浓厚的兴趣。

“这是我见识过的最强悍的投资管理公司。成都中屹信达投资管理公司的股东都是老师和董事长，带头大哥就是许量，他是资本之鹰的老大，但在这家公司中却是以最普通的股东姿态出现的。或许是心中无钱才能够做最大的生意，许量只是这家公司的顾问。”

钱总点点头，心想：做平台公司的规则大多数都是这样，许量必须谦虚，这算不上稀奇。

“而且，这个公司的部门经理甚至某些业务员都是老板。”

“曾经的老板有什么好稀奇？”钱总微微笑道，他已经看出了女儿想转移话题的心思。

“呵呵，这可不是被淘汰的老板们，他们的公司都是赫赫有名的担保公司和小贷公司。为何要这样？因为这家公司人才济济，能够投资算不了什么，能够在其中担任一官半职才是本事。”

看起来，茉莉对许量的生意模式很有研究：“这种模式值得我们研究和模仿。这些股东本来就是一个商业圈子，如果他们之间的交易成本利用合理的股东结构削减下来，那么他们的资金与资本的力量就会叠加，一旦这些公司集群形成了共振，那么摧枯拉朽就不会是梦想，一夜之间，他们就能够真正地集合几千万、几个亿甚至几十个亿的能量。风暴一般的短期筹集资金的能力，在收购兼并的资本大战中，那可是利剑出鞘，刀刀见血。规模越大，议价权和定价权就越有可能，商人们梦寐以求的不就是安排交易吗？除了政府权力，那就是用钱说话，钱越多，说话就越有人听，这就是资本市场的基本规则。最重要的是，许量信奉的是公司有界无边的原理，他的事业如同海面上的冰山，绝大多数公司都隐蔽在海平面之下，资本之鹰只是旗帜而已，它本身并不需要赚钱。”

钱大富不得不佩服女儿的眼光，许量善于隐蔽自己的实力，这是不少人都知道的，但许量的力量在他的公司之外这却是很少有人看明白的。她在商场的快速成熟让他越来越放心，或许，这就是钱家的经商天赋在起作用。现在，唯一的担心是这小丫头勘不破情关而已。

“茉莉，你怎么看待热热闹闹的P2P网络金融（人人贷）？”钱大富知道女儿的一部分心思和秘密，但也不想现在说破，就继续考问她的专业认识。许量的动静他会找人专题去研究，他不想继续许量的话题，这样，他就等于拿回了谈话的主动权。

茉莉胸有成竹，她的创业要点就是要把互联网与民间金融结合起来，超越老一代的放贷人。“网络贷款和银行完全不同，银行有一整套完善的信用管理制度，而网络金融则是利用了概率的原理，比如：宜信使用的模式与彩票差不多，赌博的依旧是概率，违约概率和中奖概率的大小直接就能够确定他们的生与死——什么样子的盈利模式和管理模式都是可笑的。”

“你怎么看许量大摆筵席的事情？”他也在思考。

“许量并不是个性张扬的人，但这次一反常态，必然是以进为退。”茉莉分析道，“结合他现在生病的消息——不管病是真是假，那不重要——我看许量的资本之鹰是想休整一下了。”

“休整的定义是什么？你要说具体。”

“近期，资本之鹰会所会有大的动作，不是扩大规模就是开始做连锁。当然，这只是高调宣布他们的计划，然后，许量或许会关掉现在的资本会所，躲过现在借贷江湖和民间金融的严冬，等到政策一旦春暖花开，资本之鹰注定会焕然一新重出江湖。”

说完，他们相视一笑，算是看法一致。谁也不会在这民间金融的严冬逆流而上，一切成功的放贷人都是老熊，他们有勇有谋，可冬眠才是老熊生存之本。他们推测了许量可能的新举动，比如：他会继续到处考察，潜伏在江湖深处，或者装修老会所，总之就是要让大家遗忘他。

很快，许量就这样去做了，区别只是许量一边建立新的资本之鹰会所和做连锁，一边继续他的事业和生意，他的老会所也没有关闭。许量对很快就要装修的新的资本会所店面的形式做了修改，采用的是“投资管理公司加上咖啡馆”的无边界融合；其中的主题也做了修改，不再是借贷为主题，而是使用了PE投资和项目投资等概念，做成了投融资的平台，更加亲近中小企业了。这属于政府大力支持的对象，据说还在申请税务的优惠政策，这让钱氏父女大跌眼镜，这是后来的事情了。

钱大富离开女儿办公室的时候，若有所思地指点了一下她正在看的书：“你看许量的书，要正确对待，不可全信也不可不信。不同资金量和不同经验的朋友做不同的业务，也会有不同的感受；自然，也会有不同的感情世界和故事。你不能让一个只能够做几千元、几万元，最多几十万元一单的借贷业务人去体会一个项目涉及数千万元资金的放贷人是怎样精心设计方案的，是吧？我说这话是讲述一个事实，不是歧视中小放贷人。”

钱茉莉心中另有念头，赶紧回答道：“是的，放贷人人人平等，天下放贷人都是一家人。但许量的感情世界也不是平常人能够体会的，他是亿万级别的富豪，又是文化人，感情形形色色是符合规律的，他们想怎么写许量那就顺其自然地写吧。”

她指的是吕佛铭他们这个写作班子的运作之事，她的父亲却怅然若失：“不管这许量是否比我们有钱，他比我们更有资格留在中国的民间金融发展历史上，那是注定的了。我们的失误就是太在意利益，没有品牌意识。”这是指他们的集团商标“东方富源”最终没有被国家商标局批准的憾事。

茉莉看看父亲，觉得他的神态老了很多，花白的头发与日俱增，她心一软，就不再去回那个冤家的短信。

钱大富明察秋毫之末，安慰女儿道：“你不用担心我们的企业形象，那几笔坏账我们可以利用债务重组的机会把我们小贷公司和担保公司的报表做得很好看，甚至是要多美好就多美好。具体而言就是把坏账和呆账剥离出来，怎么剥离？那就是让自己别的关联公司来买去这样的债权，如果没有其他的公司作为工具，那就到别的城市去成立一家新的公司，当然股东是冒牌货，其实还是我们自己的公司。”

茉莉的心理素质还没有达到炉火纯青的地步，对中国企业家流行的“假大空”还没有完全适应，就低头不说话，只是默默喝茶。

“对的，那就是弄虚作假。不用担心，全中国都在作假。银行嘛，他们是能够觉察的，只不过他们假装不知道罢了。有关部门要的也是金融维稳，只要我们自己不说就行。”

“欺骗他们是为了生存，可我们为何要自己欺骗自己？”她对父亲在公司高层和股东面前都一视同仁地说假话和办假事不理解。

“那不都是做给股东看的吗？尤其是做给我们下一步需要融资的投资者看，只要新钱进来，就不怕换不了旧钱，‘拆东墙补西墙’就是本事，这是金融的实质。”

钱大富胸有成竹地说：“茉莉，你是未来的老板，记住我们做放贷的人经常是四面楚歌，借款人是我们的宿敌，高管更是身边的狼狗。”

“狼狗？”茉莉觉得父亲对公司高管的形容简直是匪夷所思。

“是的，他们既可能是狗，也可能是狼，因人而异，因时而异。”钱大富对前段时间公司高管中一些辞职的人出去建立了另外一家小贷公司的事一直耿耿于怀，他不能够原谅他们利用东方富源公司的资源创业的行为，“不，他们那不是创业而是盗窃行为，他们用的是我们的经营模式，我们的客户资源，那不是我们应当欢欣鼓舞的好事情吧？”

茉莉心中被触动了，金融最害怕的就是背叛。她抬头与父亲对视，心中的背叛之意慢慢开始崩溃，泪水开始溢出。钱大富浅声细语道：“小丫头，你们的事情，爸爸是知道的。你长大了，想做什么就大胆去做吧！”

说完，他站起来，头也不回地走出了女儿的办公室。后面压抑的哭泣说明他的计谋很成功，他不用担心女儿的背叛了，她是人，不会去考虑做狗还是做狼的揪心之事了。可温州人的不屈不挠精神呢？对于女儿的感情用事，钱大富不知道他应该满意还是失望。

“资金到了一定程度，情商会高于智商。”钱大富边走边与过道里面遇见的员工点头致意，他安慰自己道，“许量定下的行规第一条就是慈不带兵，悲不借贷，我对女儿用了一点心计也算是不得已。”

在办公室处理完文件，钱大富开始研究关于资本之鹰的秘密资料。

与成都其他的民间金融老大不一样，钱大富不会认为许量只是徒有虚名，只是在书中才存在，更不会被许量放出的迷雾迷上双眼，以为许量只是一个小老板。

初见许量，他就感受到了许量内心而不是表象的强悍。他一边翻阅资料，一边想起了许量这个人物，这些资料有许量身边的人秘密告知的信息，也有公开的报道。他的眼力费尽，还是没有全部推断出许量最近几年的布局：这个许量，他最初不做小贷公司，却通过李锌的赌债危机，兵不血刃地拿下了李锌的一家小贷公司作为平台，目前已经增资扩股，股东都不是泛泛之辈。还听说前段时间，他又秘密参股了一家老牌子的典当行和担保公司，尽管不是控股，但依据他许量日益扩大的品牌影响力，加上资本之鹰的基金管理公司和会所，还有做酒、做字画与做玉石甚至矿业的实业，不是正在构建一个庞大的帝国吗？

钱大富的心情开始坏起来，许量与他的关系微妙，尽管为敌的可能性不大，但未雨绸缪不是坏事情，心念至此，他打通了一个电话：“李总，我们晚上老地方见面吧，对的，就是去那里，我们两人，自己开车。”

末了，他在挂断电话之前，再次叮嘱道：“小心驶得万年船，老李，记得许量可不是匹夫之勇，他是火眼金睛。”

晚上，钱大富走进远在都江堰的一家会馆，这里很雅静，又不是许量和他的朋友们的势力范围，但他的行动依旧小心翼翼。在宽大的庭院廊桥走过，等进了一个偌大的包间，幽暗之处坐着一个人，这人一见钱大富，立即站了起来，他大声说：“今天，许量在成都养病，不会来干扰我们见面的。今晚我们都不用走了，让我李严也好好做回人！”

钱大富一听，哈哈大笑：“是什么事情把我们堂堂的资本之鹰会所的李副总经理激怒了？”

李严哼一声，冷静一下，这才说：“还不是白蓝这个小丫头！”他在为白蓝制止了他的一单借贷业务而不开心，这倒不是因为他少赚了一点借款人进贡的现金，而是丢了面子。在借贷江湖这面子可就是值钱的硬通货，以前，即使是许量亲自主管业务，作为骨干的李严还是很有发言权的；如今，白蓝的权威日盛，她的言行举止处处都在压迫身为副总经理的李严的自尊心，让他感觉到男人的渺小，李总自然很是郁闷。

钱大富知道李严牢骚还没有发完，就自己动手去倒水，他的茶李严已经吩咐提前泡好了。

“我可不是什么老总，只是副总而已，”李严委屈得不行，“白蓝，这个女子凭什么总是骑在我老李的头上？她不是张娅，更不是洪羽菲，她们可是货真价实的老板娘，而白蓝只是打工的丫头起家。不就是年轻漂亮，许量喜欢吗？老钱你来评评理！”

钱大富先喝茶，慢条斯理的动作让李严冷静了不少。

“她凭借什么，你还不知道吗？她可是许量的女人。”

“老李，你刚才说什么？她会骑在你的头上吗？”钱大富抓住了李严的话柄，嘻嘻哈哈道，“如果白蓝真的骑上了你的头，估计许量连她也会一起除掉。那样，你们不是太亲热了吗？”

李严赶忙解释道：“钱老板不要开玩笑了，李严几斤几两，我自己是知道的，我怎么敢背叛许量董事长呢？如果不是我老李欠下了您的情，哪个龟儿子才会入了您的局中局！”

李严也是江湖老手，他很自然地就把自己背叛许量与钱大富秘密勾结的责任甩回给了钱大富。

钱大富见李严烦恼不已，他理解这是李严因为他一失足成千古恨，在心中懊恼了肯定不止一次两次，也就谅解李严的出格了。许量对手下吃里爬外的行为是绝对不会容忍的，李严害怕许量的惩罚，自然心情烦躁，不能够控制自己的情绪。

“我们开始吧。”李严平息心情，他想的是快点结束，早点回家。不过他的这个家不是原配的家，而是钱大富帮助他安排的另外一个家：官员叫二奶之家，企业家叫情人之家。李严这样的高管相当于老板的级别，因此，他也是拥有情人的成功男人。

钱大富微笑着点点头，却不赞同：“老李，你我还是慢慢聊天。春宵一刻值千金，但现在是冬天，还是慢工出细活更好。”他一语双关，幽默而风趣，但李严却一点也听不出来，他听到的是讽刺之意，可却无可奈何。

一时之间，包间里充满了阴谋诡计的霉味，毕竟是针对许量的局，心里没有压力那是假装的。突然之间，两个男人都不想说话了，他们的目的并非要置人于死地，而是要利用许量的缺陷挣钱。

第十一章

民间金融最大的问题是资金证明，源源不断的资金流才是王道

人世间充满阴谋诡计，但一定也会有真诚友谊。

吕佛铭约许量喝茶，许量是一定会赴约的。他一边看车，一边回忆昨晚他在家中书写的日记的内容：做生意的最好状态不是大起大落而是小步快跑，这样看起来没有什么动静，却能有朝一日于无声处听惊雷，必然有所大成。五年来，我许量用脚写书并用心做生意，持之以恒，风雨无阻地前行那便是人生的幸运。他想起了吕佛铭，他们写书不过是文人用文字记录别人的人生，而主角就是许量。

许量的局面越来越大，也就更需要吕佛铭这样的隐士与他交汇，只是限于现在的合作与合资那是远远不够的了。

他们在浣花溪风景区的茶室叙旧。

许量的开头之语算得上是深思熟虑："吕老师，最近我一直在解构商业。商业的核心是市场，而市场与政府的核心优势是权力，而权力这个词是最值得我们去解构的。它主要是由影响力、决定权和选择权组成的，以往我势单力薄却试图获取圈子里的决定权，自然是力不从心，如今，我把重点放在影响力和选择权两者上面，那就是进退自如了。顺我者昌逆我者亡不是我许量的追求，但激情前进，随心所欲地为民间金融奔走呼号却还能够应者如云那还是做得到的。"

佛铭微笑着点点头，喝茶的动作不紧不慢。窗外的景色入眼而来，佛铭心平气和，他的世界表面上也是商人，但其实与许量有所不同，文心雕龙才是他最后的目的。起初，许量还想在文化与资本两条道路上行走，但后来因为时间和精力的缘故，不得不与佛铭各走一条路，还好，虽然不是相得益彰却也是相互在支持。

“许量，我们兄弟还是不要继续做生意了吧？已经有的合作不大不小，既可以保证我们之间联系的借口以维护亲密的友谊，又能够保证我们之间的生意盈亏都不伤大雅，赚钱嘻嘻哈哈，亏钱不过一笑了之！这是男人之间兄弟相处的最好办法，不即不离，恰到好处。”

很显然，吕佛铭对他与许量的关系看得更遥远，他要的是做许量世界的适度的参与者和冷静的旁观者，同行却不能够完全与许量的身影重叠，否则，就不会真正看懂许量。

许量点点头，他知道不能够继续说服佛铭。寂寞和孤独是他与生俱来的特质，他克制住内心的情绪，因为情绪是魔鬼，只是低头喝茶，不知道为何，却感觉到了一种幻觉中的酒味。

这时候，白蓝的电话来了，她的语气掩饰不住喜悦，原来许量在一个月前买的银行股票还继续拉升。许量假装兴奋了一下，应对了白蓝，挂断电话，却又对吕佛铭说：“大哥，你看看，做高利贷哪里有做股票赚钱？这就是趋势的力量。”

佛铭笑道：“许量，你可已经很久没有叫我一声大哥了，谢谢！”

许量笑而不语，他心道：我许量就是大哥大，但这话却没有胆量说出口。对方是吕老师，这些年他在自己的心中一直就是半个谜。为何是半个谜呢？因为吕佛铭深不可测，他在人群中只是给了大家应该看见的形象，这半个谜是他自愿展示的，而另外半个谜呢？云里雾里。

“人类只会敬畏未知的东西，高人都是深不可测。”

许量开始用话去试探吕哥的内心世界，他们之间这样的试探从来都是在没有外人的情况下进行，这样才能够专心致志地较量一下，却无伤面子和自尊。

今天，吕佛铭另有心事，也不想思辨，只是答非所问地回答：“如果一个人能够把每天都当成最后一天来度过，那他对生命的领悟会更深刻，对生活的感受或许也更广阔。”

语气中很自然地流露出一丝伤感。

吕佛铭的锋芒不见了，他儒雅一些；许量的感觉却依旧如同针尖，他敏感地追问道：“大哥，今天你怎么啦？是否有心事？可否给兄弟说说？”

“他回家了。”吕佛铭的语调说明了一切。

“谁？”许量知道吕哥在说某个人故去了，回归了灵魂的家园。

“老陈，因为肝癌，或许是遗传或许是喝酒喝的毛病，从发现到死亡不到

一周。”

这是吕佛铭的大学同学，是他们共同的朋友，许量曾经与他合作过业务，也是资金与借贷圈子中的朋友。

“我本来还想与他喝酒酣醉一次呢，他妈的，我的资本之鹰酒出台了，老陈还没有喝上就逃之夭夭了？他小子和上帝也不给老子机会。”

许量说话很平静，他对生死的态度一直就是不害怕不回避：“老陈也是一本厚重的书啊。几年前，还只是一个小老板，借款二十万起家，如今身家已经是两亿多了吧？可见这金钱有毒啊，怎么会是美酒惹的祸事呢？”

许量开始用强词夺理来压抑情绪：“不过，这也很好啊，人生苦短其实也苦长，生命本来就是一场回归。钱财生不带来死不带去，这话谁都听过，可谁能够懂得？人一出生就是离家出走，在红尘俗世中，在酒色财气里迷失了几十年，最终还是要回归灵魂的家园的，真正的回家就是长眠不醒。”

吕佛铭喝口茶，低沉地说：“是的，你我都会这样的。人生的道路每个人都与众不同，但唯一的通路都是走向永恒的黑暗。”

以往都是许量有情绪吕哥来安慰，如今，吕哥的情绪压抑，许量也就投桃报李：“大哥，生死有命，富贵在天！谢谢你把我的故事写在了书中，你在书中也要多出现，也要有所表现，免得读者以为我许量是唯一的主角，你的故事甚至比我许量的更加精彩！”

佛铭摇头又点头，这就是分寸感。他的意思是中国商人活着都是在写书，少有怡然自得的时候，忍辱负重却是每个人的常态，是否去生活在书中，那不是他思考的问题。

两人不语，情绪在心中挑战。

许量眼见沉默和四周的夜色会淹没他俩的心境，就带头打破沉默道：“大哥，我们以酒浇愁，如何？”

最近，许量的心怡观做了一些改造。因为笑笑已经远走高飞，不再需要这个鸟巢，许量在征得她同意的情况下，增加了一个厨房，也找了几名厨师，有好朋友来，他就在这里与之对饮，算得上是家宴的规格。吕佛铭心领神会，知道这是许量没有把自己当成外人，因为请客，如果是外人那就是山珍海味的豪门盛宴，请朋友和兄弟那就是小酒小菜。

眼见许量对厨师小杜安排完毕，佛铭叹气道：“人生的本质就是这样，愚者最大的悲剧是不能够提前预知他的命运，智者的悲剧却是明知不可为而为之。”

许量哈哈大笑：“好好喝酒，喝完这酒，我们也要好好地去给老陈送行。”

“一路走好！”许量的酒杯与吕佛铭的酒杯轻轻地一接触就马上分开了，他们一饮而尽。这酒具的特殊，转移了吕佛铭的注意力，还有无论谁离去，他知道生活都还要继续，于是佛铭开始扭转心情，这就是强者与弱者的区别：强者把握情绪，弱者被情绪操控。

两人说起了民间金融的话题，这才把心结化解而去。

说起最近华夏银行那件全国轰动的信托案件，吕佛铭很严肃：“最近，华夏银行理财产品违约的风波如同一颗炸弹投向金融领域，大众一片哗然，这让正在经历寒冬的股权投资通过信托募资并在银行渠道销售的集资之路开始变窄。宏观经济的下行与企业的艰难生存，最后一定会导致大面积的借贷违约，不管是民间金融还是正规金融都会如此。很多同行还是没有看到这一点，因此，许量你能够把自己的资金突入股市去买银行股，那是你的明智之举，赚钱还是亏钱是其次的。”

他对许量竖了一个大拇指，许量却不好意思地回答道：“这还不是樊先生的功劳啊，您知道的，樊先生的能力，不，对他这样炙手可热的学者加上官员的厉害角色，我们要保护但也不能够辜负了他的信息资源。”

吕佛铭点点头，微笑道：“我也谢谢你的提醒，这次斩获也是不少。如今钱不值钱，房价也是摇摇欲坠，还有物业税、遗产税在磨刀霍霍向猪羊，只有股市来去自如，等到有钱人都反应过来了，那么，股市的春天就来了。那样，我们许总不又是有了‘股神’的新盔甲？再次集资又是有了榜样的力量，吕哥我佩服不已，犹如滔滔江水连绵不绝。”

许量哈哈大笑却笑而不语，喝口茶，以便掩饰他在股市中和金融领域的整体计划和布局，他可不再是吴下阿蒙，格局迫使他升级自己的投资与融资体系。

有人说：“2013年是股市的天堂，民间借贷的地狱。”这话不一定全对，但绝对是值得玩味和琢磨的一句话。看看媒体上源源不断的放贷人和借款人跑路的消息，许量就很沮丧，他为同行难受：初学民间金融的人，一旦入行是比较容易获得初步成功的，正如学麻将新手总是手硬一样，无畏甚至无知就有力量；但这就很容易得意忘形，成功是失败之母。其实，没有几个成与败的回合，是没有资格自诩为放贷人和投资者的。民间金融领域充斥着滥竽充数之辈，这一群不知道转移阵地的豪杰，每到年关都会举步维艰，苦不堪言。他们在钱的战争中顽强抵抗、孜孜以求，却不配做英雄，因为识时务者为俊杰，懂得留得青山在不怕没柴烧的撤退者才是英雄。或许，我许量算是英雄？

他心思很活跃，许量最敬佩的是“四渡赤水”的经典案例，在民间金融的汪洋大海之中，遇到问题逃跑不可怕，可怕的是找不到逃跑的理由，可悲的是没有逃跑的意识和没有胆量行动，而能够把逃跑变成战略转移，那才是政治，那才是导师和领袖。于是，他沉默地听着吕佛铭的话，这些话很在理却因为他个性太强大，犹如耳边风吹过不会留下多少痕迹。

吕佛铭继续刚才的话题：“华夏银行理财产品风波无论谁是谁非都不重要了，这或许会成为中国信托理财产品违约第一例，这是很值得研究和观察的样本资料，我们的四川民间金融研究院必须仔细研究这个案例。但仔细审查交易的凭据和研究不同媒体的不同报道，这宗风波恐怕和信托无关，和银行理财产品没有直接关系。华夏银行理财产品风波是一宗在银行渠道独大和利率非市场化的中国金融畸形现状下，投资者血本无归的案例而已，但愿这是开始又是结束。”

许量微笑不语，他知道吕佛铭说的是反话，金融领域的潘多拉盒子一旦开启，想关闭就没有那样容易，华尔街的金融风暴与中国金融风暴的原理其实都是一模一样的：人的贪婪决定人的创意，而人的创意就是人们贪婪的面具。金融不过就是人类的贪欲到了一定程度，通过制定的规则，把未来的钱和别人的钱拿到现在和自己手中使用的最高级智力游戏之一。

“现在的银行比任何时候都要贪婪，他们甚至给客户推荐项目和做集合产品，一般的投资者一见‘银行’两个字就会失去起码的风险判断和基本的审查能力，要知道即便是银行自己发的伪集合信托，也千万要慎重，这不是银行的背书。投资者绑架不了银行，在银行面前任何级别的中国私人投资者都是侏儒，只可能被银行摆布！另外，我们还要高度警惕民间高利贷风险向信托传递，现在风险传递的路径是非常多的。作为民间金融研究院，我们有必要在老板学校的培训班中反复强调，民企融资方实际控制人的民间借贷情况是尽职调查的重中之重，或有负债才是我们放贷人的黑暗之神、死亡之毒。借款企业的表象不重要，要是实际控制人逃跑了，你还有一丝希望，可万一被其他的放贷人追债，那你的法律文本和风控系统做得再完善也是无能为力，必须与其他放贷人协商分配残羹冷炙，而且旷日持久。”

许量点点头，在心中承认：人的贪婪无限，恐惧不过是刹车，一旦人们适应了恐惧，贪婪又会在更大的领域进行新的冒险。

吕佛铭的水平不错，他思考一下又继续道：“信托产品是指一种为投资者提供了低风险、稳定收入回报的金融产品。信托品种在产品设计上非常多样，各自都会有不同的特点，各个信托品种在风险和收益潜力方面可能会有很大的分别。这本身是民间金融与正规金融合作的最有效的途径之一，我们资本之鹰也在研究和准备利用这样的通路，现在看起来是有点生不逢时了。”

许量却不以为然：“机会永远在，这要看我们怎么样去找出商机的切口。一个信托产品的风险主要看资金投向和具体的风险控制措施，比如一般情况下信托的资金投向矿业、房地产和证券市场，房地产和证券市场的信托项目风险比较高一点，但预期收益也相对较高，收益与风险成正比；而上市公司股权质押，或投资于能源、电力、市政基础设施建设等政府支持项目的信托项目比较稳定，风险性较低但预期收益也相对较低。”

吕佛铭知道许量的心思是要做文化产业的信托产品，他觉得这很困难，却不便于去否定许量的设想。对朋友不轻易否定，这也是做朋友的美德。

“至于信托产品的风险控制，最关键的是看抵押物和质押物的安全性和流动性，其中是否容易兑现是最重要的考虑因素，而且质押率越低越安全，还有担保方或者担保公司的实力信用级别等。比如，上市公司股权流动性好，容易变现，而如果是土地或者不动产质押，变现则相对困难。”

吕佛铭说完此话，总结道：“民间金融最大的问题就是资金证明的问题，如果有源源不断的资金来源，即使有些小问题也是完全可以覆盖风险的，这是所有放贷人必须牢记的。信托就是一个很好的途径，有点规模的投资人可以好好研究。”

他们喝酒越来越慢，话题越来越深刻。

良久，厨师小杜过来想问许量是否还需要加菜，但他见两位老师说话很顺畅，不忍心去打断，正在犹豫之时，许量说话了。

“小杜，你也过来喝一杯酒吧，这是吕大哥，你的问题可以向吕大哥请教的。”许量出其不意地把厨师叫了过来。佛铭一看，这小杜三十来岁，小伙子长得很有精神，一嘴达县方向的口音，估计又是许量的家乡人。

果然，许量见吕佛铭在微笑，就接着说：“小杜，来来来，你不用扮演厨

师了，还是做回你的放贷人吧！来给吕老师讲一下你的故事，吕老师是写书之人，最喜欢匪夷所思的好故事。”

佛铭知道许量这是在给自己出题目，也就不便推辞，接了小杜的一杯酒，便问道：“小兄弟，有什么问题请讲吧，我吕佛铭好为人师。”

第十二章

爱情就是战争，对许量这样的男人一定要出重手

2013年1月27日，星期日，双流机场的141号登机口，这是飞往三亚的登机口，这里有一个小小的儿童游乐园。小雅不年轻了，却还没当妈妈。她仔细观察和研究了那几个小孩子的行为语言，得出的结论是：快乐是儿童的天性。可成人的天性又是什么呢？想起自己逃离成都的理由，她就沮丧：那几笔放款真的让自己的命运彻底改变了。

突然，她发现了座椅旁边有一件东西，拾起来一看，这是一个苹果手机，皮套是黑色的，是路虎越野车品牌特别定制的。她大声问问四周的人，没有人认领。大家对她的行为很友好，小雅很高兴。本来是六点十五分首都航空的航班，但因为飞机晚点，她在耐心等待。这个苹果手机响起了短信的提示音，小雅很好奇，也看见了短信的部分内容。快到起飞之时，一个男子才匆匆忙忙地赶过来，他大声问道："大家好！有没有看见一个苹果手机？"

小雅看这个中年男人气宇轩昂，显然不是冒领之人，也就把手中的手机高高扬起来："您的手机在这里。"

四周旅客三三两两鼓掌了，那是因为中国目前的善行很少见。小雅有点不好意思地向男子解释道："许先生，抱歉！我还没有来得及把手机给机场服务人员。"其实，她最想问的还是男子手机上的那几条短信：到底是什么样的女子才这么爱他？

那短信写着：许量江湖，非你莫属。

男子听见小雅叫自己许先生，也不惊讶，接过手机，他很认真地点点头说道："谢谢，我就是许量。"

微笑之外，他那神态很明显是心事重重。小雅的目光敏锐，但依旧看不出这人的心思。等上了飞机，小雅很惊讶地发现她与这个掉了手机的男子是邻座，更重要的是她已经想起了许量这个人物居然是真有其人，而且还在自己的身边出现了。

一路上，小雅问一句话，许量就回答一句，绝对不会多说一句，时间长点，小雅也就只好闭嘴。下了飞机，小雅的热情又回来了，分手之际，他们高高兴兴地约好回成都后再见。

第二天，三亚气温不高，下雨，海边雾蒙蒙。

上午十点，许量打开卧室的窗户，向外瞭望。外面的世界虚虚实实，好像是一幅写意画，他没有感动，只是独自一人待在三亚的家里。但这里因为嘉仪和女儿许诺的离去而空无一人了，这里只剩下别墅，水泥和钢筋构建的空间，比他的心还硬，再也没有家的温软感受。

海上的迷雾与波浪被风和潮汐两股巨大的力量牵扯，如巨大布匹一般的灰色海水与低垂的白色流雾纠缠在一起，向许量的眼睛中迎面撞击而来，这不断变幻的场景让他目不暇接，眼中很有压力。

他仔细研究目力所及的风景：远处是迷茫的两座海岛，隐隐约约地漂在海上；有快艇在划出白色的航线，海边则是打伞冒雨前行的三三两两的游客，他们在海岸线附近漫无目的地徘徊。

那海水一到岸边就突然变成了雪白的一道风景线，起初是一段一段地变白，很快就手牵手一般变成白色的一整条弯弯曲曲的岸边，这由灰色到白色就是一刹那的转变，辉煌一闪而逝却把一切都消灭于无形。

现在，他的烟瘾很小，没有雪茄的陪伴，没有成都大工地的粉尘包裹，三亚洁净的空气和温热的感受让许量的心情很空灵。许量不知道自己是三亚的游客还是居民，其实，在成都也是这样，他四处为家却失去了固定的根与本，身心皆是这样。

如果，此时此刻，你能够看见许量的眼神，就会不由自主地想起猫科动物。这不是那种失去了丛林滋润的豺狼虎豹无法再次嗜血的失落，而是猫科动物中最高贵的虎醉卧夕阳西下几时回的那种思考和忧伤，这是对生命生生死死轮回的无奈与尊重。他或许开始老了，目光与动作都不再犀利，最近，他用自我的放弃代替了与敌人斗争的挫败：孤独、失败与红酒、雪茄一样，不是人人都懂得和享受的。

许量把昨晚记忆中的海景与现在的画面重叠起来：昨晚的黑夜在他微醺的酒意浸泡之中空前地黑暗，泸州老窖资本之鹰的美酒也消灭不了他心中的落寞。站在阳台望去，他的前面就是无边的大海就是无垠的大洋，许量孤独地望着黑夜中的星星之火，那是夜船的眼睛，他心胸立即变得狭隘无比。

星星之火可以燎原却不能够点燃他对嘉仪的思恋，嘉仪对他不冷不热、不依不靠的状态让他不得不开始思量他们之间的家庭和感情，这些年他们没有正常家庭生活的现状已经让他心灰意冷，感情的斗转星移不是人力能够抗拒的。他知道男人的女人有很多种叫法和说法，从夫人、太太、妻子到方言中的拙荆、婆姨、婆娘和老婆等，现在又多了二奶、情人之类的说法，他甚至去大辞典中查阅了妻子的含义。可现代人有几人能够体悟到其中的含意呢？

他没有让白蓝追随自己来三亚，因为三亚是张嘉仪与他的家，不是他与情人的空间，这是许量的习惯，也是他的规矩。情人与夫人之间的天与地最好不重叠，这样彼此是尊重，也是免得许量同时踏进两条感情的河流。

哪里有网络，哪里就有工作。许量没有完全放松身心度假的概念，他没有吃早饭，饥饿的感觉让他急于找点事情来做。

许量打开电脑，先与白蓝聊天，这是许量到了外地的必修课，这次却是公事公办地说工作。他对网络部门要求放松中国资本圈网站实名认证条件的请示报告毫不犹豫地否决了，同时，让白蓝转告网络部门负责人：“我们的实名认证，绝对不要放松，反而要加强，因为严格的实名制就是我们民间资本从业者的门槛，也是我们的价值所在。放松管理，泥沙俱下的会员，不要也罢。这是铁的纪律，以后谁再提放松条件，那就立刻离职。”

他私下却想：那些连自己的真实姓名和身份都不情愿在资本圈出现的会员，还能够成为资本之鹰的伙伴吗？都是躲在键盘和屏幕后面不自信的人，还能够做资本和资金？都是笑话而已。

好在白蓝早已习惯了许量对她的柔情蜜意只是在特定的场景中才会爆发，她只是例行地嘱咐许量保重身体之后，就去安排许总的工作计划了。

许量随即浏览了自己的中国资本圈网站的后台管理程序，新增加的会员不少。看看站内的商人微博，经典的发言更多了，这表明里面的民间金融精英越来越多，他很欣慰。仔细研读了肯定资本之鹰品牌的圈友私信和《金融投资报》记者的一篇对自己办的老板学校培训班客观报道的文章《“煮酒”论投资民间金融享思维“盛宴”》，许量露出了久违的笑容，他喜欢得到肯定和表扬的孩子天性暴露无遗，还好现在是一个人独处。他对白蓝一再要求，在媒体上只能够适度宣传资本之鹰，过犹不及的事情绝对不能够发生，看起来她执行得很不错。

白蓝刚才提出的把资本之鹰会所转变为第三方理财平台的报告发给他已经有不短的日子了，许量一直下不了决心，因为李严的建议也是很不错，他和投资部设想把会所和网站合二为一，在现在此起彼伏的P2P的互联网金融浪潮中去占有一席之地。这两种建议大同小异，但资本市场差之毫厘、失之千里的事情太多太多。许量来三亚，也有暂时避免对白蓝和李严这两股势力匆忙表态的意图：做老板和做官员一样，平衡之术才是“度”的含义，那是动态的平衡而不是固定的妥协。

他处理完工作，就去看25636765等几个QQ号码上面读者的留言，每天都在处理新的好友请求，他有空的时候，也与他们交流。今天，许量只是加了好友，网名为“听香”的网友提出问题：“许老师，请预测一下未来中国的走向。”

因为是网络中的老朋友，许量心不在焉，但他的政治素养让他依旧飞快地打字回答道：“未来的五种社会力量将重组中国，这是社会的五极，第一极依旧是强大的政府，它依据传统和党的体系，会越来越强大；第二是网络，互联网和圈层的网络；第三是消费的力量；第四是文化的兴起；第五是金融的力量。任何想在中国有所作为的个人和组织都必须加入这五种力量，未来三十年，中国将是中国人的中国。”

说完就匆忙下线了。他开上嘉仪留下的车，漫无目的地出了门，他要去寻找，至于寻找什么，没有必要现在就知道。

许量在车流中穿行，太阳出来了，满目的清爽，他被心中越来越愉快的情绪牵引，沿着海边大道飞奔，漫无目的却一路向前。

一天无故事，许量对源源不断的电话都置之不理。第二天是星期二，三亚的热空气在中国阴冷的冬天里成了宝贵的自然资源，这种资源从冬季开始，到春天结束。无数的中国人、还有俄罗斯的游客蜂拥而来，如同候鸟迁徙到这里，在没有冬天的三亚蜗居。

这几天，许量按照嘉仪发过来的电子邮件，开始去清理和照顾她的房产。虽然他们是夫妻，但财产却是完全独立的体系。他走了不少的地方，一些地方也是第一次知道，嘉仪在这里的房产增值让许量很震撼，这些财富就是“不劳而获”的投资行为带来的。许量心中很佩服嘉仪，她的太阳能科研不太成功，却无妨她财富的平衡甚至增加，这就是她不断地在民间金融领域投资和亏损，但最终还是硕果累累的原因，真正的投资者都是依靠时间赚钱而并非仅仅是投

机取巧。

在三亚湾的蓝海花园，许量去看了嘉仪买下之后就出租的房产，他不需要去收租，那是嘉仪本人依靠房产中介打理的事务。这几套房子都很不错，其中一套面向大海，二十多楼的高层，房间装修风格简约，这套房子因为租客临时退租，许量得到信息就想不如自己去住段时间，也算是换个环境换个心情。

目睹笑容满面的服务员，在拿回房间钥匙的那一刻，他坚定了自己的想法，普通人有普通人的快乐与幸福。他不再想去住别墅，那里还有嘉仪遗留的女人味道却没有她本人，物是人非他会感伤，而这里却是全新的开始：他决定，这次在三亚就住在这里，过一个人的年。

他很简单地收拾和准备，用钱说话之后，许量新买了不少东西，开开心心地住了进去。新家新感觉，在电话中，许量给嘉仪汇报了他搬家的决定，嘉仪却不予评论，好像是事不关己高高挂起。

站在阳台，许量低头去看三亚湾临海街上的车水马龙，他的心思很复杂，他不是不介意嘉仪去法国过年的计划，他习惯了她的彬彬有礼甚至是冷漠。他们已经说好了今年的春节各自过，许量不知道这是不是嘉仪在思考和适应没有他的日子，但他知道他是这样想的，既然道不同，那不相谋也就是必须的了。他与白蓝能够开始新的一段感情也是嘉仪那个牛皮纸的文件袋的力量，嘉仪签订的离婚文件或许就在那里面。许量没有胆量现在就打开，但他心中已经打开了多次。

第二天，在阳台上，阳光灿烂的日子中，许量把躺椅放下，跷起二郎腿，把自己赤裸裸的左脚对准了蓝天白云，那上面蔚蓝如同高原海子，深不可测。一架直升机从天空飞过，他的脚丫子转动几下，去跟随和指指点点越来越小的飞机，内心已经被成熟埋葬几十年的童趣泉涌出来了。在慵懒的舒适中去仔细观察，那天上的云朵随着时间流淌而变幻莫测，就好像是嘉仪的表现一般。他闭眼感受到天光把自己的眼皮变成透明，很想进入梦境却无梦可做，良久，他只好抬头，看见大海，那里只是有春暖却无花开。

正在感悟之际，吕佛铭的电话来了，寒暄几句，佛铭就直奔主题：“老许，昨日的新闻，已经完成相关准备的前海企业和香港银行在深圳市民中心举行了前海跨境人民币贷款签约仪式，首批贷款的15家香港银行向注册在前海的15家企业发放20亿元人民币贷款。看起来，我们在前海的动作太慢了，是否要抓紧点时间？”

许量心中也有点压力了，他记得香港的许小露约了他几次，但他都是心不在焉。小露不就是代表他们的家族与资本之鹰联系，想把香港和境外利息低的资金输送进内地吗？

他拒绝了佛铭面谈的提议，他们的电话很长，许量不能够怠慢吕老师的原因不仅仅是吕老师是资本之鹰老板学校的骨干老师，更重要的是他们在前海已经共同注册了投资公司，运作还算是顺利。

“股东之间，需要开诚布公，”吕佛铭直截了当地表示了不满，“许总，我们不能够苏醒得很早，起床却很晚。人民币的国际化是一个大大的机会，许小露那里是一个很现实的通路，大家是否找机会见上一面？”

许量含含糊糊地答应了，挂断电话，他知道他没有心情自怨自艾了，他必须和以前一样，去做一只辛勤的蜜蜂，不管面对的是鲜花盛开还是荆棘密布。可政治的敏感告诉他，目前并非轻举妄动的好时候，民间金融的春天还没有到来，冬天依旧压顶，那个鄂尔多斯非法集资案的主角苏叶女被一审判了死刑，这就是以刑罚代替引导的典型。

在香港，许小露接听到许量的电话自然是很高兴，但她不能够在丈夫面前表示出兴奋的语调。上次，她抛下幼子孤身一人去成都探望医院中的许量之事做得那样隐秘却还是被丈夫发现了端倪，从此，她就格外小心翼翼：关于许量的话题从来不说，也不参与，被问及，她也只是就事论事，极其有分寸，不再流露出对许量的任何感恩。

现在，小露在家族的地位已经稳固，除了她的悟性和商业能力的飞快成长之外，或许还有母凭子贵的中华文化的传统力量。作为金氏家族联系许量和内地资本的桥梁，许小露做人做事都很有分寸，收放自如。

金氏家族在内地的资本布局也在快速推进，许量却一直是被动地配合，他们之间建立了一些合资公司，但都是无足轻重的局部合资。许量心中的压力空前，不仅仅是刘嫣然和许小露方面的合资，还有吕老师和白蓝、李严等人为代表的内部分歧，他这次来三亚，也是必须冷静分析和面对。他们约好了在三亚见面，许量的心思又开始活跃起来，他再不开始行动，就会失去团队和战略同盟的民心，但乱动作又会小不忍则乱大谋，这其中的度非常关键。

大海的颜色是五颜六色的，并非千篇一律的蔚蓝色。这几天，许量除了看书就是看海，从高处俯视，三亚湾的海水有黑白灰三种色调：黑的是远处，白的是浪花扑上海滩，灰蓝色则是主色调。许量心道：或许是人类活动太多，或许是浅海的海底地貌不同的缘故，还有可能是白云的阴影在海面上的投影，总之，这里的场景与海阔天空满眼蔚蓝的景象差距太大，有海洋变成内陆湖的错觉。许量用这个理由来说服自己接受他的胸怀越来越小的变化，没有一个男人会一直很优秀，即使许量也不能，他越来越低调，也就越来越柔软。

他已经把自己的笔记本电脑打开，放在阳台的玻璃茶几之上。一抬头，目光越过屏幕，在他的电脑前方，就是三亚湾的大海。远处是两个小岛，一个叫东岛，另外一个叫西岛，模糊的身影在海上夕阳西下之时完全如同两只黑色大鲸鱼醉卧在海湾之上，背负着永远不能改变的方向。

这是2013年1月29日，星期二，许量开始写日记，他有了写回忆录的冲动，向那个写《忏悔录》的卢梭学习。不过许量不需要忏悔而只是记录一个男人在商海中的一生，他要写的就是《许量回忆录》。

男人的一生是从他有了第一个女人才真正开始的，这之前叫男孩子而不是男人，也就是不经人世就不知人道与人性。他想起了张娅这个女人，尽管她不是他的第一个女人，却是第一个刻骨铭心爱的人。他开始假设如果当初不去兴文县探究僰人文化，如果没有与张嘉仪酒酣之时的豪言壮语，那自己又将情归何处呢?

“犯强汉者虽远必诛，犯许量者虽远必诛。”他在电脑上打出的第一排字就是这句话，可却没有办法书写下文，过去的感情很沉重。四周的热力让许量的身体变得热烈起来，不知不觉，许量开始设想他们几年后再重逢时的一个场面。“既然一些人的存在是为了证明另外一些人的价值，那张娅就没有什么可以抱怨的了。”她的意思很明白，我张娅的存在就是为了印证你许量的价值。

许量心如刀绞，但脸上平静如常。

片刻，他柔声道：“许量的存在也在证明张娅存在的价值，我们彼此证明和成全，不是都在穿越彼此的故事和世界吗？”

他们都微笑了，多年的默契还在啊，这是男女之间情感的最高境界，真正的爱情不是彼此需要和相互的渴望，而是在经历时光无情冲刷之后还能够屹立的默契。

这个场面的具体时间和地点，许量没有办法准确地预定，但他内心的渴望是会出现这一幕场景。上次在重庆偶遇是在很尴尬的娱乐场所，但许量知道他的娅姐是完全能够包容自己的女人。

伤感于事无补，许量停止了前进的步伐，那是因为多年以来，他走得太快。“任何要做事业而不是做事情的人，一定要从历史的角度看待自己的所作所为。”他在电脑上开始自言自语，心里话一发不可收拾。

时间到了中午，许量眼看QQ上的书迷和网友说话越来越多，他不得不去交流一下，这才从自我封闭的心态中走出来，去接触他人的世界。

有人在问：“许老师，你怎么看待信仰与宗教？”

许量习惯了千奇百怪的问题，他也必须假装是万能的老师：“基督教影响你的生活，佛教影响你的思想。”

“社会的真相是什么？”

“信奉人类社会依旧是弱肉强食的社会，达尔文主义可以解释当今的一些社会现象，社会的真相必须依靠自己的第三只眼睛去洞察。”

“怎么才能够有第三只眼睛？”

“要做有思想的人，思想最重要，它就是我们每个人的第三只眼睛。”

还有人在问：“许老师，什么是成功的人？”

许量回答：“成功的人就是判断正确的人，做正确的事情远远比把事情做对重要得多。对环境和形势的正确认识，才是正确判断的基础。哲学无时不在，方法论无处不有，做生意人就是要做哲人。”

有人继续发问：“眼前中国的政治经济形势是怎样的？”

许量开始字斟句酌：“这是智者见智仁者见仁的问题，中国的政治经济短周期四年，中期十年换届，长期三十年或者更长期六十年。1949年到1979年，国人关注的是尊严问题；1979年到2009年，是吃饭问题和一部分人先富裕起来；2010年到2040年，要解决国人的幸福问题。”

在中国做商人，有很多都是明知不可为而为之，这样的苦楚只有做到“高处”和“深处”的老板才能够有切肤之痛。没有判断好政经走向时，许量是不会也没有胆量继续前行的。

就这样不痛不痒地一问一答，许量慢慢地乐在其中了，一直到有一个网友提出了尖锐的问题：“许量，你是谁？”

许量不害怕回答复杂的问题，复杂的问题中往往已经暗藏答案，因此越复杂就越简单，但这简单的问题却是哲学问题中的高难度的问题，这个世界我们能够搞清楚宇宙中高深莫测的真相，但对人类的自我认知其实才刚刚开始。

许量试探着回答道：“许量是我。”

“可‘我’又是谁？”

“许量。”

“呵呵，许量，我们都知道你是高校老师，后来又是著名的高利贷者，现在你的投资者身份只是你的外表和包装。哪里有暴利，哪里就有许量，是吗？你应该得到一面钻石镶嵌的玻璃镜子，好好端详一下你自己的容貌吧，是否还认识镜子里的那个男人？他还是许量吗？在这个世界，有多少人早就忘记了自己本来的模样，人生的过程就是人变成鬼或者鬼变成人的过程，许量你走的是哪一条道路呢？”

许量有点警觉了，他看看对方QQ上的资料，除了网名叫“玫瑰女人”之外，没有任何能够证明她来自何方，又将去向何处。对了，她的QQ签名是“赠人玫瑰，手留余香”，这话很熟悉，却说明不了什么。

“要不时去做自己生活的旁观者和批评者，这是做人的勇气也是智慧。”对方又在说话，许量很明显地能够感觉到这是在提醒他，“你一生最大的敌人就是你自己。反省吧，许量的眼睛是雪亮的，但也必须随时审查自己的灵魂和内心世界！独处才能够思考，思考出智慧，你在三亚的海角天涯独处或许真的能够出大智大慧。”

许量哑口无言，他在思考电脑里的这个人到底是何方神圣，她或者是他？追踪到了自己的行踪那不算什么，因为他自己的新浪微博和中国资本圈网站的商人微博中都泄露了行踪。最近，许量内心的纠结和反省是空前的，但这是自己内心的秘密，这个人怎么能够问到这样机密的问题呢？难道是知情者？自己身边的人吗？他开始怀疑了，使用QQ的说不定就是一只猫，但这只猫很显然是有情绪的猫咪。许量回忆起，这个网友是第一次聊天，但他们聊天的话题值得关注，她或者他到底是谁？白蓝？还是嘉仪？甚至是吕佛铭？

“你是谁？”许量试探道。

对方没有回答，片刻，回答了一句话：“我是我，你是你。心中无我就是佛，有你有我才谓仙。”

说完就下线了。

许量也不去追问，他知道这不是以前那种故作高深莫测的书迷而是了解自己的人才能够说起来的话，可她是谁呢？玫瑰女人？这样的称谓，世上有几个女人能够承担得起它的香艳呢？

此后，玫瑰女人一连几天都不在线，许量不好主动留言，这并非在意表明自己已经是成名人物，而是顾忌自己是在明处而她在暗处。在微博改变社会结构和人人都是自媒体的时代，名人之脆弱，只有名人本人才能够感知到：所谓名人无非是庞然大物的黔之驴而已，任何的风吹草动都可以演变为一场轩然大波，对任何名人的毁尸灭迹都能够得到网友们的热烈支持和围观。

许小露到三亚的时候，是下午，也是许量亲自去机场迎接的。不出所料，小露不是一个人来的，她风姿绰约，哪里还有一丝一毫来自四川广元青川县山区的小姑娘的影子呢？许量心中很感慨岁月的力量和造化弄人，他多年前资助过的希望工程中的小姑娘如今已是香港金氏家族的代表，还带了两个助手前来，看样子是公事公办，不谈判出阶段性的成果是不会撤退的了。

送他们去酒店的路上，许量很明显地感受到了小露的成熟。这不仅仅是指她已经做了金家的少奶奶，更是指她对投资业务的娴熟程度，只是在路途中的简短对话，许量就已经开始有了压力：这好似龟兔赛跑一般，但许量老了，在民间金融领域，他的资本之鹰企业虽然是乌龟一般顽强和野蛮生长，但金融技术日新月异，做金融的人都懂得，他们如果只是“进步”，那就等于是完蛋，他们必须用“进化”甚至“异形”裂变的方式来壮大自己。而如今，他的进化只是在三五个月的时间中稍微慢一点儿，在言谈举止中就已经相对落后了。

陪伴小露来的两人都是资深的同行，很纯正的香港普通话和恰到好处的应对，让许量明白他们是根红苗正的真正的香港经理人。他们一男一女，都是三十来岁的年纪，男的叫卿国政，从美国华尔街归来；女士叫卢桂珍，在欧洲算得上是资深的投资管理人。两人的名字都很大路货，可目光都相当锐利。许量的名头他们都知道，大家却是第一次见面。

下午，只是在酒店咖啡厅很简短地会谈了一次，彼此很简单地出牌——建立香港资金进入内地的崭新通路，但底牌未现。许量的手机响了，是嘉仪的电话，他接了电话，借口要与太太畅聊，礼貌地告辞回家了，他需要冷静思考。许小露是友是敌那不是他们之间的关系和主观意愿决定的，这是两种力量的碰撞，少不了争权夺利的场面。

回到家中，许量和嘉仪视频聊天。他自然是醉翁之意不在酒，与太太说话不重要，重要的是听到女儿的声音。他与嘉仪说了一会儿，很客气，嘉仪明白许量的心思，就让女儿来说话。可女儿许诺却是扭扭捏捏，对他这个父亲没有亲热的感觉，匆忙几句就跑开了。

嘉仪勉强说了几句话，挂断了电话。这是在澳大利亚，从窗口望去，外面的夜色很深沉。

“每个人都是一座火山，如果管理好你的情绪就不会爆发。爸爸和妈妈就是火山，现在管理得很好，但诺诺知道早晚会爆发的。”许诺的表情很天真无邪，“不过，我希望你们内心的火山爆发之时，不要伤害我和哥哥。”

嘉仪很认真地盯着女儿，许诺向书房走去，回望着她母亲的神态很认真，她一字一句地说：“我喜欢许多哥哥，我们是你们的孩子，但不是你们的玩具。”

她说完就走开，若无其事地去看她的儿童书籍了，最近女儿迷恋着恐龙和探险的故事，仿佛自然界远远比人类有趣。

这是嘉仪在澳大利亚的家，嘉仪很震惊地听着女儿的说话，这是几岁孩子说的话吗？是孩子进化太快了，还是我们成人变化太慢了？她坐在沙发上，一动不动，心中有无限的感慨：与许量的感情是鸡肋，这些年离多聚少，彼此的激情已经被岁月熨平了，这是事业道路不同和个性迥异的自然选择，其实怨尤不得彼此。

她原以为许量会为了自己和女儿追随去欧洲度假，但许量却兴趣不大，她心中难受不已，虽然表面上依旧若无其事。许诺逐渐长大了，有了她自己的思想和意识，嘉仪开始觉得女儿长大的过程就是她变得孤单的过程，这过程不再是中国人熟悉的过程，而是西方人个性张扬的过程。

她出来并没有给许量说心中的压力，太阳能的研究在全球都是低谷，中国的太阳能产业几乎是全线危机，虽然不能够说这是西方尤其是华尔街的阴谋诡计，但中国人在产业布局和资本投资方面的缺点是举世瞩目的。许量的自以为是也是让嘉仪看不惯的一个原因，区区一个许量就能够成为中国民间金融的代表人物？最多不过是出头鸟而已吧？

今夜，他们夫妻在不同的国家拥有相同的思考：下一步，自己的事业何去何从呢？

郁闷中，许量打开自己带来的国窖1573资本之鹰酒，这是自己的酒，也就不在意这是在热带地区，他依旧要喝烈酒。

吃着从外边小饭店打包带回来的好菜，品酒之际，许小露的电话来了，他们约定了明天的正式会见。小露甚至让助手发过来了会谈的电子邮件，但他没有心情研究。许量在阳台上吹风之时，依旧是酒意半酣，他适可而止了，人到中年不是万事休，但也要把握住“度”的智慧。三亚湾的黑暗中，依稀是星星点点的渔火，海风徐徐而来，方才不久的落日辉煌依旧在许量的脑海中浮现：那残阳如血，好像是在考究他内心对人生的参悟和修行，许量在进与退之间徘徊已然数月。

对金钱与权力无休无止的追求让许量很是疲惫，最近在成都高度紧张气氛中发生的官场和商场大地震与许量无关，但让他猛然惊醒，并立即厌倦了权钱交易与权色交易背景之下的商业人生。这样的生活并非许量的最佳状态，他对酒色财气的理解更加深刻了：吃喝拉撒睡、爱恨情仇与权倾朝野一样皆是过眼云烟。

酒足饭饱，许量接听了白蓝和李严等人的工作汇报电话，心满意足之际，却赫然发现他这些年什么都有了，只是何处为家却是一个心结。

无聊无奈无趣，习惯性上线去查看QQ与网站的信息，他发现那个玫瑰女人的QQ签名已经修改为“寂寞人相守，花红叶共荣”。对此话，许量研究良久，尽管他也是心理学高手，又是聊天的大师，却无法依靠片言只语进入她的玫瑰世界，许量开始注视她的存在：这世界无数的人与事皆是因为距离和未知而美，正所谓熟悉的地方没有风景。

许量在电脑前探索未知书迷和网友的陌生世界之时，嘉仪已经与郑度在住所附近的街区那家中国人开的咖啡店里一起聊天了。

郑度很有风度，嘉仪习惯了在心烦意乱时和他说说心里话。郑度配合嘉仪的心情说话，态度恰到好处，只是他偶然提及他还是单身的时候，嘉仪才嗅出他依旧在追求自己的危险，但她知道郑度是谦谦君子，危险归危险，他却并不可怕。正如许量从来就不害怕美女一样，嘉仪渴望报复一次许量的念头再一次涌上心头，但她知道许量是危险又可怕的男人，想想后果，也就用眼光拒绝了郑度对她内心的探索。

郑度也就不再勉强，绘声绘色地说起了他的矿业集团开始成长为矿业帝国的故事，扩张的方向就是遥远的非洲，其中的故事在嘉仪看来一点都不亚于许量的黑白灰中国民间金融的江湖，有些案例和境遇简直是匪夷所思。嘉仪鼓励道：“郑度，你应该把你的传奇经历写出来。”

嘉仪在郑度眼中依旧是天使，她的微笑就是命令，他低头喝了一口咖啡，这杯没有放糖的苦涩咖啡因为他的心情大好而变得有了一丝甜味。他抬头说：“那么，书名是什么呢？虽然我出现在许量的书中了，但我可不能够使用《借贷》的名头。”

嘉仪点点头，表示完全赞同。她内心的热量与外表的端庄开始不一致，有点“许量”，女人好色天翻地覆，男人好色波澜不惊，她有了我的世界因为我的感觉而存在的哲学感觉。

她知道面前的这个男人已经由公子一般的老板变成了肤色黝黑发亮的商界

精英，或许也是许量书中说的商业大侠，自然不会甘于只是在自己老公为主角的书中做永远的配角。她不排斥，也喜欢，人性的弱点与优点因为借口而改变。

郑度眼神发出光芒，寂寞无声，却让嘉仪感觉到了来自他心中的炙热感情。

她静静地注视着他，很平和地柔声说道："阿度，我们都是老朋友了，人生最难得的就是有几个无话不说的朋友。爱与恨一样，在人生中，并没有大家想象的那样重要。"

郑度假装不懂得嘉仪的拒绝，他依旧是渴望的目光。嘉仪只好又说："喜欢玫瑰花，不一定要摘它回家，否则不过也是如同他那样……"她的伤感不言而喻，对许量的怨尤终于第一次爆发在了外人的面前。

郑度心中的希望被再次点燃了，但他知道忍耐，只好低头沉默。感情的事情远远比做生意复杂，香港人郑度不是成都女人的对手，何况，张嘉仪是苗族女子，更是传说中已经消亡了的僰人后裔，她的血液里流淌着祖先自由奔放的基因，原本就没有太多的禁忌。她找郑度可不是简单地聊聊天，他或许是自己刺激许量的工具？嘉仪心念到此，对郑度的热情便增加了一分。

"爱情就是战争，对许量这样的男人不出重手，他是不会重新认识我的。"嘉仪刻意计划的欧洲之行，原本就有郑度同行的安排，不知道许量知道之后又会如何呢？

咖啡吧里人很少，只有少数的中国人在低声浅语，稍不留神，还有身处国内的感觉。外面街道的行人和车辆日渐稀少，夜深人静了，但郑度和嘉仪内心的声音却越来越喧嚣。

第十三章

做生意，看得见不算是本事，抓住时机更重要

新年，最重要的就是年夜饭，尽管距离除夕还有一个月的时间，但盛小强还是不敢回家乡过年。他不得不远走低飞，因为高飞是光荣，而低飞则是屈辱的潜伏。

对于有些人而言，欠钱依旧可以是大爷；可对他而言，欠着别人的钱就等于被判了无期徒刑。在亲人面前，相互的面子和情感就是一张天罗地网，无处可逃；也是一座让人性回归的监狱，看守就是彼此的道德与良心。

集资，最重要的是得人心者得天下，没有投资者的信任，那么你什么都不会有的。上帝是这样的公平，他会依据你的所作所为来评判你的得与失，放贷人赚钱与亏本原来就在一念之间，几笔甚至十多笔业务赚的利润，完全可以在一单业务中全部亏掉。他无比后悔，为何不在赚钱的时候收敛一下呢？赚钱之时就大吃大喝，大呼小叫，生怕别人不知道自己赚钱了，可亏本之后却欲哭无泪，拆东墙补西墙是所有金融从业者必备的逃生本领，可惜的是他没有心理准备也没有本事学会。

“集资者未必就是放贷人，但一个好的放贷人一定是一个好的集资者。”盛小强化名加入了资本之鹰的QQ群，他在里面侃侃而谈，前提是没有人知道他的真实名字。

“是的，民间借贷已经错过了暴力的时代，有时候，做放贷人就是精神上的炼狱。”网友李锌在和他对话，他们是在群里认识的朋友。

“那我不入地狱，谁入地狱呢？”盛小强呵呵笑着说，好像是在说别人的事情。

“放钱容易，收钱难。”李锌在感慨，其实，心中还有另外一个算盘，那就是他的公司的坏账比例并不低，“一方面，我们要对借款人狠心，使用所有能用的办法去追债；可另外一方面，我们同样被资金方千方百计地追讨他们的集资款。做企业难，做放贷人难，都是血汗钱啊，谁都活得不容易。”

盛小强的名字简称就是“小强”，与那个比他更有名气的蟑螂小强一个名字。以前，他很讨厌别人叫自己“小强”，那些人的神态暧昧，因为他是放贷人，也就很敏感，易喜易怒。他本人没有多少钱，好像一只巨大的螃蟹，只是一边贪婪地吸收周围人的资金，一边把这些资金放贷出去。

事情很小，却是蝴蝶效应，盛小强在半年前接收了一笔五百万元的资金，融资的成本是月息一分五，折合年利息是百分之十八，这样的资金成本不高也不低，他只是作为匹配资金在使用。一般而言，他的融资成本在年息十二左右，当然，这些低成本的资金来源很琐碎，都是几万元、十几万元拼成的资金。

盛小强创业之际，那是来者不拒，后来，他的资金做起来了，名声在外，就只接收一百万元以上的大资金了。小的资金就是通过资金掮客或者其他的投资公司集合之后，再放在自己的公司里面经营。在当地，资金生意做得好的时候，盛小强曾经被叫作盛行长，民间的资金积聚和分配都是依靠他大脑中的供求关系而决定，那如虹的气势，远远比那些真的行长更风光。如今，他成了丧家犬，如同行长成为乞丐。他到了三亚，疲于奔命，还真是亡命天涯。

这都是年轻气盛惹的祸事。盛小强喝酒了，打人了，打的并不是借款人而是那个投资了两百万元给自己投资管理公司的投资者，因为他在盛小强把资金放贷出去之后，却突然要收回这笔资金而且毫无协商的可能，这不是釜底抽薪吗？他们在谈判和辩论到底是一年期资金合作的合同重要，还是投资者可以随时抽回资金的权益重要之际，盛小强先动了手，因为对方侮辱了放贷人的清誉，他被投资者骂为高利贷者和吸血鬼。

啤酒瓶子在对方脑瓜上绽放了一朵灿烂的血花，但这是一个谜：因为对方的脑袋是那样的不经砸，盛小强本意只是吓唬，可却真真实实地让对方血流满面。对方一晕倒，这就是刑事案件了，盛小强连家都没有胆量回去，直接就跑路了。

盛小强一边跑路，却一边回头照看自己的生意，他一直在遥控自己的借贷网络，因为借贷这种生意犹如毒品，很容易就上手，却非常难放手。

以往对民间借贷的清理整顿，那是雷阵雨，甚至是雷声大雨点小的雷阵雨，但这次，政府的态度是非常坚决的，估计是民间金融的规模太大了，还引发了不少的恶性案件，不整顿已经不行了。对此，盛小强是没有异议的，可自己的事情并不大，伤人呢，就赔钱了账啊，但后来的事情却让他出乎预料：因为他跑了，公司立刻就被谣言所包围，几乎所有的投资者都很快得到了盛小强跑路的消息，公司被挤兑，那是注定会死无葬身之地的。

他看过一本叫《借贷》的书，书中的许量是大侠一般的传奇人物，但盛小强把这些当成了传说，即使他进入了书中说的中国资本圈网站，交上了一些民间借贷和金融的好朋友，他也没有勇气去寻找许量。

他还看过一本《恐慌害死熊》，讲述的是全世界的金融家都害怕的就是“挤兑”这两个字，贝尔斯登这样的巨无霸都在谣言的打击之下，轰然倒闭，何况民间借贷江湖呢？舆论可以杀人，这一点道理盛小强明白了，但晚了。他能够判断他是被竞争对手暗算的，可对手到底是谁却很难找到蛛丝马迹。天下放贷人是一家吗？当然不会，同行不是冤家对头已是很不错了。

不再是花钱就能够摆平问题的时代了。他的电话是不敢开的，害怕电话中突然冒出未知的危险，据说家乡那边已经在通缉他，可不开机又会给那些借款人以不还钱的口实：他们找不到收钱的人啊！

这就是因为当初没有设计好借贷生意体系，资金进与出都是集中在自己和少数人的银行卡上，风险极大。超过二十万元的转账，人民银行反洗钱系统都记录着资金往来，那种以为只有天知地知你知我知的想法真是可笑啊。盛小强所在的城市的民间借贷已经崩盘，他很后悔没有及时逃出生天。

盛小强在网上看到鄂尔多斯房价跌至3000元一平方米，如今，这座被外界估算有6000多位亿万富翁、近10万位千万富翁的城市，在高速发展的背后，却出现了“四大皆空”：煤挖空、地挖空、人走空、财散空。目前，三四千元每平方米的房子已比比皆是，但一年前大多数项目开盘价都超万元。这与他所在的城市是何其相似啊！他的家乡就是神木县啊，鄂尔多斯市的邻居。

一路向南，内心恐惧带来的寒冷驱使他下意识向温暖的南方跑路。在三亚，他找了一家酒店住下来，却没有心思去住小旅馆。放贷人的形象就是钱，盛小强不想让别人看见他的落魄，老虎死了，也不会倒威啊。白天在热热闹闹的街头闲逛，人越多就越寂寞；晚上，喝酒之后就是无边无际的网络流浪。

这期间，盛小强在中国资本圈的网站上认识了李锌，有共同的从草根起家的经历让他们很快就成为好朋友。

这天，李锌早起。他一边吃早餐，一边使用苹果手机上许老师的中国资本圈网站。首先，他要回答盛小强离线的留言。

在一旁的太太罗绮丽有点吃醋了，她有点赌气地说：“李锌，最近你总是时刻在关注手机上的那个人，她到底是谁？”

李锌闻言，哈哈大笑起来，他主动把手机递给绮丽过目。绮丽很爱李锌，自然把李锌的手机仔仔细细地检查了一遍，这才放心地说：“好在许量的网站是严格的实名制，我看你在网站的好友都是男士，我相信你了，不吃醋啦！”

李锌微笑一下，他收起手机，很认真地说：“这个盛小强也是一个借贷江湖中的人物，我们在网络中已经交流了一段时间了，有机会，我们要会一会的，老婆大人有空也一起见识一下吧。”

绮丽摇头笑道：“早就说好了，我们家是男主外、女主内，你们大老爷们儿的事情，我这个小女子还是不要掺和为好。”

“小女子？你这样的女强人还会自谦为小女子？”李锌摇头之后，忍不住也笑言，“绮丽，你可还是我们小贷公司的大股东，这股东的责任你是赖不掉的吧！总不能够把这些股权也委托我去处理吧？”

绮丽略微一愣，但她还是防守住了最后的底线：在绮丽与李锌结婚之后，他们一直没有法律上的正式结婚手续，只是事实上的婚姻关系，因此，他们的财产是分割开的，绮丽的股权还是她的私人财产。一时之间，他们夫妻的气氛很微妙，即使是世间最痴情的男女也都还是有各自的底线，对商人而言，他们的底线那就是一个字——钱。

李锌没有计较，也没有办法计较。生意场上的夫妻关系，最麻烦的不是财产的处理，而是处理财产的过程难免会被误解，这才是他们感情再好，也不能够畅所欲言的根本原因，加上以前李锌还有赌博输钱的劣迹，绮丽自然必须留最后的一手。她安慰自己：这样做只是为了孩子啊，为襁褓中的儿子计算，这是他们共同的血脉，她知道这一点李锌是必须理解的。

“我国自2005年开启小额贷款公司试点以来，当年公司数量尚不足10家，但到2009年已突破1000家，至2011年年底已突破4000家，2012年约6000家，遍及全国各省份。”

李锌不得不给绮丽讲解小贷公司最近的发展情况：“尽管多个地区刮起小额贷款公司整顿之风，但2012年小贷公司业务发展仍然高歌猛进。央行最新数据显示，截至2012年年底，全国共有6080家小贷公司，贷款余额5921亿元，新增贷款2005亿元。其中，2012年新增的小贷公司高达1798家，相当于每天约有5家小贷公司挂牌成立，而且全年新增贷款规模已相当于一家大型股份制银行的水平。与此同时，2012年年末小贷公司从业人员已突破7万人，较2011年年初增加2.3万人。小额贷款行业吸引了包括上市公司在内的各路资本。如今，就连电商也设立小贷公司，为海量的线上客户提供融资服务。最近，苏宁电器公告称该公司全资子公司香港苏宁拟与关联方苏宁电器集团共同出资发起设立重庆苏宁小额贷款有限公司。马云旗下的小贷公司成长更是迅猛。我们的小贷公司股权也会越来越值钱的。”

李锌想说出对许量当初利用自己欠了赌债而乘虚入股小贷公司的不满，绮丽却没有听出来。

她也不想去记忆那些枯燥的数据，只需要记住小贷公司发展的速度很快就行了。心中惦记小宝贝，就大声叫保姆把儿子抱过来吃奶，她一边给孩子喂奶，一边说道："现在的小贷并非真正意义上的小贷，利用政策套利的多，违规高息放贷的也不少，如果包括所有的评估费和担保费、手续费等，资金的使用成本是绝对不会低的。比如我们成都小贷公司的借贷综合成本在月息四分到五分之间，其他各地也差不多，月息三分的不会太多。”

李锌看见绮丽哺乳的模样很有母性，温柔婉转，真算得上是一幅天伦之乐的妙图了，再说什么小额贷款，就是大煞风景了。他就微笑不语了，绮丽却继续说："小贷公司算得上是全民放贷的基础，最近几年，许量大哥也在对民间金融的快速发展推波助澜。如今，P2P网络借贷平台的发展基础已经成熟，我们要早点关注才行，这里面中小企业也收益不少。当然，民间金融还是一个崭新的领域，跑马圈地的阶段还远没有结束，从产品的策划和定价来看，过去几年没有太大的变化，大家都在攀比注册资本和怎么样去钻注册的空子以及打擦边球经营，但民间金融还是需要有创新精神，小贷公司的竞争也会越来越激烈。”

李锌听了绮丽的话，知道她表面上没有关注公司，其实并没有放弃对公司的管理和关注，就宽心了。他走过去帮太太抱儿子，儿子吃饱喝足，不哭不闹，一双黑漆漆的眼睛滴溜滴溜地转动，甚是好看。李锌是孤儿，如今有后代，他格外温情脉脉。

“我看过一些资料，前两年，小贷公司利润率可高达40%，而去年普遍下滑，只有20%～25%之间，如果加上不良贷款的数据，估计目前行业的利润率只有15%～20%，”绮丽却提醒他，“我们的小贷公司经营还算不错，但我们也要做好利润下降的准备。”

李锌连忙点头称是，他抱了一会儿儿子，还有事情要与绮丽说，就让保姆带了儿子出去，到庭院里的花园去走走。

“知无不言，言无不尽，言者无意，闻者足戒。这句话你知道吧？”

李锌问绮丽，他们在家里的客厅继续闲聊。

“知道啊，伟人说的话。”

“可结果呢？听这话并大鸣大放的人，下场是怎么样的？你知道吗？”

绮丽摇摇头，她不关心历史，而李锌却在许量的要求之下，通读了近现代的中国历史，从中学习和悟出的道理与中国式的智慧，在资金借贷的博弈中运用自如，那是取之不尽用之不竭的斗争哲学。最近，绮丽的心思都放在家中，他们小宝贝的出生，让她回归了家庭，李锌却必须在商场上去打拼，好在有许量和吕老师等人的支持和指点，他的进步速度依旧很快。

“说不了真话，就做不了真事，大家只能够在一种自以为是的假想状态中生活，故步自封。”

绮丽觉得今天的李锌有点高深莫测，就停止了手中编织毛衣的活——这是她兴趣盎然才从小保姆那里学来的生活中的技术——睁大眼睛听李锌在说教了。

“这是历史，但并不遥远。正视问题和反思过去并不困难，只是中国人缺乏勇气和力量，都是生活在当下的，对历史采取虚无主义就是麻醉自我。”

“这是政治的话题，与我们生意人何关？”绮丽不解，她刚才对小贷公司的精辟分析并不代表她对政治的洞悉。

李锌微笑道：“在中国以及在世界上的很多国家，商人参与政治和关心政治是他们做大生意的前提，区别只是一些人有参与的途径，另外一些人只有发牢骚的可能。”

母爱一旦涌起，女人的智慧就会削弱，李锌对绮丽有了儿子智商就大为降低的情况很理解，于是耐心解释道：“中国人的生存哲学是明哲保身但求无过，这是生物适应环境而造成的，并非我们不争气。”

话题一转，他又说道：“做商人当识人，但识人不必探尽，探尽则会多事；交友应该知人，但知人却不能够言尽，言尽则无友；做老总应当责人，可责人不能苛求，否则众人会远离；而尊师敬人，也要适度，不能够卑躬屈膝；做人应该有分寸，有进有退方为上策。”

“这些话很精妙。”

她觉得话题越来越有趣了，就放下手中的家什，认真倾听。

“这不过是在网络中采撷而来的，算不上原创的智慧。”李锌哈哈大笑道，“老婆，你不使用微博，那是落伍了，微博中有垃圾更有黄金，智慧的碎片到处都是。这算是融来的智慧吧，人生就是借贷，智者善于借，聪明人擅长贷，就算是夫妻也是如此。杭州城隍庙有副对联，上联是‘夫妇本是前缘，善缘、恶缘，无缘不聚’。夫妻不一定是好姻缘，有的吵闹一辈子，痛苦一辈子。下联是‘儿女原是宿债，欠债、还债，有债方来’。有债务关系，才有父母儿女。所以，所谓天伦之乐，从人生深一层的体会来看，没有乐，只有苦，不过人都是喜欢苦中作乐罢了。”

绮丽站起来点头称是，软软地走向李锌，他们夫妻的感情如胶似漆。

他让她在身边坐下来，揽住她圆润的肩头，是夫妻却如恋人一般并肩而坐，他也感动了，但感动归于感动，钱还是钱。

片刻，他才微笑道：“这些话也同样不是我说的，而是南怀瑾大师说的生活哲理。这话再上升一步便是一人一生一缘一债、一花一木一心一爱的至高情感。”绮丽不知道南怀瑾大师是何许人也，但她知道在当今中国能够被人称为大师的却是寥寥无几，李锌虽然起点很低，但他没日没夜都在苦心读书，他喜欢的大师更是不容易。

“可惜人类都是缺什么就去追求什么，对已经拥有的东西会喜新厌旧，这就是人类还没有完全进化，潜意识依旧是野兽多妻多子本能的明证。”

李锌知道她是在敲打自己年轻而很有可能不会安分的心，也就顺口说道：“年轻不是背叛的理由，绮丽，你的意思我都明白。以往的教训，我会吸取的。”

绮丽心中一宽，笑道：“老公，你今天花了这样多的口舌是不是要我在下午的公司董事会上慎言？”

她的话一针见血：“老公，你有什么话，就直截了当说出来，省得我费心去猜测！”她的语气依旧带着不愉快。

李锌点点头：“我们与许量的合作是大树下面好乘凉，虽然我们是大股东，但还是要沉默寡言，让许老师多说说他的计划，我们只是跟随就行。”

绮丽在大是大非面前依旧不糊涂，她对许量一直抱着敬而远之的态度，那倒不是许量为人处世有什么不厚道的地方，而是这个人高深莫测，正与邪都是在一念之间。她不担心李锌，因为他是最知名的“许量的学生”，许量为了树立样板是不会让李锌躺下的，可如果李锌成为另外一个许量，那可如何是好呢？李锌如果变成许量那样的多情善感，就会让绮丽心里抗拒。

因此，她一直有主导小贷公司的计划，估计最近在李锌面前说得太多，因此李锌才有了这样的担忧，但现在还不是与许老师发生正面冲突的最佳时机。

多年以来，李锌在夜深人静的时候，才会在心中对自己说：成为英雄的最佳途径就是要打败英雄。许量是民间借贷的英雄，也是李锌的启蒙恩师，但这也不会妨碍李锌勃勃的野心。可惜的是他从来只是有想法而没有做法，忍耐才是成为大男人的最佳修炼。

李锌看看时间不早了，他必须去上早班，临走之时，他对绮丽说：“商海无涯苦作舟。老婆，相信你的老公，我也会成为英雄的！”

绮丽不便多说，只是轻吻了他一下，并不十分用情：“下午，我会按照你说的办理，少说话多听，但我们控股的公司，终究还是我们说了算。”

李锌点点头：“做生意，商机就是皇冠上的那颗耀眼的明珠，看得见不算是什么本事，抓住时机更重要。用正确的方法去做事情，比做正确的事情更加重要。”

此话，李锌指的是他要暗中准备最后击败许量。怎么样才算是击败了许量，他也是模糊不清，而绮丽理解为他只是在感悟生意经。两人惜别，李锌钻进自己的大切诺基，在发动机的轰鸣声中，他露出了微笑，他安慰自己：对恩师的最好回报，或许就是证明自己比他还要强大，这不是忘恩负义而是回报师恩的最佳方式。

股东大会在李锌和绮丽的完全配合之下，开得非常顺利。许量也并没有更多的提议，大家的一致意见就是小心谨慎地经营小贷公司，与其他急功近利的公司比赛耐力。

李锌先是目送绮丽自己开车回家，正在无聊之时接到了姜维一的电话，原来是姜维一在约兄弟们提前在晚上集会，吃今年的团圆饭。他赶紧给绮丽电话，准备请假。刚拨出去，李锌马上反应过来，开车不能够接听电话，于是就挂了电话，低头给绮丽发短信。

刚写了“老婆”这两个字，绮丽的电话就回拨过来了。

李锌连忙制止道：“老婆，今年的新交通法规规定开车是不能够接听电话的！赶紧挂断吧，我短信给你汇报。”

绮丽却大大咧咧地说：“你赶紧说吧，我已经在路边停车了。”

他把晚上聚会的假请完，绮丽却看见了许量的车在前面一晃而过。她的好奇心顿起，就不再和李锌啰唆了。犹豫一下，就跟随许量车行的方向，启动了车。这算不上是跟踪追击吧？她安慰自己，只是碰巧遇到罢了。

第十四章

商人要想无敌于商场，还得是心理学大师

许量有心事，他直接去了萧成灵的黑匣子心理诊所。绮丽在不远的街道拐角处停下车，她犹豫不决了：许量怎么会去这家心理诊所呢?

绮丽在广播节目中听说过黑匣子诊所的萧成灵医生讲述的故事，她大名鼎鼎，那些绘声绘色的故事大多数是治疗心理疾病的经典案例，她专治疑难杂症，难道许量也有心理疾病吗?

思考片刻，绮丽若有所思地离开了。

诊所里，许量与萧医生在谈话。

“许量，你有害怕的人和事吗？”萧成灵微笑着问道。

“没有啊，”许量的回答很干脆，“我从小天不怕地不怕，以胆大妄为为己任，我连人都不害怕，还有什么可怕的呢？”

萧医生没有理睬病人许量的嬉笑之语，她不紧不慢地追问一句：“许大哥，这里只有我们两人，你真的不知道有两件事情你极其害怕吗？”

许量盯住萧成灵明亮的眼眸，那里是科学在闪光。他低下头，心道：这不是废话吗？你是医生，还是心理医生，我许量没有心事上你的诊所来干什么?那不是有病吗？但自己自幼就害怕的两件事，她是怎么知道的呢?

许量摇头不语，显得好像是真的不知道自己的内心世界。

萧成灵微笑着摇摇头，揭露她的病人：“许大哥忘记成灵会催眠术了吧?在您的允许之下，我可知道您不少的秘密。”

许量哈哈大笑，他一语双关道：“萧医生不会把我的心理资料出卖吧？”

萧成灵是心理医生，心理素质自然是超一流，她被看穿的机会一秒钟都不会给许量，她佛然不悦，回击说：“怎么会？您的心理学资料自然是值钱的，因为你是中国老板的样板之一，可您也知道我黑匣子心理诊所的品牌在我们行业的地位是不亚于您的资本之鹰在民间金融领域中的品牌影响力的。保护客户的隐私就是我们的核心竞争能力，大哥，您难道认为我萧成灵不是做品牌的商人吗？”

许量不说话，他不能够让萧成灵一点都不了解自己，那样无法看病，但又不能够让她完全知道自己的想法，那样会后患无穷。虽然，他对她的判断是她背后一定会有人在支配她，但这是直觉，算不得数，也不能提前揭露。因此，他只好拱了双拳道：“抱歉，这是我的瞎猜，我知道成灵是好医生，不会让患者染上新的心病。”

这话中有话，萧成灵也就不再多说，她提醒许量道：“最近，您又再次做噩梦了吧？”

许量心中震动，想了一下，这才点点头，他知道萧成灵遇到白蓝是能够掏出真话的。

“还是那两个梦？”

许量只好又点点头。

“两个同时做的吗？”

许量摇头道：“最近老是做被水淹死的梦，那个总是梦见去找一个没有脸的女人的噩梦倒是很少做了。为什么被水淹死？不会是放水钱被水钱淹死吧？嘿嘿，这个梦可是自小就有呢！那时候，我许量可不知道长大之后要放高利贷。”

萧成灵点点头，很严肃。许量以前总是做不断地在寻找一个女人的噩梦，就是萧成灵给他不断地催眠和心理减压而消失了。

于是，她开玩笑道：“许大哥如今又有了新欢，那自然是不会再去找新的女子。”那语气还真有点调侃许量的意思，他也不介意，自己总是不断地追求新的女人，这或许还真是一种毛病，一种不安分和渴望安全的心理需求。

他们是朋友，但许量也是病人，还是一个不承认自己有心理疾病的病人，他一直认为来这里只是防患于未然而已，这就好像是心累了就找人说说话，排解一下心理压力而已。

她让许量仔细描绘那梦境，许量起初不情愿说，只是吞吞吐吐地描绘，到了后来，在萧成灵有意无意的引导之下，他开始精神放松，嘴里喋喋不休。这可以满足许量一吐为快的欲望，他自我感觉不错。

这次看病很轻松，许量心中郁结的东西不太多。今天的病人不多，他们还有时间聊天，许量自然又说起了给萧成灵的诊所投资的事情。

萧成灵已经思考很久，抛开许量花心的毛病，他还是一个很不错的男人。

她动心了，尽管暗中接受了龙良军代表的华尔街大客户的资助，但那毕竟是做买卖，不是长久之计。

萧成灵给许量倒了热茶，许量也不客气，他们是好朋友。他见萧成灵不再反对，也就直截了当说出了自己的心里话："成灵，你是极其优秀的心理医生，我许量到你这里来看病，除了我实在是有些心里话需要倾吐之外，最重要的是我还是希望成为你的股东。当然，这是我们两人之间的秘密，任何人都不能够知道我对你的投资。因为我的资本之鹰需要你的心理分析技术，我只要做你诊所的股东，任何条件你都可以提出，我先答应你就是。"

说完，许量极其真诚地盯着萧成灵的眼睛，她猛然察觉到许量或许早就洞察到了自己对他的出卖，于是心中不安起来。萧成灵一边与许量说话，一边思考，或许是龙良军出了问题，这个龙总毕竟是许量的老同学和小兄弟啊，只有人际关系不属于心理分析能够确定的范畴！但不入虎穴焉得虎子？

萧成灵缓慢地对许量点点头："我的要求只有一个，我们的关系是秘密的和唯一的。"

"关系？"许量的眉毛猛然上挑，有点小坏坏地微笑了。

萧成灵这才反应过来，有点不悦地说："许总，我说的关系是股东关系，不是你说的那些乱七八糟的男女关系。"

她还想说一句"请你自尊自重"，可这话太重，最终没有说出口。

"男女关系不全都是乱七八糟。"许量哈哈大笑，依旧面不改色心不跳，"人非圣贤孰能无过？我许量还是你的病人，刚才说话出点小差错，你不会介意吧？"

他内心也有一句话，那就是我成为你的股东你总不会再次把我的资料卖给刘嫣然了吧？萧成灵没有猜错，龙良军片言只语的暗示早就让许量警觉了，他之所以还要来萧成灵这里无非也是要利用这个信息渠道传递一些有价值的信息给嫣然罢了，因此他对萧成灵的催眠和心理治疗一直在反向施加作用，这一点就不用说破了。

许量的话题一转，聊起了正事。

"不要说我许量是你萧成灵的后台，我做了不少人不少公司的后台，但我绝对不会张扬，更不会透露。就凭我心甘情愿做了你的心理模特好几年，而不是我支付你们的工作经费和买下了你的黑匣子诊所，我也有资格成为你们的老板，不是吗？我是你们的第一个最有价值的'病人'，这才是你让我入股的根本原因。呵呵，心理学大师一旦成为商业大师，那就会无敌于商场，我们的黑匣子那就是大放光明的黑珍珠。”

“我可不是什么大师，大师是许量老师，您能够随心所欲地控制并恰如其分、选择性地发出您的心理信息，这样的诱惑和影响力才是真正大师的能量。大家要记住，这个世界是由信息控制的，不，更准确地说，这是由信息制造者和信息流的控制者控制的。”萧成灵见许量兴高采烈，就把下面的潜台词咽下去了，这话是：“信息为王。”

她知道她对许量内心的探索似乎已经结束，但又好像是刚刚才开始，想到这里，她有一种莫名其妙的失落感：许量这样的男人，一生都会在奔跑，他持之以恒地学习和绵绵不绝地成长。不知道他身边那些美女是否知道这才是真实的许量，他永远不会满足，无论是什么样的女人，都难以填满他的胸怀。

萧成灵看看许量的表情，那表情是轻松愉快，很难看出心底的状况。因此，她话题一转，呵呵一笑：“那不如听许量大哥的话，就把我们的黑匣子改名为黑珍珠吧。”

许量摆手道：“名不正言不顺那是俗话，君子不夺人之爱才是真理。我许量宁愿做潜伏的那只幕后黑手，你们去做光明正大的英雄。”

他的表情放松，终于出现了踌躇满志的得意之色，但一闪而过，无人能够看得出，只有许量知道他的心底深处到底拥有多少个许量：自卑的、放纵的和谨小慎微的商人，少年的、青年的和中年的男人。所谓的天才和智慧，其实根本就是取决于一个人是否真正了解自己，是否能够控制自己。

“人的行为和动机、贪婪和恐惧、目的和手段，这就是老板之谜。利用这三样工具就能够创造出新的奇迹，而这些都属于你萧成灵大师研究的范围。”许量说话很认真，“最后，许量大师与萧大师要创造商业实验室，专门从事商战的心理学分析，我们要做国内的第一家专业的心理学实验室。”

萧成灵盯住许量的眼睛，突然发现那里很深邃，简直就是旋涡，她差点把持不住自己，她用力清醒自己的神经，这才明白：许量不会是表面上的那样只是自己的病人，或许，我萧成灵才是你许量眼中的病人。想到这里，成灵伸出自己的手，许量也伸手了，他们的手握在一起，两人的表情都是似笑非笑，状态似醒非醒，就这样奠定了他们之间刺猬似的合作关系。

许量离开之后，萧成灵用眼光扫视了一下她现在的手下，他们都是年轻人，她的步伐是不紧不慢恰到好处的姿态，文学语言叫作踱步而不是散步。

她这在提示她的手下，虽然许量成了这里的老大，但她依旧是老板之一，她也是这里的老大，她压住嗓音控制住心智，安排道：“我们先从电视剧学起吧，第一部是去看国产的《死亡日记》，第二部看看国外的《别对我说谎》，这些都是优秀的心理学教学片，但大家要注意看片的角度，他们是从刑法的立场，而我们是从商业的观点来看。另外，《天道》这部电视剧也是值得分析的，这是把警察和商战相融合的一部好戏。许量老师还安排了《时间规划局》和《华尔街》等影片作为大家熟悉金融的样板片，尤其是《时间规划局》，这里面关于时间成为货币的大胆设计，你们要好好学习和体会，这是许老师特别强调的。至于书目，从弗洛伊德的那本《梦的分析》，到《门口的野蛮人》《贼巢》等一共一百本书，包括堪称中国放贷人实录的《借贷》系列书，在你们的办公桌上都有，大家在下一个月再开始阅读。

“做心理分析，那就是说任何蛛丝马迹都会告诉我们对方的心思，我们不会永远做合同的乙方，我们要做的是能够用乙方身份出现的真正甲方。这就是许老师的目的，也是我们黑匣子的努力目标。具体的商业案例，我以后再给你们分析和说明，这一个月，你们就安安心心看电影和电视剧，记住，这几十部电影和电视剧都必须看完。你们只有两件事情可以做，吃饭睡觉和看这些资料，一直要看到呕吐为止。”

萧成灵的美貌和洞察力成了这些新手的无形压力，他们心里兴奋、激动，甚至无法自抑。他们听从老板的安排，因为他们渴望与许量和萧成灵拥有同样的力量，一种隐蔽的强大力量。

“爱与害是谐音字，但有时候就是一个意思。‘爱太多，总会留下伤痕，情太多，总是难舍难分’这句歌词唱的就是这个意思。许量需要的不是女人，而是相反的，他需要节欲和正确的生活方式，必须放慢他追求金钱和权力的步伐。他应当锻炼身体，少开车多走路，还要去体会生命中最美好的东西，比如要收养一条狗，与宠物狗去嬉戏，去浣花公园看树叶在风中飞舞的模样，或者在普通老百姓聚集的地方去散步、购物，而不是浮光掠影地路过。他还需要听音乐，不完全是佛教的音乐，还应当有最新的流行歌曲。在卡拉OK里唱歌一定要突破他们唱歌只喜欢唱20世纪90年代的歌曲的心理障碍，许量要唱一唱能够帮助他清心寡欲的歌曲，比如《莲心曲》之类，而不是只唱《爱拼才会赢》。这样能够让他心情愉悦。”

萧成灵是大师，她的话自然不同凡响：“另外还要改变习惯，许量不要总是以为自己只能够是许总、许老师的身份，他必须放下，成为人人都能够叫的许量。当他习惯了别人很亲热很随和地叫他许量的时候，他也就获得了普通人的快乐。

“当然，信佛和慈善也是一个修行的途径，但那很难，需要的是时间和心静，大多数老板是做不到的。舍得两个字书写很容易，说教也不困难，但知易行难，那许量们就做一点上面讲述的容易事情吧。”

王诗皓心道：上面的事情一件两件都是容易之事，但多了和必须反复去做，那可就是非常困难之事了，这就是小中见大的意思吧？

“您的‘药品’就是这些？不是吃的而是要去身体力行的啊，这不就是让许量回归普通人吗？”王诗皓很怕萧老师听见他内心的声音，也就紧闭了双唇，只是继续思考：是的，有多少成功人士需要心理和心灵上的回归呢？他们辛苦、奋斗一生的目的不是为了脱离普通人的生活，而是为了超越普通人的生活，但他们一旦走得太远，太过分，最后就连普通人的生活都再也过不上了。这会是一个巨大的陷阱，如果不回归自然，痛苦将伴随着他们，挥之不去，斩之不断。

对员工的培训是极其重要的，萧成灵使用的还是师父带徒弟的传统模式，因为不少的心理学都属于玄学的范畴，没有忠诚就不会有成就。

萧成灵开始了提问：“许老师为什么要买路虎车？”

王诗皓直接回答：“是因为喜欢。”

“仅仅是因为喜欢吗？当然不是，那是为什么呢？”

王诗皓立刻在他的手提电脑中去查询路虎车的情况，这个信息时代，不会使用电脑就不会走路。

片刻，他就抬头朗声说道：“萧老师，我们先来看看路虎车的情况。这是路虎车的官方资料，我先宣读一下。路虎车的英文是‘Landrover’，曾在中国内地翻译成‘陆虎’，在我国香港地区则被称为‘越野路华’，它是世界著名的英国越野车品牌。今天，路虎公司是世界上唯一专门生产四驱车的公司。或许正是这一点，使得路虎车蕴涵的价值是‘冒险’‘勇气’和‘至尊’。但是当LR准备正式在中国上市时，发现‘陆虎’已被中国国内的一家汽车企业抢注商标，没办法，只得在中国注册‘罗孚’商标。罗孚集团原是英国一家古老的汽车公司，罗孚（Rover）是北欧的一个民族，他们生产自行车时就使用罗孚做商标名，1904年生产汽车仍以‘罗孚’为名。

“由于罗孚民族是一个勇敢善战的海盗民族，所以罗孚汽车商标采用了一艘海盗船的形象，张开红帆象征着公司乘风破浪、所向披靡的大无畏精神。路虎销售于140多个国家，它已经从1948年的实用性车型发展成为今天的多功能四驱车，面向的是那些不断追求全新生活体验的人士。路虎得到了普遍的认可和尊敬，这是其他制造商的汽车无法媲美的。但是，路虎车仍然是其品牌价值的终极体现：直至今天，由路虎公司生产的所有路虎车中，还有四分之三仍然在被使用，这的确很神奇。”

萧成灵很佩服这个小伙子的记忆力，就微笑着鼓励他。

王诗皓继续分析道：“我们都要记住，路虎车意味着‘冒险’‘勇气’和‘至尊’，但最重要的是罗孚民族是一个勇敢善战的海盗民族，路虎的商标就是海盗船。金融就是人欲横流的海洋，海盗就是金融人士最好的图腾，海盗船就是他们的公司。许老师在民间金融的汪洋大海中，不是也需要这样的精神吗？勇往直前。都说车如其人，这就是许量老师选择路虎车的理由。

“至于许老师为什么没有买顶级的揽胜而是喜欢发现系列的路虎车，那是因为许量这样的20世纪的60后，他们喜欢的不是奢华，而是低调。”

萧成灵的声音控制得非常好，不悦耳却也不压抑。“不，他们也是正常人，喜欢的是‘低调的奢华’，只有他们才能够拥有足够的生活、事业的积淀和厚重，把‘低调’和‘奢华’调和在一起。”

晚上的团年饭吃得热气腾腾，先是兄弟们大口吃肉、大口喝酒，酒过三巡，李锌这才认真倾听大哥们的高谈阔论。

“过年关，放贷人与借款人的心态全然不同，放贷人赚钱的标志就是没有呆账、坏账和死账，借款人则是没有被人追账那就是万事大吉。而放贷人同时又是借款人，就很特别了，一半是海水一半是火焰，往往是刚刚与追债的集资人说了好话，好说歹说脱了身，马上就去理直气壮地追借款人的债，集资人对放贷人说‘欠债还钱天经地义’，放贷人也对借款人这样鹦鹉学舌，但话虽然一模一样，说起来却心情迥异，真是此一时彼一时。说一套做一套，对待他人凶恶一些，对待自己宽容一些，这就是本能，损人利己则是本质。”

大家听了姜总的分析，再看看他那在灯光之下光亮异常的光头，都忍不住哈哈大笑起来。到底是在笑什么，几个兄弟的神态都很暧昧，大家都不去明说，显得气氛不错，简直是其乐融融。他们对民间借贷中的这些状态都很了解，但他们都是放贷人中的佼佼者，这样的困境是不会出现在他们的圈子中的。

李锌、钱大富与姜维一等人在一起吃年饭。因为姜维一是大家公认的会长，带头大哥许量又不在成都，于是，大家都听从了姜维一的邀请，一起喝酒说点闲话。

最近，姜维一接触到了北京的一些高级官员，他们在宴席之间说的话题之大胆、思路之广阔都让他耳目一新，他今天说的不过是鹦鹉学舌罢了。

“微博中流传着几个所谓的真相：第一个真相是历史中往往只有人名是真的，其他大多都是假的，因为历史是胜利者随心所欲书写的故事，而小说里除了人名是假的，其他都可能是真的；第二是所谓的民主是万能的，其实很多国家的民主，包括美国人的民主，都是我们是民，他们是主，主人的主，没有金钱哪里有民主的资本？第三个真相就是全世界的百姓都在痛恨腐败，却又抵不住腐败带来的好处；所有的百姓都仇恨贪官，可百姓一旦做起官来一定会更贪，对百姓更狠，比如历史上的皇上朱元璋。”

姜维一见大家还在迟疑，忍不住哈哈大笑：“诸位，你们是不是觉得今天的姜维一不是在喝酒而是喝错了药？嘿嘿，我刚才说的，只是在北京酒席之间听到的，对与不对，我不知道，但这些话是能够帮助我们开阔眼界的。”

大家一听，心中释然了。于是，由李锌带头，都要姜维一少喝酒多说话，大家都要长见识呢!

姜维一边喝酒边说道：“大家都是商人和官员，都算是既得利益者，可他们却一本正经地在谈论如何限制他们的权力，你们是不是觉得这样的情景看起来荒诞不经？但这却是货真价实的现实，我们的精英大多数都在体制当中，体制只能够从体制内部突破。”

李锌听许老师和吕老师都偶然谈论到了政治的话题，内涵可比姜总说得更深刻，他也想表现一下，就抢先表态道：“强大？这是我们的内部问题，与西方无关。”

“中国的强大与我们这些人有密切的联系，我们需要智慧的思考和敏锐的行动，因为这才是我们使命感的核心。”姜维一的话很深沉。

钱大富环顾四周，桌子上的朋友都是成都民间金融的精英分子，也是圈子内部人士，他也借了酒劲说道：“大家还记得，我们是曾经的歌唱中的‘光荣属于80年代的新一辈’吗？”

任海洋听不下去了，他知道他来错了地方，同时也来对了地方，前者是因为他是商人，商人不言政治，后者是因为他也是真正的爱国者。

第十五章

无限而无形的镣铐只有你完成原始积累才知道，进退两难绝对不是矫情和空话

许量来自山区，不怕山路崎岖，就怕水波荡漾，他不会游泳。来三亚多年，看海的感觉不错，但他从未因此下海。最近，天天在阳台上远眺到游客在沙滩散步和在浅海戏水，他也第一次有了下海去试一下的冲动。

他不断地鼓励自己，原来是天不怕地不怕的本性，如今从商之后，免不了怕了官员，已经是难以启齿的柔弱了，如果再害怕大海就没有道理了，不就是买几个游泳圈套上自己的胳膊吗？他在小卖部买了两个游泳圈，这是为了心理上的保险，也是为了更加舒适，他做事情的风格一贯是胆大心细，一定要先做好完全的准备。

不到半个小时，许量独自来到沙滩，旁若无人，他慢慢地进入温暖的海水之中。克服恐惧的过程是男人成长的过程，许量将身体尽可能放松，慢慢地适应了海浪的节奏，对排浪而来的海水不再害怕。热带的阳光照耀在海面金光闪闪，他在海水中浸泡，紧张的情绪在海浪的摇动之下，慢慢地舒缓了，许量感知到了大海的温润。四周嬉戏的大多数人是天南地北的游客，但都对海充满了好奇和热情。

就在许量下海之际，白蓝的电话打了一次又一次，每次都是接通了却无人接听，她开始焦虑起来，不知道许量到底出了什么事情。她对涉及会员资料的调查都是尽可能地配合检察机关，好在许量敏锐，一些问题事先就消灭在无形之中。另外一些故意遗留下来的小问题，接受了检察机关批评和有关部门的告诫就算是过了关，白蓝的电话就是要告诉许量会所已经检查过关这样的喜讯。她对他事先安排的技巧佩服得五体投地，一点问题都没有，权力是不会放心的，一定要有些问题，但一定是可以控制和制约的问题，权力才能够放心大胆地与资本共谋。

在海水中，许量将头蜷缩在游泳圈之上，低头，眯着眼睛去观察远处，海浪由远至近，凭空而来，从小浪逐渐积累成为大浪，势不可当地向他汹涌过来。他知道，其实这点风浪算不了什么，只是大海很正常的呼吸，但也足够让他犹如水母一样在海水中荡漾，再也不能够主宰自己的行动了。

到了傍晚，夕阳西斜，那金光灿烂的海面又出现了：这是一条由光线和海水构建的金光大道，浩瀚得无边无际。许量在迷糊中被诱惑着，向着这条金光灿烂的道路奋力划水而行。他的足底逐渐离开了海底的沙地，他不知不觉地进入了海水的深处。

等他终于停下来，他的身心已经在摇篮一般的舒适而温暖的包裹中。对水的恐惧开始消除，但他依旧不敢胆大妄为，只是尽可能放松自己的行为，在海水中漂荡，这感觉不错，宛如婴儿出生之前，要的就是在母亲体内的羊水中晃悠不定才能够带来的安详。

在太阳之下，海水之中，在思考失去力量之际，许量仰望天空，那里同样是一片海洋：蓝天白云，变幻莫测，他试图把自己有点郁闷的心事放进去，却不得要领。

他发现最佳的感受就是把自己悬吊在海水中的双腿用力蜷曲为佛教中打坐的姿势，上半身挂在游泳圈上面，许量强迫自己忘记身体在海水中，慢慢地开始进入老僧入定的冥想状态：自由自在的感觉开始出现，他心中伴随着心情变幻响起了《观音灵感真言》，那情景宏大而庄严，让他难以自拔。那些过往的人与事情都淡忘了，烦恼不见了，好像世界也开始与他无关。

不知道过了多久，许量身体发冷，他开始静极思动。

在海中漂流，许量的个性出来了，他好像是一个能够驾驭水性的高手，在海中越漂越远。眯着眼的时候，猛然听见身边有人大喊大叫，他睁眼一听，却是有人在叫自己的名字：“许量，许量大哥！”

许量的眼睛迷糊着，看不太清楚不远之处的两个人，只能够区别他们是一男一女。他们相互划拉，慢慢地靠近，这才认出来是以往的兄弟向忠和一个年轻的女子。

他乡遇故知，这是非常开心的事情，何况这是在三亚湾的海水之中，许量的情绪也高昂起来，他们曾经的交往在许量的心中一闪而逝：向忠是资本之鹰的客户之一，许量先后给向总的公司放贷了六千多万元，因为利益巨大，他们之间也是进行了一场你多我少的钱的战争，当然，这些借款后来都完璧归赵。

许量有段时间没有见到向总了，他怎么在这里出现了呢？不是听说他进监狱了吗？

许量和他们一起嘻嘻哈哈地划回岸边。快上岸的时候，许量的脚被细碎的贝壳划伤了一道小口，他估计没有流多少血也就若无其事地忍住了。

时间还早，向忠向许量介绍他身边的美女："这位是小杨。"

许量点点头，小杨艳丽多姿，又是泳衣。目光一扫而过，别人的女人不多看，这是男人之间的默契。

他笑眯眯地注视着在海中遇到的家乡人，很愉悦。他们坐下来，沙滩的沙子包含的热量让许量温暖。

"几年不见，恭喜许大哥成为名人啊！"向忠哈哈大笑，那神态不是很严肃。

"名人？名人就是灯火辉煌的舞台上那些待宰的羔羊，看起来光辉异常，其实也是血淋淋的模样，在人人都可以胡说八道却不需要承担责任的洪荒世界，声嘶力竭就是常态。"许量不屑地道，"难道你没有看见艳照门、手表哥和郭美美这样的悲剧吗？嘿嘿，我的身边同样是危机四伏，说不定哪一天，你们在网络上也会看见我的隐私和绯闻。"

"是啊，这名与利就是两把刀子，你有幸抓住了刀把子，那就拥有了威慑他人的权力；但你不幸抓住的是刀尖，呵呵，那一定是鲜血淋漓，那可是你自己的鲜血。"向忠作为成都市的地产名人，自然也知道光鲜后面的苦涩。

许量却低头去摆弄他的苹果手机，看样子是要写点东西，果然，片刻之后，许量对他们说，这是他刚才在新浪微博中发的微博："人生苦短或者苦长，在三亚湾听惊涛拍岸，吃海汀苑新派湘菜，回想数十年经过的人与事。心放宽，酒微酣，环境变幻莫测，苦乐自承担。"

小杨是美女，温柔婉转，却不是文艺女青年，但也表扬道："许哥真是有文采，短短一段话就道出了环境、心境和语境。"

此言一出，许量这才认真打量小杨，她的面目似曾相识。

在疑惑和肯定之间，向忠有点狡黠地问了一句话："许哥是否觉得小杨有点熟悉呢？"

许哥拿不准，他见过的人实在是太多，于是摇头道："抱歉，我宁愿罚酒也不情愿含含糊糊假装遍天下的美女我这个老帅哥都认识。"

三人都笑了，生活很沉重，虽然不能够娱乐至死但也需要幽默。

"不要以为我就是佼佼者，是超人，许量也不是另类和怪物，也是很普通的人呢。只要用心研究，每个人都有无穷无尽的悲伤，无一例外。快乐与幸福只是暂时的，甚至就是幻觉，因为人生来就是为了含辛茹苦，一直到气若游丝之时才会幡然醒悟：不分种族和国家，人类的每一个婴儿的第一声都是啼哭而不是嬉笑，这就是人类的宿命。这些被称为人类而非猴类的生物无休无止地相互折磨，在家庭中，在公司内外，在陌生的族群与邻国之间，在贪婪与恐惧中，相互戕害，嗜血地去撕裂彼此的心灵和肉体，他们不以为耻反以为荣。

“使用这样尖锐甚至毒辣的言语来形容人类，大家都很难受，但话丑理端，仔细分析一下最近发生的负面新闻和那些在微博和网络狂欢的事件，不是性就是钱，整个社会缺乏生机与活力，有的只是愤懑和躁动。

“当十亿人的欲望未加约束而被改革放出囚笼之时，试想一下，这样的世界是什么样子的世界？有什么样的发展模式能够承载得了人们无边无际的欲海？”

“政治的囚笼囚禁的不是权力，而是企业家精神，”许量点出了最近最担忧的事情，“天花板太低了。”

他很沮丧地用手指指天空，小杨仰头望去，那里星光点点，时空广阔无垠。于是，她奇怪道：“中国不是全世界最好的发财的地方吗？为何空间小了呢？”

“海阔天空那是一般人的想象，民间金融和做实业却不是这样。是的，在国内发财容易，依附权力甚至可以成为暴发户，”许量摇头道，“无限而无形的镣铐只有你完成了原始积累才知道，进退两难绝对不是矫情和空话。”

向忠哈哈大笑：“难怪政治书上说政治是经济的集中反映，小杨，你要知道许哥不是一般的生意人，只要能够醉生梦死就是快乐，他要的是未来，要的还不是他一个人的未来，这就是站得高、看得远的痛苦。觉悟就是无聊，明白就是痛苦，许量已经不满足许诺天下，更不会量力而行了！好好好，我们要敬酒，给许量敬酒！”

说完，向忠就拉了小杨站起来，很谦恭而由衷地说：“许大哥，你是使命感在驱动的男人，大丈夫理当仗三尺之剑，立下不世之功勋。”

大家昂首挺胸喝下酒，心情各异。许量心道：这个社会最大的痛苦就是有了想法和说法，却没有做法和上升的途径。还好，他看好的几位官场中的仁人志士都遵守了“做大官，不发大财，去做大事业”的诺言，在反贪腐的风暴中，但愿他们幸免于难。这些人不停顿地涌向权力中心，这或许就是希望所在。但宋美龄的那席话还是让许量害怕：他们廉洁，那是因为他们还没有品尝到权力的滋味。这些朋友呢？不过都是小官，成长了呢？权力中心就是人欲的旋涡，自古以来，有几人能够幸免于难呢？

许量心情郁结，开始加快喝酒的速度，向忠也是来者不惧惧者不来，开始以美酒说真话，这一是许量拿出来的泸州老窖资本之鹰酒品质真不错，二是他们之间的友谊不单是放贷人与借款人的相知与相识，更重要的是许量今夜寂寞无比，而向忠则是心存压力，那是难以启齿的中年男人对年轻女子的害怕，他们之间的差距不仅仅是生理与心理上的差距，还有人生阅历的巨大鸿沟。换句话说，他们的爱情就是很脆弱的昙花一现，激情用不了多久就会变成成熟的亲情，这是向忠不敢提前告诉小杨的，因为他们正在三亚度婚前的蜜月，这是介于恋爱与婚姻之间的最美好的一段时光。今夜，向忠与许量酩酊大醉，也好掩饰住心中的恐惧，毕竟昨晚他们已经有过一次力不从心的欢愉。

小杨不敏感，她没有明白许量和向忠话中有话。两个男人却绝对不会去点醒她，因为政治和战争都与女人无关，在制定社会游戏规则的领域，她们和普通人应该马上走开。

小杨喜欢音乐，见一个琴师走过来，她就叫住他。先听了一曲《茉莉花》，接着又听了一曲《梁祝》，小提琴的琴声是流淌和温润的，他们都很投入地听，情抛其中，优雅了一会儿。

琴师身体瘦小，自述是中学老师，冬天来三亚赚取外快，姓郑，据他说是来自吉林长春。许量给了五十元的小费，就算是在成都被掏了一回耳朵。

酒酣之后，许量和向忠口干都想吃水果，小杨见旁边就是卖水果的小摊，就给他俩说了一声，站起来，走过去买水果。一会儿回来，她买了两斤蓝莓果。许量用目光一掂量，知道这分量不足。向忠提起水果袋也在摇头，小杨心中不快，但并不太介意。

“他们使用的是电子秤吧？”许量问。

小杨点点头，回答道：“是的，电子秤是可以使用遥控器控制的，这消息我在网络中看到过，但我们有什么办法可以让小商贩就范呢？”

许量和向忠相视一笑，向忠道：“亲爱的，你们80后是没有我们这样多的生活经验的，怎么战胜奸商，你许大哥可是谋略无穷。”他暂时没有法子，也就把难题踢给了许量。

许量哈哈大笑道：“大哥是拿来整的吧？向忠就是这样聪明，总是能够找到手下人替他做事情，没有手下人就找别的老板，是吧？”

见小杨没有完全懂得许量的语意，向忠笑道：“老婆，许大哥是在嘲笑我们房地产商人是天生的寄生虫，除了我们的土地是自己买的之外，资金是贷款来的，房子是建筑商修建的，又是房地产销售公司帮助卖掉的。对的，我们房地产商人就是专门找别人做事情的奸商。”

许量赶忙纠正说：“错了，兄弟，我的意思是我们做大哥的理所应当为兄弟们做事情。这些水果我们不要先吃掉，放在这里好做对比，走，我们如此这般去买水果吧。”

于是，许量先去，其他两人随后再来。

水果摊卖水果的夫妻看起来是本地人，中年人，而且一副老实的模样。

老板娘热情地招呼，许量要买的依旧是两斤蓝莓果。

“五十元一斤。”老板娘报价了。

许量问道：“能够优惠一些吗？”

老板娘就说：“四十五元是最低价格了。”

许量摇头道：“我只给四十元一斤，如何？”

老板娘很勉强同意，男老板在一旁，看不出异常。

称好水果，许量掏出钱，要给钱之前却表示了怀疑：“这电子秤准吗？”

两个老板连忙点头，许量依旧摇头，迟疑不决。

老板着急了，保证道：“如果您不相信我们，那就到别处去称一下，不够再来找我们吧。”

许量点点头，他把水果袋提起来掂量，心中有数了。他抬头指点一下那高高的临海公寓，那是蓝色海岸三期：“我就是住在这里的，不是游客，是住户。”

他在给商贩改错的机会，可商贩的心思是银行“离柜不认”的规矩，这时，小杨挽住向忠的手，走了过来。

许量笑道：“刚才，我们这个小姑娘来买了两斤，我们觉得很好吃，再买两斤。”

眼见小杨提着刚才买的水果，许量说道：“老板，我们觉得这水果分量不足！”

女老板说话的底气很足：“先生，你们来看看，我们的电子秤没有问题！”

男老板赶忙来配合。

许量掏出手机，对大家说：“这是苹果手机，它的重量是三两。老板，你们给我称一下重量。”

男老板的手在裤兜里面动作，许量的手机外面加上了皮套，称重的结果是四两四。许量不等大家反应过来，就把自己的手机递给男老板：“请你帮我拿一下。”

等男老板伸手过来，许量立即把水果袋子放在电子秤上面，这下水果的重量出来了，一斤六两。

于是，许量笑呵呵道：“看起来老板的电子秤是半斤八两啊！”

女老板赶紧说道：“我们马上给您添上，添上。”

等待补足分量，许量也不去揭露商贩的伎俩，只是笑眯眯地问道：“我们刚才这位小妹妹买的蓝莓果是否也应该补足重量呢？”

商贩都很配合，若无其事地完成了纠正。许量和向忠、小杨重新回到自己的座位继续喝酒，他们背后传来两口子争执的海南话，不用听懂也知道这是小商贩在相互埋怨。

小杨看许量和向忠喝了几口酒，这才问道：“许大哥，你的苹果手机真是三两吗？”

许量摇头不语，只是微笑。

向忠是他的老兄弟，嘿嘿笑出了声音：“小傻瓜，大哥的手机到底多重不重要，只是用了一个小小的心理学知识，大哥信誓旦旦地说了苹果手机是三两，这就让那个男老板赶紧把能够干扰电子秤的干扰器关掉了，不然，电子秤做了手脚的事情就会暴露。而大哥把手机递给男老板，他就来不及再次去打开干扰器了。”

小杨闪回了刚才的场景，记得许量把手机递给那个男人是故意递给右手的，因为男子的右手是在右边裤兜里的，那里就应该是干扰器的位置。于是，她敬佩不已，伸手举杯，对许量说：“大哥，不愧是老大。”

许量哈哈大笑，回敬了面前的老夫少妻：“这只是兵不厌诈，小小的伎俩而已。如果这两口子使用的是苹果手机，说不定他们就知道我是在说谎了。”

小杨奇道：“这又是为何？难道苹果手机不是三两？”

许量有点不好意思：“这苹果手机到底是几斤几两，说真的，我还真不知道。不过，小杨你们经常在外面买东西，先在家把自己的手机称重之后，外出就不会再苦恼没有带秤了，因为手机就是一个等重物，相当于砝码。”

“人的聪明智慧都是由一个又一个的‘砝码’构建的，如果我们多用心去准备好自己的砝码，那就能够在生活与事业上游刃有余。”

说完和听完，他们哈哈大笑，觉得很愉悦。

笑完，向忠却站了起来，对许量说：“大哥，兄弟敬佩的可不只是您刚才的智慧，这一辈子我都会记住今天这件小事，大哥买水果的故事真是小处见大啊。”

小杨不明就里，她不在意男人之间找任何借口喝酒和相互吹捧，因为这是他们的本能。许量也不推辞，他知道向忠的眼光如电，是知道刚才他另外一个隐蔽的动作的。可惜的是，刚才那两个小贩只顾吵架却并没有立刻发现。

等到宵夜结束，三人依依惜别。

向忠带了小杨打车去酒店。他发现自己的电话远远多于许量，就由衷地佩服道：“许哥事业越来越大，电话却越来越少，这就是大好事。”

小杨不解，她以为大老板都应该是电话不断，日理万机，但向忠却笑道：“对话少，说明管理好。但前提是不能够换了手机号码，是吧？”

半夜，酒意退去，海涛的声音汹涌澎湃似鞭子一般把许量抽醒，他站在阳台上远望人迹罕至的海滩，清风徐来，心情开朗。他深深吸气，很珍惜干净的空气，一直到忍无可忍才再次出气，由衷叹道：人类没有人欲横流的喧嚣，才会有灵魂的回归。忏悔吧，这才是做人最重要的事情。他开始涌动出一种宗教的情绪，数十年来，经过的那些人与事都在头脑中闪回。往事太沉重，他站不住脚步，头晕目眩，只能够赶紧缓慢地在阳台上的藤椅上坐下，心情如同大海，永远在翻滚着人性复苏的酸甜苦辣咸。许量想到了佛教和基督教，儒家和国学的刀光剑影隐蔽在浩瀚的中华文化中，他逐渐厌倦了其中的杀机重重，要为自己的灵魂找一个新家了。

回到房间，经过向忠细说，小杨才知道，刚才许量在给钱的时候，把一张五十元的钞票作为十元故意多付给了小贩。因为是路边摊位，路灯不够明亮，许量的动作又快，除了向忠，小杨都没有注意。估计晚上回家一清点，小商贩会有惊喜却一定不会知道这是许量的慈善行为。

“这蓝莓果本身价值不菲，商贩要价五十元一斤是有道理的，为何四十元要卖给我们？那是因为他们认定可以弄虚作假到以八两为一斤，折算下来不也是五十元一斤了吗？”向忠解释说，“这就是一场小小的博弈，这样一次小小的市场行为，许量都做得如此认真，难怪我以前会败在他的手下。”

小杨这次恍然大悟，她悠然地说：“难怪许量自诩为商场大侠，原来不仅仅是他智慧过人，还有他的侠义心肠啊！”向忠心情复杂，笑而不答。

想问向忠为何败在许量手下，可见老向疲惫不堪的样子，小杨估计向忠是不会告诉自己以往的风风雨雨了，就体贴地去烧水泡茶。向忠一动不动，在沙发上端坐，陷入了对往事的回忆，他的心田开始涌现出无数的问题，根本制止不住：几年前，认识许量的时候，他许量是否也是如此对待自己的呢？难道我向忠还只是小商贩的思维吗？为何自己不能够这样去买水果呢？许量的思维如此缜密，但如果没有张娅的帮助，还会有许量今天的辉煌吗？一时之间，心如乱麻。许量最终还是在张娅的主持之下借贷了资金挽救了自己的企业一次，但向忠第二次的求助，许量却并没有搭手。

向忠在心事重重的压迫之中，在酒性的驱动下，在雪白柔软的大床上与小杨疯狂纠缠，仿佛只有做爱才能够发泄出内心的郁闷。他的心结在半夜之后才慢慢解开，旁边小杨在酣畅淋漓的情爱之后，甜蜜地进入了梦乡。

第二天，许量推掉了与向忠的见面，他要独自面对自己的内心感情和外部的世界，独立地面对。

下午，许量去海中浸泡漂浮几个小时之后，回到家中，洗完澡，换好干净衣物来到阳台上休憩。

已是夕阳西移，太阳摇摇欲坠却依旧在天空中燃烧金黄色的烈火。

从阳台上望去，居高临下，同样的这片海已经是景色迥异：连接了三亚湾中那座叫西岛的岛屿和许量家的纽带是一条非常明晰的金色河流，流光溢彩，光明夺目；从海面上反射而来的热力让许量身体温暖，心中的孤独也消失了不少。他不得不感谢嘉仪的眼光：这套房子的价值不完全是房产的增值，而是他在这阳台上端坐，能够用心体悟落日的过程。他悟道：人生就是日起日落的循环，悲也好喜也好，都要如这海上落日一般努力燃烧自己，让一生一世都金碧辉煌和圆圆满满。

他有了写字的冲动，饥饿的感觉也不能够阻止文思泉涌。许量想起了他还是文人的时候，那时候，最有名气的一首歌曲叫《在希望的田野上》，演唱者的身份如今已经高不可攀，很难得听见这样积极向上的歌曲了。他的面前就是希望的田野，麦田一般的海洋，博大的时空让许量在孤寂中流连忘返。

到了凌晨，许量还没有休息，他很想把自己弄得精疲力竭，可是无论怎么折腾身体还是好，精力依旧很旺盛，他只好坐在阳台上看海，等待天亮。

在黑夜中，大海与天空是完全交融在一起的，如胶似漆一般。到了早上，天亮了才依依不舍地分割开来。许量在迷糊的感觉中，感受到三亚湾路上的汽车川流不息，就好像是在枕头旁边穿行，海水的涛声近在耳畔。一对男女，面对大海的呐喊之声从远处飘来，真真切切。新的一天苏醒了，慢慢起来，人到中年不能够动作太快，否则头会有点晕眩。

他想到了去海边看日出。可在蓝海三期所在的这段三亚湾是看不见海上日出的，东方在大海的斜对面，在城市的那一端。这里，只是观看夕阳的好地方。

2013年2月8日，星期五早上，此时此刻的三亚天空密布乌云，难得的阴天，但许量知道凉爽是暂时的，三亚永远是火热夏天。

走在海滩上，酥软的沙地让他的脚舒适，海水拍岸而起，海风吹响了耳边的风啸之音，这一切与在山区的家乡听松涛的呼号和远眺朝阳的场景截然不同，许量心潮澎湃，他从西向东前行。赫然听见了远处一阵悠远的海螺号角的声音，许量抢步在浅水中奋力前进，到了近前，原来是一个头发花白的老人在面对大海，海螺就是他与海对话的工具。

他开始猜测老人的角色和心态，但老人的表情旁若无人，戴了一副眼镜，传统知识分子模样，孤独却执拗，这让许量想起了《老人与海》，而这里的太阳同样迟迟不肯升起来。

期盼中，太阳终于来了，从三亚市的高楼大厦之上的乌云中开始冒出血红的颜色，如同鱼泡，不断扩大，它在努力打破乌云的封锁。乌云一旦被太阳融化就成为太阳的一部分，红彤彤的太阳在时光中挣扎好一会儿，终于从天空中一跃而出，好一派日出江花红胜火的圣洁。一旦脱离了乌云的约束，它就变得越来越耀眼夺目，就此开始了一天的阳光灿烂的日子。世界明亮了，许量心底的好心情也闪亮登场，他把双手甩开，动作不小，这是锻炼更是一种朝气蓬勃的寓意。远处的那一对情侣，还在依偎呢喃，沙滩上，刚才还是朦朦胧胧的姿态各异，散步、锻炼和捡拾贝壳的人们赫然清晰，远方的渔船宁静地停泊在海中入睡。

不能够去探索老人的内心世界，许量与老人擦肩而过，那位老人在许量的身后，越来越远。将心比心，许量的心中猛然想到了自己不远处的晚年：朋友遍天下，红颜知己也无数，但不知道我许量苍老之后，天下到底有谁会真心陪伴自己呢？嘉仪？白蓝？

面对大海，那海浪就好似一只又一只排成行的灰色大鹰伸长了巨大的翅膀扑面而来，一到许量的脚下就马上匍匐成雪白的浪花。

他心中涌动着温热之情，最终还是想起了那个叫张娅的女人。好久没有她的消息了，这是许量的心结和疼痛，她是他事业的起点，也是他情感出轨的开始。是非对错原本就不是生活的唯一依据，患得患失更不是情感纠缠的理由，可惜，这样浅显的生活常识许量也知道得太晚了，他的心在一个又一个的女人之间徘徊，他知道他需要什么样的伙伴，却不知道到底需要什么样的老伴。

回到家中，许量回到了现实，他看过了大海，就想念大山了。他想回成都回达县回他出生的小山村了，这好似精神之旅，念想一旦启动就再也无法克制，许量赶紧订了返回成都的机票，即使是大年三十也在所不惜。

从三亚回到成都，算是穿越了季节，从夏天直接进入了冬天。他直奔家中，外双楠的家中。白蓝已经回了上海乡下的老家，嘉仪在国外，许量一个人乐得自在。

刚进入家门，一个朋友的电话进来了，这是许量唤作四哥的一个老企业家的电话。这电话让许量有点郁闷：四哥经营的是小产权的房地产公司，最近，不知道为何被人举报了税收问题，在春节前，很不容易才把企业的问题局限在了“漏税”的范围，还好用小问题压住了大问题，算是处理完毕了。关于税收，你的公司是“偷税”还是“漏税”的标准是掌握在人手中的，那可是天与地的区别。许量赶忙安慰他：“四哥，现在或许是到了企业家升级换代的时候了，我们都要做好退休的准备了！”

四哥一听，却哈哈大笑回击许量：“四哥已经六十岁了，退休是应该的，可你许量才四十多岁，正值当年，好好过节、好好做事情吧！”

两人简单商议几句，许量心中已经有数，他的人脉资源或许能够帮助到四哥。圈子，就是用来解决问题的，朋友就是桥梁，伙伴之间相互支持才是做生意的核心能力。

春节，这个词语在汉语中含义极其丰富，除了具备合家团圆的概念之外，还具备了将老板变成儿子和丈夫的功能。没有谁在家中，还会继续做公司的大老总，除了被钱祸害而坏了脑子的傻蛋之外，大多数老板都会识时务，假装回归了人性：他们在家孝顺父母，在老婆面前清纯无比，在儿女面前偶然会露出慈祥的模样；一旦春节结束，上班之际，那可是纵虎归山放龙入海，指手画脚的老总模样立刻回归，追逐金钱唯利是图的财神重新主宰他们，商人即是欲望之野兽，感情上又是桥归桥路归路了。

许量不想成为别人的累赘，更不想失去自我，按照别人的安排过节，这个春节，他决心一个人度过，他要挑战一下自己的心理极限。

人，既然大多数都是一个人孤独地来到这个世界，可为何又要去害怕孤独？许量怕不怕？他自己也不知道，但他必须一个人过春节。

嘉仪是另有安排，她对春节历来就不重视，总在嘲笑中国人的春节是大虚伪和大伪善，因为大多数中国人只有春节放假期间的那几天孝心。白蓝在邀请许量去上海过节。许量知道白蓝的意图，要带自己去见她的家人，这就是情人和亲人之间的距离，她是他的女人不假，但要做许太太，没有孩子那还是不行的。白蓝房间里面的避孕药瓶让许量对白蓝心甘情愿为他付出一切的誓言疑信参半，谁不知道许量渴望再要几个孩子？对此，许量决心必须保持足够的警惕。

只有春节这样的大假，才能够让中国这架无比巨大的马车猛然停顿下来，整个小区和附近的街道都是空荡荡的，没有饭店开门了，许量知道全中国都是这样，他不介意，也没有办法提意见。他假装这是一个很普通的周末，就在家中，把自己从三亚买回来的海鲜干货和方便食品胡乱弄熟了一些来吃，充饥是目的，顺便还喝了几两资本之鹰的美酒。许量还没有酒意，就不想一个人吃饭了，不到一个小时，就算是把除夕的晚餐混过去了，然后，他迫不及待地进了书房，翻出金庸的武侠书愉快地阅读起来。

没有外人的羁绊，许量才有空读书。武侠书一直是许量的最爱，金庸与古龙书中的大侠，风貌完全不同。他更喜欢金庸的小说，婉转曲折，具备飘逸之美。

武侠是古人的发明，代表的是正义的意淫，在金庸和古龙的笔下发扬光大；而商业大侠则是我许量的发明，那代表的又是什么呢？不一样是中国小商人的意淫吗？

许量继续思考，在心中两个自我对话：真正的商侠到底是什么人呢？武侠与商侠到底有什么异同呢？

有限的时间空间与无限的欲望之间的矛盾就是人类痛苦的根源。许量明知故犯，他依旧在为以一已之力甚至以自己资本之鹰的一个团队做不成大大的事业而苦恼，没有想到还是从金庸的武侠书中得到了启发，“欲练神功，必先自宫”那是不行的，但虚竹不懂得棋理却误打误撞将围棋下死，置之死地而后生的故事却让他豁然开朗，“做生意的生意，做老板的老板”才是许量的出路，那就是放下小生意才有大出路。

到了午夜，许量在家中把电视机的声音开得很大，可还是抵抗不了此起彼伏犹如枪炮轰鸣的鞭炮和礼花爆炸声，只是他的心情还不错，不再去计较鞭炮的噪声和烟花绽放的硝烟味。他给嘉仪和女儿已经提前通了视频电话，他们一

家人看不出裂痕，还是其乐融融。但许量和嘉仪相互之间是明白的，他们的感情问题不是使用几句话就能够解决的顽疾，犹如鸡肋。

白蓝给许量的短信，只是很普通的问候，许量知道她现在的位置是不尴不尬，也不去计较她的小心眼。

到了中央一套的春节晚会结束之后，远处的鞭炮还在虚张声势地噼里啪啦，许量的心早就静了下来。他对电视节目不感兴趣，一整天，他都沉浸在他对世界的感观之中，没有悲与喜，他只是很单纯地存在。

收到了几百条祝福的短信，他都一一回答了“谢谢”。

回答的内容因人而异，每条短信他都使用感恩的心态，十分认真地撰写，字数不多却因为是几百条，时间一久，手指有点酥麻了。

这些朋友从官员、行长到同事和学生，形形色色，很久不联系的人也从短信中冒了出来，许量都笑纳了他们的好意，这是礼多人不怪的礼仪之邦，也是虚伪之地。但这些朋友能够在此时此刻发问候短信，足可以说明他的人缘关系。他们每个人的形象都能够在许量的脑海里存储，从短信的问候中，他们的容貌纷纷清晰起来。

迟迟没有接到那个女人的祝福短信，许量很不习惯，这几年他们都是私下有短信联系，这与公开的针锋相对完全不一样，这个女人是谁？刘嫣然。这是不是男女情缘，还不知道，但他们的友谊是存在的，这点许量坚信不疑。每次都是刘嫣然的短信主动过来，很简单：“许先生，春节快乐！”许量的短信过去说：“谢谢，祝福您健康快乐。”

这就是一个回合，偶尔还会聊上几句。这是高手过招之后的惺惺相惜，还是其他的情愫，许量和嫣然都不会去下定义，这是模糊而不是暧昧的好处，这在男女之间恰如其分的距离感，不远不近，不多不少。

他上了QQ，四下都是寂寞的网友，有不少的祝福留言，可嫣然却不在。许量叹气道：中美文化不同，就连人与人之间弥漫的寂寞也完全不一样。

家是什么？这是许量今晚需要深思的问题。夜深人静的时候，许量关闭了所有的灯光和电视，他为自己播放了一曲在苹果电脑中下载的萨克斯音乐《回家》，然后，在悠扬幽怨的氛围中，很孤寂地在空荡荡的卧室卧床休息，状如卧龙。很显然，由水泥和钢筋组成的房子不是家，情人与妻子本身也不完全是家，或许，人的一生，出生就是离家出走，长眠才是回家，而生活本身就是在路上。

最近，许量失去了方向感，有点失重的感受。

人的一生，要么是登山，无限风光在险峰；要么是涉水，笑看水尽处柳暗花明又一村。如今的许量登山已经靠近山顶，涉水却走到了尽头，他提前感受到了苍老的感觉，他知道这些都是幻象，是暂时的情绪，但他克制不住内心的孤独和郁闷。

许量开始梳理自己的感情世界，里面好像是杂草丛生，又像是百花争艳。

他一向坚信：不管大家同意不同意，这世界形形色色的故事中，只有两种爱情：一种是被强大而不可抑制的性欲所驱动的动物性爱欲，这必须是排他的，你死我活地争夺配偶的战争；还有一种就是性无能的意淫为主体的情欲，这种情欲是被文学和文化所异化的感情，单相思和包容就是它的标签。许量对女人的爱与欲都存在，经常是徘徊在这两者之间，心思摇曳不定。如今，他想念白蓝了，在心中反思道：这是性，是情，还是性情呢？

多情的男人最害怕的就是过年过节，因为他们的多愁善感已经没有用处，他们的女人要求他们选择过节的地方，那就是立场问题，一丝一毫都是不能够含含糊糊的。

房间很温暖，许量的身体血液流动很急切，因为他想起了他的那些女人。白蓝的脸极其清晰地浮现在他的脑海，他被情绪折磨了。

毕竟还是成熟的男人，他还有正常的需要，从性到心理都很需要。嘉仪的固执，他是领教过的，张娅和羽菲已经是别人的女人，而且杳无音信，只有白蓝还是远在天边近在眼前。许量有点内疚，在春节之前，他对白蓝竖立起了一堵拒绝的墙，他在矛盾中纠结，最后，还是去书房的保险柜找出了嘉仪临走之前给他留下的那份牛皮纸的文件袋。

许量点燃了雪茄，看看时钟已经走向了凌晨两点的位置，他不能够再次一心二用了，或许，嘉仪已经有了离开自己的准备。新的婚姻能够与白蓝在一起吗？他必须面对和思考了吗？

白蓝接到许量电话的那一瞬间，正在失眠。前几天，一回到家乡，她就立马被家人包围，这个春节，她是从成都开车回家的。一是为了不与千军万马争航班，二是为了消耗春节漫长的七天假期。当她的白色路虎极光进入乡下，就成了乡亲们的瞩目对象。这不是因为她的好车，而是喜欢炫耀的父母哥哥们早就把她在成都做了大老板的消息扩散到了左邻右舍。

因为与许量合作的同时又暗中与刘嫣然合作，白蓝的收获不小，但并非大老板。可她无法去解释，只能够婉拒了不少乡亲和亲戚拜托她给侄儿侄女们找

工作的要求，一直到筋疲力尽。

许量的电话进来，白蓝立刻就知道了，尽管使用的是静音。房间中的黑暗让白蓝的手机闪烁着令人愉快的光亮，一看是许量的来电，已经冷却成为厚茧的心又马上开始了怦然跳动。

想立刻接听电话，这情不自禁让她对自己有点失望，年纪轻轻却不能够把持住自己的身与心呢！于是，矜持片刻，这才接听。本想忍耐住思念，可许量的召唤就是魔音，她听许量说了一句：“我想你！”

她立即答应了许量：“我马上回来！”

声音悦耳动听之极，他们浅声细语，好像是在促膝谈心一般。

说什么话不重要，重要的是谁在说话，他们的欢愉在闲言闲语之中。现在，如果有人在旁边，她春心荡漾的模样，谁都能够轻而易举地看出来。“我想你”，许量只是三个字已经足够，其他的感情，说话都是多余的，那是要用行动来做的。

许量接通白蓝电话的那一刻，手机中流淌出来的是凤凰传奇的《荷塘月色》优美的旋律，他微微闭上的眼前浮现出了立体而真真切切的月下荷塘，优美旋律的情境中有雾，薄薄的白沙一般的雾笼罩住了白蓝的身体，他不得不努力去分辨似幻似真的她的曼妙的身体曲线，如影随形若隐若现。他的身体开始膨胀，欲望是一张网，如果不是认真掂量了嘉仪留给他的牛皮纸信封，了解到自由可能是嘉仪真实的需要，许量是不会在新春之际贸然去找白蓝的，她是年轻女子，一旦被点燃欲望，毁灭的可就是中年男人许量了。

想到白蓝很快就要回来，许量对自己傍晚才在日记本上写的那句话表示了怀疑：“男人要战胜两样东西，一是美酒，二是美女，都是过犹不及的东西，前者穿心，后者灭心。”

他在日记本上写道：生命需要体验，要用消费的角度去安排你的时光，过了一天就少了一天，用末日的角度，用心去经历和体悟人生的每一道风景，你就会得到更多的幸福；无数的人与事都要坦然面对，全部经过而不错过。

现在还是春节，许量要带白蓝回家乡，她是自己的女人，许量的豪气又上来了，显示出并不害怕嘉仪知道他另外还有情人的样子，因为依据嘉仪的智商，许量大多数事情还是透明的，他想隐瞒也瞒不住。

第十六章

一连串业务叫生意，生意不停息就是文化——商业文化

初三那天，许量兴冲冲地带了白蓝衣锦还乡。好在嘉仪高傲，不去许量的家乡，那是穷乡僻壤，他带白蓝回去没有心理障碍。

在路上，许量接到了老乡的电话：他的三叔病危了。许量急忙赶回，但在乡村医院还是没有见到三叔的最后一面。许量不知道的是三叔带走了一个关于他身世的秘密，在许家，知道这个秘密的人就只有三叔，但他没有来得及告诉许量就因为突发的脑出血而离开了人世。好在邻居家的儿子张申之前请三叔喝酒，三叔醉了说胡话之时，偶然透露了这个秘密。许量赶到的时候，张申没有来得及把这个秘密告诉许叔叔，因为许量悲痛异常。许氏家族有高血压和脑出血的家族病史，三叔的突然离世，让许量内心蒙上了浓厚的阴影。

他紧急料理完三叔的后事，就在山村后面小山坡上三叔的新坟旁边呆坐了几个小时，不远处就是许量父母亲的长眠之地。早春二月，寒风凛冽，白蓝固执地陪伴他。她不知道许量心里在想什么，这生死问题原本就是大家必须正视却一直漠视的事情，白蓝虽然年轻却是旁观者清，但她不会开口去劝告许量。因为看见别人的死亡让自己成熟，经历死亡一定会让自己绝望。他只是她的男人，却不是丈夫，一想起这点，白蓝就揪心地痛苦。她陪伴着她的男雕塑，最后，自己也成了女雕塑。

春节之后，张申的脑海中满是许叔叔那辆豪华的黑色路虎车和那个叫白蓝的美女的容貌，酒色财气本来就是男人的根与本——他要向许量学习。他来到了成都，并在成都一家担保公司上班，他要做借贷要发财！高中文凭并不会影响他对财富的渴望和追求。他已经25岁，却没有成家，之前经常在外地打工，去过大上海和北京，见过世面，又了解到许量的传奇故事，知道这个秘密有极大的价值，他拼命忍住秘密，要待价而沽。

春节终于结束了，许量上班之前，接到了刘嫣然请他去上海的邀请。

白蓝知道后，心情从春天一下跳跃进了冬天，她是没有资格吃醋的，但女人就是女人，三分理智七分感性。许量第一次和白蓝发生了不愉快，他们冷战了几个小时。

许量心中还有一件事情是不想告诉白蓝的，那就是嫣然在网络中给他发送了嘉仪在欧洲与另外的一个男人在一起的照片。那些照片，嫣然的解释是武军和丁妮在欧洲休假之时偶然遇到嘉仪拍摄的。

这些照片不好判断，没有出格的镜头，但许量知道普通的照片也能够说明完全不普通的事情。

许量压住情绪，这几天，把对嘉仪的感情从头到尾都进行了梳理，可每一次的梳理，得出的结论都不同。

他觉得如果真有什么报应，也是嘉仪对自己的报复，或者是命运对自己的报应。他安慰了白蓝，没有多大效果，但他还是直飞上海。

刘嫣然在别墅里面接见了许量。他们对嘉仪的照片并没有多说，许量不喜欢外人插手自己的感情世界。但他知道了照片里这个男人郑度的最新情况，这才是许量来的真实目的，既然是潜在的情敌，那也要知己知彼，才能够百战百胜，或者放弃战斗。他有点后悔没有答应嘉仪要求他去欧洲过春节的事情。

郑度与许量是老朋友、老对手，这些年一直没有放弃追求嘉仪，许量心知肚明却假装不知道，因为他和羽菲、白蓝的感情在阻挠他捍卫他的权利。只简单说了郑度最近的近况，却不方便继续与许量说起他的感情世界，嫣然开始教许量其他的事情，谁叫许量自称他是她的学生呢?

“许量你知道你的财富在权贵面前是多么不值得一提吗？就连你的同行，有不少也早就超越了你！你知道就算是你现在拥有的财富再多，在国内不过是待宰的羔羊而已，北京的阴霾全世界都知道厉害，权力的集中也是世界第一，看不清问题的实质，你还做什么金融？”

刘嫣然打击许量的自尊心，她不喜欢他意志消沉。

“我是老鹰，一生一世都是，但我老了，不想飞了。”许量坦露自己的心迹，半真半假，“我需要隐退了，是以退为进还是真正的退休，要看未来的时局发展。”

许量想起了2012年发生的几件事情，心里很郁闷。武军和丁妮到成都之后的投资全部都是大手笔，动辄资金上亿，虽然婉转曲折却在全面进入小贷公司的股权投资。这让他的资本之鹰落后和弱势虽然不是绝对的，但对许量的心理冲击是显而易见的。中国民间金融相对于华尔街的落后，这是刀剑与航空母舰搏斗的关系。

这几年，成都的民间金融大鳄层出不穷，那可不是长江后浪推前浪，而是大家都在齐头并进，群雄并起。有时候，许量也会感觉到吃力。

作为未来的中国资本家，他也感受到了傍大款的愉悦，因为他与华尔街资本在合作，但更多时候，他极其沮丧，因为武军他们暗中的操作让他不胜其烦，他不止一次暗自决定放弃一切，重新寻找新的合作者，但在嫣然面前又不好言败，也就只能够是发发牢骚。

“对待只是想抓住树枝休息的老鹰，最好的办法是什么？”嫣然不放过许量，盯住他的眼睛一字一句地强调，“不是好言相劝，不是威逼利诱甚至不需要鞭打老鹰本人，而是立即砍断它依靠的树，让它不得不去飞翔。”

许量却不以为然，他一听嫣然要砍掉自己心中的树枝，更加不愉快了，逆反心理让他开始在心中积聚勇气，他心道：好在自己一直都在积累隐蔽的力量，这可不能够完全暴露。他也不害怕嫣然刺耳的话，毕竟她是好意，对许量请将不如激将，这已经不是一次两次了。

“许量，你必须看明白中国财富发展的脉络！20世纪80年代，价格的双轨制，草寇文化，胆大妄为就可以赚钱；20世纪90年代，主要是国企改制和外贸，要么利用体制转型赚钱，要么与洋人合作，利用廉价的成本赚钱。2000年以后，是利用资源和房地产、基础建设等发财，抓政府和银行，拥有市场资源和金融资源。也就是说，你现在拥有的是金融资源，这是最能够让你快速成长的唯一机会。”

刘嫣然批评了许量在文化产业和酒业投资上花费了太多的时间：“许量，你毕竟是做金融的，金融讲究的是隐忍不发和潜行，你的名气再大，那也是需要化虚为实的。何况，你不是《借贷》系列书的版权拥有人，利益最大的可是吕佛铭。”

许量不言语，他不想告诉嫣然，他也是吕佛铭的晨钟大吕文化传播公司的股东，尽管是没有投票权的小股东，但他们还有其他合作的投资公司。

嫣然不想和许量面对面地说话，那样很容易产生对立情绪，她站起来，身材却暴露无遗，许量假装没有看见，低头听她说：“许先生，我们之间是有合作、合资和承诺的，你可还记得？”

许量点点头，他活动了一下僵直的身体，放松的神态让他显得更加年轻。她在客厅慢慢走动，继续说：“许先生，你要努力去做中国的大老板，你明白吗？你现在的这点成就虽然可以笑傲江湖，但在我们面前，实在是不值得一提的！你要知道什么是生意，你要去体悟和行动！”

“一连串的业务就叫生意，生意不停息就是文化，商业文化。”许量点点头又摇头，这说明他的内心有矛有盾，“如果时光倒流，人人皆是伟人，未来的财富与机会在哪里？三十年河东三十年河西？不对，现在是三年河东三年河西，节奏快了，社会变了，我们怎么办？这世界唯一不变的就是变化。”

嫣然对许量的话不置可否，她继续说：“生产制造、贸易流通和金融行业的融会贯通会产生新的业态和商机。这是全世界的大趋势，可地理环境决定国家和文化，性格决定命运。而中国必须走向海洋和太空，必须！改变生存环境才能够改变文化劣根性。”

“投资、出口和消费是中国经济的三驾马车，目前都出现严重问题；你们说信心比黄金重要，可如果信心比黄金重要，那么，比信心重要的又是什么？”

“对黄金的信心比黄金本身重要！”许量哈哈大笑，嫣然的问题问不倒他。

“投资是最大的消费，中国必须大力发展民间投资。只有源源不断的现金流可以抵抗经济周期，消费会成为社会的一极；政治、金融、文化、消费、网络才是未来社会的五个不可抗拒的力量，它们之间的博弈将决定你们中国的社会结构和生态。消费结构的升级才开始，消费行业会出现巨大的机会。未来十年的发展主线，比如，城镇化的巨大机遇。”

她的话，许量早就明白，却不便于在刘嫣然面前班门弄斧，而这斧头可是真斧头。

许量暗暗心道：投资是机会更是陷阱，我必须持有几十年黄金地段的物业、地铁公寓，稳健的现金流非常重要。他开始思考资本之鹰企业系统中的资产配置和投资组合的问题。表面上却依旧在洗耳恭听刘老师的分析，其中一些观点很显然是来自樊先生的研究，这与许量的观点一部分也是源自樊先生一模一样，正好证明了嫣然与樊先生的热线关系，许量心中更有数了。如今，国际化已经把全世界的资本家联合起来了。

“你必须记住这样一句话：这个世界再大，也是可以使用世界观和方法论去统治的，这可是你自己说的，”嫣然严肃地说，“因为你的思维体系是老套的，我们计划给你的思维创新地定位，所以，你必须洗心革面重新做人，实在不行，你就来美国进修，我可以给你全程安排，这样，你才有可能获得进入国际资本的通路，才有机会实现你成为中国大亨的梦想。那个叫王石的企业家不是在哈佛大学学习了吗？论资历与资本，你还不能够与他相提并论呢！”

刘嫣然说话很直截了当，她不知道这样说会伤害许量的自尊。

“可为什么我要通过学习取得进入国际资本的通道呢？我也可以带个美女去上剑桥大学，但我不会去！”许量压住气恼，大声说，“如果我需要什么资本的国际通路，花钱买不就是最好的办法吗？何苦我自己不做老板，而去做所谓的什么狗屁专家和博士呢？”

他言谈粗鲁起来，表面上表达出强烈的不满情绪，内心却是力不从心的感受。对于一个大男人，力不从心是最可怕的感受，如今，许量隐隐有了这样的感受，但他咬牙不说。嫣然不在意她学生的情绪，只是继续分析最新的政治经济和金融的发展态势。果然，许量的恼羞成怒很快就烟消云散了，袍哥最讲究的是好男不与女斗。

“金融的核心就是信用，可中国不是信用社会，因此，很多种金融创新完全缺乏基础，金融创新无非就是要把各种信用商品化。”

嫣然的课程并不是很高深莫测：“西方社会则相对稳定，你的一生基本上从出生那一刻就注定了，而我们生活在一个充满悬念和未知的社会中，所谓的中等收入陷阱就是我们中国人不得不面对的社会大环境，在这里就是天堂与地狱同在，美好与丑陋难解难分的镜像社会。”

许量暗中在笑，什么时候，你美国人刘老师和我中国人许量说话从“你们中国人”说到“我们中国人”了？

“中国人为什么信用差？这并非中国人的信用基因不足，而是因为从农业社会到工业社会再到信用社会的快速转化导致了社会心理和社会文化准备严重不足，在转型社会，从熟人社会到陌生社会的过程中，人们必须不断地竞争和迁徙，相互的关系不固定，信用违约成本很低。比如，官员的腐败其实就是官员不讲信用，爱情的破产就是爱人之间缺乏感情的信用，彼此的怀疑一旦开始，那就是感情的破产，但这样的信用破产对官员而言，在‘维稳’的强大压力之下，自己需要付出的成本无足轻重，对爱情违约的一方来说，更是轻而易举甚至时髦，很自然全民不讲信用的大环境就形成了。好在商家的信用违约成本已经开始剧升，在微博时代，信用开始集聚了，这就是中国信用社会的未来。”

他一边听嫣然讲课，一边暗自笑道：我许量最近一直在计划能够做一生的事业，已经有了几个选项，而一旦确定就不再改变，人的一生总会有与生俱来的一些东西，比如我好为人师就去做老板学校；有莫名其妙的使命感就去做中国资本圈和商战文化，呵呵。商人要明白自己到底需要什么才是最核心的，商战中，实力早已让位于势力。许量的前瞻性刘嫣然不会理解，但许量知道人在商场，向浮躁说再见很不容易，版图已定就贵在坚持了。

许量在心中默默地记住嫣然讲述的要点：未来中国的主宰有几位？政治、网络、投资、消费和文化。这不完全同于目前中国经济的三驾马车——国有经济和银行主导的“投资”、依靠补贴出口创汇的“出口”以及畸形变态的公款“消费”。

政治经济进步带来的红利、网络平民化和文艺复兴带来的巨大商业机会是许量必须提前去布局的，这才是能够匹配你未来代表中国民间资本的教父的所作所为。而民间资金转化为民间资本，民间资本成长为中华民族资本之后的“投资”、以人为本的大众“消费”，出口转为内销不仅仅是市场的转变，更是回归经济发展必须有利于本国人民的基本要求，那种舍本逐末、片面的经济发展模式必将被完全唾弃。

上完课，嫣然请许量喝点红酒。酒一开，许量喝酒的速度就明显加快，他有心事。

他们开始进入朋友的身份，话题很自然说到了许量的感情世界。

嫣然的话题很西方化，她完全不介意与许量讨论爱与性的问题：“除了传统感情中的爱与不爱两种状态之外，现代爱情的内涵丰富多彩，终身相守、经历之后转身消失的背影和仅仅多看了一眼的邂逅或许也同样都是爱情。爱，最需要的是勇气而不是性欲；爱的责任不仅仅是敢于去做孩子他爸，还要有终生做一丈之夫和画地为牢的耐力，路遥知马力，日久见人心，这话才是爱情的真谛。这是一个滥情的时代，坚守爱情的唯一办法就是转移或者尽可能地少一点无缘无故的性。”

许量微笑，他喝酒，嫣然的话题不错，红酒的味道更显得悠长。

“男人大约都是渴望红颜知己的，但大多数都是不能够把握住情人与知己之间的分寸的，或者说是他们不想把握住。可知己一旦成为情人，在你的面前，那她就会红颜不再，唯余下一个空虚的女人而已。”

他对此表示了反对：“性与情是不能够完全分开的，一旦分开，感情世界就会不完整。单纯的性是动物，单纯的情是植物，无论是动物人还是植物人都不会是你想要的生活吧？”

嫣然不想辩解，他们的观点不完全相同这才有交流的价值，她兴趣盎然，突然用英文低声浅唱了一首歌曲。曲调十分好听，可惜许量对英语不精通，听力也不好，只好固执地望着她。嫣然反应过来，就给许量翻译道：“生命就是一种淡淡的忧伤，只不过有的人花开如同玫瑰花香，有的人却是小草带了泥土的芬芳，但他们无论高低贵贱都是殊途同归，去了同样的地方，随风飘荡，随风飘荡，同样的地方，不要在意你身处何方，精神依旧高贵，心灵永在云端飘荡。这歌名就叫《飘荡》，讲述的是一个人的最佳生存状态，那就是随风飘荡远方。”

许量知道这是歌词的大意，他没有追问这是哪个国家的民歌，却不想这歌是刘嫣然自己即兴创作的歌词，后来找了一位作曲家谱曲而已。

这就是刘嫣然的爱情观点和感情的世界，对许量敞开了，她的观点还有一些中国传统的影子。她的爷爷给她讲述的东方爱情故事也成为她全盘西化教育之后硕果仅存的文化基因，这可是她隐蔽多年的情结，也是为何她迟迟没有以婚姻融入犹太人圈子的根本原因。

许量与她轻轻碰杯，他喜欢她的红酒，高档不高档、名贵不名贵算不了什么，重要的是与她这样的女子促膝谈心，妙不可言。他不在意她的批评，心理素质不错，已经关闭了心灵敏感部分的神经，好像那是在批评别人。

“难道张嘉仪、张娅、洪羽菲和白蓝这几个女人你全部都想要吗？”刘嫣然盯住许量的眼睛追问，“而且还是同时需要她们？那么，你是否还要组织一家股份制的爱情公司，或者如同国家之间依靠和平共处五项原则呢？”

她在嘲笑许量，似醒非醒，似笑非笑。

“是的，我一定都要，男欢女爱自由自在。感情如果美丽，那就是犹如初雪。她们就是我来这个世界的唯一目的，”许量很坦然地回答，“为之，我心甘情愿付出一切代价。”

他的内心还有一个声音在回答：“我许量的感情看起来花里胡哨，其实哪一件感情不是事出有因，情有可原？谢丽如果不是只是待在家中，缺乏事业共同语言，张娅也不会出现；而与嘉仪的感情更是偶然加上必然的产物，或许最初就是男人的虚荣心在作怪；至于羽菲，那是多少带了商业意识的感情，这是每一个老板都在幻想和实践的财色双收的生活模式，犯了错自然也是应该；何况，羽菲与白蓝都是嘉仪的冷漠带来的精神空虚，感情出轨不都是车上没有驾驶员，其他人乘虚而入的结果吗？”

“你真是，真是——”嫣然明知故问，但至少你许量怎么也要委婉一点吧？她想说许量是厚颜无耻，此话有一点粗鲁，暂且说不出口。她一激动，普通话就说得不那么标准了。

许量觉得这话题很有趣，哈哈大笑道：“嫣然，男子汉大丈夫有三妻四妾也是稀松平常的，我这一生经历了多少女人就书写了多少故事。”

“你们中国人不是有谚语说，选对一个老婆，有时候，也就选对了你的一生吗？”她不解地问道。

“可选对了一家公司呢？那只是说明你能够衣食无忧。”许量答非所问，“你不知道的中国历史还有很多潜规则，比如，只爱一个女人的皇帝都会出事情，大臣们就说这是后宫专宠和专权，唐明皇宠爱杨贵妃就是最著名的案例，重者会失去天下，轻者会伤人害己，而皇上多爱几个女人却会相安无事，有事也是风流韵事。”

他把之后的话省略了，那就是：“在中国做老板，不能够仅仅是绅士，最流行的风格是流氓大亨。男老板如果你没有一个或者几个拿得出手的情人或者红颜知己，那是不能够证明你是优秀男人的；女老板如果你没有几个镇得住外人的强硬领导关系，那是一定会被其他老板欺负的，社会在这个时候也会遵守自然界中优胜劣汰的进化原则，身边的美女就是你做男人最好的名片，背后的领导就是你的后台。做企业如此，民间金融尤其如此，许量的身边不能够缺少美女就是这个道理，哪怕是装模作样，你也不能够缺少，至于上不上床，那才是感情与否、道德与否的问题。”

嫣然对中国历史不熟悉，只能够无助地盯住许量，胸口起伏。片刻才说：“你许量有什么资格与皇上相提并论？”

“皇上就是王者，不过也是国家级别的董事长而已，我们这样的中国老板比皇上小很多，却也是董事长和新的王者。”他开始有点挑衅地盯住嫣然的眼睛，不去反省自己的缺陷，却嬉笑道，“你嫣然只是我的老朋友，听听我的心里话也是应该的，我可没有把你当成什么大美女。”

嫣然心中不愉快，她明知道许量不会爱上自己这样的女人，也绝对不能够爱上自己，但心中还是有点失落。她哼了一声，转了头去远眺窗外未知的世界。可她的侧面更好看，他看得很专心，生气的嫣然让许量更开心，不由得在心中涌现出一种亲切之感情。

于是，许量不开玩笑了，他很诚实地说：“嫣然，我许量不是天生的花心大萝卜，也不是花花公子，我的感情世界也不是一天就走到这一步的。每个男人都有过爱恨情仇四种感情，每个英雄都要有七情六欲，有几个女人那才算得上完整，不同的是，这几个女人可以合而为一，那就是完美的女人。不过这样的机会极其稀少，所以这世界的男人大多数都是喜新不厌旧，多吃多占，这好似生物特性在支配他们，不完全是道德与否。说实在的，我对人生太敏感，也太用心和用情。但是，我的的确确是爱江山更爱美人，贪心的不仅仅是我这样一个男人。”

“有时候，对一个人的好，就是对另外一个人的坏，而且是大大的坏！这在爱情上尤其是如此，”嫣然叹气道，“许量，我真的不想评价你。但你这样一个男人太自以为是，你认为天下的美女都会喜欢你吗？你既贪婪又贪心，对爱情不专一，对朋友也玩弄手段，你……你对女人们而言，简直就是十恶不赦的大坏蛋！”

嫣然的话匣子一打开，就开始数落许量，语调越来越高，语速越来越快，许量开始还嘻嘻哈哈，以为是嫣然的酒话，可听到后面却再也笑不出来了：嫣然是真的开骂了，语言尖刻。

许量有点莫名其妙，他只能够认真听着，酒意也开始慢慢蒸发掉了。这姑奶奶是发怒了，可为何呢？难道为我许量的女人们在打抱不平吗？他想辩解一下，刚才他说的他全部拥有的女人那只是在心中而并非在现实中，可是这已经来不及了，嫣然很显然已经对他盖棺论定。

她有种想毁灭许量的冲动，这个男人不可能听从自己的安排和控制，这就是问题的实质，嫣然的内心不明白的是当一个女人狂热地关注另外一个男人，并企图控制他的一切的时候，只有爱与恨才能够解释了。对此，丁妮是看得很明白的旁观者，她没有胆量去招惹正在狂热状态的嫣然，但她从秘密渠道知道：如果不是刘嫣然碍于与许量是有血缘关系的亲人，她也是许家的一分子之外，那就只有上帝才知道嫣然会做出什么离经叛道的事情来。

许量知道嫣然的怒火，立刻表达道：“抱歉，嫣然，我喝多了酒。”他当然不会流露出自己的真实意图，那就是要试一下，嫣然的底牌到底是哪张？是情是义，还是利益？

“能够驾驭酒量的人才会有胆量和雅量，我最讨厌被酒精麻醉的男人，即使你是许量也是如此！”嫣然真生气了，“从你的所作所为来看，所谓爱情本来就是一个笑话。我真是不明白，你许量到底有什么好？让这几个女人都在为你痴狂！我真想告诉她们，许量就是一个花花公子，不值得她们爱！”

他不怒反笑了，许量真是头晕脑涨，面前的嫣然美艳不可方物，可他没有男女之情的感觉，还是觉得她很亲切，骂得也很舒服。他闭眼微笑，完全是身在异乡不知客，一副死皮赖脸和乐不思蜀的模样。

嫣然知道怎么样去对付精明强干的许量，却不知道应该怎么样去对待一个无赖的许量。一时之间，他们达成了暂时的平衡，无话可说，战略相峙起来。

她记得刚才他们的对话。

嫣然的问题很尖锐，而许量的回答也是很经典：“我们只能够通过市场，用竞争的手段，把对手消灭，要干净和彻底。具体而言，就是合理利用现有的规则，潜移默化地侵蚀他们的硬度，试探他们的心理和底线，最终，改变一切。改变世界的三种手段：革命、改革和市场。我们只能够选择市场，而市场就是革命和改革的最高形式，润物细无声，改变我们自己，才能够改变世界。”

许量依旧闭眼微笑，沉浸在他的自我世界里，他的精神依旧闭关，一时之间难以苏醒。

刘嫣然又心道：我或许应该叫许嫣然了吧？许量啊，你是我们许家最有名气的人物，有女人很正常，没有女人算是异常，但他到底应该有多少女人为宜呢？这值得深思熟虑。

他的状态，是坐着都已经睡着了，那神色犹如婴儿。

她站起来，知道没有办法立刻赶走许量了。

嫣然的心思很活跃，她真想告诉他：许量，你知道吗？你的女人看起来都很优秀，其实她们在你的心底都是幻象啊！张娅是你恋母情结的产物，张嘉仪则是你与黑道针锋相对的战利品，洪羽菲是商业利益和情感的结合物，也不是纯粹的爱情呢。至于白蓝嘛，至少最初是我的安排吧，阴谋与爱情能够同在吗？这样一分析，许量看似生在花丛中，足以笑逐颜开，但实在是并没有可以依靠之处。

还有一句话，这是丁妮对许量的心理分析：那就是为何成为会所总经理和股东的女人都无一例外成了许量的女人呢？就拿白蓝来分析，除了她青春靓丽的性吸引之外，嫣然哼了一声，很想说出口的话是：“许量，你的心思我不知道吗？白蓝是谁啊？那是你资本会所的封疆大吏啊，你不把她睡了，你放心吗？”

可这样一说，许量势必会反目成仇，这是嫣然最不能够接受的。他不是她

的，但她是需要做他世界的旁观者的，他需要我的关照。

此念一旦产生，就具备了生生不息的生命，最后弥漫了嫣然的心境，这也让她的心变得柔软了不少。未来如何？漫漫长夜中深思熟虑，可总会天色大亮。

孤男寡女，共居一室，许量并没有觉得有什么内心的不安，他个性率真，敢想敢为。虽然他闭眼假寐，但心中却活跃不已。他不用去看嫣然的恼怒，但她对他没辙，这点许量早就洞悉。只要与刘嫣然真枪实弹，就各有输赢，许量最终还是处于下风的居多；但一旦胡搅蛮缠，假痴不癫，嘿嘿，嫣然多半就是不可理喻地包容了自己。

这是许量心中最大的一个谜，他不知道嫣然为何要这样对待自己，亦敌亦友，那绝对不是爱可以解释的，许量可以确定嫣然不会爱上自己，一是年龄，二是两人的社会地位天壤之别。勉勉强强找了一个自己在中国民间金融的地位才是他们最渴望的资源的理由，但这也不能够完全解释所有的事件。

许量偶然从白蓝的电脑中发现的秘密日志记录了白蓝与刘嫣然的交易，也提到了萧成灵一直在给嫣然他们提供他的心理学研究报告的事情。

只是许量这时候还不知道白蓝是故意泄密。否则以白蓝的精明，怎么可能使用许量的生日作为她电脑的开机密码？这好似白蓝为她留下的一条道路，她不想与许量之间的道路在与刘嫣然的交易中全盘毁灭，她与刘总交易不完全是为了钱，还有做许量与刘嫣然之间的双面间谍的目的，事实上，白蓝很成功。

她以微小的一己之力在左右许量和刘嫣然这两股力量，甚至嘉仪和羽菲、张娅都被玩弄在股掌之间，可这是白蓝的秘密，连许量都不能够全部说明。

别墅里面的空调开放得温暖如春。等许量苏醒的时候，嫣然在一旁也已经迷糊。他注视着她，在心中急速地盘算，今晚终于有了好机会，如果不下重手去刺激一下嫣然，估计她永远不会向自己流露出真实的意图。许量心底深处的“坏心”开始启动，里面冒出一个晶莹剔透的念头，那就是一定要火力侦察一下嫣然的底线，这念头很像是潘多拉盒子一旦打开就再也收拾不住。

他缓慢地移动身体，越接近她就越能够感觉到她身上的香味，这不是红白黄玫瑰而是世间最罕见的黑玫瑰，那色彩深不可测。

嫣然猛然被许量抱满怀，房间人造出来的夏天让他们衣物单薄，她喜欢穿着中国丝绸，许量也是薄薄的一件白色衬衣，他们接触衣物就如同接触肉体，都如同触电一般。惊醒过来，嫣然不知所措，脸色立即涨得通红，胸部起伏饱胀，心情澎湃不已。她也是妙龄女郎，充满情与欲，对许量一直就有一种莫名其妙的好感，一直是藕不断丝相连。

最初，嫣然就是听爷爷说到许量的爷爷而好奇，后来又通过网络假装无意中认识。他们一见面，嫣然就知道他们一定会是一对冤家，见不得离不得，因此，她无论如何都要与他的世界建立联系。

数年一来，日久生情，如今被许量一激发，差点就是情不自禁了。可她不得不抗拒许量的进攻，她面对许量的拥抱，极其享受也极其愤怒，这两种感情完完全全是同时出现在她的胸腔的冰与火，她几乎没有力气去抗拒许量的热情，她没有心思和时间去区分许量此时此刻到底是欲望还是爱情，她必须让许量清醒过来。

于是，她竭尽全力推开许量的双手，极快地抓起红木桌上的那杯没有来得及一饮而尽的拉菲酒，向许量的脸上泼去，动作一气呵成。

许量被迎面而来的红酒冲击脸庞的那一瞬间，马上意识到自己的失态。拉菲酒的芬芳味道在许量的脸上滑行而下，他激情消失，内心开始羞愧，低头不看嫣然。许量已经明白，果然他们之间的关系不是情与爱，而是另有所图。

“许量，你记住全世界的女人，你都可以去爱，可我刘嫣然你却不能够，永远不能够！”说完，嫣然心痛不已，她慢慢转身离去，她不得不离去，只有她才知道她与许量的真实关系：他们是同一个爷爷的孙辈，有血缘关系！这就是世界上男女相爱永远不可以逾越的高墙。

许量反客为主，他独自留在了嫣然的房间，就当这里是客房吧。他心中回忆起了龙良军的推测，也开始怀疑刘嫣然与自己是否有什么很特别的关系了！可这关系，不是男女关系，又是什么呢？亲情吗？天，她在美国出生，我在大别山区出生，怎么可能呢？

两人之间的距离越来越远，他们两人没有一个人试图去挽回一点什么。

嫣然开车出门，在大上海的大街上穿行。她开始回忆，电影一般的画面一点也没有让她失去车速。

当年，许量的爷爷许虎在上海滩闯荡之时，结识了刘嫣然的爷爷刘全，他们联手在上海滩放高利贷，黑白通吃。那是激情燃烧的岁月，更是赢家通吃的江湖。

当然，许虎也认识了刘全的姨太太李岸柳。这李岸柳是真如柳叶摇曳的女子，出生在江南世家，知书达礼、清风飘逸，许虎自然是被吸引得情不自禁。在一个偶然的时刻，他们有了孩子，这孩子不被任何人觉察，只有李岸柳在病重临去世之时才告诉了刘全。刘全心起报复之念，在解放之时，逃亡去美国之前，利用了革命改朝换代的时机，举报许虎是做高利贷的奸商，是反革命，这让许虎在准备逃回四川的前夜，被革命者抓住镇压了。

许虎和李岸柳的孩子就是刘嫣然的妈妈刘梅。刘梅从小体弱多病，在刘氏家族中默默无闻，与爱尔兰后裔的美国人结婚之后，生下混血儿刘嫣然，不久就去世了，而刘嫣然的父亲却在金融危机中生意失败而自杀。这奇特的身世加上刘嫣然自小的聪慧乖巧，重新赢得了嫣然爷爷的爱惜，这也是爷爷年老之后，对许虎的内疚和忏悔。

这身世之谜知道的人极少，刘嫣然也是在偶然之中才被爷爷告知，这才有了后面与许量网络中的“偶遇”而不是艳遇。如果她爱上许量，那就是乱伦。可嫣然已经是动了感情，覆水难收，她内心的苦，只有依靠不断折腾许量来发泄，因此，她不断地出现在许量的四周，让不同的女人去爱许量，然后，都不得不离开许量。她对他既下不了重手，但也绝对不会甘心默默无闻地消失在许量的世界里面。

只是她和许量现在都不知道，许量本人并非许家的亲生后代，只是仆人吕之和的后代。

第二天，丁妮一早就来到别墅，刘嫣然不在别墅，而是去了上海公司的办公室，而许量镇定自若地在客厅看书，嫣然的中文书籍不少。

怎么？他们居然没有在一起吗？

她十分困惑：刘嫣然到底是喜欢还是仇恨许量呢？说她喜欢许量吧，那她为何总是不断地去折腾许量，让他的感情世界和事业总是不得安生呢？她正在用照片去抹黑张嘉仪，成全了白蓝但又在计划赶走白蓝。

而说她不爱许量吧，为什么又总是在这样一个中年男人的四周逡巡，显得恋恋不舍呢？而且，她还替许量照顾了张娅，安排了嘉仪的生意，关照过困境中的洪羽菲，帮助白蓝得到了许量。

似是而非，可她到底要怎么样去摆布许量？猫和老鼠的游戏吗？

不错，许量是千千万万民间金融从业者的代表之一，但难道一个许量就代表了中国整个民间金融的全部吗？显然不是，但没有一个人能够说服嫣然的固执己见。曾经有几个手下没有能够把握住对许量的好与坏的程度而被嫣然毫不留情地痛骂不止，这以后，大家对任何涉及许量的事务都是小心翼翼，绝对不会擅自行动了。

对此，武军心知肚明，他对丁妮分析道：“许量和刘嫣然，这一对自以为是的男女，你还没有看明白吗？他们心里都有对方，可谁先爱了，谁就先输了。呵呵，因此，最好的办法是让他们去荒郊野外，严酷的生存环境会压迫他们在一起的。这一点，好像他们早就心知肚明，只是在等待一个契机而已。”

第十七章

银行没办好的事，我们替银行办好

回到成都，许量的工作状态一直不是很好，他对嘉仪的照片事件隐忍不发。几次把她临出国之前给他的牛皮信封拿在手中，想撕开，但他知道一旦他这样做了，嘉仪就会一去不回头。她那话还不明显吗？这里面是我的自由。

他每一次闭眼就会浮现嘉仪给自己这牛皮信封的模样，如在眼前。

“这里有一份文件，我已经为你准备好了。”嘉仪心情复杂地递给他，“我爱你，但这是你的自由，不要问我里面的文件到底是什么，你是知道的。”

就这样的含义，许量却没有勇气去打开。

他只好把感情多给白蓝一点，但也知道节制自己的体力和心力。

这天樊先生给他安排了一件事情，许量迟疑了一下，这才应承下来。这是一个接待任务，许量已经不喜欢热闹，他甚至在内心深处渴望清静无为。

几天后，北京来了一群客人，他们被带来见许量。

在郫县的一个乡下度假村，这地方很是精致，宛转曲折，绿化很好，真是别有洞天。

大伙儿只是通过樊先生的介绍才得以成行来此拜访许量，可这许量架子不小，只是让他的助手白蓝出面来接待。不过有人知道白蓝其实也是许量的女人，心中也就释然了：毕竟是许家的女子，举手投足之间暗藏风韵，应对自如之时笑对红尘。

一进院子，里面春暖花开。

再进客厅大门，带队的罗总停止了脚步，他发现了门口的对联很有趣。这对联龙飞凤舞，但罗总看得真切。

上联是：身许情许意许心许；下联是：度量胆量雅量大量；横批是：许量。

这字体端庄厚重，算得上是大家之作，落款是江虹。

大家聚精会神，都在揣摩这对联的含义。

罗总思忖良久，他毕竟是资产上了数十亿的大亨级别的人物，对许量的好奇心驱使他来到这里，但他是口服心不服，商人成功大小的标志难道不是权与利吗？女人算什么？思想又算得上什么？于是，他故意不看白蓝，傲然点评道：“这对联不怎么样，我来修改一下。”

大家唯罗总马首是瞻，都饶有兴趣地鼓掌了，但掌声很有节制，因为这是登门拜访，不是来凭借嗓子踢场子。

“许心许意许情许身，量大量雅量胆量度，许量的横批不变。”罗总悠然地念念有词。

大家仔细研究，再次品味，发现这一颠倒，语境语意寓意大不相同，略高一筹，于是都鼓起掌来。

白蓝也在微笑，思忖一下，也微微鼓掌，礼节性的表达。罗总一不小心着了白蓝的道儿，他以为她是在赞扬自己，心情更好，继续上下左右地打量对联，他在继续挖掘对联的秘密。

终于，他发现了这对联的妙处：第一是“许量”这个名字处处都出现了，而上联与下联中的其他字一一对应就组成了新的词语“心大”“意雅”“情胆”和“身度”，这四个词语正好是许量这个人一生的写照。

“心大”是指许量一生志向远大，立志成为中国民间金融研究的探索者和实践家；“意雅”则是指他的文人情结；“情胆”自然是指他信奉的爱江山更爱美人；“身度”则是佛家的偈语了，许量此生不度肉身便不能超越精神，这是他未来必然会进入的一个自我超度的境界。

罗总仔仔细细地把他的发现给大家一一讲述，大伙儿这才明白。

白蓝再次鼓掌，这是真正的赞扬，但她依旧笑而不语。

笑而不语这是许量事先告诉她的秘诀，对待罗总这样的大亨，缜密不如神秘。在商场中，高手之间的博弈其实就是比赛底牌，谁的底牌多不重要，重要的是谁最后才翻出自己的底牌。

罗总也不好意思去为难白蓝这样的大美女，但他旁边的女同学秦霄之却按捺不住，她微笑着追问白蓝：“白小姐果真是温文尔雅，只是罗总的妙语连珠，为何不评价一两句？”

秦霄之三十多岁，刻意的打扮让她年轻。她在这个EMBA班级中算得上是美女，左右逢源。可到了这里与许量的女人一比较，则是人比人气死人了，于

是，女人吃了女人的醋，秦霄之发招了。

白蓝早就研究过访客的全部资料，知道秦霄好斗，也就不得不说话了。

她转头见罗总笑眯眯地抱手在胸前，这不是防御的姿态而是踌躇满志，于是，再也忍不住，她对罗总而不是秦总说：“您的评语是很准确的，可这副对联大家都忘记了问一下是谁写的。”

罗总一愣，心道：这倒是失礼了，点评完了对联，却不知道谁是这副对联的主人，那这白蓝不是在笑话自己瞎点评吗？他依旧微笑，知道自己的女人与白蓝相比较，已经是下风口了。这说明许量这人或许真的有本事，要知道驾驭白蓝这样的女子堪比栖身在烈马之上，男人的品位在他的女人身上，此话一点不假。

没有人问，白蓝就不说话，秦霄之不得不追问道：“难道是许量自己写的吗？”

白蓝点点头，微笑一下，用手做出一个“请”的姿势，这显示她的大度。

大家在她的带领之下，走进客厅。客厅宽大，家私都是中式红木家具，也足够坐下这群人。

白蓝故意走在罗总的身边，低声又道：“许总告诉过我们，那对联本来就是需要顺着去念、倒着去读的。这对联本是正反两副，念与读则是两个层次的感受。”

罗总心中一点小小的颤抖，他知道白蓝是在骂自己自以为是，其实，早就在许量的计算之中。还好，她给了自己面子，于是，罗总面不改色心不跳地说了声“谢谢”。

白蓝飘然而去，背影圆润，极其感性，实在是引人入胜的一道风景。

许量在里间，有点焦躁地踱着方步，他不在意什么罗总秦总，而是必须给樊先生面子。这些年，许量已经厌倦了迎来送往的接待，算得上是想归隐之人。

一个多月前，许量带了白蓝游山玩水，在朋友的介绍之下，偶然来到这里，一下子就被吸引住了。这就是他喜欢的新家，更重要的是与他的那个梦境中的院子有点相似。许量对渴望得到的东西，一定会全力以赴去抓住，可惜的是这里的房子只租不卖。经过几次讨价还价，他把这个院子租了下来，稍加改造，这就成了他的新的接待点。

来者都是客，许量稳住心态，安慰自己道：这罗总就算是全国有名，那又何妨？我许量不也是鼎鼎大名吗？他整理一下衣物，对镜子里面的依旧显得年轻的许量很满意。

白蓝进来，她见许量正在对镜观察自己，这样的情形很罕见，也就笑吟吟地在旁边站立，不去打搅大男人整顿仪容，这是好事情，省得她再去提醒他。

“吕老师什么时候到？”许量很关心，今天，他需要展现一下资本之鹰团队的精神肌肉和力量。

“吕老师与唐老师两人都在路上，他们在午饭之前能够赶来。”白蓝走过来，替许量整理一下头发。她看见了他的头发中已经有了些许的白发，心中一丝难受涌现，却立刻用微笑和温柔之情感压了下去。许量见状，温情脉脉地微笑了，但没有动手动脚。

片刻，许量与大家见面，客客气气。

出乎意料的是许量发现来访者中居然有自己的学生刘守业，他们不约而同地假装不认识，许量心道：这个学生深藏不露。而刘守业则是有点惭愧，他们关注的焦点都是学生没有及早向老师报告行踪，这不仅仅是礼貌问题，在商战中，还有情报的性质。

大家仔细一研究，都发现现实中的许量与书中的许量有点区别，但区别是什么，一时之间还难以下结论，但绝对不是许量的坚硬外形以及被修改为儒雅之貌，因为他的眼睛依旧锐气外泄。

按照商务接待的程序：在客套话中介绍各自的身份，交换名片；宾主各自落座，上茶；然后，就是逐渐进入正题。

正题就是罗总代表来访的知名大学的EMBA研修班考察组，先是向民间金融的代表人物许量致意，然后，就是请教掩盖之下的质问。

许量知道来者不善、善者不来的道理，罗总的财富不可怕，他最担心的是这个人的能力巨大，他必须回答一些很尖锐的问题，这比记者更难以对付。

他们都是智商极高的精英人士，就跳过了民间金融尤其是民间借贷的是非对错这样幼稚的问题，直截了当从民间金融的发展开始谈起。罗总的集团公司实力雄厚，有小贷公司、典当行和投资公司，甚至还参股了地方的商业银行，他对此是研究颇深，许量一一在解答他的问题。

比较尖锐的观点有不少，比如：“许量先生，你一朝进入灰道，那就终生别想再次变白，这就是人不能够两次踏入同一条河流的人生原理；即使你现在是所谓的投资者，可高利贷者的过去依旧是你的尾巴，割不断赖不掉的！”

“非也，”许量的态度不卑不亢，他摇头道，“大多数放贷人其实涉足的不是什么高利贷市场，而是民间的债务市场，高利贷的词语其实已经过时，把高利贷留给利滚利和暴力收债的那些道上的人吧，我们需要正名，更需要保护，但最重要的还是与企业共存共荣，共同创造和分享新的企业价值。”

罗总等人笑而不语，刘守业一言不发。

“我知道大家是不想与我这样的高利贷者为伍，是吗？”许量哈哈大笑，“诸位，我们这里有上十位的老板吧？我来请教大家几个问题。我们这些老板中，有谁能够保证自己的钱都是绝对干净的？有谁敢宣布自己的创业史没有所谓的原罪？有谁有胆量说自己在多年的经商历史中，从来没有行贿给官员？又有谁敢于说自己的财富没有任何偷税漏税？”

他的眼光变得很尖利，能够看得出有的老板神态不太服气，可没有任何人有胆量站出来说假话，“还有谁敢于说自己天生就有资金发展企业，从来就没有依靠过民间借贷？何况，据我所知，诸位或多或少都在做资金借贷生意，常在河边走，焉能不湿鞋？”

众人继续缄默，各怀心事。他们的经历与许量极其相似，谁都不好再说许量的不干净，他们的脸色凝重，不再五十步笑百步。

许量也沉默良久，空气中充满了压抑：“我们都会唱《祈祷》这首歌吧？希望永远不是现实，我曾经说过我是一个为善而恶的男人，估计诸位都很少学习哲学，不知道‘恶，是历史进步的杠杆’吧？”

“这就是转型社会的悲哀，人人希望世界和谐，但人人都在战争。”白蓝为了掩饰心中的沉重，努力微笑道，“不只是民间借贷有江湖，其实现在的各个行业都已经江湖化了，甚至道德也被娱乐化了。”

许量点点头，继续说：“这就好比我们人到了中年，又做了多年的老板，有谁没有落下一身的毛病呢？”说完，他指了一下自己的胸口，“我这里早已是痛苦不堪了，我看你们不是血脂高、血压高、血糖高的‘三高’，就是假装还能够血气方刚，其实就算是给你们美女无数，我看你们也是难得有所作为……ED是什么大家知道吧，阳痿啊！更何况精神的阉割比身体的阳痿更加可怕……”

白蓝和众人都知道许量胆子大，喜欢说真话，但真话未必就是真理，因此，白蓝开始阻止许量的话题：“许总，我们今天不是来说是非的，我看，您需要复习一下祸从口出的人生大道理了！”

对于秦霄之提出的许量的感情世界是否太丰富多彩了的问题，许量呵呵笑道：“你是要我说真话还是假话？我不是不说假话，是我有本事把假话变成空话来表达。”他耸肩一下，表现出满不在乎的模样。

他还想说一句很牛的话，那就是：“我许量有无数个幻影，你看什么是什么，智者见我智，仁者见我仁，淫荡者自然见我淫。”

但他嘴下积德，算是给了对方面子，毕竟好男不与女斗。

在这整个问与答的过程中，许量知道罗总提问的章法是很有水平的，他的问题难易结合，大小结合，很容易让人在不经意中流露出你的本意，有点像吸星大法。许量则使用乾坤大挪移，经常答非所问，以保护行业秘密和自我保护为主。

因为樊先生的关系，罗总也不能够太刺激许量，他们的交流让四周的同学和朋友都受益匪浅，但只有他们两人才知道，这只是皮毛，他们认识了，可还是陌生人，握手并非握住了对方的心。

他们谈到了马云阿里巴巴金融战略的话题，许量松了口气，他对别人的研究比对自己的研究更深刻。

罗总开始提及阿里金融的事情：“去年，中国民间金融领域发生了几件大事情。一是在8月24日，在中国平安的中报业绩发布会上，集团董事长马明哲证实了他与腾讯马化腾、阿里巴巴马云正谋划在上海成立一家主营保险业务的互联网金融产品销售的合资公司，结合各自优势开辟一条保险销售新渠道。二是，不久之后，马云在参加访谈时，表示阿里小贷将面向江、浙（除温州）、沪阿里巴巴普通会员全面放开，此前，阿里小贷仅针对三地的付费用户，现在看来，他们业务的覆盖面已经成倍增长。许总，您怎么看？”

自从许量建立了民间金融研究院之后，对民间金融的理论研究都是依靠吕老师和唐老师等老师在进行，他对此的研究不多，却已经足够回答罗总的问题了。他请罗总喝口茶，先介绍说：“诸位喝到的都是上好的蒙顶山茶。”

秦霄之见许量不是书中那种灰道人士应该具备的粗野之风格，心中也有点好感，就开玩笑道：“不知道有没有资本之鹰的特供茶呢？”

大家知道秦总说的是许量有资本之鹰的特供酒，那就顺理成章应该有特供茶品。刚才罗总与许总的谈话有点采访的性质，秦霄之说笑一下恰到好处。许量心情一松懈，对着秦霄之微笑道：“秦总过奖了，许量是好酒之人，至于茶品，资本之鹰倒是真有做点特供品的计划，不过，需要三年的时间。”

秦总点点头：“我秦霄之佩服佩服，许总为了做出好茶，心甘情愿让土地休耕三年。”

许量抬手一端手中的茶杯，朗声回答：“秦总好眼力，不愧是做农业产业化企业起家。”这话一出，大家才知道许量是有备待客。秦霄之的集团公司规模也是不小，做现代农业，对茶叶产业自然是很精到。好男人依靠的是好女人，好茶的基础则是好土地。

这样转折了话题，罗总的气势就被去掉不少，许量继续刚才的话题：“无论马化腾、马云和马明哲等‘三马’聚首金融还是阿里小贷扩大客户群体，都只是阿里巴巴作为电商进军金融的部分举措。马云是我国优秀的企业家，他的阿里巴巴下设阿里金融已久。他们在两年前成立阿里巴巴小额贷款股份有限公司，目前已经为累计13万客户提供融资服务，超过260亿元的贷款规模，0.72%的不良率，这可是一个了不起的业绩。”

白蓝对网络金融一直在研究，她见许量把目光转向了她，知道她可以上场历练一下了，也就接过话题：“为了不让银行找碴，阿里金融一再表示，无意与银行抢蛋糕，只想做100万元以下的小微企业客户，这算得上是低姿态强进取的典范了。”

秦霄之旗下也有小贷公司，她打断了白蓝的话：“目前，阿里小贷公司面对的实际上是银行不愿意服务的民营客户群，特别是网商群体，因此，这家公司的存在很有意义，他们面对的也是中小企业，是微小企业，包括个体经营的群体，为他们提供迫切需要的金融服务。如果有朝一日他们能拿到银行牌照，建立传说中的阿里银行，则很有可能成为一家优秀的面向网络客户的专业化银行。”白蓝微笑一下，表示不争。

大家都是敏锐的商人，都知道马云旗下如火如荼的小贷业务背后掩藏不住的是阿里巴巴的金融抱负和银行的不安，不少的银行已经宣布加入小额贷款和微小贷款领域就是明证。依靠庞大网商躯体的阿里小贷公司，对银行来说究竟是“自扫门前雪”，还是危机重重的“狼来了”很难说，但大家都在思考：不仅仅是银行和电商，似乎所有的企业都应该对未来IT进军金融的大势做好战略准备。

罗总听得很认真，他与秦霄之的关系很好，见白蓝的话没有说完，心存善意，等到秦霄之说完话，他就提示道：“现在网上做小贷是一个新的浪潮，白蓝小姐是鼎鼎大名的资本之鹰会所的总经理，对此一定有所研究，可否给我们赐教？”

那神态是毕恭毕敬，许量见状就赶紧帮助白蓝一句话：“白总不仅仅是资本之鹰会所的总经理，也是股东之一。”他的意思是说给秦霄之听的，白蓝也是女老板。

白蓝不好推辞，她有点压力，但不得不说自己的看法了：“在网上做小贷其实并不新鲜，一种是像贷帮网那样，针对乡镇、农村的种植户、养殖户、小商户贷款，除了网上申请和审查，同时也会结合申请贷款的客户进行实地调查核实。还有宜信和人人贷的模式，总结起来，一是金融中介，严格把握住注册的底线；二是按照类似银行的模式，采用先借贷，再转让所谓债权的擦边球；而第三种就是如阿里小贷公司这样的模式，它完全基于线上审查和控制，其服务对象也针对淘宝、天猫、阿里巴巴的商户。这种纯‘虚拟’放贷的模式，目前也许只有马云的公司才能够做，这是基于客户的金融战略。2010年6月，在阿里巴巴、复星、万向、银泰等股东的参与和推动下，阿里小贷公司悄然面世，这是全国范围内首家完全面向电子商务领域小微企业融资需求的小额贷款公司，发展的势头自然是很惊人。”

白蓝努力控制住心情的起伏，从远处说到最近：“据说，阿里金融要从办阿里银行转向办阿里担保。现在，马云也一改之前‘如果银行不改变，我们改变银行’的高调，转而说他‘不想革银行的命’也不想‘斗地主’，还伸出了橄榄枝宣传说‘银行没办好的事，我们替银行办好，今后我们阿里金融把老百姓搞富了，你们银行把富人搞得更成功，我觉得这就是生态链中的合作’。这些话语反映了什么？这就是阿里银行暂时难产，马云在回避银行的锋芒，曲线前进。”

“中国有4200万家中小企业，其中92.08%企业需要贷款，也就是说，中国有超过3800万家企业需要贷款。这当中，又有69.73%的企业因为不能提供抵押物而从来没有机会获贷。”许量适时补充道。

白蓝舒口气，脸色微红：“是的，巨大的需求就是巨大的市场机会，全国上千万小微企业在阿里巴巴的平台上进行买卖，客户有大大小小形形色色，但大多数都会有融资的需求，而阿里巴巴手握支付宝多年来沉淀的庞大的后台数据，想了解这些会员企业的经营情况可以说易如反掌。他们不需要银行的复杂而耗时的尽职调查，了解这样的贷款不需要抵押，虽说利息比银行高些，但是高利息的部分随贷随还，按日计息，这样一年算下来，企业即使是微利经营也还是能够承担的。而最大的优势是阿里小额贷款公司面对的是毫无抵押物、从银行根本贷不出钱来的小网店，这是银行无暇顾及的群体。从这个角度来看，

马云是我们民间资金借贷生意的全民公敌，我们有的简单快捷等优势，他们全部拥有，而且还比我们的利息更低。”

大家听得越来越认真，白蓝继续说：“阿里小贷的操作路径，除了面对的客户是网络商户外，其实与其他专注于做微贷的银行和小贷公司并没有太大区别，都是无须抵押，网商凭借自己的信用申请贷款，同时都在网上申请，平均七个工作日能完成整个办理流程，按日计息、支取停用都方便。可是阿里拥有庞大的潜在客户群，这才是不可替代的核心资源。”

吕佛铭与唐老师并肩而来，他们有说有笑，进了大门，就被许量的部下请到客厅，一进门正好听见白蓝在说：“阿里小贷公司的模式是根据客户来源的平台不同，推出了两种贷款产品，一种是B2C（商家对客户）平台，即为淘宝和天猫的客户提供的订单贷款和信用贷款，这种产品又叫作淘宝小贷，通常金额较小，最低的一笔贷款不过几百元，但它又是最解燃眉之急的贷款，审查快捷，通过后贷款会即时打入客户的支付宝账户。另一种是为B2B（商业对商业）平台客户，即为阿里巴巴平台上的企业客户提供的信用贷款，即阿里小贷。对于这类客户，阿里小贷公司的门槛为5万元到100万元，期限一般为一年，为循环贷加固定贷的模式。”

吕佛铭与唐老师挥手对大家表示敬意，许量示意白蓝继续说下去，他不让白蓝停顿下来，自己起身去迎接两位老师。他们低声寒暄几句，就各自归位坐下。

秦霄之戏剧化地举手了，她要求发言，白蓝就立刻配合地含笑道：“我们还是听一下秦总的高见吧，我说的大多数都是研究资料，不像秦总的实践经验有价值。”

“循环贷相对灵活，获取一定额度作为备用金，不取用不收利息，可随借随还，日利率在万分之六左右，也就是年利率约合21.9%，用几天算几天，虽类似信用卡，但只算单利；而固定贷则更加便宜，获贷额度在获贷后一次性发放，日利率在万分之五左右，这样，年利率约合18.25%。在贷款中，固定贷占比至少要达到20%，且额度不低于5万元。”秦霄之如数家珍，她的小贷公司一直在模仿阿里小贷公司的产品与服务的设计，自然是耳熟能详。

秦霄之见许量亲自去接了新来的两位，看神态就已经知道他们是朋友而不是客人，她喜欢自我表现，也就继续说下去：“起初，阿里小贷面对的客户是阿里巴巴平台上的付费会员，工商注册地在上海、除温州之外的浙江省、江苏省，且注册时间满两年。据阿里巴巴统计数据，其中国站注册数量已经超过5000万，在阿里信用贷款已经开放的江浙沪区域，这一群体预估在千万级别。而现在，这三地的阿里巴巴普通会员都将享受到贷款服务，不再有付费与否的限制。马云的一句话，让阿里巴巴平台上近千万小企业成为阿里金融的囊中之物，客户数量的急剧攀升可以预见。如此一来，马云的金融帝国一定会很快形成，我们都有可能被边缘化。从2011年6月开始，阿里小贷公司在原来浙江阿里巴巴小额贷款公司的基础上，迈出了扩张的第一步，开设了重庆市阿里巴巴小额贷款股份有限公司，这两家公司同时提供淘宝小贷和阿里小贷的贷款服务。截至2012年6月末，浙江和重庆的阿里小贷以16亿元的注册资金，累计为超过12.9万家小微企业提供融资服务，贷款总额超过260亿元。在2012年7月20日，阿里金融单日利息收入峰值达到过100万元，以这一业绩称其为'最赚钱的小贷公司'还不错，但与各银行的中小企业贷款的业务体量相比差距甚远。"

"还好，马云并没有大肆扩张，给我们留下了一席之地。"

她故作轻松道，秦霄之是精明强干的女老板，她说话和她做人一样一丝不苟。

秦霄之没有说明白的商业秘密是她与罗总一直在通过上层关系去找马云合作，把自己的小贷公司依附在阿里的网络平台上。那是多么好的一个想法啊，可惜的是马云对此一直是不置可否。有什么办法，马云什么都不缺!

许量点点头，笑道："还好腾讯这只凶猛的企鹅还没有完全苏醒，我们还有喘气的机会。"因为话题枯燥，眼见大家的谈兴有点减弱，他抓住机会，给大家介绍新来的两位客人："这是吕老师和唐老师。"

罗总和秦总等人很有礼貌地颔首，他们知道来者的身份不弱，因为吕老师故意在收敛他眼中的锋芒，而唐老师还是全国人大的法律顾问和西南财大的博士生导师。

休息一下，许量看时间靠近中午了，就提议大家边吃边聊。秦霄之却谈兴不弱，她对许量摇摇手，示意她要继续说下去，许量点点头，心道：这是强龙压住了地头蛇，你们几个老总在我许量的地盘要说什么就畅所欲言吧。

"稳定而庞大的客户群一直是众多金融机构不懈追逐的目标，但这对阿里巴巴小贷而言却是得天独厚，最大的优势却不止于此，做小贷，最大的成本在于客户信用水平、还款能力的审查以及贷后客户现金流的监控等一系列风控成本。"秦霄之说出了自己的看法，"银行最想要的就是关于客户信用和现金流

的全部真实信息，这也是为什么每家银行都要求贷款客户在自己这里开立账户的原因。可阿里巴巴网络平台自然而然就收集了客户的这些信息，而我们的小贷公司就没有这样幸运了，我们建立数据库的难度可是制约了我们小贷公司的业务发展。”

许量一听，知道这秦霄之不简单，并非只是能够搔首弄姿的女人，她能够做一家集团公司的掌舵人，那也是非常之人。她刚才说的小贷公司的客户数据库的思路很重要，许量用心记录下来，决定加快给李锌传达，对已经有的客户数据库进行升级，这是小贷公司除了资金和政策之外的核心资源，不可以马马虎虎。

秦霄之说完自己的观点，就把目光投向白蓝，白蓝不想示弱，她已经边听边准备发言，秦总的目光一旦对应过来，她就自动发言了：“在这一点上，阿里小贷公司具有无与伦比的天然优势，因为通过阿里巴巴的B2B、淘宝、支付宝等电子商务平台的无缝连接，客户积累的信用数据及行为数据都很容易被引入网络数据模型和在线视频资信调查模式，再通过交叉检验技术辅以第三方验证确认客户信息的真实性，就能够将客户在电子商务网络平台上的行为数据映射为企业和个人的信用评价，而我们也在学习和模仿马云。”

猛然停顿一下，因为她差点提到中国资本圈的战略意图就是做金融界，而且是民间金融的“淘宝网”平台。

“马云的网络平台如此厉害，可以说他们做什么就能够赚什么钱。”秦霄之何等的眼力，她即刻追问一句，“可许总，你们的网站呢？”

她的问题是问许量的，可姿态却是对准白蓝，秦霄之心想：这就是围魏救赵，由不得你许量不说真话。

哪知道许量不动声色，只是目视前方，一动不动，而白蓝则假痴不癫。

第十八章

先傍大款，再独立经营，看准时机“过河拆桥”

“现在，是数据为王的时代，我想许总和白总一定是认可的。”秦霄之继续说她的观点，尽管这些观点是从书本上来的，但已经变成了她的认知，她对前锋思想的把握远远高于一般的商人。

许量没有动静，那是因为心痛和后悔，网络是他最心痛的事业败局之一。

他从事网络创业的时间是1999年，算得上是互联网的先烈之一，那时候的马云或许还没有许量有钱，但现在是天壤之别；而白蓝她被许量训练有素，她丝毫不接受干扰信息，而是继续说下去：“我们研究发现，完整的风险控制体系也是小贷公司不可或缺的核心环节。阿里小贷公司建立了多层次微贷风险预警和管理体系，贷款的前、中、后三个环节紧密结合，利用数据采集和模型分析等手段，根据小微企业在阿里巴巴平台上积累的信用及行为数据，对企业的还款能力及还款意愿进行评估。同时，还要结合贷后监控和网络店铺（账号）关停机制，提高了客户违约成本，可以有效地控制贷款风险。”

许量见罗总掏出香烟，很想吸烟的样子，就示意白蓝停顿一下，他站起来提议道：“我们请新来的吕老师和唐老师也加入讨论，今天，我们的午饭就晚一点如何？”

他边说就边走过去，大家对许量的安排没有异议。许量给罗总递上自己的雪茄盒，里面正好有两支雪茄，上好的古巴雪茄，他们分而食之。

吕老师和唐老师被许量点将了，就微笑着耳语几句，这才由吕老师先说道：“现在是数据为王的时代，在阿里巴巴，由于商户的信用记录收集起来比较便利，通过网络获取信息的同质化和标准化程度较高，小贷服务也被设计成像普通商品一样，成为工厂流水线上的批量化产品。而从贷款金额来看，阿里金融上半年累计投放170万笔贷款，平均每天9000多笔贷款，每笔贷款平均约

7000元，一种微贷工厂化运作技术在这里日趋成熟，渐渐成形。而支撑起这种工厂化运作的，是阿里小贷公司背后强大的信息系统和数据支持。我们四川现代民间金融关注阿里的金融战略已经很久了，研究了大量的资料和案例，小微企业大量数据的运算都必须依赖互联网的云计算技术，不仅保证其安全性和效率，也降低了运营成本，同时简化了小微企业融资的环节，可以为小微企业提供全天候金融服务，这些都是基于国内小微企业数量庞大，且融资需求旺盛的特点设计的。”

吕老师停顿了，唐老师接过话题说下去：“与同样以微小贷款著称的包商银行相比，截至2012年6月末，包商银行累计发放微小企业贷款20.90万笔，金额326.06亿元。同期阿里小贷公司已累计为超过13万家小微企业提供融资服务，贷款总额超260亿元，不良率为0.72%。包商银行从2005年便开始致力于微贷，而阿里小贷公司才涉足短短两年，不得不说，相对于银行通过信贷员一家一户跑微贷，阿里小贷公司颇有些坐等客户上门的轻松意味。”

两位老师的话很默契，唐老师的语速一慢下来，吕老师就接着说：“包商银行微小企业金融部总经理赵梦琴曾经坦言，散户微贷的难度在于，信息不透明程度高、担保抵押缺失、贷后监控成本高、不确定因素很多，然而在阿里小贷公司，所有依附于人工收集的信息全部能够从网络上获取。一笔贷款发放之前，可以通过客户的信用和资金流转记录确定其信用水平，发放之后，又可以通过支付宝等渠道监控其现金流，是否出现与贷款目的不符的资金运用一目了然，企业每笔交易的收益也尽收眼底，强大的数据后台让阿里小贷公司对企业的真实财务数据了如指掌；另一方面，商户通过支付宝进行交易，一旦出现违约风险，阿里小贷公司可以通过支付宝随时掐住商户的现金流，保障贷款的安全性。”

许量点点头，这才是他最近几个月情绪低落的根本原因之一，在强大的银行和阿里金融为代表的恐龙面前，民间借贷和民间金融的道路面对巨大的挑战，就算是许量本人的前途也是曲折的，何况一般规模的放贷人。当然，天无绝人之路，许量一直在探索新的出路。

“客户的网上交易情况全都在阿里巴巴控制之中，但是对于银行来说，如果遇到某些不诚信的小企业弄虚作假、粉饰报表，就可能得不到企业真实的财务数据而掩盖了风险。阿里巴巴利用自身优势对风控成本的降低与传统信贷相比几乎是天壤之别，他们甚至不需要一个信贷员就可以完全掌握商户的情况，

这种巨大的数据支持是阿里巴巴的财富。”

唐老师引用了网上的资料，他是学者，对资讯的采集和使用的能力是一流的：“金融的核心和本质就是信用，做金融就是经营信用。阿里小贷公司重视数据，而不是依赖担保或者抵押，降低了小微企业融资的门槛，也让小微企业在电商平台上所积累信用的价值得以呈现。这是阿里巴巴实现自己客户的信用价值的最佳途径之一。我们都还记得吧。2007年到2010年，阿里巴巴曾经与建行有过短暂的合作，共同推出了名为e贷通的贷款产品，这款产品就是阿里巴巴向建行提供诚信通和中国供应商会员企业的基本资质和多年一笔一笔交易累积起来的评价记录，而建行就提供银行的小微贷款服务。

“阿里巴巴早就建立起一整套信用评价体系与信用数据库，以及一系列应对贷款风险的控制机制，并开始以自身的交易平台优势帮助建行对客户进行风险控制，甚至包括针对网络特性制定的坏账客户进行的互联网全网通缉。这些基础资源和风险控制的措施获得了建行的认同，其创新模式和打开广阔市场构建了强大的竞争能力。但阿里巴巴虽渴望获取小额贷款业务的巨大利润与建行的强势及对贷款审查的保守做法产生了巨大的分歧，这使得阿里巴巴计划为网商大规模发放贷款的设想困难重重，双方最后的分手就是顺理成章了。”

许量微笑不语，他心中的压力减轻了，因为谈上了具体的事情，罗总他们不会再追问资本之鹰的具体情况。

“有数据、有平台、有资金，阿里巴巴很快从合作失败的阴影中走了出来，阿里小贷公司应运而生。而此时的阿里巴巴，已经在和建行的合作中积累了不少放贷的知识和经验。当然建行也从中看到了商机，一直在搞电子商务，当然，目前跟阿里巴巴相比还不是一个量级。”唐老师呵呵笑道，“有的人甚至认为这是马云的计谋之一，先与建行合作，然后再独立经营，这就是典型的过河拆桥。其实，早在2002年，阿里金融在信用体系方面的建设就开始了，在与建行和工行合作期间，阿里金融就逐步建立了信用评价体系和信用数据库及应对贷款风险的控制机制，并且借助平台对客户进行风控，并公布不良信用记录。这就是阿里小贷建立的基础开展，以后的订单贷款和信用贷款就是顺势而为的事情了。”

大家听得仔细，都在琢磨马云的经营思路，先是傍大款，再独立经营是很多老板走过的道路，刚才唐老师只是轻描淡写提到了马云的计谋，大家就知道了马云经历的商战与大家完全不一样，但原理差不多，那就是“过河拆桥”。问题是过河拆桥是一项很大的学问和系统工程，第一是你必须有河可过，有桥可拆；第二，你还不会被河淹死，被桥砸死；最重要的还是你什么时候过河，什么时机拆桥皆是本事。

他们很专注的神态鼓励了唐老师，他低头喝口茶，有点烫，却并不在意，喝完茶，就继续上课：“直到去年6月，建行的‘善融商务’平台终于上线，其运营模式与淘宝颇为相似，分为个人商城和企业商城两个端口，个人商城的页面设计则更类似于京东商城，为企业及个人提供融资、理财、分期付款等多种金融服务。大家有空就把阿里金融和各大银行的微小贷款做下比较，一定会发现很有趣的东西，那就是我们民间金融可以借鉴的经验。”

“银行与电商都在倾力介入网络金融，在座的各位都必须关注这个行业的急速发展，最近，我们研究院正在研究未来的民间金融的新业态。”吕老师插话就这一句，这并不影响唐老师的课程。

“建行之所以做网络平台，就是看到了阿里巴巴电商网络的核心在于对客户信息数据的全方位收集和掌控，掌握客户信息才是银行信贷业务和风险控制的根本，这对民间资金借贷也是如此，换句话说，银行也在向马云学习呢。”

“他们亦敌亦友，”久久不说话的罗总说话了，“对于阿里小贷公司的崛起，银行界反应不一，长于营销大客户的大银行似乎并未把这家小贷公司鲸吞微小市场的气象放在眼里，但是一些致力于微贷的中小银行及城商行却着实有些坐不住了。诸位，我投资入股的地方商业银行就不是阿里金融的对手。目前银行的微贷客户，比如包商银行等银行服务的微贷客户都是拥有实体店面或做小买卖、开小超市的客户，绝大多数都不是网络商户，而淘宝或者阿里巴巴的商户大部分从事销售或流动领域，这只是产业链条中的特定环节，链条上及链条外的东西还有很多，比如生产、加工等类别的企业客户不会或者很少上网，目前来看冲击并不算大，这是井水不犯河水的原理。当然，如果越来越多的人选择网上开店，那么银行与阿里小贷的正面冲突就一定会发生。即便如此，一些以微贷为主业的城商行还是被激发了危机感，今年4月，由民生银行、包商银行、哈尔滨银行牵头成立的亚洲金融联盟建立了，其中一项重要目标就是联合联盟成员建立电子商务平台和跨行去发展多元化的微贷业务，与新兴金融体分庭抗礼。”

唐老师对罗总的补充很赞同，他们相互注视一下，点点头，唐老师继续讲解："实际上，根据阿里巴巴平台调研数据，约89%的企业客户需要融资，融资需求在50万以下的企业约占55.3%，200万以下的约占87.3%，而200万以下的融资需求则永远是传统金融的短板。很多人认为阿里巴巴抢了银行的生意，其实由于微贷业务管理和风控的成本过高，本身就不符合银行的信贷客户定位，所以才会有小微企业融资难的问题。阿里巴巴100万的门槛决定了它目前与银行之间是互补关系，而非绝对的谁替代谁，所以，我不一定很看好小额贷款公司，但是却对阿里巴巴非常看好。"

吕老师看了唐老师一眼，知道他想自己说话，就下结论道："但是阿里小贷公司毕竟不是银行，对银行来说，贷款只是其核心业务的一部分，银行的优势和特性在于还能吸收存款以及提供其他多层次全方位的金融服务。诸位都是有小贷公司的老板，你们都知道，对于小贷公司最大的限制在于，向客户发放的贷款只能来源于股东的注册资本金，同时若公司在银行获得授信，央行规定不超过注册资本金50%的部分可以放贷，因此，无论每天成千上万的商户和个人消费者向支付宝输入多少资金，无论这些资金在支付宝的池子里趴了多久，理论上阿里巴巴都不能将这些钱用于发放贷款，否则就涉嫌非法集资。"

先给许量添完水，白蓝走过去给两位老师泡茶，其他人却是服务员在服务，这就是内外有别。

吕老师侃侃而谈："就算是阿里小贷公司，也会有规模和政策的限制，目前，浙江和重庆两家阿里小贷公司的注册资本金合计达到了16亿元人民币，按小贷公司银行融资不得超资本金50%（海南最高可到200%）的通行标准计算，阿里系两家小贷公司最高可贷24亿元，贷款规模和盈利多寡就取决于资本金贷款的滚动速度了。而这24亿的数字和银行相比不过沧海一粟，就算从淘宝以及天猫上700多万的中小卖家的贷款需求来讲，也是远远不能应付。面对这样的困境，马云有两个选择：一是继续做个人的帝国，慢慢伺机而动，等到民间金融放开的那一天；一是把阿里金融作为中国民间金融发展壮大的一个巨大而开放的金融平台，就像是脸谱网那样的开放模式，一定会非常有意义。金融开放的平台，现在只有阿里金融才完全能够做得到，只要它对民间借贷的企业，包括典当行和投资公司等开放，尤其是对全国各地的小贷公司开放它的数据库和管理流程，那么，马云就真的有可能成为中国的摩根或者成为中国民间金融真正的教父。"

提到“教父”两个字，许量的眼睛猛然闪亮，但瞬间就灭了，他不想过早流露出内心的狂热。罗总看得真切，心中有所触动：许量这个老男人的心永远不会老；而佛铭也自然不会说到许量的战略意图，那就是他们放弃了不少现实的经济利益，一直在依靠《借贷》和《资本》系列书与实战的民间金融实践和奋斗去号召和整合民间金融有志之士，利用文化传播的内在规律去树立资本之鹰的品牌，从品牌到资本，未来依旧是得人心者得天下，而有品牌才有人心。

“是的，小贷公司本来就难以成大气候，阿里小额贷款公司，勉强可以比肩小型银行的支行，但相较其平台上庞大的客户群，贷款资金的来源问题迟早会成为其发展的桎梏。除了资金问题，小额贷款公司自身也面临着较为沉重的税收等成本负担，而非金融机构的身份，使得小额贷款在所享受政策等方面与金融机构有着天壤之别，发展前景上也更为模糊。也就是说，我们在座的朋友们都没有必要担心马云的小贷公司会做成全国连锁，赢家通吃，民间金融的汪洋大海依旧是能够容纳我们无数条鲨鱼巡航、生存与发展的。”

吕老师说完，唐老师就说话，他们交替说话，行云流水一般。

唐老师带了严肃的姿态评价说：“2012年发生了中国现代商业史上最大的一桩奇迹，那就是消费者在所谓的‘光棍节’创造了消费的奇迹，在天猫‘11·11’购物狂欢节中，天猫加上淘宝网，仅在支付宝上的单日销售总额就达到191亿元，是2011年的3倍多。在同年的十一黄金周的8天内，据统计，全上海395家大中型商业企业5000多网点营业收入的总和也只有64.3亿元，仅为天猫光棍节一天交易额的1/3，这意味着什么？值得我们研究。早在2009年，天猫（当时还叫淘宝商城）就开始在11月11日办所谓的光棍节促销，当天的交易总额为5000多万元，参加的商家也不过27家，且只有杰克琼斯一家的单店单日销售额超过500万元。到2012年，这个已升级到有10000家商家参与、销售总额达191亿元的人造网购节，而杰克琼斯、骆驼服饰、全友家居等三家线下名牌，在天猫旗舰店都创下单日销售额破亿元的纪录。依据这样的消费力量，任何商业行为都是摧枯拉朽。马云号称外星人，看来不假，还好他对民间金融领域只是初试身手。民间金融这片王国的未来还是处女地，在座诸君完全可以跃跃欲试，揭竿而起，逐鹿中原。”

众人闻言，哈哈大笑，马云这样的企业家在中国当代企业家中是寥若晨星。其他的马化腾、李彦宏等人也是佼佼者，但金融领域却没有这样的强者，

依旧是群雄并起的时代。

两位老师的讲述客观而公正，甚至还有点幽默，他们对客人也是不卑不亢，罗总与秦总等人听得也是渐入佳境，彼此的共鸣和互动也产生了。

“马云在银行牌照申请未果的前提下，开始计划进入担保领域，这是为何？因为在支付宝日均600亿的沉淀资金无法动用的情况下，阿里金融探索担保领域，是一种崭新的突破，从小额贷款公司到担保公司，最终发展为银行，这就是阿里银行清晰的发展之路。因为小贷公司不仅有资本金的瓶颈，更有经营地域的限制和其他政策的局限，而担保则可全国通行，何况融资性担保公司的资金杠杆率可以扩大到10倍。前途，不，是钱图光明啊！”

许量不等大家继续说下去，站了起来，哈哈大笑道：“鲨鱼也必须进食，我们这些凡夫俗子还是去吃饭吧，已经快一点钟了！民以食为天，吃饭第一条，大伙一起去吃饭吧！”

大家都纷纷站起响应。罗总和秦总刚才都各自阻止了许量的一次提议，算是很有面子了，他们也就开开心心地带头向外走去。

整个会谈，刘守业基本上没有说话，他是家中的长子，能够担负家族企业传承的重任，自然不完全因为他叫“守业”，而是他有过人之处。察言观色就是做老板的一个能力之一，他路过许量身边之际，抓紧时机说出心里话：“一日为师终身为父。”

许量步伐不会因此而改变，他继续前行，淡然地回答：“这只是传说。”

“可您自始至终都是我们资本之鹰的带头大哥。”

刘守业着急了，他参加这次对许量的考察是身不由己，是父亲与罗总的关系，但也是考虑不周，起码是事先没有给老师通气汇报。他知道许老师骄傲无比，此时的心情不会愉悦。虽然弟子不必不如师父，但师道尊严才是根本啊，如果每一个大学生都回乡去嘲笑初中老师，那还成何体统？何况，许老师的实力，尤其是势力远远在上。

“那只是戏说。”

果然，许量超越了刘守业，昂首向前，我行我素。

路上，罗总刻意与吕老师和唐老师走在一起，他告诉两位老师，现在某些南方城商行包括自己做股东的地方商业银行都很希望与阿里小贷公司合作，却都被拒绝了，或许阿里小贷公司还是倾向于自己拿银行牌照做阿里银行或者依附于更大的金融机构。

大家在饭桌上依旧讨论热烈，他们共同的结论是：把小贷公司与相关电子商务平台合作，就可以开拓新的微贷市场。

许量把资本之鹰酒拿出来，大家一品尝，都叫好。

罗总的酒量不大，秦总却是巾帼不让须眉，酒量不小，与许量算得上是旗鼓相当。刘守业在桌上却很活跃，他不仅仅承认自己是许量的学生，还强调是永远的学生，罚酒几杯之后，特别是提到了他是笑笑的好朋友，许量的脸上这才露出了谅解。他过问了笑笑的近况，知道笑笑还是在各地用画画的名义去流浪，心中有些担心却无法表达。刘守业说起笑笑的男朋友也是望族之后，他们的感情不错，许量这才知道笑笑曾经在自己上课之际来过峨眉山的上舍酒店探望。他抬眼看看白蓝，白蓝正盯住他们说话的眼神漂移了。许量心中有数，但不想去计较他的女人，甚至也不想过问这里面的机关，女人吃醋就是爱的一种表达形式呢。

与刘守业碰了一杯酒，他见罗总秦总等人在关注师生的关系怎么相处，立刻在嘴上说“师生情深意长友谊万岁”之类的空话，心中却想：就算是学生考查老师也没有什么，这个世界，没有永远的老师，也没有永远的学生，我许量看得淡然，也就走得遥远。

酒足饭饱，宾主分别之际，秦总直接请教许量：“许总为何不建立金融集团公司，大张旗鼓做PE投资和资本之鹰的连锁呢？您的名气可是比您想象的大得多呢！”

许量笑而不语，他点点头又摇摇头，秦总知道了，这是许量不想泄露他的商业秘密。

罗总微笑着追问一句：“熙熙攘攘皆为利，许总难道不为名与利吗？”

许量不以为然，超然道：“求名应求万世名，计利当计天下利。”

罗总点点头，与许量握手告别：“后会有期。”

刘守业等人坐上了朋友的车，他上车之后给笑笑的男朋友打了一个电话，说的肯定是关于许量的事情，但具体内容外人不得而知。

罗总与秦总则是慢慢走远，他们的车在远处的停车场。许量说声“恕不远送”，就真的不送远，礼貌不能过分，这是商人的尊严与分寸。

到了停车场，罗总回头看看许量、吕老师、唐老师与白蓝等人已经在有说有笑了，那状态就是一家人。他知道了，真正的大生意是不会露出金钱的铜臭味道的，这帮用资本之鹰和四川现代民间金融研究院等载体集合起来的精英，如果他们有足够的耐心，那早晚都会做出一番大大的事业。

上了自己的车，罗总与秦霄之两人说开了心里话。

“必要的时候，我们必须与许量等人保持紧密联系，至少我们要密切关注他们的动向。”罗总对秦霄之说道，“网络时代，钱财算不了什么，无人能够再是人们的中央，权力已经不再是以往的自下而上，而是四分五裂了。我们的力量还是太小，尤其是缺乏几位老师那样的睿智之人。”

秦霄之微笑道：“许量对自己的定位是很准确的，民间金融的探索者不是自立为王，那不是说明他的谦虚，而是说明了他的野心。”

罗总奇道：“霄之，你总是古怪机灵，总是不少奇谈怪论。”

秦霄之双目顾盼生辉，呵呵笑着说：“现在的大男人大丈夫都是爱江山更爱美人之辈，许量布局，你罗总不也是在布置更大的局面吗？”

罗总故作惊讶，反问道：“布局？我们不是在知名大学学习EMBA知识吗？我们不是正在遍访国内的民间金融高手吗？”

“真是满招损谦受益啊，我们堂堂正正的罗总如何变得如此谦虚了呢？”话语一转折，秦霄之傲然道，“许量这个人的确有可取之处，但也不见得有多高明，他的财富与实力都不会是我们的对手，何况我们小贷公司的全国连锁计划不是正如火如荼在暗中进行吗？而许量还只是在书中描绘而已，至于建立民间金融的文化规则，那还早，现在是跑马圈地之际，我们广积粮缓称王，不要如同许量那样从名到利，化虚为实，那样太累！”

两人哈哈大笑，这样才能够表现他们的志同道合和亲密无间。

罗总与秦霄之之间的企业私下是相互持股的，感情也是这样。如今的社会在转型和急剧变化，人心不古人欲横流，缺乏安全感和稳定，真正精明的商人都只好从情路到钱路，从精神到肉体去寻找知己，比如许量和罗总都是如此，他们男女结伴，企业结盟而行。当然，他们这些秘密只有极少的人才能够知道。

至于许量与罗总他们已经在资本市场上交过手的事情，许量不会知道；民间金融已经不简单是江湖而是正在固化为江山，某些智者和勇者的江山，许量或许也是不会全部知道，他现在是在明处。

车在山麓穿行初春的天府之国，车内的话语逐渐平息。

“许量的风险是因为他的名气越来越大，一直会大到超越他本人的实力支持为止。”罗总老谋深算地闭眼在想，但这话他没有说出口。

而秦霄之盯住窗外，农田里面的油菜花已经快要绽开，春天就要来了。

她的女人心细致如同发丝，也在想：以前在书中看许量，那是一千个读者就会有一千个许量，可今天也真是难为了许量本人，无论他怎么表现都不会让大伙感觉到书中的灵气，其实，他不见得就是少妇杀手，也不是人见人爱的男人，只不过是一个很真实的存在。

真是众里寻他千百度，许量这人就在灯火阑珊处。

第十九章

金融的本质是信用，而信用的最好载体是品牌

名人出巡，大多数都是前呼后拥，而许量却是不在意这样的排场。

因为他是“好为人师”这个成语中的这位老师，一旦生意有了空闲，他就喜欢四处走动，一是可以见识到形形色色的朋友，二是可以畅游名山大川。他有时候是带了助手前往，有时候却是独来独往，完全符合他天马行空的个性。熟悉他的同学和朋友们大多数都能够理解许老师随心所欲的个性，只有少数人认为这有损许量的光辉形象。

在河北省的一个城市访问他的几位学生之后，他向其中的一位同学要了一辆车，驾驶着去了靠近北京的另外一个城市。许量喜欢冒险和独来独往，同学们也只好尊重老师的选择。他选择的还是吉普越野车，车型是老款，许量独自开车，在GPS导航系统的指挥下，更是轻车熟路。但这是冬天，雾大，高速公路封路，许量开始走二级公路。

北方的春天比南方来得迟，冬天依旧赖在博大的华北平原。

在经过一个不大不小的转弯之际，那公路上已经有冰雪凝结。刚转弯，那车就在冰雪路面上滑行，制动系统基本上失灵，许量全神贯注地试图去控制，但无济于事，人力注定抵抗不了天意：他开始恐惧，想到了死亡，死亡面目狰狞地第一次这样倏然靠近了他。

好在吉人自有天相，一阵手忙脚乱之后，许量终于把车开进了旁边的路基之上，他汗流浃背。等到同学们匆忙赶来救驾之时，许量已经等了一个多小时。但他精神很好，外人看不出这一个小时中，他心里的巨大变幻：他再次想起了死去的那些朋友，他今天是如此靠近他们，对生死的感悟又是多了一层。

许量是要给同学的一家企业上课，在会议室，他来不及休息就开始演讲。

“做民间金融的业务，方法最重要。你要复杂的业务简单办，简单的业务复杂办。如果复杂的业务复杂办，你会累死；简单的业务简单办，你会被害死。当然，我说的是一千万以上的业务，这是金钱的战争，没有硝烟却是铜臭味弥漫，这时候，没有道德和说教，只有是否专业。”

这是保定云之峰企业管理公司的高管务虚会，公司的会议室，许老师在给大家做指导，因为是非正式的讲课，许量说话很随意。这家企业是想加盟资本之鹰品牌连锁企业的企业之一，又是许量学生的企业，许老师不亲自出马那是不行的，他们要的是借贷技术做业务，更要开阔眼界做事业。

公司的老总是谢静权，一个三十来岁的精明强干的小伙子，也是许量老板学校的最初几期的学员。以前做资金借贷生意走的是野路子，非法集资与暴利收债、虚假宣传等都有涉及，基本完成原始积累之后，听了许老师的课程开始转型，这次有了加盟许量企业系统的机会自然是不能够放过的，于是，他带头在前排听课，显得十分认真。

“借贷这两个字十分有意思：借字是一个人加上昔，也就是过去的人，熟人之间才能够借的意思；而贷款的贷，则是一个人，带上一个戈，也就是武器去抢宝贝，也就是去抢钱的意思；而债的含义是什么？一个人要负责的意思啊，汉字是人类最厉害的文字，读懂汉语是多么重要啊。”

许量开篇是深入浅出的：“不少同学在问我老板学校的研修班，我认为研修班是要研究问题要找到出路和方向的，研究的研，其实就是金石为开的意思，你没有看见研字是由左边的一块顽石，加上右边的打开的开字并肩而成的吗？研究的究字也是这样，在家，一心二用和九死一生地追究，呵呵，中国字真是非常有意思。”

大家细心听着，慢慢进入了学生的角色。

“世界上最廉价而又最昂贵的东西是什么？”许老师的课程没有教案，“我的问题没有标准答案，大家请回答，畅所欲言！”

或许是因为过分的尊师重教，面前的临时学生鸦雀无声。

“金钱，准确地说是纸币。”许量拿出一张崭新的百元大钞，微笑着说，“这是什么？大多数人都会说这是钱。其实，这就是一张纸。这张不是一般的纸，而是依附着国家信用的一张纸。它为什么会值钱？那是因为这张纸的支持者是国家。”

“还有什么东西是最廉价而又最昂贵的东西呢？”

“是信任，人与人之间、国家与国家之间的信任，也就是信用，我们做金融就是在经营信用。”许量认真地分析道，“目前，中国社会的总体信任进一步下降，已经跌破60分的信任底线。人际不信任进一步扩大，只有不到一半的调查者认为社会上大多数人可信，只有两到三成信任陌生人。这是前不久，中国社会科学院社会学研究所的社会心态蓝皮书《中国社会心态研究报告（2012—2013）》中所阐明的社会现实，诸位，我们的民间金融就是在这样的信用基础之上举步维艰。”

大家第一次听说这样的资料，但在现实生活和资金的借贷中体会极深刻。

“快递来了不敢开门，查水表的不让进屋，入户人口普查不得不改成去居委会报到，买菜时习惯性地要把小贩的秤搬到眼前，买肉时总要用手按按有没有注水，去超市买牛奶面包看不清保质期绝不会轻易埋单……不记得有多长时间没串过门了，上一次街里街坊一起分享美食是在什么时候，如果不是几次夜里被刺耳的脚步声吵醒，你又怎么有兴趣知道楼上住了六七年的邻居是谁？”

许量放慢了讲述的语速，因为不少人在一字一句地记录他的话，讲演者说话的内容是其次的，最重要的力量来自他依据环境而表达出来的语气与语速。他提醒道：“这些都是网络上可以找到的资料，大家注意我们所处的时代不是知识就是力量的时代，而是怎么样寻找和利用知识的智慧和方法的时代。

“我们继续分析我们的社会信用问题。是什么原因导致社会总体信任降到了不信任的水平？首先是由于社会转型，改革开放以来，人们逐渐脱离原来的熟人社会形态，不断的迁徙人群改变了原来的信任格局，人际信任下降是自然和必然的结果。由于摸着石头过河，我们社会转型中市场经济秩序没有及时建立起来，建立了的也不完善；政治经济生活中的法律法规不完善或得不到很好执行，欺诈行为时有发生。在资讯发达的今天，人们获得了更多的间接上当受骗经验，这一切使得人际信任不断降低。至于民众对基层政府、政法机关的信任度不高，对广告业、房地产、食品制造、药品制造、旅游和餐饮等行业的信任度很低，很大原因是由于一些奸商的胆大妄为和政府官员的不作为、乱作为或贪污腐败。”

许量强调道：“我们作为民间金融的从业者，没有征信系统可以依靠，自己独立建立征信系统的成本和代价也太高，怎么办？我们必须借一双慧眼来洞悉社会发展的规律，今天，我就不给大家讲述最简单的借贷技术了，我们继续分析处于转型时期的中国社会。目前，中国社会价值观更加多元了，也更加包容。社会价值观多元一定意义上缘于不同社会阶层、不同文化背景、不同生活环境下人们的不同利益、不同需求、不同知识体系、不同信息接触和周围社会环境的影响，但价值观念多元的背后也存在着另一个突出的问题，就是共享价值观念的缺乏，也就是我们的社会缺少像《圣经》那样的文化与宗教的凝聚力，而如果社会无法形成共享的价值观念，没有每个社会成员都遵守的核心价值，社会的道德体系就会失守，社会就会没有底线，社会的互信无法实现，社会进步也无从谈起。这几点，是这份社科院研究报告的重要观点，我个人很赞同这样的分析，大家如果要把民间金融作为自己的事业来研究和发展，那就不得不多学习一些社会学的基础知识，做金融只有金融知识那是绝对不够的。”

谢总带头鼓起掌来，他是许老师的学生，但在老板学校的时间比较短暂，这次好不容易邀请到了许老师给员工们讲课，那是让大家耳目一新。

“诚信讲的是道德问题，而信任是中性的事实判断，我们不应该简单地把社会信任问题归结为社会道德滑坡或民众素质低，要看到社会信任下降主要是由于人们的信任风险提高了。这份报告还呼吁我们必须要从制度层面来解决社会信任问题，从制度上、法律上和管理机制上降低信任风险，特别是从公权力这个社会信任的核心环节入手重建社会信任。”

许量讲解完社科院的报告，就开始引申出自己的思想：“我为何要讲解社会的信任度？因为信任是信用的核心，而我们的金融的核心是货币，没有信用也不会有货币。凯恩斯曾经在《通论》中这样写到，‘货币的重要性主要来自它是联系现在和将来的环境’，这话是如此意味深长，一针见血地指出了人们为什么这样痴迷金钱的深刻原因，那就是金钱之所以重要，那是因为它是联系人类现在与未来之间的桥梁，缺少这座桥梁，你就不能够联系你的两个世界，你将无法见到你的明天，不能够成为希望的你。”

他边讲课边浮现来时车辆失控的情景，好在许量的定力很好，这才稳住情绪，继续上课。

“关于货币，也就是钱的本质，在座的同学都应该阅读过不少有关书籍，我就不多讲述了。”许量一口气讲了两个多小时的课程，开始总结和收尾了，“真正的老师是能够发现你本人拥有的潜质，而且毫不吝啬地指教你的人，并不是什么能够教你一些励志之语或者假大空的理论的人。大道至简，三五句话足矣！大家既然叫我许老师，又是特别关心我的过去、现在和将来，我许量不三言两语交代我自己的一生，那是真对不住大家来拜山头了。”

大家屏住呼吸，以为许量的话会石破天惊，哪料许量却说：“我的一生将用四个成语总结，一生无非单打独斗，以书会友，拉帮结派，最后是结党营私。”

正在讲课，白蓝的电话来了，许量也不避讳，对大家说声抱歉，就接通电话：“我正在上课，你有话请讲。”

白蓝已经赶到了北京，许量讲完课也将赶往北京，他们要在北京会见一些朋友。

上课到了轻松时刻，在许量的一再鼓励之下，有一个女生忍不住提了第一个问题：“许老师，你怎么看待婚姻？”

许量呵呵一笑，反问道：“为何要问婚姻？是不是你要结婚却又在矛盾？”女生不好意思地笑了。

“结婚也是投资，也是借贷，呵呵，这要看你是做债权投资，还是股权投资了？”

“当然是股权投资，我要控股。”

大家都愉悦地大笑起来，许量的幽默起了精神按摩的作用。

其他的问题还有一些，比如：“许老师，你认为什么人才是最厉害的人？”

许量的回答是：“这世界上有多少种人呢？男女老少之外，还有男人中的男人，也有女人中的女人；但最厉害的是男人中的女人和女人中的男人，他们阴阳合一，看问题全面，做事情无懈可击，那才是格外厉害。”

“我们年轻人怎么面对生活的挫折呢？”那个戴眼镜的小伙子在问。

“生活是沼泽的时候，你必须冷静，不能够逆潮流而动，甚至不可以挣扎。你要平息自己的情绪，假装顺从，看准时机，抓住能够带你走出困境的力量，只要不是灭顶之灾，那就永远有机会。”

讲完课，在谢总的办公室，只剩下许量和他两个人。

“许老师。”谢总的话刚刚开始，许量就立即纠正道：“现在没有外人，你可以叫我许哥。”

许老师的微笑十分明朗，这让谢总很开心。

“我们本来就是兄弟，民间金融没有大师，甚至没有老师。”许量喝一口热茶，“你刚才提到的问题，一是多层次的资本市场的商机，二是你已经建立了与之对应的担保公司、投资公司、小额贷款公司、典当行和投资咨询公司等，这就是看准了方向，但这样多的公司怎么样去整合业务，流程管理的复杂，人才培养这些都是问题。但最重要的问题还是品牌的问题，你知道金融的本质就是信用，而信用的最好载体就是品牌。”

他们在谈论民间金融的集团化管理的问题，小谢虽然年轻却是上进之人，最近在北京大学进修，读了PE投资班，心气正高涨，计划自己建立PE投资基金。许量对他的学生十分真诚，不得不提醒他道："去年是VC（风投）非常困难的一年，由于经济低迷，2012年的前11个月，VC完成募资金额同比缩小了近70%，PE募资金额同比下降34%。数据显示，VC在2012年的退出只有240笔，而2011年是540笔，且2012年IPO退出只占60%。电商和团购在2011年的狂热造成很多VC极大的账面亏损，这使得LP（有限合伙）投资人失去了投资信心，因此，从今年开始，VC投资即将踏入洗牌阶段，VC和PE投资公司以及行业都需要重大变革，以与证监会关系为核心竞争力的好日子到头了。那一家风头最激昂的投资机构已经陷入巨大的困境之中，这点想必你是知晓的，工厂化的PE生产线不是狂妄就是无知，这会被历史证明。而据我所知，有不少投资机构已经悄悄开始创新。小谢，你不妨等等、看看，机会有时候是等来的。"

许量是老师，没有说出连他自己也没有胆量在此时此刻再做PE基金的话语，年轻人还是鼓励为主。谢总见识了许老师一字不差地背诵这样复杂的数据，心中暗自称奇：这才是天生做金融的材料，放贷人必须拥有超常的记忆能力和利用数据快速得出有利于自己的结论的能力。

许量请静权记住："不少投资人不是死于没有钱，而是死于没有好好关注自己的钱，投资是马拉松不是短跑。你们公司重要的是集资的能力，但绝对不要犯'短贷长投'的错误，一旦出现投资人的挤兑，任何金融机构都将面临灭顶之灾。"

对于谢总热衷于在北京大学和老板学校的同学里面拉帮结派的设想，许量说话更加直截了当："小谢，人脉非常重要，我们的中国资本圈网站就是在做民间金融专属的人脉圈子，这是专家去做专业的事情，你的专长不是这个，不要舍本逐末，你要知道不是什么生意都是依赖人脉的，做生意只有心术和钻营是绝对不长久的，商业行为最重要的是能够创造新的价值，明白吗？"

匆忙"传道、授业与解惑"之后，许量马不停蹄地赶往北京，好在有谢总的司机送他，在车上，他仔细阅读了远在浙江的老板学校的同学相唯总经理给他用电子邮件发来的一份调查报告。

有网络上的报道和相总自己的看法和说明，很是详细：

据浙江省某个分行一位财务主管估算，该分行2012年底存款冲量约为5亿元，加上全年存款日均冲量和三月、六月、九月等季末冲量，以贷拉存得来的存款约占年贷款量20%～30%。国有四大行稍显乐观，城商行普遍高于这一比例。

尽管揽储现象早已有之，但2012年年底尤甚。当经济下行使得企业融资渠道越来越窄，贷存配套的比例就开始从1∶0.5左右上升至当下的1∶1.5甚至1∶2，即企业获取1000万元贷款须最多配套2000万元存款。再高就赶上高利贷了，企业家要么拼命“进贡”，要么花钱找“黄牛”。

于是，买卖存款的地下黑市就应运而生。许量的一些学生也半明半暗地参与了其中，许量的杭州学生发来的不仅仅是网络上的公开报道，还有不少内幕资料。有一些事情曲折宛转，简直就是警匪片中才有的情节。

在2012年6月银行业年中考核前后，不少银行的营业厅均人满为患，每天“卖存款”的居民都排到了大门外。不少类似“黄牛”的中间人穿梭其中，等人们拿着存款凭证来领取从几百元到上千元不等的现金，即“卖存款”的收益。

前述客户经理介绍，猖獗一段时间后，这种现象因银监局的严令管制而转到了地下，人山人海的景象被少数几个各自握有一批居民存款委托权的“黄牛”所取代，“卖存款”交易也变为私下进行。

与此同时，营业厅安保人员瞅准目标“齐上阵拉存款”的景象又一时兴起，“赶上季末和年末，保安的奖金有时能数倍甚至数十倍翻番”。

据调查，眼下杭州等地“买存款”的最高成本为6个点，即1000万元每月收取6万元利息，加之贷款基本利息和上浮利息、掉头期和打点客户经理等必要成本，企业每年1000万元贷款平均需支付12%～15%的利息，远高于当地民企平均6%～8%的年利润率。

除非是企业自有资金远超贷款所需，或者是企业索性转向经营高利贷等极端手段，否则，在房地产市场和股市低迷的当下，如此成本几乎无人能担——前述财务主管说。他坦言，对于不乖乖就范的企业，某些银行往往采取抽贷、收取中间费用等措施。

近来，一家原本良性运作的建德企业就因年底“不进贡也不配套”，被建德信用联社抽贷5000多万元，并从此在当地银行圈内“臭名远扬”。

另一家曾经资产过亿的企业，自从2012年被建德地区的银行抽贷8500万元而被迫迁址上海后，近期又因不愿配套存款被某银行杭州分行强制收取了近100万元中间业务费。

“银行若想让企业掏钱，理由自然是五花八门。”前述财务主管称，为了应对多指标考核，不配套存款的企业如果能在保险收益、理财产品等中间业务上给予满足，部分银行也能勉强接受。

这些资料让许量陷入了思索：民间借贷从温州到鄂尔多斯，再到神木县，这些乱象已经不是民间金融的正常现象了。他一边整理思路，准备到了北京之后给樊先生见面汇报一下，同时，也要给研究院的吕老师和唐老师等人通报，值得反省啊。他的心情纠结起来，许量也在做存款返点的生意，可他的生意做得很早，也并非这样明目张胆和肆无忌惮，与银行的关系是合作而不是勾结。

许量希望民间金融得到政府的大力支持和放松金融管制，但他心知肚明在现有的基础上，一下子分开民间金融的管制，那就是纵虎归山放龙入海，在当代中国人全体都急功近利、竭泽而渔的心态之下，必然会酿成滔天的巨祸。既然，网络上的报道都如此详细了，许量知道他的这项业务优势走到了尽头，他掏出电话给米世梅通了一个电话，委婉地说起了这篇报道和学生私下介绍的情况，米世梅却镇定自若地回答："同样的事情，由不同的人来做，性质就完全不同了，许总不用担心，我们的合作不会受到任何影响。如果有了监管的压力，我们也会一起商量，变通处理。"

车在摇晃，他在车上眯眼休息，不一会儿就发出了均匀的鼾声，晚上十点多，这才赶到了北京。

在宾馆与白蓝相会之后，匆忙在附近吃了一点东西。许量怕冷，就又回到了宾馆聊天，他们的正事要明天才开始。两人在异地重逢，心情大好，许量轻描淡写说到了差点出车祸的事情。

白蓝很是揪心，她静静地抱住他，害怕他突然消失一般，许量反而安慰她。

白蓝的情绪平息下来，她给许量泡好茶，看他慢慢地品尝，就顺口说到了最近有几个朋友在找公司索要《资本》和《借贷》系列书的小事情。

许量毫不客气地回答道："我们不给他们免费的午餐，这样做不是我许量缺这点钱，而是为了不让他们养成不劳而获的习惯。你们可以告诉他们，对待金钱的态度决定你拥有金钱的程度，一本几十元的书都舍不得买的人是不配进入金融之门的，更没有资格对写许量的书说三道四。他们就是穷人，天生的穷人，而不是著名经济学家厉大师说的'待富者'。记住，不舍不得，不想付出的人，哪里可能得到？这对金钱、权力和女人都是如此。"

许量忆起自己曾经在高中的时候，在政治课本的扉页里面写的那句话，不由得展颜一笑，那笑容有点小坏坏的模样。

白蓝不知道她的男人突然笑什么，只好使用眼神提出她心中的小疑惑。许量用手指去轻点她光洁的额头，悠然道："你的许量可从小就不安分，你知道我中学的理想是什么吗？"

他不去看她的表情，因为女人的表情总是越困惑越夸张。许量就用武侠书中的大侠一般的举止，去茶杯蘸水，在桌面上画了几个符号：W、M和P。

白蓝摇头了，许量哈哈大笑道：这W就是英语的Woman，代表女人；这M自然就是Money，金钱的符号，全世界全人类通用；P就是Power，它的含义我就不说了吧，嘿嘿。"她知道，那是权力的意思，微笑了。

在那遥远的小山村，从学习英语单词的那一刻，他的心思就放在了这三个单词上，现在的许量很是得意："欲望是人生的发动机，生活与事业中，男女平等的事情不多，但在追求她们的这件事情上才是最平等的。小丫头，我们拥有一样的欲望才能够在一起，不是吗？"

他们相视一笑，春意出现在心中，白蓝觉得现在说什么话都是多余的。

第二天，许量不得不起床的时候，已经快十一点钟了。他的小女人很勤快，还给他在外面端了早餐回来，她自己在客厅捣鼓她的文件。许量很感动，甚至有了些许的内疚。

午后，等到资本之鹰会所的投资部经理韩晓赶来后，他们一起去了北京一个资本圈子的会所，有一个从中国资本圈网站来的项目值得许量亲自来面谈。这是一个立志于成为中国高端社区理财服务机构的公司，他们需要的不仅仅是许量投资的资金，更是与中国资本圈网站的全面合作。

"社区金融才是我们这些第三方理财机构最终的出路。网络为王，我们有贴近社区群众的几十家几百家实体的店面，这就是最大的优势。这是一张融资的大网络，可以在极短的时间筹集数千万甚至上亿的资金，而且绝对的低成本。"

许量默默地听李总在介绍，白蓝在低头思考。

"成本多少？"许量的投资部韩晓经理在询问，他与李总一问一答，很简洁有力。

"年息12%。"

"管理费呢？"

"不到1%。"

"有这样低廉的成本吗？"

"我们的管理费还要收取客户的，双向收费。"

"你们项目发展依据的是什么？"

“五十万以内的投资需求是会被银行和大的投资公司、信托公司忽略不计的，他们不做的，就是我们这样草根的发展空间。”

许量的眼睛开始发出光亮，他知道社区金融的潜力。他想起了昨天看到的杭州方面的资料，就假装随意问道：“李总，你们也做存款生意吗？”

李总审慎地说：“当然要做的，不过，我们的存款只是暗中有一些返点的收入而已。”

到了晚饭的时候，许量已经走马观花地把李总的店面看完了，他看项目有粗有细，但总体看的是项目的核心竞争力。这个李总的团队来自证券公司和保险公司，自然是很有市场开拓能力的一群人。

第二天，许量和白蓝商议了投资部韩经理连夜起草的投资意向书的基本条款，决定先给李总确定“恋爱”关系，这样的项目最重要的是捷足先登。他们在给中国资本圈布局，这个网站是投融资平台，只有树立成功的样板和典范，他们才能够成功，这是许量与白蓝很容易就达成的共识。

在签订合同的时候，李总却节外生枝，要了许量的投资定金。许量忍耐住心中的不快，按照李总的要求修改了合同，大家这才愉快地签订了意向书。对于品牌的合作，许量也是留下了一个后门：投资资金，那只是多少的问题，而嫁接品牌却是要慎之又慎，因为“资本之鹰”的品牌来之不易，这四个字就等同于他的儿子一般，万一出现什么问题，那可不是什么品牌使用费和潜在利润可以弥补的。让白蓝欣慰的是好在合作一旦开始，那就不是谈判而是商量了，许量与李总之间的共同点越来越多。

与樊先生见面是单独进行的，许量与樊先生谈到了各地学生送来的资料，其中有不少是第一手的原始资料。不少因为借贷和民间金融而带来的人间悲剧也是赫然在目，这些都是家破人亡的惨剧。

许量对此的解释是：“前几年，民间借贷一哄而上，参与者的人数越来越多，涉及的金额也越来越大，放贷人的素质却没有得到相应的提升。不出问题是绝对不可能的，以庞氏骗局为代表的形形色色的骗局已经进入了破裂的高发时期，我建议政府要加强防范和加大对非法集资及涉嫌金融诈骗案件的严肃处理。”

作为行业中人，许量的意见本来是希望政府抓住极坏的典型，杀一儆百和强化对投资者风险的宣传教育，但他终于没有说出口。樊先生虽然很担忧害群之马把民间金融改革的步伐拖累，但毕竟是政策的影响者，他一再声明要认真

研究研究，但对以往许量建议的对民间金融尤其是民间借贷征收暴利税的想法却逐渐鲜明起来。

“对民间借贷和金融要两手硬，一手抓阳光化和开放，另外一手抓法制和税收。宽严结合，一定要惩恶扬善，合理利用民间金融资源。”樊先生的话似乎代表了不少政府官员的意图，许量人在江湖，对庙堂之事不置可否。

他们私下的交流是否属于交易，许量回到宾馆什么都没有透露。白蓝也不好多问，她明白自己知道的秘密越少，她就越能够在许量身边待下去。

第二十章

形成结构稳定的商业系统，赚钱就是确定性的结果了

匆忙赶回成都，刚刚处理完积累的问题和事务，许量就接到了龙良军的电话，刘嫣然和他来成都了。

他们约定在黄欣的玫瑰会所见面。许量是第一次来，这会所装修和格局都高于资本之鹰的会所，而且人气不弱，许量感受到了压力，表面上却是若无其事，他依仗的是资本之鹰在全国范围的影响力和中国资本圈网站网络的力量，这是任何地域性的会所不能相提并论的。许量一边欣赏女子会所的风格，一边计划把资本之鹰会所的现有模式进行升级换代。

很显然，刘嫣然很喜欢这女子会所的风格，龙良军与武军他们还有工作，她是一个人前来的。

许量微笑着与刘嫣然点点头，算是招呼，对于这点处变不惊的能力，白蓝就觉得自己是自愧不如。而对刘嫣然，白蓝在许量的介绍之下，不得不重新认识一下，她尽可能没有让许量看出她们早就认识，但在刘嫣然这样的风情万种的女人面前，多少还有点青涩的白蓝开始不自在起来，一直想找一个理由先行告退。

一会儿，果然来了一个电话。这是李严来的，又是业务出了点问题。许量听了白蓝的告假，不想她离开，因为这是白蓝学习的好机会。但白蓝站起来，示意许总去一旁，她要汇报。

许量听完事情的原委，神态也开始紧张，但刘嫣然在那边嫣然一笑，许量心中的勇气上涌，就对白蓝说：“你先回会所处理，记得用短信与我紧密联系，我们就使用中国资本圈网站上的短信办公系统联系。”

白蓝匆匆忙忙告别，刘嫣然还是微笑。许量在她的面前重新坐下来，心道：这可是中国又是在成都，多少算是我许量的地盘，尽管你刘小姐来成都的时候越来越多，每次都是政府的贵客，商界名流高朋满座，但也由不得你们美国人随心所欲。于是，他的目光也变得温柔了，同样是笑逐颜开，当然，他的心里空荡荡的，一个声音在反诘他：“许量，你到底在笑什么呢？”

白蓝到了会所，不再急躁，她是老总，需要的是威仪，她不紧不慢地走进自己的办公室，秘书已经在通知李严等人开会了。原定是在会议室，但白蓝临时把地点又一次改变在她的办公室，这就是天时地利人和的道理，因为李严作为副总经理是她的竞争者，没有人和，那就必须要有地利，面前的地利就是在总经理的办公室里面开个小会，这是资本之鹰会所历届女老总的地盘，阴盛阳衰的地方。

事情的由来很容易说明白，会所员工的管理一直是很严格的，但最近一年多来资本之鹰会所的员工离开的也不少。客服部是会所的核心和要害部门，今天，一下有两个骨干员工同时提出离职，这才让白蓝很难受，许量也开始动容了。

提出辞职的是客服部的副经理陈静音和王开新，他们是一男一女，都是会所最近几年培养的骨干，很显然，李严已经多次挽留他们了，但是无效。

白蓝也是无计可施，她给许量短信汇报情况，李副总经理在一旁唉声叹气道：“现在的民间金融秋风渐起，寒冬还没有到来就已经是人倦马乏，必须立刻稳定会所军心！”

许量面对刘嫣然，心中有一股说不出来的压力，或许是因为她身上浑然天成的“美国因素”，那就是霸气和自由自在的气势，这让浑身上下都被束缚的中国民营企业家许量“羡慕嫉妒恨”，但他依旧微笑以对，尽可能不让美国人知道自己的心思。

白蓝的短信让许量不得不经常答复，电话也是不断，有业务电话，还有各地同学们的问候电话。

刘嫣然却基本上没有什么电话找她，她赚钱不是依靠老板的个人能力，而是依靠盈利系统赚钱的，一旦形成了结构稳定的商业系统，赚钱就是确定性的结果了。

虽不知道许量在忙什么，但她饶有兴趣地注视许量在忙忙碌碌，听许量说到“关系”一词，心道：关系，那就是一张天罗地网，网住的不仅仅是网络中的人，编制这张网的始作俑者更是为其所累、为其所害，中国老板是世界上最苦最累的职业之一，为什么许量却依旧乐此不疲呢？最近，她刻苦学习中文，尤其是成语，对许量的理解也就更深刻了一些，了解越深刻，她就越同情许量：眼前的他面容难掩倦息，其实，他的大部分时间都是在为别人活着。

到了最后，许量不得不给白蓝通话了，他对嫣然说声抱歉，就对电话说道：“白总，你转告李严，不要处罚要离开的员工，天要下雨，娘要嫁人，由他们去吧。”

此话一出，他又觉得不妥当，“天要下雨，娘要嫁人”这话可是伟人说的，我小小一个许量，怎能与之相比呢？他赶紧改口道：“他们要离开，那就好好给他们饯行，第一是多给他们发一个月的工资；第二是我要亲自出席一下欢送宴会，全体员工都参加。”

白蓝收起电话，把许总的决定告诉李副总，但她翻译了一下许总的意思：“李总，疑人不用，用人不疑，这句话要修改一下，疑人要用，用人要疑，对吗？”

这样做的目的就是要让李副总知道她是可以在修改中去执行董事长的意图的，这也是总经理的权力，而李副总经理则没有这样的便利。

李严叹气又摇头，对不遵守聘用合同的员工不是杀一儆百而是姑息养奸？他难以置信的是许总还要礼送这两个辞职的员工。李严大步走出白总的办公室，在回他办公室的过道中，他对三三两两经过的员工熟视无睹，完全不去理睬他们的招呼，他对许总这几年突然成为许老师是一直持有保留意见的，何况白蓝根本就压制不住一些强势的员工。从现在开始，他更加心怀不满了：金融是强者恒强的事业，不是温柔之乡，那个犯强汉者虽远必诛的许量呢？就这样消失在时间的洪流之中了吗？

今天，刘嫣然找许量是处于有意无意之间的心态，丁妮此时此刻也在与佛铭见面，他们的谈话提纲是嫣然事先确定的，丁妮会不折不扣地执行：他们在讨论把《借贷》与《资本》系列书翻译为英文的文化项目的合作。

许总与嫣然的公司之间已经合资了，他对此一直是很有戒心，但怎么也阻挡不了资本对人心的侵蚀，除了资本之鹰会所之外，许量的不少团队已经开始向华尔街的力量倾斜。他无能无力，这是一个自古出汉奸也是出英雄的地方。

她对资本之鹰会所的兴趣一直不减，但那是许量的独立王国，难以进入。

等到四下无人，刘嫣然开始给许量上课了，这是许量在美国与她达成的秘密协定之一，这就是许量在某些时候是刘嫣然的老师，比如对中国国情和民间金融；而刘嫣然也是许量的老师，那就是国际惯例和金融运作的原理和本质。

“许先生，你的资本之鹰本来应该做得比现在要好得多，为什么呢？你必须建立一个系统，一个类似于货币的半封闭系统，赚钱不如制造金钱。”刘嫣然开始严肃地说，许量也就很认真地听，他知道资本之鹰会所必须升级换代了，以往那种只是传播和控制投融资信息赚钱的方式已经落后了，在微博开始影响和控制的世界，只有制造信息的人才是真正的强者。

许量的心思有点走神，因为他的面前毕竟是一个活色生香的绝色美人，还是一个懂得金融最深奥道理的女人，可她为什么非要做自己的老师，哪怕偶尔扮演自己的学生也在所不惜呢?

“人到中年，我与刘嫣然没有什么可比性，她不会爱上我许量，也不会爱上许量的儿子，那就是要利用我了？”许量一心二用地在盘算，“能够被刘嫣然和她代表的资本利用那是我资本之鹰的幸运还是不幸呢？”

可刘嫣然的话题越来越高深，他不得不放弃小算盘，去仔细倾听她的声音。“使用金融的眼光来看这个世界有很多谎言和秘密，而每一个谎言和秘密都是一条独一无二的道路，它是通往成功的鲜花，还是失败的陷阱那就要看你对谎言的理解和对秘密的使用。”

许量不得不点点头：“我明白您的意思。”

刘嫣然偏头微笑道：“你说说。”她有点挑战的意思，但态度温柔，让许量很好受。

许量就好似天生海豚音，却经常在娱乐歌厅而不是剧院唱歌，只能够浅唱低吟，那是对牛弹琴，压抑是难免的。他的智商极高，平时在日常的事务和生意之中，很难得使用到“殚精竭虑”这样的状态，刘嫣然值得他去挑战，许量就一字一句地说：“您的意思就是说，我们知道秘密，这个世界就没有秘密了，而说谎者才是金融的秘密。”

她依旧微笑，心中有点遗憾：许量的智商很高，可惜的是他不会懂得“装傻”的本事，“刚则易断柔为上”，真正的男人，还需要“上善若水”。

他们之间老师与学生的角色不断在转换，因为他们的话题越来越深刻。到后来，与以前他们的几次秘密相会一样，言语中又不得不带上了较量的味道。

丁妮在外面等待刘嫣然，她知道这个任性的表妹还在试图征服许量，她心中很不赞同：许量的金融水平在中国民间金融算得上是一等一的高手，但他还只是依靠项目和资金赚钱的小老板，怎么可以与我们刘家的华尔街金融水准相提并论呢?

当许量走过来的时候，丁妮回避了。眼见他的背影越走越远，丁妮摇头了，没有人能够完全分析出许量的行为和动机，他看似不复杂却善于变幻，即使是心理分析大师也是无能为力。

她见到刘嫣然的时候，忍不住劝告道：“他经常是心有余而力不足，连一个赚钱的系统都没有办法独立建立起来，我们有必要花这样大的代价去培育他吗？”

刘嫣然没有正眼搭理丁妮，她的目光正好盯住桌子旁边的那株不知名的常青植物，那植物看起来很顺眼其实却带了不少隐蔽的刺，那好像就是许量。凭什么他就敢于在我的面前反驳和畅所欲言？他还有资格不感谢我的指点？

知道丁妮已经慢慢地在成都扎根了，刘嫣然不需要给丁妮解释自己为什么要对许量这样，那就是她的权力。

良久，刘嫣然才冷漠说道：“我早说过了，我们要利用正在加速形成之中的中国民间金融市场去建立一个一劳永逸的赚钱系统，少不了许量。何况，他还是一个计划了做好几代人民间金融事业的大丈夫，为此，他敢于牺牲自己。”

丁妮不说话，她习惯了听话。

“以后不许你在我面前再次提起他的名字，许量就是一个自以为是的老板，一个很讨厌的学生！”说完，她眼中出现了一种让丁妮害怕的目光，丁妮噤若寒蝉，那就是做金融的规则：下级永远无条件服从上级，人生与事业都充满秘密，有些事情，不知，胜过知。

只有刘嫣然知道，许量的可怕绝对不是他的智慧，而是他知道怎么样去控制和使用他的智慧。比如，刚才他故意搅乱她的讲课，那不仅仅是为了表示他对正在加速建立的资本之鹰民间金融系统无可争辩的自主权，而且他要使得她的心理开始被“好为人师”的心态掌握，他们之间互为师生，那是精神与实体的控制与反控制的斗争，合情合理，适度的“斗争”，如同现实中的中美两国关系“斗而不破”才是两个强者之间永远的纽带。

这才是许量最隐蔽的心计，可惜在刘嫣然面前依旧不会是秘密，虽然是与人斗，其乐无穷，可刘嫣然的烦恼也就更多了。

半个月之后的一个晚上，许量与几个朋友喝酒聊天，有点醉意蒙胧就去了白蓝的家，却发现她有点闷闷不乐。许量知道这是醋意在作怪，她越来越见不得许量与漂亮女人在一起。眼见她的书桌上是关于写他们的书，书是打开的，许量把她揽过来，轻言细语地对她述说：“每一本书都是有密码的，这些秘密就是作者的写作动机和隐蔽在浩瀚文字中的目的。你读书，不能只是用眼睛，要用心，利用感知力去探究书中和书后面的故事。你是《借贷》系列书中的人物之一，你知道书中的你和现实中的你之间的差异，有得有失，这就是书的魅力。你是书中的颜如玉，而我把握了书中的黄金屋。在这个社会里面，玩就是一切，你没有发现官场之人玩政治，商场之人玩生意，文化人舞文弄墨，就连普通老百姓也在玩生活。”许量开玩笑一般，把道理说得深入浅出，“好玩不过人玩人，玩物未必丧志，玩就是人生的本质。”

她一副小女人的神态，沉默寡言也难以掩饰青春靓丽。

“白蓝，你看着我的眼睛。”

他目光炯炯，双手抓住他的女人，孔武有力，完全不是刚才的迷茫神态。

白蓝有点感悟了，她在心中组织好了言语，这才说道：“这是男人的世界，好与坏，对与错不都是男人们决定的事情吗？”

许量看她说得认真，就哈哈大笑起来：“白蓝，成年人，尤其是中国的成年人，谁不是戴了几副面具的伪君子？只是我许量每一副面具都是真实的，在生命的过程中，孤独和忍耐是必修的课程。眼睛向内，内省才能感觉自我的世界：鸟语花香或者狂风暴雨。我们为什么要写书？因为写作会是心灵之桥，以书会友，能够彼此探索人生意义，忘记喧嚣和人人相害的无聊。”

白蓝点点头：“看来，我要做好老总，也必须学会多准备一些面具。”

接着白蓝又明知故问道：“难道，刚才的许量是假装的吗？”她指的是刚才许量那一副悲天悯人和愤世嫉俗的表现。许量则笑而不答。

最近一段时间，许量发现自己的欲望不见了，具体来说，情欲消失了，事业的野心如同遭遇了漏洞无影无踪，这是他内心的秘密，说不得。

眼见面前在家里随时可以盛开女人花的白蓝，许量暗自努力驱动生理欲望，却效果不佳。

他边说闲话，边想心事：前几天的那个晚会中，她穿着的晚礼服很性感，无数的男士见了她都是充满欲望的目光，而他努力了很久，还是没有办法联想到一点点男女之情，更不用说欲望了。这现象出现了几次，许量心中抹上了很浓厚的阴影，话就少多了。

白蓝不知道许量的心思，她只是在心中复习许老师最近布置给她学习的课程，即使她现在已经是白总经理，但她渴望的还是从白领到老板，这是一步之遥或许是天壤之别。

“我有一个渴望，”白蓝对许量说，她的眼睛开始燃烧出野心的光芒，“不管许哥你答应不答应，我都要说出来。”他们即使是情人，即使大多数时候都是如胶似漆，但心里的距离还不是天衣无缝的。白蓝眼见许量这些天都是性趣不高，她也不好主动示爱，此时，也就不是说情话而是大实话。

许量心情波澜不惊，点点头，他人到中年，精神与肉体开始分离，不完全是可以随心所欲的了，他见她提到内心的需要而不是无边的情欲，心中感谢她的克制，立刻微笑回答："白蓝，你还是小丫头，说什么，大哥自然会答应的。"他想，说不定她是要提出做老总需要更多股份的要求了，对此，他是有一些安排的。

温馨的时空里面，白蓝转身去拿了一瓶红酒出来，许量笑眯眯地看着她的动作，很好看，心中努力去激励男性的欲望。

她喝一点红酒，只是一点点，稳定了情绪才说："我想大哥就做白蓝的师父吧，这样，我才能够做一个像你这样的大商人，我也才不会给大哥的资本之鹰丢脸。"白蓝的意图十分明显，做情人那是一阵子，而做徒弟却是一辈子。

"你确定要做大商人吗？你知不知道这需要你用你的灵魂作为交易的基础？一个人一时做商人不困难，难的是一辈子都做商人，"许量忍不住阻止道，"小丫头，你现在不就是老总吗？你什么时候给我丢过脸呢？一些业务上的失误算不了什么！我做你大哥就好了，做你师父，那我可是很吃亏。"

白蓝和许量碰杯一下，用力有点大，两个玻璃杯之间发出清脆之音。同时，她微笑道："老总不见得是商人，老板也不见得是商人，商人是由特殊基因构建的强者。"

关于商人的话题会十分复杂，这里是女子的闺房而不是办公室，许量避重就轻了。

他想起了一个玩笑，就继续说："小龙女和杨过的悲剧，你知道吗？"

那故事说的是神雕侠侣，而且是师父与徒弟的爱情故事，唯美却违反世俗，这话一说，他觉得有点不妥，白蓝早就是他的情人了，许量的神态有点尴尬。

但她却大大方方地回答："您是白蓝的老板许总，又是许老师，还是许大哥，再多一个许师父的头衔，那又何妨呢？说不定以后，还有别的头衔在等着呢。"

说完，她的目光有点不好判断了，她故意回避了他们之间的情人关系，那是她深谙男人就是不能够太满足的动物，他们喜欢的是"妻不如妾，妾不如妓，妓不如偷，偷不如偷不着"。

得到太多，太容易，说不定，那就是爱情的终点。经历了不短的情人旅途，白蓝想的是进一步，而许量害怕的恰好如此。

这些天，许量的表现不佳，有疏远的趋势，白蓝叫他“师父”，这或许有点以退为进，这是刻意挑逗的意味。

许量的心思活跃起来，但还不是暧昧，而是觉得白蓝是有潜质的女子，她的心智不低，或许还真的是需要做了她的师父？这样可以断了别人的说法和自己对她或许想成为许太太的害怕，但他很好奇，就又问道：“这师父与大哥的区别在什么地方呢？”

白蓝心道，这个问题的答案只能是笑而不答。她的笑容深刻，许量猛然发现白蓝的笑容含义很丰富多彩，也就立即关闭自己的心灵窗户，眼神重新蒙眬起来。此时此刻，是了解许量真实想法的良机，白蓝自然不会放过。

她直截了当问道：“师父，弟子有些问题想请教你，可否？”

许量微笑一下，白蓝就问：“你怎么走上金融之路的？我怎么才能够成为真正的金融高手？”

好在她没有谈情说爱，问的问题也并非刻意一言以蔽之，但他也不好拒绝，他很认真地回答：“我们从普通人到金融家的出发点有很多种，从实业，从文化，甚至从无所事事也能够到达金融的彼岸。学习金融的两条路径是：学习和实践，缺一不可；研究金融的方法也有两种：一种是向后面看，去研读金融的历史；一种是向前看，预测，依靠人性的变化去看待。”许量在上课，他说的是金融的学习方法，但白蓝想知道的是许量的过去。

他点点头，回避了他的秘密，表面上却表现出无所谓的男人大度，却并不多说。

在沉默中，时间流淌，许量体会到四周的夜色越来越深沉，她既没有留下他的明示，他也没有马上离开的意图，他们之间的话题随着红酒越来越清醇。

“生命是一团欲望，欲望不能满足便痛苦，满足便无聊，人生就在痛苦和无聊之间摇摆。这话是德国古典哲学家叔本华的名言，我想用来说明我现在的心态恰如其分。”

许量心情郁闷的时间不短了，他见白蓝很真诚，也知道她作为自己的情人，同时是会所的总经理，是必须了解她的男人的。他用玻璃杯轻轻地与她的碰撞一下，叹气道：“作为我的总经理，你有权知道董事长在想什么，从哪里来，现在是什么地方，将来要到哪里去。”

很明显，她没有微笑，许量只好补充道：“还有我们之间的感情，情人远远比无情之人更美好。”他仰头喝下红酒，喉结滚动，这让她很有感觉。

许量继续说：“爱和恨都是男人成熟的必需品，早晚都是会结伴而来的；那么，早来就早恋吧，晚来就晚爱，我们不要幼稚的仇恨和迷茫的前程。”他的语言带上了诗人的色彩，很能引诱白蓝的少女之心。听得很认真，白蓝微笑着喝下红酒，没有装模作样地摇晃杯子。“被金钱驱使的爱情，时间久了，就会慢慢地染上货币的属性，而这属性就是毒性，一定会让你支付所有，包括生命去购买一刹那阴阳的交流。”

对此，白蓝很是赞同，她迷恋的就是他的哲学思维和不老的心态。

“无数的人都在问我许量的女人们到底如何，其实，美是什么？恰到好处。这金融和美女一样有趣，都是变幻莫测而又最终能够把握的才是真美和最美，因此，金融本身才是我许量最爱的女人。”

她把手伸向他的胸膛，他内心的坚硬开始融化，身体被潜在的欲望激活了。

他叹口气，男人始终是男人，何况，许量也渴望自己的雄风依旧在。男人一旦接受了女人春情荡漾眼神的暗示，那么今夜，他们又会是无眠。

两人换好睡衣，再次坐下已经去了卧室相拥而卧。欢愉之后，许量对白蓝也不再讳言，他从小时候的故事开始讲起，一直到大学时代，只是故意把与张娅的那段创业史隐蔽，那是刻骨铭心的爱，说出来他与白蓝都会伤感。

他们的谈话很长，一直到四周的所有声音都慢慢散去，他们内心的欲望剪影依旧留在这个温馨的时空里。

第二十一章

做生意的生意，做老板的老板，懂人性知人心才是真商人

成都一环路南四段的一栋电梯公寓，只有很少的几个员工在辛勤工作。这是吕老师天圆地方投资管理公司的办公地点之一。

吕老师喜欢这里，这是老楼、老环境，只有老伙计才待得住。大隐于市的话能够说的高人不少，能够做到的大师却是寥寥无几。他已经在这里办了十几年的公司，十几年如一日。

吕老师没有去位于南延线的5A豪华办公室并非堵车的交通问题，而是心里自然而然的选择。在这里，办公室尽管设施和装修很简单，但他始终待在这里运筹帷幄，因为这里的风水之好、运气之盛是外人所不知道的。

吕老师的办公室，除了书柜里有不少的书之外，还有两样东西是一定会引起外来者的注意的：第一样东西是一幅唐卡，古色古香，年代久远，香火持久，这是吕老师十多年前，从拉萨大昭寺前面的广场“请”来的藏传佛教的佛像，可以拜谒，但不可以久久盯视，那样会心理压力增加，精神恍惚。这说明这张唐卡不仅仅是有故事，而且很显然已经具备了灵性。

第二样东西是一块铜牌，上面写的是吕老师的公司在1998年已经是中共四川省委政策研究室、四川省工商联合会、四川省商会和西南财经大学的四川省民营企业重点联系单位，“重点联系”到底是什么意思？只有对官场和商场潜在规则都很熟悉的人才知道，那可能是“依靠”和“依仗”，也可能只是时髦的摆件，其中之味道，因人而异。

这两样东西都是意味深长的，前者是神的力量，后者或许是靠近权力的途径甚至是权力的关照。能够来这里的访者不多，但大多数都是熟悉吕老师的客户和朋友。

熟悉吕老师的人呢，都知道他的实力和人脉等商业资源远远超越那些在冠冕堂皇的现代化写字楼中的老板，但好像老师都是心甘情愿消减金钱的人，他们都对金钱的兴趣不太大，追求的往往都是一种境界，那就是“顺其自然”。

外人很少能够理解，吕老师很喜欢把他的办公室叫“巢穴”。他也喜欢《陋室铭》中的那些话：“山不在高，有仙则名。水不在深，有龙则灵。斯是陋室，惟吾德馨。苔痕上阶绿，草色入帘青。谈笑有鸿儒，往来无白丁。可以调素琴，阅金经。无丝竹之乱耳，无案牍之劳形……”

他在这里学习、思考和做很少的生意。曾经来过这里的人有福布斯的富豪、上市公司的董事长和成都甚至全国赫赫有名的人物，没有任何人在意吕老师办公条件的简陋，因为他们都是来问计策的，不是来看装修的。刘备三顾茅庐而后得天下，试想一下，当初诸葛亮住的不是茅草房而是豪奢之地，又是如何？他们来请吕老师顾问一下，也算是礼贤下士，这样付出重金的咨询到底值得不值得那就只有他们本人知道了。

相识相知多年，许量也是第一次来这里。他们约好了在这里见面商量一件大事情，那就是许量“以进为退”的计划。原来，这也是许量的计策之一，但他对佛铭也是需要半遮半掩的。

吕佛铭忙请许量坐下，口中笑道：“斯是陋室，惟吾德馨。”

许量赶紧说：“精神自由自在，何陋之有？”

他再次环顾四周，的确简陋，许量很不解，心道：“在这样的老房子里，你吕老师就敢使用汉语词典中最普通的文字去组装成为一本又一本的畅销书，并用之打下天下？这样的能力算是胆大妄为还是人间天才呢？”

许量对吕佛铭的理解很多，了解却不多。

“你还想看看我的另外一个办公室吗？”佛铭看出许量的困惑，很认真地说。这些年，他们两个人之间的关系若即若离，两个人都是强者，他们的世界融合之处很多，不少事业和项目也在合作，但依旧还有不少暗处需要更多的沟通。

许量开心地点点头。他们两人立刻出发，这次吕佛铭上了许量的路虎车，他给许量指点道路，一路上车水马龙，许量开车前往。

在南延线的融创动力的B座15楼的5A写字楼里面，许量第一次走进了吕老师的世界。这里，吕老师的办公室不大不小，不及资本之鹰会所许量办公室那样宽阔，却绝对豪华。

这里的豪华并不是依靠金钱的堆积，而是文化的氛围：金丝楠木的办公家私和一些精美绝伦的小摆件，多少都与佛学有关联。这是与许量完全一样的嗜

好，他们都是金楠阁公司的贵宾客户，区别只是佛铭的风格是中式的仿古家具，而许量更偏好现代风格。单单是摆放在博物架内的玉器和字画就价值不菲，这里面的一些藏品让许量驻足，他很挑剔的眼光也不得不承认：这是难得的孤品。

许量一直认为吕佛铭只是有才能却无多少财富的闲雅之士，如今，他才敏感觉察到吕佛铭绝对不是一般人能够看穿的男人，而且心性与自己极端相似。许量本想私下问问李玫对佛铭的看法，可马上就被自己否定了，以前李玫是自己的秘书，但现在可是吕佛铭的老婆，孰轻孰重，她李玫还不知道吗？

谁知道吕佛铭却没有继续推心置腹的计划，他拉了许量继续出发。“这里只是应酬之地和俗气之所，我极少来这里，我们还是去我最喜欢待的地方吧！”

许量走马观花地观察到了吕佛铭的员工们精神饱满，来去匆匆，一派生意兴隆的景象，他知道吕佛铭其实暗中也在做资金借贷生意，只不过生意的规模看起来远远比想象中的要大很多。他心中很感慨，看起来资本之鹰也是压力重重，这生意之路都是逆水行舟不进则退。他们继续向成都以南前进，来到南门最著名的别墅区，进了别墅区，在一栋独栋别墅里，许量很好奇地四处观察：这里不豪华却档次不低。进了房间，来到一个大套间，吕佛铭建立的文学工作室就在这里。

最好的电脑设施和现代化的办公氛围，绝对的文化点缀的世界，这让许量大开眼界：这才真正是用现代化武装起来的文学。

在这里，楼上与楼下，都有无数的作者在如同轻快的蚂蚁一般忙忙碌碌，他们按照文字编辑的要求在码字或者与书中的原型人物交流，甚至有人在大声争论；他们的资料库分为文字、图片和影像制品几大类，数据非常庞大。比如，单是“微笑”这样一个条目，就有成千上万条的写法、说法和表演方式，任何一个写字的人，都可从中去找到别人的做法，只要模仿和组合，那就是创作了，这样的想法和做法不是天才就是疯子才能够想到和做到的。许量看看吕老师，心道：这人与自己一样，都是非常之人做非常之事，有这样性格的人，无论男女老少无论做什么，最终必然是能够脱颖而出的。

面对许量竖起的大拇指，佛铭摇摇头，微笑着谦虚：“我不是天才，我只是文人，也只是把你说过的想法推进了一步，未来的文艺复兴中，我们的思想与作品能够出现无数的名著，版权就是王权和霸权。”

吕佛铭冷冷地一笑：“不要看别人腰缠万贯，还不如我们一本书的版权在手，我们就是生产文学和思想的资本家，文学资本家，这可不是做什么肤浅的文化产业基金，那都是浮光掠影，大不了能够说出自己赚钱了而已。我们要的是版权，要的是名著的影响力，这力量不用去商业化，只要入木三分进入了大家的心中，我们的事业就是成功。”

许量看得仔细，这才明白吕佛铭这些年到底在做什么。劳心者治人，劳力者治于人。他呵呵笑着说：“拿破仑关于思想的格言是，世界上有两种力量，剑和思想。从长远来看，剑总是思想的手下败将。这话看来一点都不假，我许量在商场上如何骁勇善战赚来的金钱，看起来都不如佛铭老兄的文字厉害。”

这次，佛铭出乎意料地没有谦虚，他微笑不语。

“这真是一个美好的时代啊，我许量做生意这么多年了，只是总结出了六个字的生意经，那就是‘想法’‘说法’‘做法’。吕哥，我看您的思想和行动力都是一流，行行出状元啊，一直写下去，培养自己的读者、书迷和伙伴，您会大获成功的。”

许量指的成功与佛铭的想法有所不同，他在言语中，很是敬佩道：“很好的设想，很棒的行动，一个老板加上一个作者，不就是老板文学的核心资源吗？从文化到资本你是贵族，从资本到文化我是玩家，呵呵。”

佛铭点点头，他知道许量说的不是谦虚而是实情，心道：做生意的生意，做老板的老板，懂人性知人心那才是真正的商人。古有吕不韦投资赵姬而做了秦始皇他爹，今有我吕佛铭传播了许量，构建了新的商业系统，都是吕家之人，生意的级别和大小虽然不同，但殊途同归嘛！只有做与人的心灵相关联的生意才是世界上最大的、最美妙的生意。

在作者中，许量见到了老朋友顾艺，她正在与曾文章等人争论小说的情节。

佛铭带许量走到了他们跟前，原来他们是在讨论一本新的小说提纲，许量很好奇地听了介绍，居然是《李锌传》。许量知道李锌的事迹也是很典型的，他代表了白手起家的年轻人，但他也是自己的“作品”之一，没有我许老师哪里会有李锌的故事？于是就应邀提出了自己的一些看法。

“写书就是写人，这人生的道路千万条都可以简化为三条路，先甜后苦，先苦后甜以及有苦有甜，你们给李锌选择的是哪一条？不好选择了吧？哪一条路其实都不好走。人生为什么需要那样多的技巧和故事，只不过是为了给人的悲惨生命涂抹上一些花花绿绿的色彩，显得不完全悲观。

“正如《借贷》书中的许量与现实生活中的我是有区别的，当然，一书一世界，我作为在书中活动的人物，骄傲而汗颜。”许量觉得很有趣，文学尤其是商战小说，从吕佛铭笔下出来的，不再是文人的无病呻吟而是蠕动的文山字海，是思想和现实的交会，他由衷地说，“我没有书中许量那样的好，也没有那样多的女人，我只是一个很平凡的商人，但我敬佩你们的劳动，让我的事迹来自生活却又高于生活，谢谢！能够让小说来改变读者和书迷们的命运，这本身就是奇迹。”

周围的作家和作者都开始聚集过来，佛铭微笑着退在一边，他双手抱在胸前，显得胸有成竹。

“人有人的定数，人类有人类的命运，”许量字斟句酌道，“至于我许量的命运嘛，那可是天机不可泄露啊，我唯一能够提示的，就是我一直认为，人生呢，从来就是一次又一次的选择决定的。此时此刻，你必须选择，而这样的选择，现在看起来微不足道的几件事情，往往就会决定你下一段人生。不知道蝴蝶效应，不知道主动结善缘避开恶缘之人，那根本不配拥有明天。”

顾艺带头鼓掌，因为《借贷》的第一本书就是出自她的手，吕佛铭接管了后来系列书的组织和写作，这才把许量树立为了中国民间金融中响当当的英雄人物。

“这世界最讲究的是天与地、阴和阳，正如男女分工不同，男人讲的是控制力，女人则去做影响力，不能把角色做反了。”许量对顾艺提出的书中男女关系的设计说出了自己的看法，“其实，现实生活中，我许量可没有这样多的金钱和美女。”

大家也开心地笑了。

眼见吕佛铭投资不多，却早早地站在了山冈之上，在春暖花开的季节，好像已经迎风展翅欲飞，许量禁不住质问自己：为什么许量的想法总是很多，能够做到的项目却不多见？难道这就是投资与投机的区别吗？他一抬头，“佛铭文学工作室”这招牌在许量的面前闪闪发光。

大家说完话，佛铭邀请许量上楼去看看，他们并肩而行。缓缓走上旋转楼梯，此时此刻，顾艺很惊异地发现许老师和吕老师站在一起十分相似，他们仿佛正在融化为一个人一般。

二楼是佛铭的工作间，里面有几名助手，许量大多数都没有见过，他们正在打字和上网，对许量的到来并不热衷。上了顶楼，豁然开朗，这是一个带了大阳台的书房。

书房外面的阳台上种满各种竹子，完全是“居无竹”的风格，许量这才记起佛铭经常自诩为清风傲竹，表面柔弱内心铮铮硬骨，看起来一点不虚假。

书房里面的主要物件自然是书籍，万卷书和寻常家具之外，最突出的就是一套顶尖的音响，然后，就是吕佛铭本人。这里是他利用文化和音乐通往过去和将来的桥梁，唯独没有现在。为何没有现在，当代文化之贫瘠，精神之荒凉的原因众所周知。佛铭时常沉浸在文字和音符组建而成的世界里面，他自小的特异功能就是对文字和音乐的理解非同寻常，他对文字的感知能力与乐感交相辉映。他只是这个世界包括许量等人的旁观者，他用心观察和体会，有时候也会加入进去，在现实中与他们说话和交流；更多的时候，他只是沉默地回到自己的世界，用心去体悟自己和别人的人生。

佛铭告诉许量：“我不是写手不是作家，只是事业的玩笑者和生活的旁观者。人类的荒唐与伟大同在，每个人的一生都是一本书，这就是戏剧化的人间悲喜剧，可笑可悲好玩。”

佛铭先请许量享受音乐，他告诉许量，这不会影响那些文人，在这里工作的最大好处就是随时可以疯疯癫癫地唱歌跳舞甚至骂人，只要能够找到对文字的灵感即可。

把音响全部打开，行云流水的音乐天籁一般流淌出来，好像是深山的流水潺潺，他们闭目体悟，这是齐豫演绎的《六字大明咒》，其音色犹如月光，沁人心扉。尤其是许量的心灵再次被震撼，他酷爱佛教音乐，最近对佛教的教义也在暗自钻研，把心中的暴戾之气已经消减了不少。

然后，两人在书房把各自的心里话叙述良久，佛铭对许量“以退为进”的方针不支持也不反对，但同意尽可能配合。

许量对佛铭的这句话印象极其深刻：“世上最残酷的事情莫过于女人的魅力被岁月雨打风吹去，精致的美貌化为榆树皮肤，而男人的智慧之剑被老年痴呆化神奇为腐朽。只有一些事情能够让你避免时间的折磨，那就是写作、阅读和听音乐。”吕佛铭慢悠悠地说，“在文字和音符组建的世界中，如果你是主人，那就会有一种居高临下的愉悦，洞房花烛夜算不了什么，君临天下也不过如此。”

这是一种状态，许量有点羡慕，却没有嫉妒，更没有恨。

到了下午四点，顾艺通过内部电话提醒佛铭，到了开会的时间，许量也很乐意地决定参加吕佛铭他们的研讨会。

到了会议室，人不少，有点拥挤，许量看见一盆迎春花正在开放，那色调很艳丽。他把手机调成静音状态，正好笑笑的微信过来了，他们已经通过微信联系了一段时间，天涯若比邻的感觉让许量不得不去调解笑笑与她男朋友之间的矛盾，尽管他并没有见到她的他。

许量是第一次被允许参加吕佛铭的文学创作会，他开始听吕哥演讲："真正的爱情要敢于面对苍老的容貌和不修边幅的邋遢，真正的爱情要抗拒岁月的无情摧残和人类生老病死的无尽折磨。这个世界有三样东西催人老去：欲望、金钱和权力，还有三样东西能够抵抗死亡：爱、写作和阅读。"

这话不错，许量就把吕佛铭的名言输入微信，发给了笑笑。笑笑很赞同地马上问道："许叔叔什么时候又变成诗人了？"

再看看四周，来的访客都是文人模样，有头有脸，他们都是吕佛铭的晨钟大吕文化公司的特邀嘉宾。

"今天的主题是文学与商业，但不得不先说起政治和人性，符合政治的需要是时代的优秀作品，符合人性的才是伟大的作品。"

吕佛铭的发言得到了大家的点头致意，没有人是天生的傻瓜，在这里，人人都有机会发现自己的思想之美。

"美国人的总统和市长是选举，我们的领袖和市长是选拔，一字之差，学问深刻，这也导致了东西方社会的组织结构的完全不同，文化也迥异。我说这些话并没有好恶和政治色彩，只是提醒大家注意我们作品的创作要点，我们是写给中国人，尤其是未来的中国人阅读的小说，书中的道德感是第一的，我们不能够太虚伪，要尽可能真实地记录和反映我们这个时代的故事。"

许量听吕佛铭在给他的作家们上课，就在座位安定下来。他在旁观吕佛铭，而不像平常是佛铭在旁观他。

佛铭眼见许量听得很认真，他微微地颔首，表达内心的致意，让许量这样的商人不言利益而是听听文学创作，那真是难得之事。

"抗日战争的鬼子打不完，手榴弹可以炸下日本飞机的故事与《亮剑》里的关家垴战役打败仗是怎么样被包装为大胜仗的？那是一个谜！宣传部门的指点不改变，作家的意淫永远不会结束，但那是他们的事情，而我们则是要写现实，写生活与事业，写我们这一代人。"

佛铭继续说下去："文学是人学，没有必要，也不可能只为某些人服务，我们的作品更没有必要迎合读者，读者需要的是引导，而不是宠爱。人性才是文字的灵魂，我们的作品必须符合人性的需要，美与丑、光明与黑暗、高尚与卑鄙都是我们书中人物的标签，显而易见，他们都是需要我们的原型们认可的。”

吕佛铭热情洋溢地给大家简单地介绍了许量的事迹。

作家们报以了热烈的掌声，原本他们不是一个阶层的人，如今是以书会友，大家自然不会吝惜自己的热情，许量也立马被感染了。

他好说歹说才在佛铭的晨钟大吕文化公司中溢价进入了一点小股份，但佛铭的前提还是不允许他过问太多文化公司的事务，而且，他还必须不间断地履行自己的义务，那就是要把许量的所作所为、所思所想和所见所闻全部都提供给佛铭作为写作的素材，这是几年前就签订的秘密协议，尽管不是书面的，但许量与佛铭皆是一诺千金的君子，那是一言既出驷马难追的。有时候，个性很强悍的许量想反悔，却依旧有难以启齿的柔弱，这就是面子和信用的紧箍咒在起作用。

在商场争权夺利，许量尽可能掩饰他的理想主义色彩，假装并且强迫自己唯利是图，因为现实中，理想之花的生存与发展离不开金钱那铜臭味的培育，正如高尚必须由卑污来支撑和比较。他本是文人，在如此氛围中，许量内心的文心雕龙活跃起来，不再是高利贷者和投资者，他脸色露出怡然自得的微笑。

佛铭和许量很配合地在说话，许量先说：“做人难，难做人。这商人可不是人人都能够做的，尤其是我们这些人见人恶的高利贷者。”

“许量，你是老师出身，不需要去研究如何做老板，只需要先把你的甲方当成调皮的学生来说服，总会有学生听从你的安排的，这样，你可以赚小钱；如果你做甲方，那就更简单，在你面前的乙方简直就是学校里的三好学生，只要安排好安全性和利益分配，你就可以赚大钱，因为你有钱，他们是听话的团队。”

佛铭微笑道：“商界比影视圈和娱乐业更需要明星，你许量既然一不小心做了明星，而且是民间金融中唯一的明星，那么就只能够继续做下去了，这就是你的使命，罢工不做的话，不仅仅是让千万书迷星迷失望之极，而且大家会怀疑你的人品。”吕佛铭刺激许量了，他不喜欢许量如今的状态，他太谦和了，佛铭不习惯，他针对许量想后退的心态说道。

“一个许量倒下去，无数个许量站起来。呵呵，我这个许量，只是成都的

许量而已。民间金融生生不息，说的不是个人的事业无限大，我许量既然找到了生活与事业的边界线，那就算是到了天涯海角了，这是尽头，我就要归去了。不要挽留我，我要趁我现在还是壮年就退休，我要去追寻我内心的声音而不再是酒色财气，美女与美酒皆是修行的累赘，你们不要以为我在妄语，这是边际效用递减的缘故还是我的幡然醒悟都不重要，重要的是我要走另外的一条路去了。”

“哪条路？”佛铭明知故问，从文学上而言，许量怎么生活都是可以的，他都能够妙笔生花，把许量的故事讲述得美不胜收。

“诸位都是大作家，我许量最近真是心累神疲，很想就此消失在人群中，去过自己想过而又能够过的日子。”

“成仙还是得道？”佛铭的问题很显然是帮助顾艺他们在问。

“顺其自然。但书中不要再写我了，读者怀念但我厌倦了，长江后浪推前浪，前浪不会死在沙滩上，前浪去了哪里？”

许量用手指着天空，那里没有蓝天白云，只有天花板，但他继续说：“或许，过几年，我就去云游天下，大家明白吗？中国只是宇宙内的一个国家而已，目前的中国不过是时光长河中的一粒尘埃，呵呵，沧海一声笑，笑得不得了。三十六计走为上计，再见，与大家再见了，谢谢大家在书里书外陪伴了我这些年。中国人最缺乏的就是感恩和包容，我许量对大家问心无愧，还要谢谢大家对我的支持和帮助。”

说完，许量站起来给大家鞠躬致意。掌声响起来，越来越有力。

顾艺举手发言了，她脸色红润，这系列书毕竟是因为她的开笔而一发不可收拾，骄傲在她心中激荡。

“许老师，你应该站出来，把自己身上的污物洗干净，你没有做任何‘驴打滚’和利滚利的借贷，你也没有做过高的利息，有些借贷利息高的是风险过高的缘故……何况，你许量不还做过‘挂账停息’和‘债务转股权’吗？”

顾艺明知故问道：“我觉得我们现行的高利贷的概念已经过时了，什么是高利贷？除了利息高于银行同期贷款利率的四倍是高利贷外，是不是还应该有不能够利滚利，不能够暴力收债等限制条件啊？何况，许老师您早就转型做投资者了啊。”

“站出来？在什么人的面前站出来？站出来说什么？”许量摇头道，“灰色的东西就是灰色的，我许量没有什么好说的，我没有办法把自己的民间借贷与真正的高利贷做到泾渭分明的。吕哥，其实你比我更清楚，我许量这些年已经尽可能出污泥而不染了，可我许量毕竟不是荷花，我也是普通的男人，做错事难免。”

许量脸上有了痛苦的表情，他想起了自己第一次遇到民间借贷纠纷去法院的那些往事：“我也曾经去法院说公道，可结果是大家众所周知的原因，总是一审二审甚至再审，久拖不决就是几年啊！自己处理事情，却只用了几天……”

许量停顿了一下，好像是在做自己借贷江湖的总结一般：“现在已经被一些人看成了高利贷的恶霸代表，我在黄河中，怎么能够洗清白自己？我远走高飞只不过是为了以后干干净净地回来。记住我许量的安排：第一，先把我们以前的问题尽可能地处理好，我们有愧的那些人我们要弥补，对我们有仇恨的那些人我们要安慰和解释，必要的时候就承当一些责任；第二，没有必要再做什么单纯的民间借贷了，那样既没有水平也没有什么意义，我们是投资者，记住！我们做什么都是合法的，赚钱再多也是正当的……”

“对了，”他没有去看佛铭，只是对顾艺说，“小顾，《借贷》和《资本》系列书写完就暂时不要写了。我们写的虽然是中国民间借贷的原生态，很自然会有一些真实的恶性事件会反映出来，但我许量其实很少涉及暴力收债，有一些别人做的恶事是我自己建议写在我许量的名头上的；我们也没有写自己的资金被欺骗的损失……写民间借贷的恶，可不是为了招惹无端打击而是提出问题请读者思考，希望的是引起社会各界的关注和帮助！

“虽然，民间借贷出了恶，更有善啊，如果没有民间借贷不少企业会更快地死亡，还有没有可能渡过危机……可不是每个人都愿意把我们与真正的高利贷区别开来的，我可不想大家再接受舆论的鞭笞和道德的讨伐。我原来以为我许量命坚运硬，能够在民间金融领域中闯荡出点名堂，甚至能够带头把民间借贷扬善去恶，但现在看来除了挣了一些钱，却一无所获！如果我说我许量不从事民间借贷会赚钱更多，恐怕相信的人没有几个，那么我将来就用投资的方式来更快速更强大地积累自己的财富吧！就这样散去过去的放贷人历史，我们重新开始新的人生和事业征途吧！”

顾艺乖巧地点点头，“好的，我会牢记老师的指示，我们抓紧做事业，暂时不写我们的故事了。”

大家都能够理解许量从一个人人尊敬的高校老师逐步变成了人人厌恶的

“高利贷”者，他心路一定是经历了一般人难以理解的酸甜苦辣，因此，他们都理解许量不想继续做民间借贷的心态。

许量还是给大家讲述他在借贷江湖和资本市场的投资故事，大家听得心潮起伏，都觉得文字不如语言灵活，一些故事只能够意会不可言传。

“民间借贷是做不好倾家荡产，做好了做大了会家破人亡的事业。”这句话已经成为他们的共识。

讨论中，许量一心多用，最近，如果不是刘嫣然的暗中提示，许量是不会这样重视佛铭的，有句话是怎么说的呢？螳螂捕蝉黄雀在后。

许量难以置信的是顾艺、李锌等人，甚至包括张嘉仪在内的女子也是在吕佛铭的指点之下得到了自己的信任和爱情，他们居然都是吕佛铭一直在暗中安排之后出现在自己世界中的人物，没有吕佛铭策划的局，这系列书中的故事只会是散乱的小故事，绝对不可能组合成为场面宏大而深刻的“商界红楼梦”！

许量一直防范的是萧成灵的心理分析和刘嫣然他们的资本，一直对吕佛铭心存幻想：吕老师会是自己的强援而非强敌，但现在看来，即使吕老师是自己的强援，他依旧觉得震惊甚至屈辱，但又不得不服气，官场中讲究的是官大一级压死人，而商场中讲究的却是棋高一筹。吕老师用举重若轻的方式，在许量的身边观察和策划，最终，许量是草原上的马，自以为是地奔跑在广阔天地但依旧是在如来的手中——这个如来之手很可能就是他吕佛铭吗？

等到了晚上，作家们都散去，佛铭却安排许量就在别墅里面喝酒聊天。他们在屋顶坐下，从这里可以远眺牧马山。他们当然喝的是许量的资本之鹰酒，这是佛铭的公司买的，朋友归朋友，买与卖却是货真价实。

除了几个服务人员，只有一些家常小菜，没有外人，他们可以畅所欲言。

许量再次表达了不想再做佛铭书中人物的想法，佛铭却摇头道：“一诺千金。”他的意思是他对读者有了承诺，大多数读者都希望继续与许量的故事一起成长和发展。他不会让许量就此消失在书中，大家喜欢或者讨厌许量，这都是一个现象。

“那我许量是否也应该向你吕佛铭顶礼膜拜呢？”许量看了一眼资本之鹰的酒瓶子，那里面的酒水甘洌爽口，味道绵长，但他依旧冷哼一声，在心中万分地不服气，“这么多年，我只不过是螳螂而已，而你却是黄雀。”

“我算是黄雀也没有什么了不起，我们都不要忘记了树下那个能够拉弹弓的人。”佛铭面不改色心不跳，也冷漠道，“朝闻道，夕可死，这世界谁胜谁负天知晓？我们也不是个人之见的恩怨得失，而是人生方向的分歧。”

两人无话可说，心跳不已，时间静止。

“谢谢吕哥的开悟。”许量猛然站起来，对着佛铭的方向鞠躬了。

佛铭反应敏捷，立刻折转了身体，避开了他的锋芒，这样，许量的鞠躬就正好对准了屋子里面那佛像的方向，那样就不是对佛铭鞠躬，而是对佛的祭拜。他举起酒杯，笑道：“许量，佛即是大彻大悟之人，我还是凡夫俗子，哪里能够充当开悟之人呢？”

许量也呵呵一笑，“吕哥，我这礼拜可不完全是开玩笑的，关于佛教，我倒是想拜你为师。佛铭，把佛雕刻在心中，那你的名字就代表了你依旧是开悟之人。”

他的笑最初是苦涩的，笑到最后却是豁然开朗：“都说是一花一世界，一叶一菩提，我看吕哥这是一书一世界了，而且，您才是这借贷江湖的创始人，而我们境界里只是芸芸众生了。但这也是幸运，存在就是合理。”

佛铭点点头，“许总这是大彻大悟了，一切皆是幻象，如今是我掌握住你，还是你控制了我，那也是瞬间和幻象。”

他用手指点了一下前方的世界，山的那边迷雾茫茫，但在那里是无边无际的红尘俗世，那里面有无数的金钱、权力和美女在诱惑着他们。许量并肩与吕哥站在一起，他们都是男人，大男人，胸中的勇气来自心灵深处的欲望，那欲望其实就等同于生命之火，生生不息。

许量用眼角之余光，去探索吕佛铭，他的世界没有金钱的干扰，分外清洁，但也格外可怕，这个人让他明白：最有力量的不是金钱而是能够驱使金钱的思想和文化，而这力量居然就隐蔽在吕佛铭的心底吗？

第二十二章

用我们的文化做我们的圈子，这比挣钱更重要

同样是文人，又是以自己为原型的系列小说，从当初默默无闻的网络小说到风生水起的畅销书，许量在心中盘算：这是一个奇迹，可这写手和操作者为什么不是我？

许量一千万个不服气，以前他叫了吕大哥，但那是一时兴起和吕佛铭的年纪比他大一些的缘故，但现在，叫他吕大哥却又不太合适了，吕老师比许老师要高明多了：我许老师在做实力，而吕老师做的却是势力，一虚一实却一高一低，形而上的才是吕老师。

挫折感让许量默默无语。在有钱人看来，钱就是王八蛋，可没有钱的人就是穷光蛋，许量在纠结中思前想后，觉得自己的命运难得再次回归多愁善感的文人了。于是，他嘿嘿笑着说："大哥，我们都算是佼佼者，彼此的渊源极深，合作则相得益彰，分则两败俱伤，何去何从？已经不用去分析了吧。"

佛铭点点头："你许量和我不就是一个镜子的两面吗？我们彼此支持才能够完整，你明我暗，在这民间金融的江湖遨游，是需要大思维和大合作的。"

许量的微笑就是承诺。

"谁控制石油，谁控制世界；谁控制粮食，谁控制人类；谁控制资源，谁控制地球；谁控制文化，谁控制未来！"

这是许量耳熟能详的基辛格的名言，他心中从来无所畏惧，独战借贷江湖和投资江湖，虽然有美女和团队相伴，但他内心已经孤独寂寞，对吕佛铭他是防范了多年，但如今看来是防不胜防，先是心生隔阂，这隔阂一消除，那就是心底的压力顿消，换成佩服的感觉了：吕老师快二十年的积累是非同小可的。

许量微微闭眼，他的脑海中出现了1999年1月18日《成都商报》的那一则小广告，那是最先透露吕佛铭心迹的一则信息。"做老板是一种人生，下一个世纪怎么活？”这就是他的广告语，其后的《华西都市报》和已经消失了的《商务早报》上都出现了关于吕佛铭的报道，那就是“文学资本家”的头衔。

文化是资本，从文化入手做资本经营才是事半功倍的事情，对此，许量知道得太晚了，他现在已经错过了早期介入，从而成为别人生活与事业导演的机会。现在，他只是这套书中的主角之一，他不甘心，但与吕佛铭在一起那就有机会，说不定吕哥也是更高级策划者手中的棋子而已。

思忖之际，许量的电话响起，是一个陌生的电话号码，他犹豫不决地接听了。

一个男人低沉有力的声音传来，好像是要人不得不接受他的建议：“你是许量许总吗？我是清华大学资本经营培训班的刘老师，你看我是把培训课程的安排发到你的哪一个邮箱呢？这课程很重要，你一定要参加。”

一时之间，许量没有反应过来，他随口答应道：“你可以把资料发给我25636765的QQ邮箱，那是我最常用的电子邮件。”

说完，对方的电话挂断了，没有给他继续询问的时间。

许量这才反应过来，这某个机构是在推广他们的课程，使用的是“清华”的名头，“水木清华”已经如此商业化，他摇摇头，却不敢否定，因为他联想到自己的书籍和现代民间金融研究院不一样也在理想与现实之间摇摆不定吗？当然，大声说自己是清华的，未必就真是清华的。

佛铭见到了许量的尴尬，打趣道：“没有想到我们许老师也会被别人当成是学生来看，我倒是经常接到这样的邀请，其实，做做学生又何妨？”

许量摇摇头，他很认真地说：“我倒不是害怕成为别人的学生，只是害怕矮化了我们的资本圈子，又害怕被其他的培训机构作为优秀学员宣传，这当中的利害关系吕哥你是知道的，牵一发而动全身，事关资本之鹰品牌之事，我们不得不小心翼翼。这也是我从来不出席任何大型座谈会和培训会的根本原因，也绝对不会上电视，那是担心品牌的透支和过度消费。”

“我对这样的人海战术地推广培训不赞同，”许量进一步解释道，“这也是我们的老板学校同学并不太多的原因，毕竟做资本与金融，那是少数人的工作，算得上是贵族。”

他是文人经商，虽然已经在名利场中练就了一身包括了厚颜无耻的本事，但他还是严禁老板学校的招生老师采用每个培训机构使用的“战士”饱和轰炸和传销体系的人海战术去进行招生。师与生，本来就是人间缘分的一种，可遇而不可求，不是那些高深莫测的营销技巧就能够搞定的。

佛铭很赞同，他微笑道：“我们都是人到中年了，做事业的时间也都上了十年，已经有不错的经济基础，我们再想挣钱，就要挣安全的钱和快乐的钱了，慢钱或许就比快钱要好。”

“现在，到处都是形形色色的投资人，到处都有虚虚实实的圈子，大圈子小圈子，各种主题的同学圈、各个地域的老乡圈和各行各业的商会圈子，等等，仿佛是一定要把全中国全社会的所有资源和权力都瓜分完毕一般。圈子经济正在大发展，就连北大清华之类的名校也不免俗，也在招生简章上提倡同学圈子的力量，那些商学院就更是肆无忌惮地宣传‘拉帮结派’的力量，或许再过两三年，大家在一起集会都不会问你是哪家公司的人，而是会问你是哪个圈子里面的人了。”

许量开始长篇大论，他们找了一个话题开始议论，智者之间的话题总是很有意思。

“现金为王，让步于资源为王，资源为王又不得不让位于关系和圈子为王。其实，这一切都是符合经济发展规律的，从古代的治水而产生王的权力和国家，到现在，谁掌握了信息制造和传递的制高点，谁做圈主，谁就能够信息为王。权力的本质已经由控制力变成了影响力，宣传和传播的重要性不言而喻。”佛铭的看法很简单也很有效率，“用我们的文化做我们的圈子，那才是快意人生，这比挣钱更加重要。”

许量与佛铭你一言我一语开始喝酒聊天，没有多久，许量上了酒意，也就带头发泄心里的郁闷。

“所谓的生病了，其实就是身心想逃避现状，是对有毒有害的人与事的应激反应，是本能也是不如换一种活法吧。去他妈的借贷和金融，以前老子没有做这行业的时候，不是写几首小诗喝点小酒就痛快异常了吗？可如今，有了千万还想上亿，有了上亿却不知道欲壑难填，贪欲永无尽头。如今，当了名人，却成了衰人，不可怒不敢言，言行举止如同上了脚镣戴了面具，这不是许量了，而是许老师！”

面对许量的解剖，佛铭不给许量的面子，因为这里没有第三方在场，那就没有了讲究面子的基础：“老许，不是我说你，你的现在未必有你的过去好，有时候，做事情和说话，都有点过犹不及。”佛铭提到了许量最近做的几件业务，很明显地带上了一些硬伤。他先是说，后来就是有点数落许总了，因为一些细节已经伤到了吕老师的利益。

许量喝闷酒了，心中无数的人与事在翻腾，他没有辩解业务上的事务和瑕疵，他想聊的天不是业务而是人生的体悟。

“回不去了吧？这人生能够后悔的事情可真不多，单程旅途而已，走一路就笑一路吧，没有什么好哭泣的。”

许量的话引起佛铭的感伤，他与许量碰杯一下，又是闷酒一杯。

“美酒加咖啡，我只要喝一杯，想起了过去，又喝了第二杯。”许量有点迷醉了，他低声唱起了邓丽君的歌曲，他的表情开始困惑，“吕哥，不要看我现在是名人，有钱有女人，我不寂寞，但我很孤独。我的家庭被嘉仪带去了海外，而我还要背上背叛者的恶名。”

最近，他纠结在感情旋涡中，在白蓝与嘉仪之间有点飘忽不定了，但他现在是年近半百，不会再高唱《爱江山更爱美人》，而是需要倾听阿弥陀佛了。

“许量，你已经迷失在红尘俗世，需要真正的佛教引导你和指引你了。”佛铭洞察许量的过去现在和未来，已经看出了许量走火入魔的迹象，他思忖着引导许量，“想要让众生脱离苦海进入涅槃，需要无障碍的解脱智慧，而要获得无障碍的解脱智慧，需要如实地觉察观照一切的现象，而要如实地觉察观照一切的现象，需要没有行受没有生灭的智慧的光芒，而要获得智慧的光芒，需要禅定中善巧决定观察的智慧，而要有善巧决定观察的智慧，需要多闻佛法而受持。”

许量心中难受，却不情愿听别人批评，他昂然微笑，假装不以为然。佛铭知道他是自尊之人，就解释说：“这些文字不是属于我佛铭的，而是佛经上所言，我只是原意奉送而已。”

“佛经上所言，便是真理？不见得吧。”许量“呵呵”笑出了声音，他必须战胜自身无病呻吟的抑郁症。

“我许量不才，但却从小无惧任何神仙上帝，包括了佛祖，”他又对吕佛铭笑道，“我许量可没有少做善事，善良就是佛！”

知道许量捐助了不少贫困学生，帮助他们出人头地，还知道许量最近情海与商海都是顺顺当当，他是否有点无病呻吟呢？佛铭也笑了：“我们都在做善事，但做一点善事很容易，具备悲悯的情怀并不容易。悲悯不是同情，而是由己及人的对生命本身规律的认识和敬畏。”

许量有点不屑，但可不敢说吕佛铭是在故弄玄学，吕佛铭的能力与实力虽然不是深不可测，但他的文字如刀那是实情，画皮容易画骨难，但佛铭的哲学和思辨能力就能够洞察人心与人性。既然这是自己不熟悉的领域，许量自愧不如，那他就沉默以对。

两人相对而言，佛铭对人心之恶是有研究的，他知道许量不会服气，也就突然说道：“老许，我知道你的一个秘密。”

许量嘿嘿一笑，有点不屑了：“我的秘密不少，知道一些没有什么了不起。”

佛铭知道许量的心态不稳定，也就不再说出他听到的风言风语：那就是有一个传说，许量对笑笑的态度十分怪异，不是把笑笑看成是他的女人，而是有点像是父亲对待子女，和蔼可亲，难道笑笑是许量的什么亲人吗？

许量见到吕哥的表情，忍不住冷哼一声：“大哥，是不是又听到我许量在图谋哪个女人了呢？”

他说这话的表情让吕佛铭觉得有点不善。

“是在议论笑笑的事情吧？”许量眼中的煞气消失了，因为提到了笑笑这个女子的名字，他有点不情愿地解释道，“大哥，我虽然喜欢女人，但不会以为这世界的美女都必须是我许量一个人的，笑笑可只有二十多岁，最重要的不是年龄，而是，而是——”

许量有点迟疑了，但他与吕哥碰杯之后，没有喝酒，就接着说了下去：“吕哥，你知道我与笑笑的父亲唐石也是好朋友。”

“唐石的死与你有关吧？”唐石跳楼的事情在成都是轰动一时的新闻，可是谁也解释不清楚为何这个房地产商人就这样自杀了，他死在他的企业并没有山穷水尽之时，何况还有柳暗花明又一村呢？

佛铭知道原因了，是内疚在驱使许量对笑笑好，甚至很好。

许量手握酒杯，却是空杯子，手有点颤动，他忘记倒酒了。他的脸色变幻莫测，善与恶、美与丑都如在过电影画面一般，一直到他咬牙切齿地想说什么话，可这话却在他的喉结中打住了，成了含糊不清的几个音节。

此时，佛铭才发现许量似乎不再是令狐冲或者杨过这样的侠客，而是《射雕英雄传》中的裘千仞了，面对一灯大师的点化，顽冥不化，亦正亦邪的面目越来越明显，但许量自己却不自知和自制。

智者不是不愚蠢，而是愚蠢之时，旁人很难发现而已。

佛铭是清心寡欲之人，事业做得不大不小不紧不慢，这些年发展使用的技术是小步快跑，他是一点都不会引人注目但却是收获颇丰之商人。极少数了解他们两人底细的人才知道，许量是巍巍高山的话，吕佛铭就是大海中的暗礁，前者令人高山仰止，后者却能够让人全军覆没于无形。

几杯酒下去，佛铭不再提及笑笑和唐石，许量的心态也慢慢恢复正常。

今夜无眠，他们的谈话进入了大虚的内容，两人追求的话题是一般人倾其一生也不可能涉及的“大彻大悟”的境界，意识越来越高深莫测。

“他人即地狱，这话可不是我的发明，而是德国哲学家尼采说的，这尼采可不简单，算得上是德国大哲学家，其哲学思想一直影响到现在。”许量很感慨地说，“我说不出什么哲理，但却知道同情有时候就等于把自己葬送在他人的陷阱里面，这在借贷江湖中最明显，‘慈不带兵，悲不借贷’这话就是有感而发，曾经的切肤之痛，我就不必深说了，吕哥您是知道的。我许量迄今不倒，并非有三头六臂，而是坚强的意志加上特殊的运气。”

吕佛铭点点头，说出的话却大相径庭，并非肯定许量的话：“悲悯不是同情，同情有时候就是居高临下，而悲悯则是爱屋及乌，没有任何优越感和回报。帮助受难的大众，就像在帮助你自己。心生悲悯就是感同身受，就是大慈大悲，并没有陷阱与地狱之说。尼采虽然伟大，不是最后疯狂了吗？他还是希特勒的精神导师，呵呵，我不否认尼采的伟大，但他的伟大是因为我们现代中国没有一位可以与之媲美的哲学家。”

说完，佛铭有点黯然神伤，他不想去说三道四。商人眼里只能够唯利是图，多看一眼权力，那是必然出问题的。据说在每一位中国老板的背后都会有一连串的“口袋罪”在伺候着他们，异动就是灭顶之灾，佛铭忍住不说，他知道许量的智商和苦痛在于此。

“大梦谁先觉，平生我自知，我们活着，活在这个世间和当下，我们的财富和精神无依无靠，跟随你一生的是生活的酸甜苦辣咸，是爱恨交织难舍难分，是周而复始和永无止境。每个人的生命都是生与死的轮回，是一只巨大的停不下来的五颜六色的转盘，在喜怒哀乐之间循环，但终归所有的乐都是苦。这一切，智者都懂得，他们必须懂得伟大来自孤独和寂寞，贫者一定要懂得贫穷容纳不了人的灵性，在为了温饱奔走呼号的奋斗里，我们失去的往往不只是尊严，还有思考的习惯。”

许量的话完全不像是既得利益者的商人阶层所言，吕佛铭知道这就是所谓的“异化”，一个人不再是以前的模样，那既可以成为进步，也会被同类视为另类。

“每天，都会有穷人突然成为富人，当然也会有富人被弄成穷光蛋，物质不灭，财富的创造远远没有财富的掠夺和瓜分来得更为直截了当。全世界，每时每刻都有无数的人在渴望革命或者改革，但前提是针对他人而不是针对自己。”

他们的话题是深刻的、隐晦的。

“自从有了金融，革命和改革就让位于货币，只不过大多数人不知道或者麻木不仁而已。无数的人活在他们的贪念和妄想里，活在怨恨和无知当中，在痴心妄想之际，他们会使用任何一个可以集体宣泄的渠道去实施他们的暴力，但是他们自已并不知道。所以，人生总是因为贪念、因为怨恨、因为愚痴而演出着一幕又一幕的悲剧、喜剧或闹剧。我们在《借贷》与《资本》这几套书中不是像模像样地在演绎红尘俗世的故事吗？”

眼见吕老师不言不语，许量加重了语气：“对生活，对人生，吕老师你也看得很清楚，人生就是一场电子游戏，最重要的就是角色扮演，每个人最要紧的就是必须尽可能早一点懂得每个角色何以成为这个角色，为此，你可以使用出生、上学、工作与理想等工具来改变你的命运。‘王侯将相宁有种乎’和《让子弹飞》中的故事说的也都是这个道理，无非是想修改在游戏中的角色而已。吕老师，你是明白人，对这个社会，你懂的。”

佛铭微笑了，他不是不懂而是太明白装傻是福的道理，他不得不表态道：“我懂的？只是我懂吗？许量，我们都懂得只要流连忘返在这个尘世间，那真实而永恒的黑暗面就伴随着生命的展开，绝对没有停息的那一天。按照佛教的教义应该是这样的：人生是无常的，充满苦和不清净，生活处处不安稳，人类的一生就是从天真无邪到成熟圆滑的败坏，道德不久住，美好在一刹那之间生与灭，我们不是从前际生也不是向后际去，更不是在现在住。”

许量心境开始恢复平静了，他心中的狂妄之气在消减。“是啊，没有什么能够拯救人类，除了在永无止境的欲海中毁灭自己和自然界，没有灵丹妙药可以让我们长生不老永生快慰，没有什么心理治疗可以让你的爱天长地久。只要还流连在世间，就不可补救，就一定会老无所依。是的，我们的精神与肉体其实是无所依靠，爱与恨不是我们的家园。”

“是的，我们因为懂得，所以心存悲悯，我们的心里早已理解了人生的隐蔽的因果循环而宽容了这个世界。”佛铭很赞同，他微笑着总结道，“人生看穿却不要活穿了，这就是真理。”

“这世间估计只有吕佛铭才知道我许量说到退却都是言不由衷，我给你旗下的这些文人说说许量想隐退的消息，其实就是不想他们把我写成了电子游戏中必须不断升级换代的卡通人物。我有血有肉，还是一个大活人，吕哥，你就笔下留情吧。”许量不得不叹气道，“看起来，我还是必须成为你们的文字刻画的对象。”

佛铭哈哈大笑：“如今，大家明哲保身，我们不入地狱，谁入地狱？”

两人碰杯，心情各异。他们都是20世纪“80年代的新一辈”，如今，已经是年近五十而知天命。

“许量，一本书的力量到底有多大？一本书一个世界。我们看看，一本《资本论》，它把世界分割为两半，一套《毛选》依旧指挥和左右着当代中国；那个许家最著名的美女的老公，不就是做了一套《传世藏书》就去收购了上市公司吗？当然，我们的《借贷》和《资本》一系列书也不能够太落后，我们要的也是奇迹，即使远远不及他们，我们也要出人意料。如果条件成熟，我们还要写作《金融》系列书，还是我们这帮老朋友新伙伴！我们在民间金融领域是大有作为的，男子汉，当仗三尺之剑，立不世之功勋。”

听了佛铭的雄心壮志，许量心中压力倍增，却咬牙挺住不再说话。笑笑的微信他没有马上回复，因为眼前的事情更重要，没有时间关怀年轻人的儿女情长，免得自己英雄气短。

“文化不见得就是写书，但写书就是文化。老许，你我都不应该忽略文化的资本属性。”佛铭慢吞吞地说道，“不知你是否知道刘波这个人？”

许量对资本市场曾经叱咤风云的人物大多数都有研究，但这个刘波是何许人也还真的不太了解。他谦虚说道：“愿闻其详。”

“这刘波就是依靠一套书籍打天下，也是一个把文化资本化的典型案例。当然，我的故事是来自网络和道听途说。老许，你就姑妄听之，一些细节当不得真。”佛铭讲故事的能力是一流的，他的声音低沉，娓娓道来。

许量听了，心中有数，他知道吕佛铭不是在说刘波而是在说他的商业计划，这些计划只是佛铭心中的凤毛麟角，但已经足够庞大了。

“一本书价值多少钱？那要看你怎么去做。我曾经用《借贷》系列书作为试验，与北方某个文化交易所洽谈过它的资产化的方案。老许，你是资本经营的老手，你估价一下，我们的书能够做到什么样的价格？”佛铭开始透露他书后面的故事，似乎他暗中已经做了不少的事情。

许量装傻道：“无价。”

“无价？那倒是不可能，”佛铭哈哈大笑，他很快乐，“我们作价八千万，你觉得我们有可能变现吗？”

许量听了觉得很震撼，但他对文化交易所的关注不是很多，只是记得天津

文化交易所的负面报道不少，而且做的文化产品大多数都是画作。

“产权拆细是成都人的发明，而且已经过去了十几年，没有想到的是被天津人复活了，但这也算是金融创新，”许量尽可能轻描淡写道，“金融创新与服装流行一样，总是周而复始，过一段时间就会重复发生。”

吕佛铭却点到为止，总结道：“任何金融创新和金融技术只有与产业结合起来，那才有生命力。”他不愿意去回忆他所经历的那些资本经营的经典故事，因为一切的资本经营都会有权力或多或少地参与，都会有暗箱操作，做得却说不得，即使是许量，也听不得。

最近，很流行的就是“梦想”一词，许量津津有味地说道：“吕哥，我许量也有一个梦想。未来的民间金融一定会涌现无数的英雄和好汉，如同梁山兄弟一百零八将，如果，我们把他们都整合在资本之鹰的旗帜之下，那么，这个资本与资金的网络将是威力无穷。”

佛铭知道这是许量在暗示他要把资本之鹰的梦想写进书中，也就很认真地说：“这一百单八将，你已经有了不少人选吧？有必要的话，也算上我吕佛铭一个吧！”

许量点点头，“目前，我用了好几年的心血，走南闯北，喝酒无数，豪情万丈，也不过是选出了几十人而已。”

佛铭摇头道：“我们还是依靠文化的力量，在我们的书中发出我们的邀请，一切愿意为民间金融的大发展出力，一切愿意为振兴中华而奋斗的朋友都是我们的候选者。”

许量点点头，“我们要建立资本之鹰圈子核心团队，这不是以我们的公司为载体，而是要建立资本之鹰旗帜之下的同盟企业，几十家几百家，而且成员的标准也是要有的。比如，作为放贷人，手中自有的现金实力不能够低于五千万，没有非法集资，现在就是如此，以后再提高。”

“那我第一个支持，我的成都晨钟大吕文化传播公司心甘情愿成为资本之鹰的同盟企业，我带头照章缴纳加盟费。”佛铭不等许量谦虚，就微笑转移了话题，“这是最低的标准，否则，我们的组织成本会很高。”

他们说起了未来的合作伙伴和愿景，成百上千的民间金融企业一旦都挂上资本之鹰的大旗，那是何等壮观，而且中国资本圈网站不就是金融界的淘宝了吗？何况流金淌银的可是现金流，哪个银行不喜欢呢？他们都是资本策划高手，一旦遇到新鲜的课题，那就一定是心热口渴，他们以酒代茶，豪气与智慧交织，一时之间，两人暂时忘记了门户之见。

中国商人都有宁为鸡头不为凤尾的老大情结，许量与佛铭不断地拔掉心中排他的本能，那是商人之间很尖锐的刺，他们兄弟两个人慢慢地达成了不少的合作合资的共识。逐渐，天与地更黑暗了，需要冷静和思考，他们不再高谈阔论，彼此之间的沟通言语成为多余。

第二十三章

“犯强许量者虽远必诛”

终于，2012年过去，传说中的玛雅末日并没有来，预言变成了谣言。

这个叫地球的星球上的所有人类依然被国家、主义和金钱构建的权力所分割，相互之间的争夺愈演愈烈。

作为中国人，许量已经开始老了，这不是“老人”的老，而是“老练”的老，这是他多次去美国之后的情况，以往在借贷江湖中的豪气干云不是烟消云散而是刀剑都融入了他的血液：许量要做的不再是生意，而是持之以恒的事业了。

元旦过去，就是春节，春节过去，春天就来了。

阳春三月，春暖花开时，张嘉仪终于回到了中国，回到了成都，回到了许量的身边。嘉仪让许量做的第一件事情就是从保险柜中把她留给许量的牛皮纸袋拿出来，她仔仔细细地审查了信封，尤其是封条，没有任何迹象表明许量偷看了，这才微笑着轻吻了一下许量。然后，把这满载了夫妻信任的信封再次递给了许量去保管。他期望她说点什么，比如这信封里面到底是什么文件，他又应该什么时候可以打开，嘉仪都完全忽略了。

到了晚上，女儿睡熟了，他们才激情燃烧。许量的心一半是海水，另外一半是火焰。其中，夫妻感情失而复得的感受酸甜苦辣麻、赤橙黄绿青蓝紫，实在是无法使用语言来形容。

很长一段时间，他们的婚姻名存实亡，现在却好像什么都没有发生，家庭其乐融融。许诺长高了，也更加活泼，对父亲的亲热是突然而热烈的，许量很是惭愧。女儿和嘉仪甜腻的声音在他的耳畔环绕，这让他不得不重新做回了老公和父亲的角色。

白蓝努力克制自己，拼命工作，工作效率很高，连李严等人都明显感觉到了压力。她一有机会就出差，对许量居然一点脾气都没有，这女子的大度让许量又再次惭愧不已。自古以来，人类感情生活中最大的伤害就是恋人们明知道人不能够同时踏进两条河流，却还是义无反顾去践踏生活的极限，在三角恋爱的故事中，花开两朵，情感各异，许量的心理素质再好也难免分心分身分神。

时间到了三月，许量新一年经营管理的排兵布阵算是基本完成，他带的团队从借贷江湖过渡到了民间金融领域，活动的范围也不仅仅是内地的几个城市，已经拓展到了香港，甚至是美国和欧洲。他觉得作为男人最重要的指标就只有两条：一是看他是否持续学习，二是看他是否持续成长，这就是所有优秀男人的标志。许量的身上有这样的标志，但他逐渐开始有点力不从心的感觉。

前几天，资本之鹰会所的总经理白蓝汇报说有一个项目在峨眉山。许量心动了，或许是醉翁之意不在酒，寄情山水之间，那是可以消减他内心的压力的：他的事业是不是有点超越了他的能力，这是许量必须面对和认识的。

一大早，许量就带了大家奔向峨眉山。黑色的路虎是老车，但在许量的操控下，虽不是熟路，但依旧是轻车。

上午十一点，他们来到目的地，峨眉山的风景甲天下，这山美，那水丽，自不待言，大家都是神清气爽、心有所归的模样。

只是这里不是山的正门，属于峨眉山的边缘之地。但山水之间，居然是桃花盛开，道路沿着河流蜿蜒曲折向前，穿越一道山石之门，这才豁然开朗，眼前是一大片开阔之地。

很显然，如果不是人为的种植，峨眉山是不会出现如此规模的桃花林的。

许量与吕佛铭带了白蓝等人应邀来到这里，如今，白蓝年纪轻轻就做了资本之鹰会所的总经理，把会所也管理得井井有条，她虽不及前任老总洪羽菲在任的时候，把会所做得那样兴旺发达，但许量还是赞许有加。外出考察重要的项目，许量多半会带了白蓝同行。

最初，这个项目是资本会所会员通过中国资本圈网站的网络系统推荐，白蓝审查后再推荐给许量的，许量感兴趣的是这里的土地是别墅用地，这样的土地极其稀少了，何况这项目名称就叫桃花源，听起来也很不错：世外桃源嘛，大俗则大雅，许量心动了。

佛铭也喜欢世外桃源一般的感受，许量说来峨眉山，他就给太太李玫请假，随了大家同来。

吕佛铭的古文基础极好，他见了此处的地势地貌，起初很惊异，却猛然想

起了一篇古文，信口朗读道：“忽逢桃花林，夹岸数百步，中无杂树，芳草鲜美，落英缤纷，渔人甚异之；复前行，欲穷其林。林尽水源，便得一山，山有小口，仿佛若有光。便舍船，从口入。初极狭，才通人。复行数十步，豁然开朗。土地平旷，屋舍俨然，有良田美池桑竹之属，阡陌交通，鸡犬相闻。其中往来种作，男女衣着，悉如外人；黄发垂髫，并怡然自乐。”

不久前，许量思量故人，才重读了陶渊明的《桃花源记》，听吕哥这样一读，立即有感，眼前的不正是桃花源中描绘的奇景吗？感受山风徐徐而来，清心却不寡欲，他心动了。

等吕哥的古文朗读完毕，众人都赞叹不已。经过桃花林中，看见了一个古文雕刻的大石碑，龙飞凤舞的四个大字“桃花源记”，让许量觉得似曾相识，这不是老朋友江虹老师的字迹吗？他心中有数了。旁边雕刻的是佛铭刚才朗读的古文内容，白蓝身材曼妙，亭亭玉立，笑眯眯地赞扬道：“吕老师的记忆力真好。”

虽是画蛇添足，但却是美女白蓝说出来的溢美之词，又并非大煞风景，吕佛铭多少有点虚荣，也就不出声谦虚了。会所投资部经理韩晓是一个职业投资专家，三十多岁，个子高大，他的特点就是内秀，做事是一把好手，说话却吞吞吐吐。他是新成都人，来自山东省泰安市，又是许量太太张嘉仪推荐来的人才，还曾经在嘉仪的海南公司工作过，许量自然很重视他的建议和看法。

他们都知道，此情此景不会是真实的桃花源，可这里的主人用心良苦，把理想中的桃花源一一呈现在大家面前，花费金钱倒是其次，最重要的是主人的寄托。

走过桃花林，白蓝走在了许量的前面，她今天是一袭白色的长纱衣，那背影性感异常，又让许量在恍惚之间觉得似曾相识。他立刻拧紧自己松懈的视觉神经，白蓝是自己的部下，喜欢归喜欢，但这不是男女之情，他在心中念念有词：这不是君子好色而不淫，而是必须发乎情止乎礼。

他回首去探望桃树，参差不齐却搭配得很和谐，许量又伸手去触摸了桃花，那鲜艳欲滴的雨后花朵让他迷醉。

他用天马行空的思维批判道：“显而易见，中国人群体迷路了，四处飞舞的真真假假的消息，越堕落越娱乐的社会，无处不在、时刻可以滥用的权力让人们压抑、紧张、焦虑、无聊与无能为力，成为不少的潜在精神病人，更多的人处于精神病的前兆，因此，我们需要的不是金钱，而是精神领域的桃花源。”

许量在批判现实，也是在表扬这里静逸的氛围，但真实的想法却是在梳理内心，他认真回忆：当初，自己按照羽菲的建议一手提拔白蓝，难道就是为了能够经常欣赏这个若有若无的飘曳背影吗？

“是的，我们生活在急时代，人人着急的时代，生活、工作节奏过快，压力大、竞争激烈、忙碌劳累是生活在这一时代的人的主要特点。”吕佛铭的言语不偏不倚，他的心态平和，全然没有许量话语的尖锐。

进入花园的深处，就是宾馆。只是这里的宾馆宛如真实的农舍，外部是茅草做成的屋顶，木屋在山水之间显得自然而然。许量在若干的房屋之中选择，他想要住下了。这里的房子皆是独家的小院子，院子都有不同的名字，而且名字都是用百家姓命名的，诸如：赵钱孙李等大姓和显姓。一问服务员，这才肯定这里的特色之一果然就是项目说明书中强调的，这里都是用百家姓命名的院子。佛铭问到了“吕家大院”的方位，连说有机会一定去住住。

而许量却道：“我们先去许家大院吧。”说完，他带头欲走。

服务员却很为难道：“我们这里只有许家大院是不对外开放的。”

许量思考一下，很肯定地说：“我的名字叫许量，您可以去请示一下，她会让我住下的。”

“她”是谁？服务员是一个小姑娘，机灵乖巧。她知道这说的是她的老板，也就避开大家，去了旁边的树下，用对讲机低声请示，果然，一会儿就得到肯定的指示。

许家大院的地势最高，是建立在整个山庄最好的地段上。它规模最大，周围的风景也最好，这很容易让所有人误解这山庄的主人理所当然应该姓许。

服务员开了门，许量一行也就进入了许家大院。院子不大不小，完全是电影中的古物一般。虽说是不对外开放，但这里的房间井然有序，林木森森，院坝开阔，中间的大口水缸游动着黑色与红色的珍贵大锦鲤。

这里的主人对大伙而言都是一个秘密，凭借蛛丝马迹，许量心知肚明却并不说明，他虽不能够完全肯定，但心中的那个她应该在这里。他想：既然主人不情愿见大家，那就保密吧。有缘千里来相会，无缘对面不相识，这才是处世之道。

服务员的装束复古，言行举止也尽可能模仿古代，只是许量等人觉得不太习惯。她按照老板的吩咐，不再叫许量他们为古语中的“客官”，而对客人们说道：“许总，你们请住下，一切均可自便。”说完，留下大院的门钥匙，就

轻轻地关上门微笑离去。

好奇心过去之后，白蓝就率先提出异议：“这里的人与物，克己复礼算是做到家了，只是如今世间人欲横流，世风日下，我看没有多少人会青睐这里，不知道他们的生意怎么做得下去？”她开始为自己推荐的项目担心了，这是一个股权融资的项目。韩晓张嘴想说什么，却终于没有说出口，他不能反驳白蓝，她是他的顶头上司：从投资的角度来说，这里的主人非常聪明，已经把山庄旅游住宿与画作、红木家具的展销有机结合起来了，这是典型的综合经营的创新业态。缺点就是这里的百家姓院子只租不卖，项目的现金流会出现暂时性的问题。

许量听了白蓝的话，不做出回答，心道：这里的主人做的可不是生意，而是梦想。他只是吩咐白蓝：“白经理，你一会儿就去找这里的经理，先给我把这小院包下来，就说我许量要常住。价格不用问，不用优惠，先支付一年的费用给他们。”

白蓝跟随许量的时间已经不短了，见过许总不少随性的所作所为，但这次许总没有喝酒，吩咐也很明晰，那又是为什么呢？难道他只是喜欢这里的风光与静怡？她心中在琢磨许总与这神秘主人的关系，嘴上却毫不犹豫地应承道：“照办。”

韩晓本想陪伴白总前往打杂，白蓝却挥手道：“韩经理，你多考察一下这里的情况，记住考察项目最重要的是考察细节。”

佛铭点点头，他知道许量强调“价格不用优惠”，那不仅仅是买这里的服务，其实是在买他与这里主人的关系。

许量看看眼前的房舍的名字叫许家大院，就毫不犹豫地带头进入房屋里面。这院子看似古朴，里面的电子系统隐蔽却很现代化，有人走动，那自动感应开关启动了房间的音乐系统和灯光系统，古色古香的家居环境里面，光线和颜悦色，耳中开始流淌《云水逸》古筝曲。

佛铭耳闻目睹，也就让他悟出了一点端倪：这里的主人的的确确应该与许量有莫大的关系。

白蓝外出去办理居住的手续，去了不多久就回来了，她的眉头紧蹙，很显然没有完成任务。

她回来的时候，许量与吕佛铭正在品茶。韩晓在一旁观赏房屋中摆设的红木家具和墙上悬挂的画作，而许量如同主人一般，在宽大的红木茶几上泡功夫茶，佛铭在一旁怡然自得，倒是成了客人。

白蓝的后面跟随着一个女子，模样端庄，原来这里的主人派了经理过来感谢许总的慷慨，但老板已经吩咐了：许总可以常住，但是必须免费，否则，免谈。

许量没有莫名惊诧，见来者不是熟人，就慢条斯理地回了礼貌的“谢谢”两个字，只此而已。经理却并不离去，她是一个中规中矩的中年女性，一看就是训练有素的职业经理人。他就不怠慢经理了，只是托了一句话给她：“年年岁岁花相似，岁岁年年人不同。”这话很普通，却是隐藏着一段情感密码，但愿那边听此话的人就是她。

经理奇怪道：“许总，您是想把这话带给谁呢？”许量低头不语，好像在回忆。

佛铭接过话道：“许总的意思就是把此话带给这样的一个人，即你回去之后，有谁在你来之前叮嘱你不能够说出她的身份，又是谁会仔细询问你来这里的细节，你就把许总的话告诉那个人。”他不知道许量的内心所想，却也是知道许量是性情中人。

女经理点点头，觉得目前的这几个人来路不详却料事如神，还是原话带回给老板的为好。

等女经理的背影消失在门后，佛铭这才缓慢地问：“这里的主人难道是她吗？”

许量却不想回答。

佛铭曾经听许量说起过，他与她极想逃之夭夭去建设一个自己的桃花源的典故，又见《云水逸》的曲子出现在这样的屋子里面缠绕不绝，也就猜测到了这里的主人是她。

其实，许量是看见了这里的家居摆设才最终确定这里的主人应该是张娅的，这里的雪茄盒子、乌木的老鹰雕塑、古筝与音乐等都是他喜好之物，而这里不对外开放，只是自己报了许量的名字这才开放，更是让他明白张娅的心结：许量来了，就是故人归来，就是回家。既是回家，哪里有给钱的道理。

张娅听了经理的汇报，她思忖片刻，对许量带过来的这句“年年岁岁花相似，岁岁年年人不同”的话，深有感慨，那是以前她与他在一起缠绵时刻的心态：女人易老，是年年岁岁花相似；男人耐看，自始至终都是岁岁年年人不同而已。

她明白许量已经找到自己了。他会怎么看待自己？她有点紧张。心里一紧张，就想逃避，她看看天色已经开始变暗，夜色即将降临，或许，许量很快就会来见自己，至少他已经在盼望见到他曾经的女人。可张娅犹豫不决，患得患失，她有点痛恨自己叶公好龙，既然，让许量循迹而来，却并无勇气去面对他。

她环顾这里的世界，美景依旧，亦真亦幻，都是张娅精心的设计与布置，这里投资巨大，虽是分期投入，但为此她已经倾其所有。她还没有经济实力把她与许量曾经的梦想全部在这里实现，只能够找到了几个合作伙伴一起投资，如果不是其中的一个伙伴要移民出国撤资，另外一个伙伴生意出现资金周转问题，张娅也不知道自己是否还会有勇气通过以往的会员介绍和网站的项目系统去资本之鹰会所融资。这项目融资，其实也就是去打搅许量，好在一切还在掌握之中。

时光荏苒，时间的相对论让他们感受到此时此刻的傍晚变得特别漫长。最后，和以往一样，还是张娅采取了主动，她不断地自言自语：我没有野心占据许量，只是想见见他而已。

其实，她这不是在安慰自己，而是在为她再次去见一个有夫之妇而壮胆：自古以来，从潘金莲开始，淫贱女人与追求爱情的女人实在是难以区分，情人与妻子的区别可不简单到只是称谓的不同，这是非对错焉能左右人生的命运？张娅穿越这里的一切，她身边的氛围变得或浓或淡，仿佛有无数的闲人在说闲言碎语，人言可畏啊，她紧缩了心灵，疾步向前。这里的每一个院子、每一棵树、每一个场景都是她的心血凝结，可现在她心无旁骛，熟视无睹，许量就是她的一切，去找他就是拯救自己的生命。

许量住下，却并不马上去寻找张娅，他知道这样做的后果：自己已经是有家室的男人，以往的情海风波，悲喜交加地呈现在他的脑海。吕佛铭他们已经去了别的大院住下。佛铭理解许量，就匆忙地安排大家吃饭。席间，吕佛铭通了几个电话，饭后，就让白蓝带了韩经理到峨眉山市区去洽谈他安排的一个项目。白蓝不太情愿地去了市区，佛铭自己就决定待在房间里面写点东西，起码这两天，他的两耳不会也不想再闻许量的所作所为。

许量孤单单地在这里徘徊，他要的是一个人的餐，需要的是一个人面对即将到来的风暴。

对外人而言，这就是一个适合修心养性的度假山庄，名曰桃花源，有点攀龙附凤的复古风格，大俗大雅。可对许量而言，却是心情激荡的源头，张娅这个女人对他内心世界意义非凡，他不能够不激动。

张娅越来越靠近许家大院，她的步伐变慢，有点力不从心。吕佛铭的存在也是让她心里堵得慌的一个原因，因为她的保密措施到家，不仅仅是女儿李玫不知道她的山庄项目，而且，女婿佛铭更是一无所知。

她觉得她很老了，只不过是几年的工夫，尽管她的神态风采依旧，但心态老了，这只有最亲密的人才能够看出来。中年女人，熟知世间之事，她不再精心去装点自己的容颜，差不多有点不修边幅了。一个无人去爱的女人，是不想也不需要妆容的，女为悦己者容是古人的智慧也是人性使然。

可许量不是这样看待她的。在他的心中，张娅永远是美的，他的内疚一直在折磨他的神经。他在房间里面非常仔细地去品味那些装修的一切细节，到处闭眼摩挲，哪里都没有完美，却哪里都是精致的过去。

张娅帮助和鼓励他创业起家，让他完成了少年时代的性幻想，帮助他回归家庭，为爱而放手，以及他们在商界中的携手前行，这回忆有多美伤痕就有多深，与张娅有关的一切，都让许量感激和痛心疾首。

为什么自己又去追求了嘉仪呢？难道只是她的美貌无与伦比？还是当时的激情和冲动使然？许量突然发现，自己并不了解自己的真实需要，过去的生活很可能出现了不可饶恕的错误。可这一些人与事，谁是谁非？他看不清楚，也道不明白。今天，他是独处，原本以为能够反省，能够看清楚自我，但许量发现：他原以为满世界的人都是自己的对手或潜在对手，殊不知，如今，他自己连自己都战胜不了。

他气馁了，只要闭眼，就是张娅的容貌，心道：问世间，情为何物，直教人生死相许？此话不假，并非只是存在武侠的世界和小说之中。或许第一次说这话的人不假，可后来鹦鹉学舌的人都是虚情假意了吧？比如我许量，有什么资格再次谈情说爱呢？如今，他与嘉仪家庭幸福，又该如何面对张娅？她孤苦伶仃，需要自己的慰藉，可嘉仪呢？自己一旦离开，那岂不是又一个张娅？

心思苦闷之际，白蓝的身影又出现在他的眼中，挥之不去。

许量以茶代酒，不顾茶水滚烫，他有一点轻微的自虐情绪，他的花心和喜新不厌旧的欲望，已经如同天网恢恢疏而不漏，把他的道德笼罩在其中，他越想挣扎就被刺扎得越紧。有时候，男女之情感就是天罗地网，欲拒还休，他苦闷不已，却无任何良策来面对张娅的即将到来。

张娅来的时候，是义无反顾，可真到了门口，却逡巡不前了。在她的面前不仅仅是一道很精致的木头大门，而且是一个新的世界，那个世界的主人就是许家大院的主人许量，而她一直是许家的女人。他曾经的世界距离自己已经是那样遥远，这几年，他的新世界又已经是如此陌生，她想敲门的手，举起又落下。

她觉得他们重逢是自私的，是必需的，张娅不是没有想过许量现在的太太和家庭，可生命只有一次，女人的爱情就是昙花一现，他们在一起已经不再是性与情，而是一种依靠，藕断丝连了这么多年，见见面那又有何妨？旧情人重逢的最大风险就是熟悉的地方没有风景，最美好的风景也只在记忆之中，故地重游与旧情再燃一般危险。

抓紧时间，张娅去了附近的公用洗手间，她需要在玻璃镜中，用许量的眼光再次审视一下容貌：自己是否还是他需要的女人。尽管已经足够抗衰老，但她的外表也不能不带上岁月苍老之辉，毕竟是半百半老的女人。可她不用担心许量会看出她逐渐的衰老，因为被感情充盈的男女只会看见对方的优点和魅力，其他的缺点和不完美都会视而不见。

她有些许的自卑，一边用清凉的冷水去清醒自己的脸面，并没有冷冰冰的感觉。脸色有点红润，是害羞？不可能，这样年纪的女人不是小女子，她心想：心跳加速那倒是真真切切的，许量这个男人就是自己的克星。这是错误的，这是不对的，这就是大家应该唾弃的第三者，张娅脑海中不断跳跃出新的词语，但她还是鼓励自己慢慢转身，去挑战自我和世俗。

许量在等，他必须等待，她的到来不管是错误，还是罪孽，他都必须接受。作为血性男儿，人在江湖已经身不由己，人在情场当然惊天动地。

张娅到了，门开了，许量开的门——心有灵犀让他知道张娅来了。

两个人见面，就只是一刹那，他们的世界就立刻联通了。男人的苍老从内心开始，女人则体现在外表。

他们微笑，相互点点头，没有拥抱没有问候，似乎几年的分离并不存在。没有身体的任何接触，他们只是相视一笑，许量一本正经地说：“欢迎资本之鹰老股东的回归。”

此言一出，许量观察到了张娅脸上的失望。她毕竟是女人，没有办法把感情隐蔽得更深刻，他是男人，应该主动，就应声叫道“娅姐”。

她多年以来压抑的苦楚出现在他的脑海，他的眼泪马上就出现了，许量一直是硬汉，他甚至不知道自己心底居然还珍藏着这样的柔情蜜意。张娅也哭了，微笑的那种眼泪，许量的眼泪让她觉得自己的牺牲是值得的。她心痛不已，伸出手去，许量立刻将头低下，孩子一般。她摩挲着他的头顶，这不是男女之情，也不是对嘉仪的背叛，而是对一个痴心女人的尊重。

张娅抱住许量的身体在战栗，许量尽可能平息自己身心的风暴。羽菲离开之后，有段时间，许量一直尽可能清心寡欲。他必须保卫自己的家庭和很不容易建立起来的对美女的免疫能力，可惜的是，最终他还是堕落在了与白蓝的欲海里面，自得其乐不能够自拔。

外面的风雨渐起而时间停止，他们各自喃喃自语却不需要知道对方到底在说些什么，自我的倾诉，心里压力的排解那才是最重要的。

等张娅内心的暴风骤雨逐渐停息，许量这才与她相互扶持着坐下来。他们相对而坐，亲密但不再有身体的交融，这样对方就不会离开自己的视线又不违规。

许量柔声地说出了资本之鹰会所要更有灵气，还是需要一个新的女主人的建议。张娅只是点头称是，她才不在乎什么会所，只要能够经常看见许量的地方，那就是她的天堂。

她的微笑很纯，并无生活的杂质和年轮。

他感受到张娅的心灵空间与年龄和磨难无关，依旧充满了阳光，许量很欣慰。他的泪水已经干涸，自己多姿多彩的爱情故事造就了如今的困局，男人的欲望无限啊。张娅的身体柔软无骨一般，刚才的拥抱差点让他毁灭好几次，可他用嘉仪的信任化解了，好在张娅要的是情而不是欲望，否则，她一定马上看出来许量在爱情上的退却。许量喋喋不休地说工作，好像工作就是他的一切，因为如果不说工作，那他就一定会成就自己的身心大欢乐却会再次毁灭张娅。

爱，并不是道德本身，无须去论证和说明；爱，要么是成全，要么是毁灭。饱经沧桑的女人注定比有饱满情欲的女人更加让男人爱恋，何况，娅姐现在两者都是。

可许量似乎是熟视无睹，他的声音越来越大，张娅的痴迷也逐渐地清醒。她是何等聪明的女人，他并没有如同想象中立刻要了她，张娅开始冷却自己心中的感情火山，她开始认识到他们面对的不仅仅是世俗的严酷，他不能够陷于不仁不义的处境。

于是，她很温柔地微笑了，轻声地说：“阿量，会所的事情我们再商量，我张娅就算是阿庆嫂也不是万能的呢。”

此话的尾音长长的，她心情一放松就脱口问：“我想知道你现在的家庭怎么样。”她很后悔问了一个不该问的问题，低眉顺眼一脸的温柔。

许量闻言，心中叹气一声。他回头去看窗外的风景，风雨飘摇再次迷糊了远方的视线。从这里向外看去，能够迷迷糊糊地看出山涧的公路如同蚯蚓蜿蜒在青山绿水之间，如同许量的人生起伏。突然，他不想说话了，却又不得不说。

“男女之间没有背叛，就没有爱情的存在。”许量说这话的时候，张娅觉得很奇怪，但她是聪慧之女人，略微一思忖，就知道这话极其正确，正如没有坏，就没有好，没有阳光，哪里来的阴影呢？她心中耿耿于怀的一直是许量对张嘉仪的那一句诺言：“犯强许量者虽远必诛”，可是如今时过境迁，多少的伤痕都化成了淡然的回忆而已。

他的表情没有难受，但她能够听见他心灵的破碎之声，许量继续说道：“我用背叛谢丽来证明了对你的爱情；同样，我背叛了你而成全了嘉仪的爱情；对羽菲的爱又是建立在对嘉仪的内疚之上的。因此，爱情，至少我许量的爱情就是建立在背叛的基础上的。或许是我的贪心，永无停止的贪心在折磨我，我的内心风暴一直没有停息啊，害人者必然也是受害者，许量是被许量所害。”

许量是在忏悔，他对自己的评析是血腥的，张娅觉得他说得不对，但这些感情经历的的确确是事实啊，可这些年，难道许量就这样折磨自己吗？

她心痛不已。“其实，生活不是科学，阿量，没有任何人能够完全随心所欲，但遵从内心的召唤去走自己的道路总是不错的选择，你看淡是非对错吧，对生活和事业用心却不要太刻意。佛教的最高境界是大彻大悟，追求的是解脱，你不原谅自己又如何去原谅别人？不原谅别人，又如何放下爱恨情仇？”

她泪光点点，情绪不能够自抑。

“阿量，我是很想知道你的生活真的幸福吗。你放心，你幸福我会很高兴，不会嫉妒。”张娅的表情看不出更多的意图，她是一个很率真的女人，或许是真的想知道自己的事情？许量回头看着她。她很坚持，许量就妥协道：“我给你汇报吧，你想听听哪一段故事？”

他们就这样轻言细语地说话，这一说话就是长篇大论，很长很久。

酒店的午饭时间过去了，晚饭的时间到来了。许量不知日月，不知饥饿，只是不停止地说自己的故事，张娅却不由自主地开玩笑道：“我可不是硬汉，身材一旦瘦了，你又不喜欢了。”

此言一出，他们本来已经在情谊与友谊之间游荡的心灵立刻开始复苏了。许量的眼睛开始焕发出青春的光彩，野心勃勃的样子更加性感，男人有情有义正当时。张娅的眼眶湿润了，她想不顾一切开花结果，此时此刻就是最好的机会，否则她会孤独一生一世。

她有点手足无措，十分艰难地问道：“阿量，经过了这么多的事情，你还要我吗？”说完，她慢慢站起来，做势要走，可却欲拒还休，许量呆坐不敢有动静。那身材和背影要出门了，丰腴而极端诱惑，仿佛就是他少年时期见识到的那个女子的背影，甚至是有过之而无不及，这立即启动了他心中的密码，让许量心中的性张力排山倒海地汹涌而来。

“你的出现会让我失魂落魄，你的存在就是为了让我离经叛道！”

他要她，他冲过去，用力抓住了她，许量是如此渴望犯错误，就好像是回到了少年时代。少年最大的快乐就是做了错事而不被惩罚！许量在沉默进攻，她明白他将要撕裂她，立刻几乎是叫喊道：“我有一个条件！你必须答应我。”

许量恶狠狠地说：“娅姐，谁说妻子就一定是要那张结婚证？那是他们的法律，我许量有时候就是无法无天！你在我许量的心目中早就是妻子，你要千百个条件，我许量都不得不答应，要死要活，永不反悔！但现在，你我都闭嘴。”

欢愉的时光很长，但也总是短暂的，很快到了黑夜来临之时。

张嘉仪在家中，突然觉得烦躁不已。这就是所谓的第六感觉，她好像真切地感受到了许量正在背叛自己，她心被撕裂了。白蓝不是她安插在许量身边的人，佛铭是许量的死党哥们儿，嘉仪没有办法去打听许量的动静。

而许量此行有嘉仪买通的人，那就是韩晓。通过韩晓私下电话的描绘，她明白了许量的最新动向，白蓝暂时没有事情，但她依旧心慌意乱，但她却不知道山庄的女主人是张娅。

她的美貌第一，心智不低，也不是第一次面对许量身边的红颜知己。最近，她已经感觉到了许量对自己的态度有了很微妙的变异。这就是女人的第六感觉，可她不是找不到许量的破绽，而是知道找到之后，那就是千里之堤溃于蚁穴的效果，他的智慧和心机都在她之上。何况，过度地去寻找许量的心里裂

痕，不仅仅会伤害他，也必然会让倔强的他破釜沉舟。

这舟是什么？可不是公园人工湖泊中的轻柔泛舟，也不仅仅是自己的面子，而是自己的家啊。许量什么都好，就是不能够勘破情关。嘉仪不是冲动的女子，她记得自己当初也是先做了许量的情人，然后才是许太太的。这如同张娅是情人之时，许量的前妻谢丽是许太太一模一样，难道这就是所谓的报应？嘉仪开始惊惧，谢丽就埋在了自己的家乡，虽然，那是命运的阴差阳错，每次，嘉仪回宜宾故乡都会想起这个不幸的女人，这是她内心的阴影，也是她的噩梦。她不喜欢待在成都生活，也有不想感受谢丽无处不在的压力的缘故。

如今，自己是不是也面临谢丽那样的不幸了呢？对许量，她恨了一会儿，就消气了。气消了不久，她又开始恨所有的男人了，为什么女人就能够心满意足地在家中生活，而男人却非要过五关斩六将呢？许量在感情上斩获的都是美女，自己难道也只是他的一个战利品吗？

第二十四章

女人要能够忍非常之忍

白蓝带了韩经理回到山庄的时候，已经很晚。她和许量没有见到面，只是简单通话之后，就休息了。

第二天，由于许量和佛铭不约而同地说在成都有急事要处理，他们就赶回了成都。一路上，大家的话题都很少。到了会所，佛铭与许量单独耳语了几句，他们的声音非常低，旁边的白蓝也听不见任何内容。

对山庄这个项目，许量在下午开会之际，这才说起了立项的安排。此时，白蓝也就知道了这个项目的真正主人并非登记的宋总，而是张娅。

张娅是谁？许量的老情人，不，或许还不是表面上的那样简单，他们是一同起家的创业伙伴，白蓝在心中盘算。张娅的命运和故事让她很同情，可同情不是纵容的理由。

在办公室里面，白蓝给自己泡了一壶上好的咖啡，没有加糖，现在，她的心情与这苦涩的味道一模一样。现在，她知道了峨眉山的那个项目为何必须赶过去谈判了，那不是男人们惯用的调虎离山之计吗？

在她烦恼之际，她还不得不努力工作。许量很早就离开了会所回家。

在家里，嘉仪很罕见地弄了一桌子很丰盛的饭菜。当然，这些绝大多数都是在附近饭馆里面打包而来，但她一副女主人的模样，还是让许量很感动。他们喝酒了，是白酒。许诺在房间打游戏，嘉仪陪伴许量喝酒。许量不得不说起山庄的事情，也假装不经意地说到了张娅的出现。

嘉仪的情感与酒意混合，头有点迷糊，她知道了昨晚心烦意乱的原因，那就是张娅的出现。她思忖一下，决定顺从一下许量。没有想到的是第二天，许量很早就起来了，他没有惊动身边熟睡的嘉仪，就离开了家。

许量的老路虎再次跑在去峨眉山的高速路上的时候，嘉仪才慢慢苏醒，她看见了许量留在床头上的纸条，心中不快活：他真的去找她去了！

嘉仪开始照顾许诺，心情如同墨黑的乌云般低沉。许量与张娅相会，那是给自己汇报了的，不批准？那是不可能的，可一旦他真的去了，这心情可不会阳光灿烂。许量从来都是我行我素天马行空，她的丈夫让她头疼不已。

与老情人相会，不是如同洪羽菲和白蓝那样遮遮掩掩，而是明目张胆地告诉你！胆大妄为，嘉仪再喝一口咖啡，苦一下自己的心智，这是为什么？是为了表明他心底无鬼，还是示威，难道他真的不害怕家庭的崩溃？

嘉仪一时之间，想不明白，更可笑的是自己，为了表现自己对丈夫的信任和做妻子的大度，昨晚，她居然微笑着答应了许量去见张娅的要求，尽管是做什么山庄的投资项目。我至少也需要发点小脾气啊？前几天，在许量外出的时候，她还亲自去逛街给他买了不少的新衣服，今天，他居然穿了新衣服就走了？这些衣服让他看起来更加年轻睿智，这也就更加危险。

心里难受，咬住嘴唇，却感受不了嘴唇的痛苦。

她让女儿看书，自己却慢条斯理地去打扮自己。最终，她是一身红装，分外妖娆，嘉仪是在准备迎接许量回家。她的自尊不会让自己成为一般吃醋的女人，她也在反省自己对许量是否关心不够，这些年让他独自在成都是否明智？

到了晚上，许量告诉嘉仪，他晚上不回成都。

嘉仪恐惧黑夜的降临，她能够感觉到许量面对的危机。女儿在身旁欢喜地跑来跑去，她矛盾不已。必须把同情张娅的一丝一毫的感情赶走，嘉仪终于找到了她容忍许量去看望张娅的唯一原因，那就是她在同情张娅！可同情的前提是不能够让自己失去丈夫，嘉仪恐惧起来，真切地恐惧。许量他是自己的，必须是自己的，嘉仪赶紧把许诺叫住，给她拍摄了十几张相片和一小段视频。

许量与张娅在山庄的许家大院里面喝酒闲聊。他们的话题还是层出不穷。夜晚来临，成年人的思维和生活方式开始代替理智，他们的情欲之虫开始先后苏醒过来。

此时此刻，嘉仪的微信过来了。许量私下看看，心中的理智压住了欲望，这是家的召唤。张娅接过许量的手机，看许诺的神态完全是亲人之态度。

许诺的相片与视频看起来非常稚雅，很可爱。许量的手机跳出女儿的相片和视频，女儿叫他“爸爸”的声音让他立刻清醒。虽然这样的清醒还是很难抵住岁月的沉淀，但许量的胆大妄为正在被他压抑。

许量知道这是嘉仪的反击。她知道许量一旦看见了女儿的照片，一定会悬崖勒马的。只是可惜晚了，昨晚，许量这匹马已经越过了山涧，悬崖勒马已经不可能，粉身碎骨那也未必。

作为成年男女，男欢女爱的次数已经数千次，许量才知道与张娅的感觉才是真正无法替代的，这不完全是男女之情，而是心灵的回归。

这次的出轨，再次证明了他的感受，爱情越原始就越快乐，千真万确。

许量为生命而感到悲哀，他没有两全其美的方案，他心目中再次浮现张嘉仪给他的牛皮信封，那里面不是装着他的自由吗？开启这牛皮信封曾经是想为了白蓝，现在是想为了张娅，他咬牙决定勇敢去承担自己背叛嘉仪和家庭的任何代价。

张娅的心情起伏不定，许诺的乖巧是许量的福气，她内心的渴望没有被道德熄灭，反而被调动起来了。

昨晚的心满意足，让张娅知道她应该回报许量，更应该感谢嘉仪。许太太允许他来这山庄，本来就是一时的决定，张娅知道他们在一起的最后时刻就是今晚，今宵难忘。他们继续喝酒，酒能乱性，更能够给男欢女爱借口。

张娅大口喝酒，她必须战胜理智，她的生活曾经被她的善良和顺从弄得一塌糊涂，但多年的坎坷和苦痛让她终于发现人的幸福与自私自利之心紧密相关。

“人不为己天诛地灭的话也不是没有一点道理。”她咬牙对自己暗自说。

这次，她必须为自己作恶一次：女人对男人爱的最高境界不是甘愿为他去死而是要带了他的孩子好好生活。她这样的年龄要孩子就几乎等于要命，但她不害怕。她边与许量把酒言欢，边在心里做艰难的决定：所谓高龄产妇，是指年龄在35岁以上第一次妊娠的产妇，一般来讲，高龄产妇的胎儿宫内发育迟缓和早产的可能性较大。张娅已经四十多岁，她做了充分的思想和其他的准备，她鼓励自己道：世界上最大的孕妇是西班牙的女人，在66岁之时，她谎称自己55岁接受试管授精而生下一对双胞胎婴儿。许量不知道她的心思，只是觉得她喝酒很爽快，因为是久别重逢，也就随她之意。

或许，法国的现代科学技术会帮上她，只要她能够怀上许量的孩子，只要渡过最初的危险期，以后那些危险的过程就能够让别的女人代孕。她做了决定，就把酒控制住了。她厌倦了，要远走高飞了，不管这次有没有许量的孩子，她都不会再孤独，不再遗憾。

她的身体素质依旧不错，她的年龄和处境都让她做母亲的机会十分有限，张娅缠住了许量，水草一般。这是一个中年女人的疯狂想法，但她做得自然而然，许量心中的道德障碍很快就被她的无边柔情融化，英雄难过的不见得是美人关，更是老情人的化骨绵掌。

夜色来了，又离开。清晨，许量是在院子里面树上一群小鸟的嬉戏声中，慢慢苏醒的。蒙眬中，他的第一句话是“嘉仪”。他已经习惯了嘉仪做自己的太太。清醒之后，他很庆幸的是张娅不在枕头边。

她去哪里了？许量看看卫生间，那里寂静无声，他的预感不妙。

起身，快速寻找。张娅不在房间，他赶忙打手机，果然，手机关机。房间里面没有任何张娅曾经存在过的痕迹，没有告别信，甚至她睡过的那半边床和枕头也已经消灭了痕迹。

她不辞而别了，许量很沮丧，很伤心。昨晚，他拥抱着她，黏着她，不情愿进入梦乡，那不仅仅是男女之情，还有许量的记忆，她的疯狂让他不安却难以启齿去过问。

他想回到过去，可生命无情无义，总是让人失望。这样的情与欲，无人能够理解。他只是太疲惫，凌晨才入睡。可就是这一点点的疏忽，却又一次让他遗憾终生。许量不想哭泣，那样太丢脸。他找出雪茄盒，拿出一支，只是穿了睡衣，就在写了禁止吸烟字样的房间开始修、裁、剪他的雪茄，这只是玩玩，并不会真的去吸食。此刻，他动作笨，手指不再听他使唤。

这时，门铃响起。许量心灰意冷，心道：嘉仪应该到了。男人愿赌服输，犯了错误就必然要被惩罚，许量要接受道德的审判了。

许量面无表情，开了门，他要迎接风暴，许久没有人挑战他的权威了，他现在要的不是权威，而是祈求原谅。

谁知却是和风细雨进了门，眼中出现的却是张娅。许量一把就将她抓进自己怀中，嘴里却斥责道：“你到哪里去了？”

张娅咯咯笑起来：“我只是去谈了一笔生意。”

再疯狂一次之后，许量这才让张娅说话。原来，她是要买下这个山庄，在电话中，她找佛铭和白蓝他们已经商量了收购方案，也与连夜赶来的股东友好商议完毕，只等老板许量的决策了。

许量赶紧清理一下思路，生意与感情无关，他需要做生意了：这可不是一个小小的投资。张娅倒不是想把资本之鹰会所建立在这里，她只是要把其他股东的股份买下来，等她远走高飞之后，再次落叶归根，就将这里作为她最终养

老的地方，与梦想偕老也是幸福。

嘉仪出现在山庄的时候，已经是下午了。她来之前，并没有给许量打招呼，她也不是想突然袭击，而是情不自禁地要赶来。

见到许量与张娅的时候，他们当然是在大庭广众之中。嘉仪来了，许量和张娅的表现并没有任何异常，他们正在与山庄的老板谈判，容不得他们讨论私情。嘉仪的到来，与其他任何时候那样，她的美貌和举止引起了山庄客人的瞩目，但她并没有自豪感而是不安和沮丧。

她也要了一个房间休息，就是不去许量的房间。她不是来兴师问罪的，因为谢丽没有这样对待她，她欠了谢丽的感情债，那也必须要有雅量把这债务归回给张娅。

虽然爱自己丈夫的女人并非就是十恶不赦的恶魔，但绝对会是你的噩梦，她绝对不喜欢跟别人分享自己的丈夫，嘉仪心里很精密地开始计算，把握感情的技术，总是在感情之外。

许量到嘉仪房间的时候，嘉仪的表情和动作都很配合。

她不知道许量昨晚的情形，也许永远不会知道。她渴望许量说谎，最后信誓旦旦地说他与张娅是什么事情都没有发生，但许量什么都不想主动说，她也不敢兴师问罪。

昨天，许量看到自己女儿的相片，马上就回电话说女儿真漂亮，语气平常如同平时，嘉仪赶紧挂断电话。既然许量说谎，那也说明了他是在乎家庭的。嘉仪今天赶来，也不是要给许量难堪，而是在用行动告诉他，她的爱不容置疑。

嘉仪尽可能控制住自己的情绪，微笑着问：“昨晚，你开心吗？”

“开心。”许量很老实地回答，他有点不敢面对太太。

“现在你难受吗？”

“难受。”许量不知道嘉仪为何要这样问，但他同时面对两个自己爱的女人，难舍难分自然难受异常。

嘉仪想的却是许太太来了，其他女人理所当然地不得不一股脑地逃之夭夭。

“那你到底是开心，还是难受？”

“痛，并快乐。”他们夫妻心知肚明，无话可说也是一种心底信息的交流。

许量与张娅告别的时候，她却要求与嘉仪单独聊一会儿天。

很惊愕，但他没有办法拒绝。因为这两个他都爱的女人，公然没有理睬他，就径直向花园的深处走去。那里曲径通幽处，逐渐地湮灭了她们俏丽的身影。许量傻傻地站在原地，没有办法判断张娅与嘉仪到底要说些什么，但他最终不会担心，这两个女人爱自己那是千真万确，她们的智慧是足够解决目前的矛盾的。

五十五分钟零九秒，不到一个小时，许量计算着时间，两个女人又出现在他的眼中。两个女人都属于极品，许量不由得想起谢丽和羽菲，这一刻，闪过一丝很奇特的念头：真不如就此死去，这些女人与感情那就永远地留在他的世界中了，除此之外，人生无奈，别无他法。

恍惚之后，许量赶紧控制住自己，睁大眼睛去研究她们的脸。

这次不由得先看的是嘉仪，她毕竟是许太太。张娅微笑地看着许量的举动，没有任何醋意，她已经逼迫许量答应自己的事情，当然不会给嘉仪很完整地说出来，但嘉仪应该是谅解了她。

嘉仪的表情让许量多少是放心的，她没有愤怒没有难受，也没有怀疑，是什么含义呢？许量在琢磨也是在折磨自己，眼见张娅伸出手道："我们就这样告别吧。"

话中有话？弦外之音吗？等嘉仪拉了他的胳膊一下，许量这才回过神来，猛然，他知道张娅对嘉仪说了一些什么了。

嘉仪已经挽住他的手臂，与许量并肩而立。张娅微笑着告别他们，轻盈地转身远去，一转身，沉重的眼泪却不知不觉地落下。

良久，嘉仪只是说了一句话："张娅是一个好人。"

她的潜台词是即使张娅做了对不起她的事情，也还是值得同情和原谅。嘉仪不是一般女人的思维：许量这样的男人是脱缰烈马，强行阻止，那会车毁人亡，因势利导才是必须的修为。

许量知道，虽然张娅跟自己又有了昨晚的一夜，但可能是凡事不过三，她这次是用许量的诺言来套住许量，也套住了她的内心挣扎的欲望。原来，张娅与许量再次鱼水之欢之前，她要的承诺就是：这是许量的最后一次出轨，他必须重新回到嘉仪身边，否则张娅发誓就一去不再回头，让许量终生不能够见到她。

许量不得不答应。张娅的性格他是知道的，说一不二。至少以后，许量还能够与嘉仪一起来看望她，单独来见已经不可能了。许量是大丈夫，一诺千金

那是必须的。

嘉仪转头看看许量，许量的脸上青涩。她知道他在内心继续煎熬自己，心软化了，温柔回到她的心中："老公，过去的事情就这样过去了，对也好，错也好，那都是命运。"

她环顾一下四周，这里山清水秀风景真是不错，嘉仪点评道："娅姐，她能够在这里找到归宿，我这个做妹妹的那可是为她高兴。"

许量一听这话，失声道："娅姐？怎么回事？张娅什么时候做了你的姐姐？"

"就是刚才啊，你以为我们姐妹之间去做什么了？结拜姊妹啊，你不知道在这山庄背后，还有一个小庙吗？"嘉仪见许量有点惊慌失措，心中更加信任张娅，刚才她告诉自己的那些秘密方法还真是驾驭许量的秘方啊。她容光焕发，愈加美丽，"老公，你就不用担心了，娅姐告诉我了，我这个做她妹妹的人呢，什么时候都能够来看她，可你呢？愿意吗？"

许量表情黯淡了，她们居然情同姐妹而不是争风吃醋，他又听嘉仪笑眯眯地继续说："那就一定要陪伴我来了，是吧？"

机械地点头称是，他立刻明白了，张娅是与嘉仪做了一个交换，或许，娅姐还老老实实承认了昨晚越轨的错误，但那都不重要了，许量不知道心中到底应当是什么滋味才完全符合一个出轨男人居然没有被太太痛骂的心态：我是应该庆幸呢？还是应当悲哀？

嘉仪虽败犹荣，张娅这样的女人让她也不得不原谅，何况，不原谅许量那就只能够分手，那不是成全张娅吗？这是嘉仪绝对不会接受的。两害相权取其轻，爱就是包容，是有条件的包容，叫一声"娅姐"只是其中的一条捆仙索。嘉仪心知肚明，她与张娅之间已经建立了的信任才刚开始。

她下了决心，无论如何，张娅与她说的话这一辈子也不告诉许量，免得许量又再起波澜。张娅的事情处理好了，那就是白蓝的事情了，但白蓝不会是自己的对手，嘉仪很自信。这次，她痛下决心，既然许量独立处理情感的能力很弱，那就不能只是忍耐，要挺身而出，她要把许量身边的女人全部都清除。最后，是否收拾许量，那就要看以后他的表现了。

此时，一阵风吹来，嘉仪的长发飘飘，让她即使在万花丛中也是一枝独秀。得妻如此，为何还要贪欲无限呢？他对自己的内心世界第一次觉得很陌生，有点百思不得其解。此时此刻，一些柔软的发丝不多不少，恰如其分地扫过许量的面颊，让他坚硬的心开始酥软。

他的感情逐渐开始回归。那步伐如同浪子回家的脚步，起初迟疑，后来越来越快，终于，他们并肩而行。许量回头再次望了望许太太，嘉仪目不斜视地远望，刹那间，美艳不可方物。要命的是，嘉仪吹气如兰地在他的耳边说出一句夫妻话：“量哥，从今往后，小女子不会再让你失落，你也将不会再有精力出轨。”

许量一听，假装无辜，他咬紧牙关不说话，言多必失，只是摇摇头，那意思就是：“我不懂。”

“我将吸干你，让你心有余而力不足！”说完，她的身体仿佛发出无穷无尽的魅力，脸上充满了许量从来没有见识过的坏坏的笑，那意思就是明说许量不是她的对手。嘉仪也弄不清楚自己为何要这样说，人到中年万事休，她感觉这不是夫妻之间的放浪之美，而是愚蠢。天，自己为何要这样对待一个背叛了自己的丈夫？嘉仪的感情迷糊在许量的世界里，尽管天各一方，但多年以来，其实都还是难以自拔。

许量人到中年，精力不可避免地每况愈下，面对情人和太太，都会让他心中倍感压力。

太太刚才的话让他哑口无言。这样的话怎么会从仪态万千的嘉仪口中说出来呢？她不是对男女之事兴趣不大吗？她也要变成娅姐一样的女人？他不知道嘉仪的心思，她说的话有点言不由衷，一则是她在国外，天各一方，二则她身体柔弱，其实难以抵挡许量的强壮。

在夫妻之间，许量对想不明白的事情就懒得去想，他知道，嘉仪这次的所作所为算是他的克星，一个可以原谅昨晚那一场风雨的女人，不是绝顶聪明另有所图，就是真的爱自己的男人。

他有点惭愧，十分内疚，点点头，勉强笑了起来，身心一软，有妻如此，理当心满意足了。笑过，他很慎重地说：“谨遵妻命。”

这不算是他对嘉仪一生一世的诺言，但有张娅帮助嘉仪驯服许量这只老虎并不会是一件难事。许量再强悍，只怕也是有心无力，在情场中，或许，从此再难起多少情感纠缠。

这些天，许量夫妇重新如胶似漆，宛如新婚。

这天晚上，疯狂做爱之后，嘉仪睁大眼睛，望着天花板，这是她在天下名都小区的家。在黑暗中，她心中纠结起来，他们之间做爱有点像是在打仗和报复对方。最近，郑度与她之间的联络依旧是秘密的，还是那样彬彬有礼。

嘉仪的内心有一个问题很尖锐，在她成功地看见了许量低眉顺眼地向她承诺不再出轨的那一刻，却猛然发现她是否真的还有雅量对许量的背叛既往不咎呢？有时候，爱就是斗争，她对张娅的原谅是真诚也是无可奈何的事情，心痛却依旧能够微笑，可更重要的是她是否还真的需要面前这个野性难驯的男人作为丈夫呢？

旁边的许量闭眼休息，略有虚假的鼾声，这样他才可以不对太太说假话。他同样是心有千千结：白蓝的事情如何处理？既然，嘉仪兵不血刃地使用温情脉脉做姐妹的软刀子收拾了张娅，永远绝了自己与娅姐之间再起波澜的后患，那么她对白蓝也不会客气，他很苦涩地知道了夫妻之间同床异梦的真实含义。

一周之后，山庄收购完成。许量带了众人来朝贺，心境已变故地重游，他与嘉仪手挽手共同在大门口见到了新气象。

这里被张娅改名为“嘉娅山庄”，这名字可是她与嘉仪和许量一起商量的。既然是她的归隐之地，许量夫妇在股份上也有参与，她顺水推舟，建议取了她们两姊妹名字中的一个字作为山庄名字。眼见娅姐与嘉仪真的亲如姐妹，许量知道她与张娅之间再无可能有逾越之举了，何况，他从张娅处处刻意的回避中已经明白：他不会再有与娅姐燃烧激情的机会。

嘉仪还是不太放心，她心机重重，在吕老师、李玫以及李锌夫妇等老朋友都到场祝福张娅的生日之时，又找这次机会，让女儿许诺大大方方地拜了张娅做干妈。

王可心打听到许量去北京出差了，就找到嘉仪散心。她们两姐妹在许量的家中彻夜长谈，话题免不了说到张娅的事情。

“我不是不想要求许量只对我一个女人好，我是他的太太，我有权利，婚姻就是一面红旗，是可以用爱的名义来合法合情合理地占有爱人的冠冕堂皇的旗帜。他也有义务对我们的爱和婚姻保持忠诚，可许量他做不到，那我应该怎么办？最简单的就是离开他，这样最简单，一了百了。可世界上最简单的往往最痛苦，比如生存就很简单吧？可有多少人为之拼命和痛苦挣扎呢？所以，我去了三亚，原本是想眼不见心不烦，可这心自始至终都在许量的身边，我能够感知他的内心世界在爱和欲之间挣扎，只要我不能够离开许量，我就不得不对他包容。”

嘉仪说这一席话很平静，看起来是旁观者清的模样，她不需要让王可心看出她内心的巨大痛苦，她要面子，更要自尊。

王可心不知道说什么才好，表姐是大美女，知性和智慧，她有行为和处事原则，不会去大吵大闹。这次，她对张娅返回成都的事件怎么处理的？她很好奇，却不敢去细问，但那不是意气用事就能够处理好的。

“许哥就是这样不让人省心，你们不是已经安家多年了吗？”可心叹气了。其实，她这一叹，也是在为自己的烦恼叹气。肖希权虽是害怕她，也爱她，但不知道是否也如同许量一般，用爱的名义在外面背叛爱情？

嘉仪看得很明白：“对优秀的男人而言，他们大多数都需要两个家，一个家用于安置不安分的身体，另外一个家用于安放孤独的灵魂。安家很容易，可安心却太难了。我还得给许量另外一个家，那就得妥协和理解他，他不是一般的男人，做他的太太自然要格外费心费力。”

“张娅是一个奇女人，她伤害过我，但我却不得不原谅她。”嘉仪在回忆，优秀的女人相遇，她们之间要么是姐妹，要么就是相互排斥甚至敌对，“何况，我张嘉仪的情敌只是现在和将来的，不会是过去的。”

嘉仪想喝咖啡，并没有明显的动作，可心却能够感觉到她的需要，她站起来，去给表姐调制。

听表姐继续在述说：“当我们去散步，张娅的第一句话就是，你能够离开许量吗？我回答，当然不能。她接着问，那你想伤害许量吗？或者就是去报复他，因为他伤害了你。”

可心愤愤不平地接一句：“张娅是可怜的女人，而许哥是必须要惩罚的，他不是坏人却总是要随心所欲。”

嘉仪微笑一下：“当然，我要报复他，不过，我报复许量的方式很独特，还是娅姐给我设计的，那就是让她身边的女人全部都走开。”

她的弦外之音，可心并没有听出来，她已经笑里藏刀了：本来张娅是希望他们夫妻永结同心，不再节外生枝，但嘉仪却想说不定到时候，她要让许量成为孤家寡人。这样的心机只有嘉仪才会具备，其实，她微笑着对许量说得越好听越真诚，她内心的愤怒就越大。没有人知道，韩晓把许量与白蓝的事情早就查得一清二楚，只是机会不适合，她隐忍不发而已。

可心很奇怪道：“没有张娅，许哥就不会背叛你，她可是你的敌人，怎么会成为朋友？你还听她的？”

嘉仪心道：张娅的出现是在自己出现之前，从某种意义上说，自己是抢了张娅的许量。如果，许量早知道张娅在他心中的地位远远超越他本身的认识，估计任何女人都不能够打败张娅。

“这个世界，人太多，可好男人却是稀有动物，大家你争我斗也是很自然的，我嘉仪和你可心不会傻到去找一个无人问津的窝囊男人吧？”她再次微笑，这次充满了宽容。

可心却看不出她表姐在说假话。

一听嘉仪的话，她却忍不住笑起来：“我老公肖希权就是只有我王可心要的窝囊废男人，要不然也要给我弄出一大堆的女人来，让我疲于奔命。”说完，可心假装不知道肖希权的私情，故意很同情地看着嘉仪，那意思是嘉仪你如此貌美也还是要经受男人花心的折磨，但嘉仪姐却充耳不闻。

“张娅说得对，爱情应该是天罗地网，不能够仅仅依靠诺言和道德来约束。从此，我要让许量再无机会背叛我，爱是两个人的宗教，我一定要进入许量的心灵殿堂，在那里一定只有我能够欣赏他那多姿多彩的世界。”嘉仪摇摇头，这次却是用摇头在肯定自己的决定，“可心，你许哥还是一个孩子，事业辉煌但心灵上并不成熟，我要修改他，一直到他彻底归附我们的爱只是唯一为止。”

说完，嘉仪的神态坚定不移，现在，她给可心的感觉是她要把许量当成事业来对待，既然是事业，那么其中有曲曲折折那也是必然。嘉仪对自己的人格分裂感到很震惊，她不断地说出言不由衷、表里不一的话语。

“在爱情中，放过爱人的错误往往就是放过自己。”嘉仪说出来的话，是张娅说的。她内心的伤口，是需要时间和理智来愈合的，但在表妹面前，她一直是也永远是女强人。

“不过，我不一定有能力让许量身边没有女人，他不是和尚，不会不食人间烟火，他依旧是男子汉大丈夫。”嘉仪居然有了开玩笑的心情，现在的男女感情要的可不是简单的算术题，不是针锋相对你多我少，而是一个复杂的系统运算。

“可心，你可能觉得我这样宽容许量很傻，但娅姐说得很好，控制与反控制不应该是家庭与爱情的主题，如果爱情只是占领别人和控制爱人的工具，那这就是杀人而不是爱情，真的爱情是利他再利己。内疚会让许量止步，只要他发乎情感，止乎理智，自古戒色如同戒毒，我还得慢慢来，不再简单看管许量，只要他有节制和反省，折腾累了，那自然会回家，许量还有几十年的时光来忠于我们的爱情，忠于我们的家庭。”嘉仪觉得自己已经快接受自己的观点了，好像是在继续说别人家男人的事情。

可心觉得她也没有办法去说服一个痴迷于许量的女人，与许量在一起的女人好像大多数都是中了他的情花之毒，她连叹气都免了，直截了当地评价道：“我觉得嘉仪姐与张娅都是许量滥情的受害者，你们联合修理他那是自然，把许量研究透彻了，那他就再也逃不出你们的手心了。”

可心刚说完此话，又觉得很不妥当，张娅怎么能够与嘉仪姐一起来分享许量呢？正要好好选择措辞解释，嘉仪却说出另外的事情：“可心，你不要担心张娅的事情，她放弃许量还是有她不得已的原因。不过，这里面的缘故我不便告诉你。”

等到可心离去，嘉仪这才冷静下来，她很真切地感受到她的内心有两个女人在挣扎和斗争，一个叫嫉妒，一个叫大度；嫉妒的女人必须报复许量的花心，而大度的女人则会说浪子回头金不换。她去酒柜拿出一瓶红酒自斟自饮，有点迷醉。

她开始痛苦，因为她分不清楚哪个女人是真，哪个女人是假？

她不想告诉可心和任何人：第一，许量在梦中呼喊的名字不是张娅却是嘉仪，这是促使张娅从狂热中苏醒的根本原因，在那一瞬间，她知道了婚姻的强大和神圣，许量潜意识里面要的还是许太太；第二，张娅已经在爱欲方面力不从心，她开始衰老，张娅绝对不想用苍老的面容来面对她爱了一生的男人，她选择离开就是选择在许量心中永远保持美丽。

最难以置信的是娅姐居然告诉了她关于自己的性秘密：那就是张娅已经不再贪恋性爱的美好了，心老了也就力不从心了。这是消减嘉仪与许量最后一段距离的密码，嘉仪不得不生气、叹气和服气，还好，嘉仪不是一般的女子，见怪不怪其怪自败，当然，众所周知的张娅命运坎坷也是嘉仪无法去恨她的原因。

与爱别离相比较，爱无能更可怕。

张娅告诉了嘉仪，她安排好生意上的一切就会离开中国，她需要为自己的下半辈子找一个安歇之地。她没有告诉嘉仪的是她曾经看过一部美国大片《返老返童》，那电影讲述的就是两个有情人的命运在时空中交错的故事：男子的时光是倒流的，他从老到年轻，女子的生命从小到大。当他们的命运交错之后，那人生对他们而言，就是注定逐渐远离的过程。当女子已经苍老而男子却越来越年轻，张娅是绝对不能够接受这样的命运安排的。这就是张娅心里的秘密，她见到久违的许量相貌依旧的那一刻就有了这个心底裂痕，见到张嘉仪之后，那就下定了决心，他们才是真正的郎才女貌。

许量给嘉仪的感觉是他已经封闭了他的情感世界，或许，那里已经不堪重负。但已经是他的女人，许量也决心不再放弃，他说的不仅仅是性的占有，而是在心底，那样的世界才是他的永恒。

新的一年，许量的事业已经开始了新的征程，张娅的山庄项目也是从不期而遇，变成了开辟新的资本通路的一次契机。

他这次的布局是如此深刻，时间也会跨越很长久。但现在的许量依旧是势单力薄，要去实现他心目中的宏伟蓝图，那还是力不从心。他这事业给张娅说过，虽然很简单，也是想用请张娅帮助自己的借口把她留下来，可只是轻轻一点，张娅就已经明白他的意图，她总是婉拒。

嘉仪没有影响他的任何决策，包括山庄项目，她知道事业是他的命根子。许量的野心也只是逐步呈现在她的面前，最近，嘉仪才意识到她认识了多年的许量的内心世界是如此庞大，他的布局是花费了几十年而集合的心血。

他对张娅是爱，更是负疚，许量需要帮手，嘉仪只能够顺水推舟，娅姐留不下，那可不是她的错。

好多天以来，一旦闭眼，许量觉得他好像是在黑夜中，上帝把他的身体赤裸着放在了高速路上，旁边是车水马龙，好像是身处波涛汹涌的大河中，危险时刻都会降临。他觉得自己就是时光这条大河之中那块黑色礁石，极其顽固地抗拒失忆这把刀的雕刻，他绝对不能够健忘，极力想记住他的那些真诚相爱过的女人，与她们在一起的任何瞬间都是永恒。他开始老了，回忆能够安慰他，却不能够激励他。

许量回家了，他很少加班，也基本上不外出应酬。嘉仪的心却不十分安分，一是许量的背叛让她寒心，二是许量在家中已经失去了往日的灵性，只是徒有其表无所事事的丈夫，她也不满意。但好在与娅姐的一切纠葛都已经处理完毕，张娅除了工作就已经不在众人面前出现，深居简出和心平气和的生活态度让嘉仪放心了。

不知道自己是否还需要面对那个在加拿大的洪羽菲？她已经久无音信，可嘉仪不会放弃警惕。白蓝才是目前的刺激，嘉仪开始有意无意地过问资本之鹰会所的经营与管理，许量处处设防，夫妻之间心机重重。好在这些小动作无伤大雅，就算是嘉仪偶然去会所视察，白蓝也是应对自如。许量与白蓝都很庆幸的是，他们平时的行为是尽可能隐蔽的，并非路人皆知的那种情人关系。

如果不是自己罔顾许量的需要，始终远离许量的身心，或许，许量不会有张娅和白蓝那样的感情风波，嘉仪不得不反省，也不得不选择：她与许量的感情来得突然，熄灭却很缓慢。最近的一切都让嘉仪纠结：许量有其他女人不可怕，可怕的是他再次爱上张娅。

最终，许量会是自己的，唯一的，对此，嘉仪深信不疑。当然，这个前提是许量还值得她爱。目前，消除许量身边的女人，那不仅仅是爱，还是做许太太的职责。表面上，嘉仪依旧逆来顺受，暗中，她决心追求的不是许量要不要她，而是她要不要许量的生活。他们的夫妻生活恢复得很快，质量空前，嘉仪用心伺候许量之时，许量差点答应放弃一切，跟随她去澳洲甚至美国。但他知道他们夫妻的分歧不是爱不爱中国，也不是应不应该成为外国人，而是嘉仪忍受不了中国的生活，许量却忍受不了外国人的世界。

女人能够忍耐非常之忍，那她就不是小女人。

第二十五章

精密设计，紧密合作，打通资本通路

项目进展顺利，几天之后，他们再次从桃花源回到成都。许量开车，一路无话可说，他的心情很好，心思却很乱。

昨天，与张娅的合作者的最后谈判很轻松，一是大家都是为了合作，二是那两个股东的母公司问题实在是严重，急于脱手。可张娅的项目投资不是一个小数目，银行贷款之路很显然走不通，许量目前的事业皆是用钱的高峰，手中的余钱有限，答应张娅的投资有点心有余而力不足，好在张娅的人品得到她合作伙伴的认可，他们只是收取了少量的股权转让定金，就把股权合法地转移给了张娅和许量等人。但股权转让金是必须支付的，项目的后期建设资金也必须要投入，激情过去之后，许量就必须面对钱的问题。

路上，一路平安，一路无心情就无故事。

看看时间还早，许量在会所的停车场把路虎停下，立刻邀请吕哥去自己的办公室商议，投融资这样的事情就是兵贵神速，何况是娅姐的事情，许量一闭眼就呈现出她期盼的眼神，那可是揪心的爱。

“韩经理，这个项目不能够完全做成人情项目，毕竟我们投资不会少。什么是项目？项目不仅仅是为企业，而且是为所有项目的参与方都能够带来经济利益的方案。只是从企业的利益考虑的项目是有缺陷的，注定得不到大家的全面支持。”许量心中有顾忌，他已经决定无论如何都要帮助张娅，但他又不得不说出冠冕堂皇的安排，“投资就是用现在的资源换取未来的收益，投资管理就是把不确定的收入变成确定性收益，小韩，你要注意计算我们动态的投资，尤其是对项目资金的管理，什么时候，我们投资多少钱，一定要很明晰。从我们做投资者的第一天开始，就必须把道理和道德放在旁边，金钱无感情。”

两个人相对坐下，韩晓回投资部紧急撰写项目的策划和律师商量股权转让的有关合同。白蓝给两个老总倒好茶水，也离开了，她还必须安排好山庄的接管事宜，许总要成为山庄的股东了，入股一家企业就好像结婚一次，这可一点都马虎不得。

尽管对许量感情用事有一点看法，可佛铭也是性情中人，尽管他对张娅没有事先告知山庄的情况有所意见，但也表态投资一些资金做了小股东。

两人多说无益，佛铭与许量告别之后，出了会所的大门，他没有开车，一个人在街上行走。人来人往，车水马龙，他有心事，我行我素，对四周的情况毫不关心。

佛铭与张娅之间也是很密切的关系：他的妻子李玫毕竟是张娅的养女，由于李玫伤心欲绝才离开许量的原因，这几年，张娅刻意地回避一切与许量有关系的人与事。她孤身一人去了重庆之后，决心重新做人，把包括成都的一切人与事都疏远了。佛铭与李玫也只是借口路过重庆，才很匆匆忙忙地在重庆与张娅和她的丈夫李刚见过一次面，但如今李刚去世，张娅回到了四川创业，连李玫也是一点消息都不知晓的。

佛铭不赞成许量的多情善变，却很敬重张娅的有情有义，这几年，他力劝李玫尊重妈妈的选择，人间的爱一定是建立在相互尊重的基础上，亲人之间的爱就更是如此。后来，他把张娅的情况告诉了李玫，好几次，李玫眼泪都是止不住下来，哽咽难言语，她急于赶去看望张娅，那可是养育她的妈妈。

张娅却在电话中拒绝了，她说她想清静一段时间，之后，也会回成都看望女儿。佛铭心中唏嘘不已，作为女婿，他必须帮助张娅，即便没有这女婿的身份，他们也是好朋友。

接下来的几天，佛铭基本上每天都来会所上班。

共同面对项目融资的问题，佛铭建议许量使用最新的集资工具：中小企业私募债。需要投资的项目越来越多，钱越来越不足够，许量心情焦虑，他对中小企业私募债券一直关注却没有过多的时间去深究，现在，也就只好答应去试验一下。如果私募债成功，那也就为资本之鹰找到了一个新的资金来源，与以往的借贷投融资网络结合起来，那就会威力无穷。方向确定了，重要的就是执行了。

佛铭建议开一个小会。许量点点头，他的新秘书还没有到位，还是习惯让白蓝安排工作。

一会儿，白蓝匆忙到了许量办公室。许量想了一下，决定由白蓝记录，把此事作为公司的正式工作安排，而且排列在第一位。

许量开门见山地说：“张总的公司叫成都桃花源记旅游地产有限公司，她的山庄大家都考察了，体会了，项目是好项目，但因为现在是房地产的严格调控时期，公司名字沾了‘房地产’的字样，那就是名不正言不顺，我决定第一是更名，公司的新名字到底叫什么，大家可以说说建议，当然，这名字最后要由张总来确定；第二，我们必须要把公司的主营业务进行重新设计和包装，现金流怎么来？这可是最核心的问题。”

佛铭的电话响起了，他一看是李玫的电话，知道她的心很急切，就对许量扬起电话，微笑一下，就侧了身体接听了，他低声告诉她：“事情我们会处理好的，我一会儿发短信给你，我们在开会。”

会议过了半个小时，议题越来越明晰，其间大家都把约定的一些事情推掉了。最后，佛铭建议大家都把手机关了，他们都是投融资的高手，都很明白眼前这事可是因为桃花源记山庄引发的一场大的资本风暴，要想胜利就必须全力以赴。

佛铭对许量提出的问题做了回答：“新公司的名字，只是去掉地产二字即可，如果没有更好的名字，那就叫成都桃花源记旅游有限公司，它的主营业务就是经营山庄；旅游属于大消费行业，是消费升级概念，所谓的盈利模式，重要的是要有市场基础的创新，比如山庄也要有庄园的概念，并非别墅出租，而是新的业务组合。我们看见了，张总他们已经把画作和高档红木家私的卖场与庄园旅游有机结合在一起了，用高端的旅游体验带动销售，我有资本圈子里面的会员作为支撑，这就使我们有了能够打动券商和投资者的故事基础。山庄经济，这是新概念，听起来顺耳，说起来顺口，这也就要使用许总说的做生意的六字诀——想法、说法和做法——去讲故事了。”

佛铭侃侃而谈，对项目策划如同写小说那样畅所欲言。

许量越听越轻松，眉头舒展开来。最近，他忙碌异常，四川现代民间金融研究院正式成立之后，他的工作重心之一是放在这里的，从研究到培训，从资源的整合到战略调整；其他的基金与投融资业务除了必须亲自抓的之外，大多数都交给了白蓝和李严等人，他还把他的资金和项目委托给了他信任的平台公司，比如成都中屹信达投资管理公司。

研究院不是公司，是公益的研究机构，许量身边的人理解他内心世界的知己并不多。许量成为研究院的最大股东，而院长还在寻找合适的人选。研究院不是盈利单位，办研究院，理解他的人为之叫好，认为许量这是在为中国民间金融领域做贡献，而不理解的人则暗自替许量可惜，他因为时间的关系不得不放弃了不少利润丰厚的项目。

“中小企业私募债的问题，本来也将是我们研究院的课题之一，”许量总结道，“但我没有想到我们会这样快捷地介入这个领域，好在吕老师对此早有准备和研究，我们继续听吕老师的讲解。”

他把问题留给了佛铭，许量想起佛铭刚才给李玫电话中说的“事情我们会处理好的”这话说得很有水平。什么事情会处理好？还不是张娅的事情，这已经表态了，吕哥是不会袖手旁观的，也不只是碍于情面简单表态投资点小钱那样简单。

佛铭的财富或许比许量弱，但那是他不喜好钻营，但心智和势力并不在他之下。这几年，他们的关系一直若即若离，兄弟情谊那是没啥说的，有时候交心，有时候淡忘，在生意上却既合作又单干。如今，有了佛铭的支持，许量觉得顺手牵羊将计就计，也是大收获。许量心道：现在，正好是用人之秋，我可要把佛铭的支持变成主持，这才好把骄傲无比的吕佛铭捆绑在资本之鹰的战车上。

佛铭端起茶杯，没有喝水，却放下，他有很重要的话说：“目前，温州民间金融改革的措施之一就是民间借贷登记中心，可如果没有后续的手段和资源支持，会难以为继，甚至成为笑话。民间借贷的管理要点是钱从哪里来？钱怎么来？也就是集资的问题，不如改叫民间集资登记中心吧。”

大家会意地微笑，吕佛铭说话直截了当：“当然，我说的不是不要借贷登记中心，可它算是什么呢？民间办的借贷登记中心并不权威，参与者缺少动力，而政府参与不可能，那是相当于政府信用和财政兜底，等于改革倒退，政府既想管理又害怕惹祸上身的矛盾心理暴露无遗。中小企业债估计是下一个民间金融必须关注的发展方向之一。”

佛铭把自己与券商老总程海的交往叙述完毕，起初，他不是没有想独自去闯荡这条金光大道的意图，但碍于资本之鹰的整体安排，可目前是张娅的项目需要融资，她是李玫的母亲，那也算是李玫的项目，不去做那算是不孝了吧？他这才总结道：“私募债最大的问题有四个：第一，是否能够发行？这要看证券公司的能力与政策的契合是否到位；第二，发行是否成功，也就是有没有投资者买债券？第三是投资者的债券是不是具备了足够的流动性，也就是他们想变现的时候，是否可以尽快卖掉债券，得到现金？第四，就是要看发债的企业是不是能够最终还债，这才是企业债的根本。”

他的语速不快，这样方便白蓝倾听和记录。许量听见吕佛铭正在讲解，也赶紧找了纸和笔，匆匆忙忙地记录佛铭的解说。资本市场讲究的是悟性，你知道什么不重要，重要的是你知道怎么样去实现你的梦想。

“这四点都有四个商机：第一是帮助发行的投资管理公司和公关公司，第二是第三方理财机构的机会，第三则是提高债券流动性的庄家，第四是金融保险之类的业务。”

佛铭字斟句酌地分析道：“我们资本之鹰从做借贷升级到去做PE私募股权投资业务，现在我们是否应该抓住山庄这个项目融资的机会，把我们的业务扩展到私募债权的领域？”

许量由衷地高兴。起初，他是带了帮助张娅的心态来做山庄的项目投资与融资的，现在，他是心甘情愿来做点民间金融新领域的探索。

“这是一个投资机会，民间金融最大的问题是什么？”许量很严肃地说，“还不是非法集资的问题嘛！中小企业私募债，如果能够合法登记，那就解决了这个问题。”

白蓝领悟了，她做资本之鹰会所老总之后，许量不断指点和给机会，她的成长速度时快时慢，但日积月累，已经是大有所成。她见许总和吕总都没有继续说话，很显然，她是有了说话的机会，也就接过话题，微笑着说：“我明白了，这是一条合法的融资渠道，也将会对民间资金借贷生意有巨大的冲击，我们就不去掺和那些对政府和社会叫嚷把民间借贷彻底分开的非分之想吧。”她的眉梢上挑，让人注意到她的温柔一剑时刻隐藏在白蓝的心中。

许量听了犀利之语很痛快，从她的言语中感受到了自己年轻时候的影子，就用眼神鼓励她继续说下去。

“目前，各地都在‘挽救’民间资金，形形色色的政策在金融改革的旗帜之下纷纷涌出，但最大的政策误区是以为一旦出台什么‘鼓励民间资本进入’某个领域，民间资金就会蜂拥而去似的，其实不然，一旦被反反复复地欺骗，那么，‘狼来了’的故事就会真实地上演。没有民间金融的支持，中国经济的半边天——中小企业的全面崩溃就会真正地到来，最后的结果，不可避免会使用几个字来形容，那就是风雨飘摇甚至血雨腥风。”

她的认识来自许量平时的教诲，说出来也是深刻：“大家一窝蜂去做小额贷款公司，为什么呢？还不是为了得到以后的所谓银行的牌照吗？可中国已经有多少家银行？大多数民间金融的从业者都应该知道，我们已经有政策性银行3

家，商业银行425家，这包括大型银行工行农行中行建行和交通银行等5家，股份制银行141家；农村商业银行214家，外资银行也有65家了；农村合作银行190家，村镇银行667家；农村信用联社就更多了，达1990家。还有资金互助社47家，财务公司134家。”

大家见白蓝如数家珍，而且一气呵成，都很佩服她的认真和记忆力。

“还有呢，信托公司69家，金融租赁公司18家，汽车金融公司14家，也是后起之秀。”白蓝不喘气，神态可敬可爱，“我就是不明白，为什么我们中国人总是要去千军万马走独木桥？难道说有了银行牌照就一定能够赚钱吗？”

白蓝看了一下自己的水杯，那里的茶水很少了。韩晓是手下，懂得规矩，立刻站起来去补充她的茶水。

她这才继续说：“我们的舆论和很多做资金生意的朋友还在呼吁政府让民间借贷合法化，那可是丢了西瓜捡芝麻，中小企业集合债出台的时候，大家没有意识到，现在私募债的出现应该很快就会有先知先觉的民间投资人去钻研、去实践，这才是民间借贷技术化的道路。我们不求人，求人不如求己，利用好现在的政策，我们已经能够政策一响、黄金万两了。”

最后一句话，让佛铭和许量都忍不住笑起来。

许量心中一动，想起了资本之鹰会所经历的三个时代，一是张娅的时代，那时候，她是行长又是美女，应对局面如同阿庆嫂那样进退自如，娅姐可以“铜壶煮三江”，那是何等的气魄；二是洪羽菲的时代，上海女人的精明与风雅，让资本之鹰的锐利也变得亲近可人，羽菲是如鱼得水，游刃有余；现在，应该开始进入白蓝的时代了，这个女子同属大上海，但她的时代很明显青涩一点，需要岁月风雨打磨，但却依然是有力道的女人在支撑局面。

白蓝还在继续说话，仔细看还真有点她的前任洪羽菲的神态，那模样引人注目，许量心道：假以时日，白蓝也一定会鱼跃龙门，修炼成精的。

许量是根本，她们都是花朵。只是可惜了白蓝不知道最后会花落谁家？许量走神了，那倒不是他对白蓝有了什么异心，也不是一些流言蜚语说白蓝是羽菲的替身，而是白蓝亭亭玉立，她周围的男士示爱甚至提亲的人络绎不绝。何况，嘉仪也开始有针对性地关注白蓝，这免不得让许量烦心。

中小企业债需要证券公司作为资本通路的带路人，这由吕佛铭来解决。他们会去上海证券交易所做债券的备案登记，也就是取得发债和以后的交易的合法手续；白蓝等人已经开始在会所和网站的渠道做项目的前期调研，成功的发

行需要足够的债券买家。

白蓝回到自己的办公室休息一下。她环顾四周，这里原来是羽菲的办公室，里面的东西和摆设一切照旧。这里曾经有过羽菲老总，还有那个叫张娅的老总，白蓝心情复杂，她虽是得到了许总的大力支持和帮助，但心中还是有点力不从心：不是因为她没有张娅做行长的经历，也不是羽菲那样出生在大家族，而是她敏感到了许总对会所已经没有以前那样重视，来会所的时候不多，对研究院和中国资本圈网站的投资越来越大。

最近，白蓝的情感压抑，有了张娅的项目，她很高兴，因为张娅的山庄如果真的成功发行了企业债券，那么会所就理所应当是主力的销售渠道，会所也就会大有可为。她心中开始犹豫是否把许总的这一个重大动态私下汇报给远在加拿大的洪羽菲，她们一直都有紧密的联系，当然，这是许量绝对不能够知道的。

白蓝又被几个前来汇报的员工打搅了几次，才再次冷静下来，她闭眼好像就会闻到羽菲老总身上孑然独立的那种女人香味。傲气十足的上海大小姐让她心情经常起伏不定，除了嫉妒之外，白蓝的心情是五味杂陈，至少面对许量，她多少还有点自卑。

理智考虑了一下，她的未来或许还是需要羽菲的指点和帮助，毕竟以往的客户大多数还是羽菲能够远程遥控的朋友，白蓝只好立即上网，她要有选择性地给羽菲发电子邮件。她把许量的情况说得似是而非，但羽菲一定会心知肚明。许量毕竟是她现在的老板，也是自己的大哥，更是爱人。

过了几天，佛铭找到了上海证券交易所发布的《中小企业私募债券业务试点办法》和深圳证券交易所的相关文件，还有一些实际操作的案例。这些文件他如获至宝，研究十分仔细，因为备受关注的中小企业私募债券业务试点就是依据这些文件在启动和运作，对民间金融的影响是革命性的。

早上，从家中出发，佛铭去了自己的成都天圆地方投资管理公司，在那里的狭小天地，他的电话不断，信息量越来越大。然后，去了南门，他要与深圳来的证券公司程总探讨此事。

昨晚，程总在凯宾斯基酒店住下，一是飞机晚点，二是故地重游成都，有点兴奋，睡觉晚了。早上，接到佛铭的电话，还在梦中。他匆忙起来，洗漱完毕，赶紧下楼。他们约好的地点是饭店的中庭，这里是喝茶谈事情的好地方。

两人一见面都是一番感慨，说的尽是“时光不再，往事如烟，但友谊常在”之类的感叹，由此可见他们的关系非同一般。

佛铭很精神，他开始请教程总。程总叫程海，以前做过吕佛铭的手下。两人年纪相仿，志趣差不多，属于君子之交。后来，程海远走高飞去了上海，又从证券公司的底层做起，一直做到了某个证券公司副总裁的位置，也算是事业有成。

程海看看茶厅的美女服务员婀娜多姿的身材，开始徐徐道来：“大哥，所谓中小企业私募债券，是指中小微型企业在中国境内以非公开方式发行和转让，约定在一定期限还本付息的公司债券。根据相关规定，试点期间，中小企业私募债券发行人须是未在上证所和深交所上市的中小微型企业，暂不包括房地产企业和金融企业。发行人应当以非公开方式向合格投资者发行私募债券，不得采用广告、公开劝诱和变相公开方式。每期私募债券的投资者合计不得超过200人，发行利率不得超过同期银行贷款基准利率的3倍，期限在一年（含）以上，且私募债券应由证券公司承销。”

吕佛铭点点头，微笑道：“我看过这些资料了，参与私募债券认购和转让的合格机构投资者，应是经有关金融监管部门批准设立的金融机构，注册资本不低于人民币1000万元的企业法人；合伙人认缴出资总额不低于人民币5000万元，实缴出资总额不低于人民币1000万元的合伙企业等。”

说完，他拿出自己带来的一份打印资料，上面把私募债的条款说得很清晰：“合格个人投资者应当至少符合下列条件：个人名下的各类证券账户、资金账户、资产管理账户的资产总额不低于人民币500万元；具有两年以上的证券投资经验；理解并接受私募债券风险。换句话说，这就是富人的财富游戏。”

程海的记忆非同一般，他不像吕佛铭那样依靠文件：“还有一条很重要，发行人的董事、监事、高级管理人员及持股比例超过5%的股东，可参与本公司发行私募债券的认购与转让。承销商可参与其承销私募债券的发行认购与转让。”

“尤其是承销商的作用，”程海笑道，“大哥找我紧急来成都，说的可不是做私募债的投资者这样简单的业务，我想您是要做渠道商吧？”

佛铭哈哈大笑，想起以往他们在一起做资本经营的那些经典策划和案例，就由衷道：“程海同志，深知我心。”佛铭要的就是资本市场的通路，他一直在寻找机会。事先，他只是请程海回成都，并没有说出心里的设计，可程海毕竟是程总，又是老兄弟，尽管佛铭低调了多年，现在已经出山亲自做生意，但依旧被年纪小一岁的程海当成卧龙。

他们继续探讨，程海分析说："相对于现有的企业债和公司债，中小企业私募债券试点充分突出了市场化原则：对发行人净资产和盈利能力等没有硬性要求，由承销商对发行人的偿债能力和资金用途进行把握；发行金额、利率、期限等各种要素，均由发行人、承销商和投资者自行协商确定，通过合同确定各方权利义务关系；采取交易所备案发行制，这就显示了承销商的重要性。我们最近的工作就是全力以赴去争取成为下一批的承销商。"

佛铭立刻关心道："进展如何？"他的意图无须掩饰，他要借船出海，自然要关心程海公司什么时候取得承销商的资格，这种准入资格那就是金钱滚滚。

"进展顺利，如果没有意外，我们会成为承销商。"程总不好讲述公司的机密，他有点含含糊糊道，"我们也准备了第一批的客户，如果大哥有意思参与，也可以早点通知我。"他已经仔细听取了山庄的项目，心中有数地提醒吕佛铭。

佛铭点点头，他四下环顾了一下，来凯宾斯基喝早茶的人不多，没有熟人也就没有秘密的外泄。

程海对服务员挥挥手，请她加上一些热水。

喝一口，他又提醒道："中小企业私募债券属于高风险高收益品种。为了保护投资者，中小企业私募债券投资将实行较严格的投资者适当性管理制度。以后，上证所还将公布相关业务指引，对中小企业私募债券的备案发行、信息披露、转让和投资者适当性管理等环节做具体的规定，这样算是中小企业融资的一种制度创新。"

佛铭从事资本经营业务多年，自然有非常强大的领悟能力，他体会道："在中国，中小企业私募债是继集合债之后的一个新事物，它的特点一是非公开发行，二是在约定的期限内还本付息，发行的方式只能够是私募发行。事实上，这私募债与我们现在的投资者几乎人人都熟悉的PE私募股权投资很相似，都是私募发行，都是有钱人的游戏，都是高风险高收益，只不过一个是私募股权，另外一个是私募债权而已。只是，债权的发行一直与民间非法集资和民间借贷很难分开，因此，大大落后于私募股权投资了。"

程海点点头，他知道吕哥的本事，他能够看到私募债的商机："这几年，私募股权非常热，对解决民间金融中的非法集资问题起了很大的作用，如今，私募债的出现更是一个巨大的机会。这次出台的办法，对解决中小企业融资难具有重大的意义，意味着我国的投融资制度有了很大的完善。具体而言，对民间借贷市场会有很大的冲击和引导作用。”

突然，程海想起了一人，就认真问道：“最近，许量在做什么生意呢？我想，他不会对私募债无动于衷。”

“你也认识许量？”吕佛铭微笑着问。

程海摇头道：“不认识，但我知道他的名头在民间金融领域非常响亮，事业风生水起，也算得上是民间金融中的大人物。”

吕佛铭点点头：“许量是什么人？他自然会关心此事，可他的精力有限，事业越来越大，如果没有山庄项目的刺激，我估计他是不会全心全意进军这个新领域的。”

对于企业私募债，以前佛铭已经多次给许量谈过，但许量的建议是多看少动，他的战略是做跟随者，等到这个市场开始起飞的时刻再抢入。佛铭不以为然，机会不是降临给有准备的人，而是会降临给正在实干的人。因此，他才单独约见程海，如果许量这次只是说说，张娅的项目还是依靠借贷和直接投资的传统思维去解决，并不真正去努力做私募债，他就会有自己带人闯这个新兴市场的设想：他对单纯的资金借贷已经完全不感兴趣，难以为继的借贷生意让佛铭厌倦。

中小企业私募债采用的是市场化的备案制度，看似简单，其实也一定是千军万马走独木桥，但对成功者而言，办法总是比理由多，失败者正相反。

程海对许量有些了解，他仔细询问了许量的最新情况，心中在盘算什么时候能够和许量见一面，又用什么借口请吕哥介绍更为合适？是否合作那是其次的，重要的是认识。人脉在资本圈中的重要性不言而喻，一则是人脉对经商作用很大，二则行内人士大多数害怕麻烦，都不会介绍人脉给别人认识，那是兵家大忌。

于是，程海把话题说得很轻松：“听说这个许总身边美女如云，做生意总是无懈可击？”

佛铭微微一笑，他不好去驳斥程海的笑谈，许量虽然强悍，胜多败少，但这情场、商场与官场哪里会有百战百胜的将军呢？常胜不是百胜，现实中许量的败绩只是没有入书而已。

他们虽然是兄弟，可毕竟有求于人，佛铭也就打趣道：“老弟，你我都知道，荷尔蒙与金融交易可是密不可分的。美国人科茨离开高盛后成为一个神经学家，他分析了金融交易员的生命特性。研究表明金融交易员体内的睾酮水平一般要高于普通人，交易员只要一踏入交易大厅，睾酮水平马上就会上升。尽管过量睾酮有时能助人成功，但它会大幅助长人们的乐观心态和冒险情绪，并使之失去控制。”

“是的，金融就是美女，对追求完美的男人至关重要。”他们微笑起来，当两个男人毫无顾忌谈论女人的时候，他们的关系就是哥们儿关系了。

休息一下，程海说起一个话题：“目前，国内外的经济形势不断恶化，我们做投资的人，不论是民间的还是国营的，都必须加倍当心。可我们面对即将到来的恶性通货膨胀，不得不货币换资产，不得不投资。当贵金属失去货币头衔以后，各国政府都不由自主地掌握了一个法宝——货币超发。这个办法看起来很妙，相当于向全民按其货币存量征税，又让人民感受不到直接征税的痛苦，于是世界各国政府越用越上瘾，我们的钱无论放在哪里都随时在贬值。对抗这种货币超发税，没有别的好办法，只能去投资，努力把货币换成好的资产——这是我们的机会更是我们的挑战。”

他们聊到了民间金融和民间投资的一些宏观问题，佛铭却打断了程海的宏论，他有点担忧道：“民间金融是最好最后的大蛋糕，连马云这样的大人物也开始闯入了。”

程海不太关心这样的动态，但一听也很好奇，他用表情示意佛铭继续说。

“淘宝网推出的贷款试用方案，最高额度居然是100万。最近，淘宝网的试用频道出现了一款特殊的试用物品——‘贷款’。在淘宝和天猫经营的商家可以申请无担保无抵押的信用贷款，最高额度达到了百万元，贷款期限最长6个月。试用期间，在日息万分之六的基础上可以6.8折优惠。据了解，卖家将纯凭信用申请贷款，这是《新京报》报道的。”佛铭很关注这样的消息，毕竟他与民间金融息息相关，“民间金融不会只是最简单的放贷，否则，谁的钱多，谁就会是赢家通吃。”

程海用左手握住右手，这是他左撇子的标牌动作，吕哥知道，这是他重视自己的话题了。

“未来的金融，还是通路为王，程总你是中国资本圈网站的会员吗？”佛铭问道。

程总摇头道：“以前也有朋友给我推荐过这个网站，域名好像是老古董了，www.139e.com是吧？网站是好，但注册和认证程序太繁杂，我还是怕麻烦。特别是他们的实名认证需要填写人脉，我有点担心。”

“人脉的安全性在网站的说明中是有解释的，没有必要担心。”佛铭点点头，他觉得有必要给程海详细说说，“大多数人终其一生，大约会有两百个朋友。在这些朋友中，大约有80%都是泛泛之交——他们对你毫无帮助，也不会给你积极的影响。只有20%的朋友会给你正面影响，其中又只有5%的朋友会帮助你。要管理好你的人脉，关键在于管理好你那5%的朋友。而中国资本圈这个网站，就是我们5%朋友的来源地之一。”

程海的视线在漂移，因为那边的大门口突然进来了一个红衣美女。她敲击地面的高跟鞋清清爽爽、脆生生的声音悦耳动听，那昂首挺胸的高姿态让见者止步，柜台服务生无论男女均是集体瞩目。

“科学研究发现，每个社会个体平均有一个10～20人的亲密人际圈，20～50人的频繁交往人际圈，50～100人的偶尔交往人际圈。中国资本圈网站中的圈子系统允许建立拥有各种属性特点的圈子，让会员的亲密人际圈、频繁交往人际圈的地理和数量上的边际扩大。游走于有较高水平、地位的圈子成员当中，势必会诱发无穷的商业可能性。”佛铭还在继续深入介绍，目睹程海的行为，他不好色但也很好奇，回头看去，却是不认识的女子。他反应很快，转了话题说，“成都不单是红粉之城，更是成功之都。”

眼见程海有点心不在焉了，又看看时间已经是中午，佛铭就抓紧时间说：“在民间资本网络这方面，国内已经有不少的强者，许量也是其中的佼佼者之一，尤其他的资本之鹰不是走商业加盟连锁的扩张模式，而是力图用世界观与方法论为核心能力，用共同做项目去统御散乱差的各地民间金融实力派，而资本之鹰会所就是核心基地，还有中国资本圈的网站，形成的投资者已经数以万计，而且，每天会员都在加速增长。”

那红衣女郎消失在电梯间，程海有点不好意思地自嘲道：“我们做投资银行的，见了美女就如同见了好项目。”

佛铭解围道：“爱美之心人皆有之。”

程海仔细听吕佛铭说：“我们是很难得在短时间内突破这个网络的约束，何况我本身也是资本之鹰中的一员，我必须维护我们的统一，我也很庆幸我是其中的核心成员之一。目前，我们只是要尽可能推动这笔私募债在资本圈子中的发行与流动。”

程海不理解了，他迟疑地问道：“不就是一个做民间资本的会员制网站

吗？能够拥有这样大的力量吗？”

佛铭解释道：“许量这个名字是响亮的，他非常能够包容并且勤奋，这几年，他和他的团队已经走访几十个城市，他们已经建立了与数千位投资者的认知和友谊。何况，他的网络是线上的网站与线下的资本会所融会贯通，还有投资者中不少人都自以为是‘许量’，金钱就是人心和人性，民间资金就是由情绪驱动的资本，这样的情感认同独一无二，我们很难独自再去组建同样的资本网络。”

他的态度是鲜明的，对程海想见一下许量的提议，佛铭是毫不犹豫坚决支持，他马上拿起电话与许量通话。程海点点头，看起来吕哥与许量的关系真不一般，资本市场与金融的核心就是信用，而信用的载体就是人，无数的聪明人都把握住自己的人脉不会共享，而吕哥这种无私的态度也让程海折服。

“精密设计，紧密合作，打通资本通路。”这是他们讨论之后的共识。

佛铭一语中的总结道：“资本之鹰公司放弃了无数的短期收益，努力做品牌和影响力，我们苦心经营投融资网络，把握住投融资信息的收集、整理、加工和分配四大环节，并且持之以恒。或许，有朝一日，许量将会成为资本之王，当然，那是若干年之后。”

两人去了凯宾斯基宾馆旁边的“红伞王”餐厅吃饭，开心之余，他们喝了半斤松茸泡酒，其乐融融。到了下午，佛铭安排程海先回宾馆休息，司机过来把他送到了资本之鹰会所，他约了许量谈判。

第二天，程海到了大名鼎鼎的资本之鹰会所，感受颇深，他见到了许量。他们几位私下密谈，于公于私地把山庄项目的交易结构，尤其是各自的利益分析安排妥当，这就算是达成了战略合作。晚上，许量安排庆贺晚宴的时候，白蓝推说身体不适，张娅说在山庄另外有了安排，嘉仪却正好打来电话说：“老公，我和女儿很无聊。”

她的内线投资部经理韩晓起了作用。知道晚宴要庆功，嘉仪不想让白蓝或者张娅去夺了风头，就把许诺交给了王可心照顾，自己风风光光而来。

李玫则是张娅的授权代表，佛铭请她出席却是大费周章，她可不想轻易见到那个自以为是的许量。

因此，在“居无竹”举办的晚宴上，程海见到了张嘉仪和李玫，尽管对成都美女并不陌生，但他依旧对许太太和吕太太由衷地赞美，她们都被惊为天人。

自然，他对许总和吕总的敬佩就更加真诚，因为他们是商人中家和万事兴的典范，而他还是单身汉。

之后，山庄的私募债开始走向发行推荐程序。空余时间喝茶之时，许量和佛铭谈论到各自公司的发展，都有点后悔没有把他们在前海的合资公司真正下功夫做好，他们的公司因为种种原因，一直处于维持而不是拓展的状态。

他们又去找了程总几次，这个项目必须改头换面，重新设计，还要克服无数的艰难险阻。

这不是资金借贷，也不是直截了当的项目投资，而是通过买企业债券的方式进行投资，许量的投资者们还不习惯这样的投资方式，因此，这是对资本之鹰会员投融资网络的又一次考验。许量依旧很有把握，但还是亲自在上阵，甚至亲自做PPT文件，而白蓝与李严等人只是助手。佛铭也乐得清闲，他只是协调，桥归桥，路归路，生意还是生意，因此，他与许量签订了相关的合作合同，合同的条款也是相当严密。

一旦策划和交易结构设计和安排完成，此后的事务性工作就居多，只要严格地按部就班，成功完全可以预计和顺理成章。许量和大家都知道，资本市场上不是通路为王，而是买家为王，投资者决定成败，而中国资本圈网站里面的万名潜在投资者可以成为资本之鹰的核心资源。

到了许量的生日的前几天，山庄项目投资路演就要开始吸金大法了，大家都在为此而奋斗。一次成功的私募是一场成功的演出，这需要导演、演员和剧本，只不过投资活动不是娱乐而是娱乐中的极品。

白蓝眼见许量拟定的潜在投资者的名单，苦苦思索和比较之后，才领悟到许量的精明：这些投资者中，有不少是张娅和吕佛铭、李玫等人带来的人脉，这些人大多数都是他们的老关系，她估计其中的一些人一定是已经私下谈好了投资。这些潜在投资者甚至还有张娅本人的粉丝，白蓝把这些人用红笔圈出来，微笑着盯住一个名字：“李锌。”他是许量的学生，更是工具，或许，他的投资，使用的就是许量的资金。

许量身经百战，很淡定，他按部就班地制定规则，而白蓝的心中却自始至终都在回想许老师津津乐道的冒顿称王称霸的故事，只不过这次许量的“猎物”不是兔子、饿狼和战马，而是以几十万甚至数百万为一笔的投资。

这些以圈子经济而不是公司本身为基础的商业实践很有发展潜力，他们都知道：资本之鹰体系内投资者的投资习惯一旦被不断建立的成功案例所培养和强化而成，那么，许量们就能够驱动数以十亿甚至百亿的民间资金转化为民间资本。

程海一直在观察许量等人，他私下对他的同事们说："在资本市场，找钱的方法和通路远远比你自己有多少金钱更加重要，许量带了他的团队正在努力积累经验和教训，如果日积月累，他们会是资本之王。"

王侯将相，宁有种乎？

后记

写作系列书，尤其是并没有事先策划和严密写作提纲的即兴纪实作品，免不了会出现一些疏漏，表扬与批评同在，我的压力越来越大，但我劝告自己：不要希望什么问题都解决了再去做事情，做事情的过程就是解决问题的过程，也是享受的过程。

写作《借贷》系列书是揭示这个正在形成的民间金融行业规律、规则和规矩，而写作《资本》系列书，我则会尽快和尽可能让读者明白资本这两个字的力量，它们是看得见、摸得着的力量，并不神秘，绝对不虚幻，更不难理解。资金、资本与金融的核心要素就是“一诺千金”，信心与信用自始至终都是商业世界的奠基石。

《借贷》系列书讲述的是原则，慈不带兵，悲不借贷；后面的《资本》系列书却在揭露规则，家有家规，国有国法，一些人制定了规则就是为了让另外一些人死于规则，当然，更是让一些人生于规则，一系列的规则就构成了体制，只有他们才在体制内游刃有余。

我没有鲁迅先生那种“翻开历史一查，这历史没有年代，歪歪斜斜都写着两个字‘吃人’”的勇气和力量，但我依旧知道人类社会都有动物弱肉强食的本性，道德是让野兽变为人的枷锁，文明只是麻醉剂。

我写书就是一口气，不顾及成败和得失，也不管是非对错，一路下来，自己提升不少。200多万字啊，信马由缰，就这样一路放马过来，经历了草原和雨后的彩虹，还不分昼夜地疯狂码字和呕心沥血，这是对身心的摧残和对生命的压榨，想起来都后怕。但我明白，当初，如果思前想后，如果犹豫不决，就不可能是现在以书会友之后我的朋友遍天下的盛况。因此，我的座右铭就是：做人做事不找理由，不找领导、老师和朋友，只找方法。

写书就是修心、修行和修身的一个过程，在这样的文山字海中孤独地跋山涉水之时，我的身心都在为之改变和进化；写书也是吐字，密密麻麻和吞吞吐吐，实在不行，那就是呕心沥血，据说，文字带了心血才有灵性。

不用否认，作家都是很自恋的，但他们却常常不会自满，在追求完美的文学高原时总是追求卓越，显得有点欲壑难填。作为男人，似乎要保持永远而适度的饥饿，你是狼，如果饱食终日无所事事，那就是狗。

我必须谢谢从《借贷》系列书看到《资本》系列书的读者，你们的耐心与包容是成就我心灵之花的土壤、阳光与空气。阅读是一个体悟人生岁月如同静水流深之美的主要途径，也是分享其他人人生的窗户，更重要的是你们与书中的许量们一起在成长和发展，这才是书籍和文字孕育的勃勃力量。

以书会友，乐在其中；志同道合，共创中国民间的资本圈，这就是我现在的生存状态。

我很少去关注别人的闲言碎语，不是因为骄傲，而是觉得没有必要生活与工作在别人的眼中和评论中。事实上，没有人能够完全生活在真空之中的，何况，我们现在的时代，不是宽容和理解的时代，微博中的相互娱乐、相互虐待比比皆是，包容真的很稀罕。

最近，我很认真地用了不少时间去研究了当当网络中关于我的书的每一条评论，溢美之词我很感谢，但尤其是批评的言语，我更加关注，心中有不少的感慨：我竭尽可能地设身处地去理解那些刺激之语，我也能够接受和宽容别人的误解与谩骂，因为没有一个作者的作品能够让所有的读者完全满意，但对一些毫无道理的贬低除了一笑了之外，根本就不会在意。

我再次明白了，物以类聚人以群分，不是一个档次的思想、不是一个层次的人在一起交流与沟通，彼此不是难关就是地狱。我也不会完全满意我的书，自然会尽可能修订一些问题，但写作其实只是我个人修行、修心、修身的工具之一，旁人就是旁观者。

或许，一本书的作者能够引起分享和批判，这本身就是最大的价值。

总而言之，我的书的批评者有以下几种：一是初出茅庐的放贷人，想一本书解决所有问题的，他们是希望按图索骥就找到民间金融的宝藏的人。一本书，尤其是一本小说，自然担负不起这样的使命。建议这些朋友结合真正的金融教科书一起交叉阅读，会有更大收益。

二是道德的旁观者，他们厌恶的是许量不止一个女人，似乎只有一次感情的人就是纯洁无比的人。其实，许量这样多姿多彩的生活可以理解为婚姻不幸，也可以叫花天酒地，智者见智、仁者见仁之外，还有淫者见淫的说法。

三是比书中许量和现实中的作者要更高大和更有实力的大亨和有权者，他们自然不屑许量的那点点商业小技巧，但商场中的大与小不是钱多钱少决定的，我们看现在，更看未来。没有看完许量全书就很难下定论最终的结局到底是如何。聪明人急于下判断，大不了就是大伙一同去重复盲人摸象的悲剧；而智者冷静观察，具备的是洞若观火的锐利。

如果，以后我本人再版本书，我一定要在扉页上写明白：“这不是一本通常意义上的好书，只是一个作者的内心世界，它的读者仅仅限于能够看懂和悟得其中几句话的朋友。”

知己不易，高山仰止。现代人的流行病就是：孤独、郁闷和缺乏方向感。

引用诗人顾城的一句名言：“爱我的，我报以叹息；恨我的，我报以微笑。无论头上是什么样的天空，我情愿接受任何风暴。”

写下上面的文字不是狭隘，更不是没有雅量，而是觉得有必要与读者沟通内心的真实感受。真相难揭，真话难说，微笑一下，我必须心怀感激之心，毕竟，与某些书的书评相比较，再挑剔的读者都已经是对我的书格外笔下留情。

这几年，一有时间，我就心甘情愿地在书房享受孤独感和写作，在佛教音乐的背景中去感悟生命本身的意思和意义。感谢健康的身体和从小执着的习惯，感谢微博能够让我自言自语。精神在文字中发散，一旦出发，心就永远在路上，一朝说话便等同空旷回音。

世事难料，人生几多风雨，我笑看四周大亨们的起伏更替；只想努力写书，认真做生意，在乎结果更享受过程。我知道世界没有完美无缺，我的书不论是否建立了庞大的虚拟世界，但我已经竭尽所能；无数的美言和自以为是的技巧设计之下，本书的缺点依旧会不少，但这是我联结世界和大众的工具书，不写不行，越写压力自然也会越来越大，逆风飞扬看起来威武，其实，只要用力不均便是困难重重，因为人类对自我内心的探索远远比对自然界的探索凶险。

几年的写作，亦真亦幻，甘苦我最知。最大和最深刻的体会是终于弄懂了一件秘密，那就是为何世间的作家再累再苦，真正能够写出几本书的人还是寥寥无几：因为写作就是对作家本人的精神与肉体的重塑，你会被你书中的人物扭曲和雕刻，他们是你精神世界的主人和四周的主宰而不是相反，这是巨大的快乐也是常人难忍的折磨，每一个角色的故事都要沉重或许愉悦地从你的身心中碾压而过；写小说不是要消灭你的个性，而是让你的性格变得如同丛林相互矛盾却又荆棘密布。

自古以来，成王败寇，大凡成就一番伟业之人，一定是非常之人做非常之事，许量如此，你我如此，写书如此，做人做事也都是如此。

书之所以为书，不见得是有多么精彩和无穷无尽的刺激，而是要好看，更要有用。一本小说，承载不了“教科书”的使命，但或许能够成为启蒙书。金融题材的小说，写实和写虚是同样重要的事情，因为虚虚实实才是生活与事业的本质，也是金融业的规律之一。

一切都是瞬息，一切都会过去，而那过去了的，终将成为美好的回忆，只有文字才能够记录一些人的生命这样来过又这样离开。

人世间能够与壮美山川相媲美的唯一只有文字，而能够把文字编撰为动人心魄故事的人就是作家；如此判断，我还不是真正的作家，因为真正的作家在人类的文明史中寥若晨星，寂寞如斯，他们纯洁而自豪，而我还在红尘俗世中漂流，没有精神靠岸，也就没有纯洁之心码字和砌文字之墙。

读者和我都没有必要纠缠在具体的故事情节之中，我们要看到的是人物的思维系统和成长模式。

众所周知，小说中的人物都是来自生活高于生活，但高利贷这样敏感的题材却要求我在写作和刻画人物之时，是来自生活而低于生活的。我不是胆大妄为之人，无数的案例与史实是无法进入当代书籍的，这就是自古以来的中国文人写作的惯例。

写书的人，最渴望的不是别人去重复书中前辈已经发生的故事，而是会欣然看见长江后浪推前浪的壮观景象：读者把书中预测的事件作为他们的梦想和生活原始动力，让这些故事一一地创造和展现出来，那才是具备上帝情怀的作者的最大愿望。或许，在很多年之后，我们会真正地看见许量们从国内走向世界，我们也能够有中国自己的华尔街，自己的摩根和罗斯柴尔德家族。其实，近现代中国是有可能出现那样的民族经济与金融的脊梁的。

解放思想与开发民智息息相关，中华民族的伟大复兴是党的口号更是政府与民间的行动。在一个日渐开明而开放的中国，民间金融思想与实践活力四射的未来是完全可以设想的。

文字的魔力，不是人人都知道的，但大家都明白，看书、阅读的感觉很美好。当然，写书同样是享受，我决心一口气写下去，写完了许量的故事就去写更多商人的故事，一直到生命奄奄一息，再也写不动为止。

最近，黄金价格暴跌，欢呼声与破产跳楼携手出现。如果人类连黄金都不相信，思想还有存在的必要吗？正如有名人曾言："黄金生锈之时，便是泥沙俱下之日。"

爱是希望的起点，它的风衣就是金黄色；恨是生活的终点，黑暗是它的颜面。爱恨情仇都拥有才完整，但不一定是完美的人生。

这些年，自以为是，我努力用文字构建了这样一个世界：鸟语花香，有故事有树却无风，身入其境，时空静止。

2013年6月8日星期六
于成都西岭雪山名人酒店